Oliver Bär

Rot und Grün

Fantasy

Bibliografische Information der Deutschen Nationalbibliothek
Die Deutsche Nationalbibliothek verzeichnet diese Publikation
in der Deutschen Nationalbibliografie, detaillierte bibliografische
Daten sind im Internet über http://dnb.dnb.de abrufbar

**© 2017 Oliver Bär
Herstellung und Verlag
BoD – Books on Demand, Norderstedt**

ISBN 978-3-7431-9400-7

ROT UND GRÜN

KAPITEL EINS : DIE SCHENKE AM KANAL

Auf diesen Seiten erfahren wir, wer unsere Helden Laq und Jocelin de Martin sind, wie sie zueinander fanden, und wie sie auf die Spuren einer geheimnisvollen Verschwörung stoßen.

1.
Die kleinere Glocke des Bergfrieds schlug elf Uhr, als Laq erwachte. Er hatte den schrägen Ton noch nie leiden können, aber die Stadtkasse war ziemlich leer und so versah die „Bucklige Else", wie sie von den Bürgern genannt wurde, weiterhin getreulich ihren stündlichen Dienst, obwohl sie schon dreimal abgestürzt war. Die große Glocke aus Bronze hatte zwar einen beeindruckenden sonoren Klang, wurde aber nur bei Feuersbrünsten geläutet oder wenn feindliche Heerscharen vor der Stadt erschienen. Aus diesem Grunde liebte man ihre Stimme, obwohl freundlicher, nicht sonderlich und so hatte sie auch keinen Namen.
Ersteres passierte übrigens mindestens zwei bis drei Mal im Jahr und Letzteres war schon so lange her, dass nur die ältesten Bürger noch wussten, welche wilde Horde das damals war und um was es bei dem Kampf überhaupt ging. Aufmerksamen Zuhörern fiel allerdings auf, dass sich die Erzählungen teilweise beträchtlich unterschieden, sowohl was den Anlass des Zwistes betraf, als auch den Ausgang, und ganz besonders die eigene Mitwirkung.
Laq setzte sich auf, fiel aber bei dem sofort einsetzenden heftigen Kopfschmerz mit einem matten Seufzen zurück. Sie-

dend heiß fielen ihm alle Sünden der vergangenen Nacht wieder ein, und so verfluchte er erst einmal den Alkohol, dann die Glocke und ganz besonders Jocelin de Martin. Als der letzte Ton von draußen mit einem leichten Nachhall in seinen Schädelknochen verklungen war, wagte er einen zweiten Versuch, wenigstens den Kopf zu heben, was diesmal auch gelang. In dem schmalen Streifen Sonnenlicht, das aus dem halb geschlossenen Fensterladen für seinen momentanen Geschmack etwas zu aufdringlich hereindrang, konnte er blinzelnd genau das erkennen, was er auch zu sehen erwartet hatte: herumliegende Kleidungsstücke, seinen Säbel, der in einem Schrank steckte, und große Pfützen einer dunkelroten Flüssigkeit auf dem Boden. Sich vorsichtig abtastend und dabei keine lebensgefährlichen Verletzungen gewahrend stellte er beruhigt fest, dass die dunklen Flecken dann ja wohl Rotwein sein müssten. Wie zur Bestätigung fiel sein noch etwas getrübter Blick auch sofort auf den hölzernen Krug, der auf einem Schemel neben seiner Schlafstatt inmitten einer säuerlich riechenden Lache stand und ihn, wie er meinte, dreckig angrinste.
Laq setzte sich auf, ignorierte die neuerlich einsetzenden Kopfschmerzen und schlug die Decke zurück. Knurrend nahm er zur Kenntnis, dass er zwar nackt war, aber am linken Fuß noch seinen hohen Stiefel trug, und schüttelte den Kopf. Sofort unterließ er es, als eine stärkere Welle ziehenden Schmerzes durch seinen Schädel lief und ihn für einen Moment schwindeln ließ. Nochmals wünschte er Jocelin de Martin zur Hölle und allen anderen Grafen, Herzögen und sonstigen Adligen den Roten Auswurf an den Hals. Beim Gedanken an Roten Auswurf, immerhin eine widerliche Krankheit, die innerhalb zweier bis dreier Tage zum Tode führt, musste er dann aber doch grinsen und griff beherzt zum Weinkrug.
„Auf dein Wohl, de Martin; möge es dir genauso schlecht gehen wie mir!"

Ein schmales Rinnsal Rotwein tröpfelte über seine Brust und sammelte sich in seinem Bauchnabel, als er den schweren Krug an seine Lippen hob. Er nahm einen großen Schluck und erschrak, als etwas gegen seine Nase stieß. Misstrauisch äugte er in das Gefäß, konnte aber im Halbdunkel des Zimmers in dem trüben Getränk nichts erkennen.
Einen weiteren Fluch ausstoßend stellte er den Krug wieder auf den Hocker. Es platschte hörbar. Dann trat er ans Fenster und schwang den Laden quietschend auf. Grelles Sonnenlicht drang ins Zimmer und brachte ihm auf der Stelle Kopfschmerz und Schwindelgefühl zurück. Einen Moment geblendet drehte er sich um, taumelte kurz gegen die Wand und konnte schließlich, sich die Augen reibend, das volle Ausmaß der Bescherung im Zimmer erblicken. „Meine Güte!" Er schlurfte zu seinem Lager zurück und zog die Oberlippe hoch, als er mit dem nackten rechten Fuß in eine Rotweinpfütze trat. Von dem Schemel her grinste ihn immer noch der Weinkrug an. Laq hob ihn hoch, drehte ihn etwas gegen das Licht - und schluckte, als das Gefäß das Geheimnis seines Inhalts preisgab: In der trüben Brühe schwamm eine halb abgenagte Hühnerkeule, traulich umgeben von zahlreichen schillernden Fettaugen.
„Scheiße!" Einen Moment lang drängte sein Mageninhalt nach oben, aber er hielt die Luft an und zwang sich, der Übelkeit nicht nach zugeben. Dann setzte er sich wieder aufs Bett und dachte nach.

2.
Laq hätte in diesem Moment in seinem jammervollen Zustand, nackt mit einem Stiefel am Fuß und einem roten Streifen auf der Brust, sicherlich keinen überwältigenden Eindruck auf einen anwesenden Betrachter gemacht, aber seine Erscheinung war ohnehin nicht besonders respekteinflößend. Er war zwar kräftig, aber gedrungen, hatte dichte buschige

Augenbrauen und trug sein blondes Haar stoppelkurz, was die Bewohner von Mattincourt etwas lächerlich fanden. Sie waren selbst eher großgewachsen, dunkel und bevorzugten eine Art Pagenschnitt.

Laq war jetzt so ungefähr 25 Jahre alt, so schätzte er selber. Er wusste es nicht, denn er war als Säugling von Pächtern des Grafen de Martin neben den ausgebrannten Überresten des Wagens eines fahrenden Händlers gefunden worden. Es gab keinen Hinweis auf seine Herkunft, nur die vollkommen verkohlte Leiche eines Mannes, an einen Baum genagelt, und die nackte Leiche einer Frau, offenbar vergewaltigt und dann erstochen.

Die Pächter brachten Laq zum Grafen nach Mattincourt und dieser, obwohl herrisch und meist mürrisch gelaunt, hatte Mitleid mit dem Knaben und ließ ihn unter dem Gesinde aufwachsen. Irgendjemand nannte ihn „Laq" nach einem kleinen hellbraunen Nagetier.

Das Leben war nicht leicht in jenen Zeiten, besonders nicht für ein Waisenkind, aber Laq erwies sich als zäh und hartnäckig. Und weil er unter den gleichaltrigen Jungen der Dienerschaft der Kleinste blieb, entwickelte er bald einen erstaunlichen Einfallsreichtum, um bei den vielerlei Konkurrenzkämpfen, die Kinder unter sich austragen, gut abzuschneiden.

Mit acht Jahren wurde er einem freien Bauern in Pflege gegeben und hatte fortan harte Feldarbeit zu leisten. Das stählte seine Muskeln, doch größer wurde er davon zu seinem Leidwesen nicht, und nach wie vor musste er den Spott seiner dunkelhaarigen Altersgenossen über sich ergehen lassen, wenn ihn sein Brotherr mit einem Auftrag in die Stadt sandte. Allerdings steckte manch einer der Spötter doch hin und wieder derbe Prügel ein, wenn er es zu bunt trieb, denn Laq war kräftig und wendig geworden und kämpfte mit Überlegung. So kam es, dass mit der Zeit kein Junge mehr wagte, ihn öffentlich zu hänseln, aber unmerklich hatte er sich bereits ein paar Feinde geschaffen.

Laq war dreizehn Jahre alt, als er den ersten Menschen tötete. Es war ein Küchenjunge, dem er einmal bei einem Kampf einen Arm gebrochen und drei Zähne ausgeschlagen hatte. Dieser lauerte ihm eines Abends auf seinem Nachhauseweg von der Stadt im Wäldchen von Wendern auf. Luc, so hieß der Bursche, er war fast einen Kopf größer als Laq, sprang hinter einer Eiche hervor und grinste boshaft, was ohne Vorderzähne noch abstoßender wirkte. Langsam und, wie es schien, genüsslich hob er eine schwere Holzfälleraxt, in die er zusätzlich scharfe Zacken eingeschliffen hatte. Laq tötete ihn auf zehn Meter Entfernung mit einem Steinwurf. Er hatte ohne bewusste Überlegung gehandelt, hatte einen mittelschweren flachen Stein vom Boden aufgehoben und geworfen, ihn mit dem Mittelfinger in Drehung versetzend. Laq hatte erwartet, einen Aufschlag zu hören und einen Schrei, aber das Geräusch, als der rotierende Stein den Schädelknochen knapp über dem Nasenrücken spaltete, war eher, als ob eine Nussschale zertreten wird.

Wortlos stand der dreizehnjährige Junge auf dem Waldweg und betrachtete den leblosen Körper seines Feindes, der immer noch die Axt in der verkrampften Faust hielt. Seine Augen sahen, wie der Rest von Lucs Gesicht immer noch grinste und wie sich unter dem zerschmetterten Schädel langsam eine Blutlache bildete. Er beobachtete, aber er registrierte nicht. Seine Gedanken rasten. Er hatte eine Waffe benutzt, um zu töten. Er hatte sie schnell, präzise, effizient und ohne zu überlegen eingesetzt. Und er war nicht weggelaufen, weil ihm klar war, dass der Steinwurf tödlich sein würde. In diesem Moment wusste er, dass er noch mehr Menschen töten würde, und dass andere kommen würden, um ihn zu töten. Und als er näher herantrat, um den Leichnam genauer zu betrachten, da huschte wie ein Blitz die Erkenntnis durch seine

Gedanken, dass er einen Menschen umgebracht hatte, der fast genauso hieß wie er selbst.

Luc. Eines Tages würde einer kommen, der auch einen ähnlichen Namen trüge, und ihn töten. Laq. Der tote Luc grinste ihn an.

Laq verscharrte den Toten mitsamt der Axt neben dem Eichenbaum. Noch am selben Abend sagte er seinem Ziehvater Lebewohl, dankte ihm noch einmal für die Aufnahme und ging in stockfinsterer Nacht zurück nach Mattincourt. Er wartete vor dem großen Südtor den Morgen ab, bis sich dies öffnete und die Stadtwache ihn einließ.

Der Kapitan der Wache kannte den Jungen noch und gab ihm eine Anstellung als Stallknecht. So wuchs Laq am gräflichen Hof heran, kümmerte sich um die Rosse derer von Martin und wurde sogar ein Freund von Jocelin, dem zweitältesten Sohn des Grafen Albert.

Dieser war es auch, der ihn ermutigte, sich im Umgang mit den Waffen zu üben und ihm die Gelegenheiten verschaffte, dies zu tun. Jocelin war zwar erstaunt über die Geschicklichkeit, die Laq schon gleich zu Beginn ihrer Übungsstunden an den Tag legte, aber er freute sich für den Freund und gab ihm den Spitznamen „Söldner", weil er aus fremden Landen herstammte und hier für Geld und Verpflegung Stallarbeit verrichtete. Laq seinerseits, der auch nicht auf den Kopf gefallen war und trotz seines Schicksals über eine gehörige Portion Humor verfügte, titulierte diesen dafür mit „Durchlaucht", „Exzellenz" oder „Majestät".

Jocelin de Martin entwickelte sich mit den Jahren zu einem wahren Virtuosen mit dem Langschwert, das in den Ostländern, zu denen die Grafschaft Souvanmark gehörte, die gebräuchliche Waffe war. Für den kleineren Laq dagegen, man vermutete, dass er aus dem Jjardenland stammte, war diese Langwaffe zu unhandlich. Er bevorzugte zuerst das Kurzschwert, stellte dann aber fest, dass ein etwas längerer Säbel mit einer leichten Krümmung, der zudem auf beiden Seiten scharf geschliffen war, seiner Geschicklichkeit am besten zupass kam. Er entwickelte selbst eine Technik, wie er die Spitze der Waffe durch Drehen des Handgelenks nach links und rechts schwingen lassen konnte, eine Art des Fechtens, die sogar erfahrene Waffenmeister der Souvaner gehörig verblüffte.

Sein Freund Jocelin ließ eigens für ihn einen solchen Säbel vom besten Waffenschmied des Hofes anfertigen und Laq dankte es ihm, indem er die Klinge „Selengard" nannte, was „Freundschaftsgabe" bedeutet. Erst hinterher fiel beiden die Doppeldeutigkeit dieses Namens auf und sie lachten herzlich darüber. Und so taufte der Sohn des Grafen de Martin, der ein etwas zynischer Spötter war, sein eigenes Langschwert höchst unvornehm „Anvarslay"; man kann dies in etwa mit „Scherzwort" oder „witzige Erwiderung" übersetzen. Die Ostländer glauben übrigens alle, dass eine Klinge, der man selbst einen Namen gegeben hat, zwar keine Zauberkräfte hat, aber sie wird ihrem Herrn Stärke und Mut verleihen und ihm immer treu dienen. Beide sollen eine Einheit im Kampfe sein und niemals wird einer den anderen im Stich lassen.

.

Laq war sechzehn Jahre alt und Jocelin siebzehn, als der alte Graf de Martin beschloss, im Ilmengrund zusammen mit Gästen aus der Nachbargrafschaft Yllianmark eine Treibjagd zu veranstalten.
Jocelin nahm seinen Freund Laq als persönlichen Knappen und Waffenknecht mit. Beide hatten bald genug von der geschwätzigen Hofgesellschaft und setzten sich in Richtung des Flusses Ilm ab, um dort am waldigen Ufer zu rasten. Jocelin konnte trotz des kühlen Herbstmorgens der Versuchung nicht widerstehen, ein erfrischendes Bad in dem fast stillstehenden grünschimmernden Gewässer zu nehmen. Der immer vor-

sichtige Laq aber blieb am Ufer und legte nur seine Waffen in Reichweite nieder. In einiger Entfernung erklang das Klappern und Rufen der Treiber.
Zum Schrecken von Jocelin, der gerade nackt und waffenlos aus dem Wasser stieg, sprang plötzlich ein großer grauer Berglöwe, von dem Lärm aufgeschreckt, aus den Büschen. Der Puma stieß ein wütendes Fauchen aus und sprang mit weiten Sätzen direkt auf den Grafensohn zu, der mit weitaufgerissenen Augen wie erstarrt dastand. Dann ging alles viel zu schnell, als dass Jocelin sich später genau daran erinnern hätte können.
Der letzte Sprung des Raubtiers wurde jäh unterbrochen, als ein blitzendes Etwas sich mitten im Flug in seine Flanke bohrte. Der Berglöwe wurde zur Seite geschleudert und wälzte sich zuckend am Boden. Er knurrte zornig und versuchte, auf die Beine zu kommen; Blut drang aus seinen Lefzen. Da sprang auch schon Laq hinzu und rammte dem Tier Jocelins Langschwert durch die Kehle. Röchelnd verendete der Puma.
Der Souvaner stand immer noch vor Schreck wie gelähmt. Er sah schweigend zu, wie Laq seinen Säbel aus der Seite des toten Raubtiers zog, ihn im Gras vom Blut säuberte und zurück in den Gürtel steckte.
„Mit einem Wurf einen Feind getötet, mit einem Wurf einen Freund gerettet! Das Schicksal treibt Scherze." Der kleine Mann sprach diese Worte in ernstem Ton und ein gequältes Lächeln spielte um seine Mundwinkel, doch dann lachte er laut und hieb seinem immer noch ungläubig staunenden Freund auf die Schulter, dass dieser taumelte.
Jocelin de Martin hat ihm diese Tat nie vergessen, und Laq blieb auch der einzige außer seinem Vater, demgegenüber der Grafensohn nicht den süffisant sarkastischen Ton anschlug, den er so gern benutzte, allerdings nur, wenn sie alleine waren. Und er fragte auch nie nach der Bedeutung der

Worte, die sein Freund über der Leiche des Pumas gesprochen hatte, denn Äußerungen in einer solchen Situation hinterfragt man nicht. Aber er wusste nun, dass der Name „Freundschaftsgabe" für die Klinge Selengard gut gewählt war und betrachtete sie von da an mit großem Respekt.

Mutige Taten hatten zu allen Zeiten die Bewunderung der Souvaner hervorgerufen, aber wenn man dabei noch dem zweitältesten Sohn des Grafen das Leben rettete, konnte die Belohnung nicht ausbleiben. Der alte Albert de Martin ernannte den mutmaßlichen Jjarden Laq zum offiziellen Leibwächter seines Sohnes und gräflichen Ratgeber, versehen mit einem großzügig bemessenen Entgelt. Es war das erste Mal, dass ein Jjarde ein so hohes Amt in der Souvanmark innehatte, aber, wie man dem trotz aller Ehrungen erstaunlich gelassenen Laq erklärte, er wäre nur Ratgeber ohne besondere Befugnisse. Nun, er war mit der jährlichen Entlohnung zufrieden und hat auch nie versucht, dem alten Grafen einen Rat zu geben.

3.
Nachdem Laq sich gewaschen und frische Kleidung angelegt hatte, machte er sich auf den Weg zur Küche der Bediensteten, um dort wenigstens etwas vom Mittagsmahl zu bekommen. Er aß sowieso fast immer beim Gesinde; dort wurde kein großer Wert auf höfische Umgangsformen gelegt. Außerdem hatten ihm andere „wohlmeinende" Höflinge des Grafen durch die Blume zu verstehen gegeben, dass seine Anwesenheit an der gräflichen Tafel nicht unbedingt erforderlich sei. Der „Gräfliche Ratgeber ohne besondere Befugnisse" verstand den Wink auch sofort, dankte dem Himmel, dass dieser Kelch an ihm vorüber gegangen war, und sonnte sich fürderhin nur noch finanziell in des Grafen Wohlwollen.

Laq trug, wie fast immer, einfache Jagdkleidung: eine dunkelbraune Hose aus Hirschleder, ein hellbraunes Lederwams, an den Seiten geschnürt, einen breiten schwarzen Gürtel mit silberner Schnalle und seine hohen Stiefel. Er mochte keine Kopfbedeckungen, außer im Kampf, und keinen Schmuck, aber er hatte immer ein langes Messer im rechten Stiefel stecken, so auch jetzt.

Der kleine Mann, der sich heute noch kleiner als sonst vorkam, musste zwei Treppen hinabsteigen und einen langen Gewölbegang entlanggehen, um zur Küche zu gelangen. Für die Pracht der gräflichen Burg, die allerdings etwas in die Jahre gekommen war, hatte er verständlicherweise an diesem Tag keinen rechten Blick.

Es war um die Mittagszeit, und deshalb begegnete er außer einigen Lakaien, die dampfende Gerichte auf großen Platten durch die Gänge trugen, keinem Bekannten. Für diesen Umstand war er sehr dankbar, und selbst wenn eine der Küchenmägde an ihm vorbeilief, bemühte er sich, halbwegs gerade zu gehen und einen frischen Gesichtsausdruck zur Schau zu stellen.

Glücklich, gleich am Ziel seines beschwerlichen Weges zu sein, bog Laq mit einem leichten Schwanken um die letzte Ecke des Gangs und rannte gegen Jocelin de Martin, der dort im Rahmen der offenen Küchentüre stand.

Der Sohn des Grafen lehnte lässig am Türpfosten, hatte einen gebratenen Wildhasenschlegel in der Hand und sah zu Laqs heimlicher Verärgerung wie immer blendend aus. Er war großgewachsen, schlank aber kräftig, und im Gegensatz zu seinem Freund zog er es vor, sich kostbar zu kleiden, was die Vorzüge seiner Gestalt natürlich noch besser zur Geltung brachte.

Der Souvaner war in hauteenge schwarze Beinkleider gewandet, darüber ein rotseidenes Hemd, das vorne von silbernen Kordeln zusammengehalten wurde. Über diesem trug er eine

kostbare silber-schwarze Jacke aus dem Leder der souvanischen Sumpfotter, versehen mit einem weißen Kragen aus Hermelinpelz. Den Eindruck vervollständigten schließlich die hohen glänzenden Stulpenstiefel, der silberbeschlagene Gürtel und eine kleine rote Kappe mit einer Fasanenfeder, die er schräg auf dem Kopf trug. Jocelin de Martin hatte pechschwarzes halblanges Haar, über den dunklen Augen kurz geschnitten; ein dünner Oberlippenbart über leicht geschwungenen Lippen, um die fast ständig ein spöttisches Lächeln spielte, bestätigten den ersten Eindruck eines jeden Fremden, es mit einem arroganten Gecken zu tun zu haben. Nun, eine gewisse Überheblichkeit konnte man ihm tatsächlich nicht absprechen.
Jocelin hatte gerade mit einer hübschen Küchenmagd gescherzt und drehte sich jetzt herum, um den Grund der plötzlichen Störung in Augenschein zu nehmen.
„Sieh da, sieh da! Die Toten erwachen und kehren auf die Welt zurück! Wie ist denn das werte Befinden, edler Zechkumpan?" Er grinste breit und vollführte mit der Hasenkeule kreisende Bewegungen vor Laqs Gesicht; dieser konnte den Blick nicht davon abwenden und eine neue Welle der Übelkeit stieg in ihm hoch.
„Nimm das weg, oder ...", konnte er gerade noch hervorgurgeln, dann musste er schweigen, um seinen Mageninhalt wieder hinunterzuschlucken.
Jocelin, der dies wohl bemerkte, grinste noch breiter. Laq hatte größte Lust, ihn in diesem Moment auf der Stelle zu erwürgen, aber er hätte es in seinem augenblicklichen Zustand ohnehin nicht zustande gebracht. Wie schaffte es dieser gelackte Angeber bloß, nach einer solch durchzechten Nacht so taufrisch auszusehen?
„Von einem Söldner hätte ich zumindest erwartet, ein oder zwei Becher Wein zu vertragen", stichelte Jocelin weiter und biss in die von Fett triefende Hasenkeule, dabei verdrehte er

die Augen und schmatzte genießerisch. Das war zuviel für Laqs angeschlagenes Innenleben. Ohne weiter auf die höhnischen Bemerkungen zu hören, ging er aufrechten Schrittes und erhobenen Hauptes an dem feixenden Lästerer vorüber, schob die kichernde Küchenmagd beiseite und baute sich vor dem großen Abfalltrog in der Mitte der Küche auf.

„Auf dein Wohl, Jocelin de Martin!"

Nachdem er diesen frommen Wunsch bereits zum zweiten Mal an diesem Tag geäußert hatte, übergab er sich hustend in den halbvollen Kübel. Der Küchenmeister stand wie erstarrt und wagte keinen Laut; seine Augen waren groß wie Spiegeleier. Die Mägde versuchten krampfhaft, ein lautes Lachen zu unterdrücken.

„Es geziemt sich wohl für den Helden, auch in der Stunde der Not seiner Freunde zu gedenken." Laq musste wider Willen lachen, als Jocelin ihm freundschaftlich auf den Rücken klopfte; allerdings geriet ihm das nicht so recht und klang eher wie ein Hustenanfall unter Wasser.

Als sein Magen restlos geleert war und sich langsam entkrampfte, richtete er sich auf. Dem Blick des Küchenmeisters folgend stellte er fest, dass die Reste seines nächtlichen Gelages in dem großen Abfallbottich nicht sonderlich auffielen, und setzte sich mit einem tiefen Seufzer auf einen Hocker.

„Wie zum Henker bin ich denn gestern Nacht nur in mein Bett gekommen? Und wer hat mich ausgezogen?" Laq hatte sich einen großen Krug mit frischem Wasser herangezogen, hielt sich daran fest und stierte aus rotgeränderten Augen müde in die Runde.

„Die kläglichen Umstände deiner gestrigen Heimkehr näher zu schildern, lieber Kamerad, verbieten mir Anstand und Ritterlichkeit." Jocelin ließ seinen Blick vielsagend durch den Raum wandern und einen bedeutungsvollen Moment auf einer rothaarigen Küchenmagd ruhen. Diese passte augenblicklich die Farbe ihres Gesichtes ihrer Haarfarbe an und lächelte

säuerlich. Die anderen Mägde kicherten. Laq beschloss, auf weitere Erklärungen lieber zu verzichten, murmelte etwas in den Wasserkrug und zog seinen Freund auf einen Hocker nieder.
„Den Rest kannst du mir ja später erzählen, Exzellenz. Lass mich nur erstmal einen Happen essen; du ahnst gar nicht, wie es mir geht." Jocelin schmunzelte, als der kleine Jjarde einen großen Schluck Wasser trank, und musste laut lachen, als jener noch hustend hinzufügte: „Ich glaube, den siebten Krug Wein hätte ich doch nicht trinken sollen ..."

4.
Das Gesinde hatte sich zum Essen an einem anderen großen Tisch niedergelassen, und so konnten sich die beiden Freunde ungestört unterhalten. Laq hatte erst widerstrebend, doch dann mit wachsendem Appetit zugegriffen und schließlich eine große Portion des schmackhaften Wildragouts mit Kartoffeln verzehrt. Nach einem Becher Wein ging es ihm sogleich wieder besser. Er stellte das Gefäß beiseite, rülpste ungeniert, und wandte sich dann an den Sohn des Grafen, der ihm die ganze Zeit schweigend zugesehen hatte. „Höre, Joce, ich glaube, es war ein Fehler, gestern Nacht dieses Gelage abzuhalten. Ich weiß nicht mehr, was am Schluss ..."
Jocelin machte eine wegwerfende Handbewegung und unterbrach ihn:
„Keine Sorge, ich hab' dich in die Burg zurückgebracht, noch bevor du ganz betrunken warst. Die Fremden haben nur gelacht, als du vom Stuhl gefallen bist. Das war wirklich gut gespielt, meinen Respekt!"
Er hieb sich mit der Faust in die flache Hand und lachte schallend dazu, als er den gequälten Gesichtsausdruck seines Gegenübers sah. Dann schenkte er sich ebenfalls einen Becher voll. Die Bediensteten waren inzwischen ihrem weiteren Tagwerk nachgegangen und so saßen die beiden al-

leine in der Küche. Laq rückte seinen Hocker zurecht und sah Jocelin direkt in die Augen. Er schluckte seinen aufwallenden Ärger hinunter.
„Du weißt genau, dass ich nicht halb soviel von dem Zeug vertrage wie du und deine hochwohlgeborene Verwandtschaft. Ihr Majestäten werdet ja schon mit der Weinflasche großgezogen. Aber nein, ich soll mit den seltsamen Fremdlingen einen fröhlichen Umtrunk machen, damit der Herr Graf", und bei diesen wütend hervorgestoßenen Worten deutete er auf den lächelnden Souvaner, „seine Neugierde befriedigen kann. Das war nicht gespielt!"
„Du bist nun mal ein Jjarde; niemand würde bei dir eine Verbindung zum gräflichen Hof vermuten. Diese Söldner sind argwöhnisch, aber bei dir glauben sie bestimmt, einen ihresgleichen vor sich zu haben. Und ich muss wissen, was sie hier in Mattincourt wollen!" Bei dem Wort „muss" hieb er mit der Faust auf die Holzplatte, dass sein Weinbecher umkippte und vom Tisch rollte.
Laq rollte verzweifelt mit den Augen. „Soll das heißen, dass ich heute Abend noch mal da hin soll? Die lachen mich doch aus; außerdem habe ich gestern überhaupt nichts Wichtiges erfahren."
„Gerade deshalb! Ich kann nicht selbst hingehen und die Männer aushorchen, die würden mich gleich als Mitglied der gräflichen Familie erkennen."
Laq nickte ergeben und ließ seinen Blick abschätzend über des Prinzen Gewand gleiten. „Die würden dich eher für deinen eigenen Hofnarren halten. Wie hast du mich eigentlich gestern aus der Schenke herausgebracht, ohne selbst in Erscheinung zu treten?"
Jocelin grinste breit. „Ich habe die ganze Sache vom Nebenraum aus beobachtet, bis du vom Schemel gefallen bist." Er legte den Kopf schief und lächelte seinen Kumpan treuherzig

an. „Und dann habe ich dich von der Stadtwache verhaften lassen. Wegen Randalierens, das ist doch wohl klar."

Und so geschah es, dass Laq, der kleine Jjarde, sich in dieser Nacht zum zweiten Mal aufmachte, um für seinen Freund Jocelin de Martin zu spionieren. Er hatte noch einmal reichlich zu Abend gegessen und fühlte sich jetzt vollkommen wiederhergestellt. Allerdings stieg in ihm jetzt eine seltsame Unruhe auf, die er sich nicht erklären konnte. Er hatte schon früher manchmal Gefahren innerlich gespürt und dies dem Instinkt des Jägers zugeschrieben, aber dieses Mal war das Gefühl anders. Es war zwar nicht stärker, aber lastender, bedrohlicher und doch irgendwie unbestimmt.
Nun, Laq war nicht der Mensch, der sich zu lange über solche unbewussten Dinge Gedanken machte. So schrieb er seine gedrückte Stimmung der gestrigen Nacht zu und dem seltsamen Wetter. Das Wetter? Der kleine Mann schaute nachdenklich zum Nachthimmel empor und blieb einen Moment auf der dunklen Straße stehen. Er konnte keinen einzigen Stern am Firmament ausmachen. Eine dichte Wolkenschicht lag über der nächtlichen Stadt. Und die fahlgelben Schwaden zogen nicht, sie standen still. Es war, als ob Mattincourt von einem Baldachin bedeckt wäre, der auch sämtliche Geräusche der Stadt dämpfte.
Da erst bemerkte er, dass er vollkommen allein auf der Straße stand. Nicht einmal eine der sonst allgegenwärtigen Ratten war zu sehen. Laq fröstelte einen Moment und das ungute Gefühl von vorher kehrte zurück.
Er tastete kurz nach der Klinge an seiner linken Seite und setzte dann seinen Weg durch die halberleuchtete Gasse fort. Außer dem hallenden Echo seiner eigenen Schritte war nichts zu hören. Sich ab und zu umblickend, so als rechnete er mit einen plötzlichen Angriff aus dem Dunkel, ging Laq durch die Straße der Korbmacher zum kleinen Marktplatz, über-

querte diesen eilig und bog dann in die Fischhändlergasse ein, die zum Kanal führt. Hier war er nun im Unterviertel, wie dieser Stadtteil von den wohlhabenderen Bürgern Mattincourts genannt wurde. Die niedrigen Lehmhäuser standen hier dicht gedrängt, als wollten sie sich aneinander lehnen. Die schmutzigen Gässchen waren schlecht gepflastert, und nachts war es noch dunkler als in der übrigen Stadt. Die Fischhändlergasse mündete direkt in den Kanaldamm. Laq ließ seinen Blick über das schwarze Wasser wandern, in dem sich nur die Wolkendecke in einen düsteren Ocker spiegelte. Ein paar Lastkähne waren über Nacht festgemacht und dümpelten träge vor sich hin. Es herrschte vollkommene Windstille.

Laq fühlte noch einmal nach der schlanken Waffe an seiner Hüfte und lenkte seinen Schritt dann entschlossen an dem schweigenden Gewässer entlang. Sein Ziel war die Schenke „Zum alten Obristen" direkt am Kanaldamm, etwa hundert Meter von der unteren Stadtmauer entfernt. Es ging jetzt ungefähr auf die elfte Stunde und er konnte im bleichen Mondlicht, das einen Moment durch die dichten Wolken schimmerte, die Zinnen der Mauer und einen der wuchtigen Türme erkennen. Aus dem Gasthaus fiel flackernder Lichtschein auf das dunkle Pflaster der Straße; jetzt konnte er auch undeutliche Stimmen vernehmen.

Laq warf einen kurzen Blick durch eines der Fenster, vergewisserte sich, dass die fremden Söldner wie am Vortag an dem großen Tisch in der Ecke saßen, und stieß mit einem kräftigen Tritt die Tür auf. Diese knallte laut gegen die Wand und schwang dann zurück.

Alle Augen waren auf den kleinen Jjarden gerichtet als er eintrat, was ihn insgeheim sehr erheiterte. Seine trübe Stimmung war plötzlich wie weggeblasen.

.

„Jetzt seht euch das an, Freunde! Der Jjardenzwerg von gestern." Der Wortführer der fünf Fremden sprach als erster in die Stille hinein. Er war ein sehr großer dunkler Mann mit einem schwarzen Oberlippenbart, dessen Enden er nach Art der taskischen Steppenbewohner nach unten gezwirbelt hatte. Neben ihm am Tisch lehnte eine riesenhafte zweischneidige Streitaxt. Dieser Krieger musste über bedeutende Körperkraft verfügen, um diese schwere Waffe zu führen. Er hatte sich halb am Tisch herumgedreht und grinste Laq zu, aber seine dunklen Augen lächelten nicht.

„Stimmt, Warren! Der, der gestern so anmutig vom Stuhl gekippt ist. Was hast du denn am Boden gesucht, Jjarde? Oder wolltest du nur unsere Stiefel putzen?"

Der, der jetzt gesprochen hatte, saß links neben dem Anführer. Es war ein kleiner hässlicher rothaariger Mann mit einer viel zu großen Nase; auch fehlten ihm sämtliche Schneidezähne. Er hatte einen breiten Gürtel um, in dem mehrere Dolche steckten. Auch im Jackenärmel hatte Laq am Vortag den Griff eines Dolches erspähen können; dieser Mann war ein Messerwerfer und mit Sicherheit wesentlich gefährlicher, als er aussah.

Dann saßen am Tisch noch zwei große schlanke Schwertkämpfer, die fast identisch aussahen und gekleidet waren; sicherlich Brüder. Beide trugen ihre Langschwerter in Lederscheiden auf dem Rücken, sodass die Griffe hinter dem rechten Ohr hervorsahen; sie hatten am Tag zuvor nicht viel gesprochen.

Der letzte der fünf Fremden schließlich sah am unscheinbarsten aus und hatte am gestrigen Abend überhaupt nichts gesagt. Er war mittelgroß, ebenfalls schlank, und hatte ein ebenmäßiges, fast hübsch zu nennendes bartloses Gesicht. Das einzig Ungewöhnliche an ihm war das trotz seiner Jugend silbergraue lange Haar. Er war in einen langen schwarzen Mantel mit zurückgeschlagener Kapuze gekleidet und

trug keine sichtbare Waffe. Laq registrierte dies mit einem Stirnrunzeln und nahm sich vor, auf diesen Mann sein besonderes Augenmerk zu richten. Kein vernünftiger Mensch hält sich in einer fremden Stadt ohne Waffe auf.
Laq trat ungerührt an den und Tisch lachte ironisch. Dann setzte er sich, ohne um Erlaubnis zu fragen. Die übrigen Gäste der Schenke verloren das Interesse und wandten sich wieder ihren eigenen Gesprächen zu.
„Höre, Gnom, ich wette, dem letzten, dem du so eine Frage gestellt hast, hast du den jetzigen Zustand deines Gebisses zu verdanken." Laq musste selbst über seine schlagfertige Erwiderung grinsen, aber es verging ihm sofort, als sich das Bild des toten Luc vor sein inneres Auge schob. Luc, den er getötet hatte. Auch ihm hatten die vorderen Zähne gefehlt. War das jetzt ein Zufall?
Der Rothaarige schwieg, er war blass geworden und biss sich verärgert auf die Unterlippe. Der große Anführer, den er vorhin Warren genannt hatte, lachte lauthals und schlug ihm auf die Schulter.
„Na Nikolai, da hast du wohl deinen Meister im Lästern gefunden. Der kleine Jjarde ist gar nicht aufs Maul gefallen, wenn er nicht so besoffen ist wie gestern."
Wie Laq dabei wohl bemerkte, ließ er seine große Hand am Arm seines Nebenmannes nach unten gleiten und hielt diesen dort nachdrücklich fest. Nikolai schüttelte sie unwillig ab, funkelte den Jjarden kurz hasserfüllt an, legte dann aber die Hände offen vor sich auf den Tisch und lächelte schief.
„Diesen Kampf mit Worten habe ich verloren. Nun, vielleicht ergibt sich einmal die Gelegenheit ..." Er trommelte mit den Fingern auf das Holz, dann schenkte er sich ein Glas Wein aus einem großen Zinnkrug ein.
Warren drehte sich zu Laq herum und nickte ihm freundlich zu, aber dabei betrachtete er ihn prüfend. Nach einem ab-

schließenden Blick auf den schlanken Säbel ergriff der große Mann das Wort.
„Warum gesellst du dich heute schon zum zweiten Mal zu uns, mein kleiner Jjarde? Hat es dir gestern so gefallen?" Das war in einem so freundlichen Ton gesprochen, dass Laq beschloss, doppelt auf der Hut zu sein und heute die Finger vom Wein zu lassen. Dieser fremde Söldner war ebenfalls ein höchst gefährlicher und mit Sicherheit kein dummer Mensch.
Die anderen vier hörten ihnen nicht weiter zu und begannen ein Kartenspiel. Dieses Spiel war in den ganzen bekannten Ländern vor allem unter Soldaten sehr beliebt und nannte sich
„Yéhfa". Normalerweise ging es dabei recht lebhaft und lautstark zu, aber die Männer spielten schweigend und konzentriert. Nur ab und zu strich einer einen Stich ein oder gab neue Karten. Laq hatte aber den Verdacht, dass der schweigsame Grauhaarige zu seiner Rechten sehr wohl zuhörte, was gesprochen wurde. Er musterte den Mann nochmals unauffällig aus dem Augenwinkel, konnte aber immer noch keine Waffe entdecken. Schnell sah er wieder zu Warren zurück, aber dieser hatte seinen Blick bemerkt und grinste jetzt spöttisch.
„Vor Schevon Ssert brauchst du keine Angst zu haben, mein Freund, er ist ein harmloser Gelehrter aus dem Norden und hat sich uns vor einigen Tagen angeschlossen, um Schutz auf der Reise zu haben."
„Wohin führt ihn denn seine Reise?" fragte Laq sofort zurück, um für seinen Freund Jocelin vielleicht doch etwas Wissenswertes in Erfahrung zu bringen.
Der große Söldner zuckte mit den Achseln. „Ich weiß es nicht. Er spricht nicht viel." Dann winkte er beiläufig ab. „Sicher will er weiter in den Süden. Wir haben ihn nicht gefragt.

Livey, Sten, Nikolai und ich, wir sind Krieger und arbeiten für den, der uns bezahlt. Man kann davon leben. Nimm dir ein Glas Wein, wenn du möchtest."
Laq entschied, dass ein Becher wohl nicht schaden könnte und nahm dankend an. Dann forschte er so unverfänglich wie möglich weiter:
„Und was habt ihr vor, hier in Mattincourt? Dies ist eine friedliche Stadt, beinahe schon langweilig."
„Das war uns bekannt. Nun, wir warten." - „Auf was?"
„Vielleicht auf eine Handelskarawane, die uns für unsere Dienste bezahlt, vielleicht gilt es einen Warentransport auf dem Fluss zu schützen oder es gibt einen kleinen Kriegszug?"
Er dehnte das letzte Wort bedeutungsvoll in die Länge und wurde Laq damit sofort unsympathisch. Der Jjarde mochte Männer dieses Schlages überhaupt nicht. Er sah noch einmal in die Runde und wusste, dass diese Leute auch vor Raub und Mord nicht zurückschrecken würden;
Gesindel wie dieses hatte seine Eltern ermordet. Nur der fünfte, der junge Mann mit den grauen Haaren, passte irgendwie nicht in eine solche Gesellschaft.
Warren musste ihm sein Missfallen angesehen haben, denn er schwächte seine vorherigen Worte sofort ab: „Aber sei unbesorgt, wir hegen hier keine bösen Absichten, wir sind eben Söldner auf der Durchreise. Wir können übrigens immer Männer gebrauchen. Du bist Rossknecht auf der Burg?"
Die letzte Frage kam wie beiläufig, aber Laq sah, dass er unter gesenkten Wimpern genau beobachtet wurde. Warum war dies so wichtig? Er hatte am Abend zuvor einfach seine frühere Beschäftigung genannt, als man ihn danach fragte, dann hatte er mit Karten gespielt, bis er betrunken war. Und wenn er jetzt so darüber nachdachte, fiel ihm auf, dass er recht oft gewonnen hatte, obwohl er kein besonders guter Yéhfa-Spieler war. Dabei war natürlich ziemlich viel Wein geflossen.

Hatten ihn die Fremden absichtlich gewinnen lassen und betrunken gemacht, um ihn auszuhorchen? Wollten sie das Gleiche von ihm wie Jocelin? Er musste ungeheuer vorsichtig sein, denn an die Beteuerung der lauteren Absichten glaubte er nicht.

„Ja, das bin ich!" erwiderte er daher prahlerisch und fasste sich an die Brust. „In gräflichen Diensten! Ich versorge die Rosse des Grafen und bekomme dafür zwei Dimas in der Woche." „Zwei Dimas in der Woche!" Warren lachte. „Höre, Jjarde, du kannst bei uns an einem Tag das Zehnfache verdienen!"

Laq stellte sich dumm und machte ein ungeheuer erstauntes Gesicht: „Das Zehnfache? Was muss ich dafür tun?" In diesem Moment mischte sich zum ersten Mal der bisher schweigende Jüngling mit den grauen Haaren ein.

„Wie bist du schon nach einem Tag wieder aus dem Gefängnis herausgekommen? Du wurdest von der Stadtwache verhaftet." Er sprach in einem sanften, leisen, beinahe einschmeichelnden Tonfall und sah Laq aus unergründlichen blauen Augen durchdringend an. Vor dem inneren Auge des Jjarden erschien einen Moment lang der Himmel über der Stadt und ihn schwindelte. Dieser harmlos wirkende Mann ohne Waffen war der gefährlichste dieser Leute.

Und seine Frage zeigte, dass Warren vorhin gelogen hatte. Er hatte durchaus Interesse an den Angelegenheiten dieser Söldner, also konnten sie sich nicht erst Tage zuvor zufällig begegnet sein. Schevon Ssert, ein ungewöhnlicher, ein seltsamer Name. Er stammte aus keiner der bekannten Sprachen. Überhaupt verwendete man in den Ostländern keine zweiwortigen Namen, außer bei Adligen. Was führten diese Männer hier im Schilde? Jocelin de Martin hatte recht behalten, Unheil zu vermuten.

„Der Hauptmann des gräflichen Marstalls ist ein Freund von mir; er hat mich heute Mittag herausgeholt, weil sie mich brauchten." Laq hoffte, dass diese Antwort halbwegs überzeugend klang. Jedenfalls nickte der Grauhaarige nur und wandte sich wieder dem Kartenspiel zu.

„Das Zehnfache, oder noch mehr!" Warren schnalzte genießerisch mit der Zunge und schenkte sich noch Wein nach, dann erst fuhr er fort: „Wenn du uns die eine oder andere Gefälligkeit erweisen würdest. Vielleicht kannst du auch bei uns mitmachen; es ist gut bezahlt."
Dann prostete er dem kleinen Jjarden wie einem zukünftigen Spießgesellen zu. Dieser sah sich in seiner Ansicht bestärkt, dass hier etwas Böses im Gange war, heuchelte aber offenkundige Begeisterung.

„Ich bin euer Mann! Sagt mir nur, was ich tun soll."
„Du sollst nur die Augen und Ohren offen halten und uns dann Bescheid geben, wenn du etwas erfährst. Wohnst und schläfst du auch in der Burg?"
„Natürlich! Ich esse auch mit dem Gesinde. Nach was soll ich denn Ausschau halten?"
Warren rückte näher heran und senkte seine Stimme zu einem Flüstern. Seine Weinfahne schlug Laq ins Gesicht.
„Nach einem seltsamen Fremden. Einem Krieger, der sich merkwürdig benimmt und vielleicht auch spricht."
Laq runzelte die Stirn. „Und warum sucht ihr nicht selbst nach diesem Mann? Wenn er so, hmmm …", er zögerte einen Moment, das Wort auszusprechen, „ … seltsam ist, dann muss er doch auffallen, hier in Mattincourt; es kommen nicht oft Fremde hierher."
„Wir sind fremd hier, und du bist fremd hier, Jjarde" erwiderte der große Mann und grinste schief. „Es ist durchaus möglich, dass er auf verborgenen Wegen in die Burg kommt. Er kann auch schon hier sein."
Jetzt musste Laq wirklich den Kopf schütteln. Die Sache wurde immer mysteriöser. „Nein, davon weiß ich nichts. Wie soll er denn aussehen, dieser Krieger, den ihr sucht?"

„Das wissen wir nicht. Du musst nur auf Fremde achten, die Gäste des Grafen sind."
„Und was wollt ihr von diesem Gast des Grafen?"
„Das geht dich gar nichts an!" Warren ließ für einen Moment die Maske der Freundlichkeit fallen, die er die ganze Zeit zur Schau getragen hatte, beschwichtigte aber sofort: „Ich meine nur, dass wir doch noch nicht wissen, ob wir dir trauen können." Laq wusste, dass er jetzt am entscheidenden Punkt des Gesprächs angelangt war und spielte den Gekränkten.
„Dann lasst es eben bleiben! Ich wollte nur wissen, wie ich euch helfen kann." Er trank einen Schluck von seinem Wein und blinzelte seinem Gegenüber dann vertraulich zu. „Wenn die Dimas stimmen, kann ich sehr aufmerksam und auch sehr verschwiegen sein."
Warren lächelte jetzt wieder. „Na schön, kleiner Jjarde. Ich glaube, du bist von unserer Art. Wir hätten diesen Mann nur gerne gesprochen. Er ist ein Bote von einem Auftraggeber, aber das muss niemand außer uns wissen."
Laq glaubte ihm kein Wort. Wenn dieser seltsame Fremde wirklich nach Mattincourt kam, dann schwebte er hier in Lebensgefahr; diese Söldner sollten ihn töten, das stand außer Zweifel. Oder war er wirklich schon hier? Er würde Jocelin fragen. Wenn jemand fünf Mörder bezahlte, um einen Mann umzubringen, dann musste dieser von großer Wichtigkeit sein. Für den Grafen? Der Jjarde spürte, wie ihm die Sache aus den Händen glitt. Hoffentlich konnte er seine Rolle als Stallknecht weiterhin aufrechterhalten.
„Ich werde bestimmt niemandem etwas davon erzählen, ihr könnt euch auf mich verlassen. Aber ich könnte …", er blickte dem anderen treuherzig ins Gesicht, „ … ein paar Dimas schon jetzt dringend gebrauchen; die Zeiten sind hart."
Warren betrachtete ihn prüfend, dann nickte er bedächtig:
„Einverstanden, aber dann halte die Augen offen. Nikolai, gib unserem Freund hier zehn Dimas."

Der Angesprochene blickte von seinem Kartenspiel hoch und sah Laq missmutig an. Dann legte er die Karten auf den Tisch und stand auf. Es lag eine gewisse Feindseligkeit in seinen langsamen Bewegungen. Dann langte er unter seine Jacke. Der Jjarde spannte sich zum Sprung, aber Nikolai zog nur einen kleinen Lederbeutel hervor und entnahm diesem zwei silberne Münzen. Dann grinste er böse und warf sie vor Laq auf den Tisch.
„Hier hast du, Kleiner. Aber wenn du uns betrügst, dann schneide ich dir bei lebendigem Leib das Herz heraus." Laq wollte zu einer zornigen Erwiderung ansetzen, aber Warren bedeutete ihm zu schweigen und wandte sich selbst an den Sprecher.
„Sei bitte nicht so feindselig zu unserem Gast, Nikolai. Er ist auf unserer Seite und wird uns helfen."
Der „Gast" musste gegen seinen Willen innerlich schmunzeln. Wenn ich ihn nicht ansehen würde, dann würde er seinem Kumpan jetzt zuzwinkern oder winken, dachte er sich. Der Rothaarige stieß verächtlich die Luft aus und setzte sich wieder. Warren nickte Laq zu und schenkte noch Wein nach.
„Entschuldige, wir wollen keinen Unfrieden. Nikolai ist kein übler Kerl, aber er mag keine Jjarden. Halte nur in der Burg die Augen offen, und es soll dein Schaden nicht sein."
Dann wandte er seine Aufmerksamkeit dem Kartenspiel der anderen zu.
„He Sten, du könntest mich an deiner Stelle weiterspielen lassen. Welche Farbe hast du?"
Der Angesprochene zuckte gleichmütig mit den Achseln und hielt zur Antwort nur eine Karte hoch. Es war das blaue As.
„Ich verliere ohnehin die ganze Zeit. Schevon ist zu gut."
Der Grauhaarige lächelte kurz, sah erst zu Laq, auf dem er seinen Blick einen Moment ruhen ließ, und dann zu Warren.

„Der Jjarde soll mitspielen." Dies war in ruhigem Tonfall gesprochen, aber mit einer Bestimmtheit, die keinen Widerspruch zuließ.
Der große Söldner nickte ergeben, und Laq fragte sich, wo die Macht dieses Mannes mit dem merkwürdigen Namen Schevon Ssert über diese Räuberbande wohl herrührte. War er der heimliche Anführer oder bezahlte er sie? Und warum wollte er jetzt, dass ein fremder Stallknecht mitspielte? Am gestrigen Abend hatte er sich überhaupt nicht an dem Spiel beteiligt.
„Na schön", meinte Warren. „Livey, Sten, macht Platz! Die Farben werden neu verteilt."
Die beiden Brüder standen bereitwillig auf und verzogen sich an den Tresen. Sie zeigten kein weiteres Interesse an dem Geschehen am Tisch. Laq überlegte sich, dass er beim Spiel vielleicht noch mehr erfahren könnte und widersprach nicht. Bis jetzt war seine Kundschaftertätigkeit ja nicht einmal so schlecht abgelaufen; was er aber in Erfahrung gebracht hatte, warf eher noch mehr Fragen auf. Er rückte seinen Stuhl an den Tisch heran und wollte nach dem Kartenspiel greifen, doch Schevon Ssert kam ihm zuvor. Der junge Mann mit den unergründlichen Augen nickte ihm wie entschuldigend zu und mischte dann den Packen mit einer unglaublichen Geschwindigkeit. Laq glaubte, seinen Augen nicht zu trauen. War dieser seltsame Fremde ein Berufsspieler? Der Stapel Karten schien in seinen Händen zu verschwimmen, obwohl diese sich scheinbar nicht bewegten. Jetzt fielen dem staunenden Jjarden auch die langen dünnen Finger des Mannes auf. Die Hände waren sehr gepflegt und die Nägel sogar spitz zurechtgefeilt. Nein, dieser Schevon Ssert konnte nicht vom Waffenhandwerk leben, diese Hand führte kein Schwert. Laq starrte immer noch fasziniert auf die Karten, die jetzt wie von selbst über den Tisch flogen.

Zuerst werden beim Yéhfa die Asse verteilt. Vor ihm blieb das Grüne As liegen. Er würde diese Farbe nun den ganzen Abend behalten. Warren links von ihm hatte Blau und Nikolai gegenüber Braun. Schevon Ssert an seiner rechten Seite spielte mit der Farbe Rot.
Danach wurden die restlichen zwölf Karten, die Könige, Damen und Ritter der jeweiligen Farben, nach dem Zufallsprinzip verteilt.
Laq betrachtete sein Blatt: Grün As, Grüne Dame, Brauner König und Brauner Ritter. Nichts Besonderes, aber vielleicht konnte er wenigstens einen Stich machen, um nicht zu verlieren. Er warf eine Vierteldima in die Mitte des Tisches und spielte die Dame aus.

5.
Nach zwei Stunden war ein Großteil seiner neu gewonnenen Barschaft dahingeschmolzen wie Butter in der Sonne. Gegen Warren und den rothaarigen Nikolai, der wirklich miserabel spielte, hätte er sich mit etwas Glück behaupten können, aber Schevon Ssert beherrschte das Spiel einfach großartig. Es war, als wüsste er die Karten seiner Gegner.
Vielleicht weiß er es wirklich, dachte sich Laq mit einem leisen Schaudern, als ihm auffiel, dass der Blick des Grauhaarigen öfters zwischen ihm und seinem Blatt hin und her wanderte. Er sah nur selten zu den beiden anderen Mitspielern hinüber. War dies eine Prüfung? Ihm wurde immer unbehaglicher, und weitere Informationen hatte er aus den Spielern nicht herauslocken können. Es war an der Zeit, den Abend abzubrechen.
Schevon Ssert gab das nächste Spiel und machte gleich den ersten Stich. Den zweiten bekam Warren und spielte aus. Nikolai grinste breit und stach mit seinem As. Schevon warf den grünen Ritter ab und sah dann erwartungsvoll zu Laq hinüber. Dieser überlegte. Den letzten Stich würde zweifellos

Ssert machen, denn er hatte sich sein eigenes As bis zum Schluss aufgehoben. Dann hätte er zweimal gestochen und das Spiel gewonnen. Laq konnte aber ohne Verlust davonkommen, wenn er wenigstens einen Stich verbuchte. Also lächelte er wie bedauernd zu Nikolai hinüber und überstach dessen As mit seinem eigenen.
Der hässliche Rothaarige ging leer aus und hatte alles verloren. Schevon Ssert strich wie erwartet die letzten vier Karten ein und nahm sich das Geld vom Tisch.
Nikolai war blass geworden und starrte den kleinen Jjarden hasserfüllt an. Warren und Schevon grinsten sich zu. Laq wurde schlagartig klar, was hier vor sich ging: Die beiden hatten ihm den einen Stich absichtlich zugeschanzt, um Nikolai herauszufordern. Er sollte wirklich geprüft werden. Sie wollten wissen, ob er ihnen mehr von Nutzen sein könnte als der rothaarige Messerwerfer - er war immerhin Bediensteter des Grafen -, und waren bedenkenlos bereit, diesen dafür zu opfern.
Die Karten vom Tisch fegend, stand Nikolai langsam auf. Sein Gesicht zeigte mühsam unterdrückte Wut. Laq spannte unwillkürlich die Muskeln und beobachtete sein Gegenüber scharf. Solange noch beide Hände auf die Tischplatte gestützt waren, konnte der Rothaarige nichts unternehmen. Aber auch ihm selber nutzte sein Säbel nicht viel, wenn er saß. Also musste er Zeit gewinnen, und versuchen hochzukommen.
„Hör zu, Mann!" beschwichtigte er, „Ich musste diesen Stich machen, sonst hätte ich selber verloren." Dabei schob er langsam seinen Stuhl zurück. Es knarrte hörbar auf dem Holzboden, und seine Absicht war verraten.
„Du Jjardenschwein, ich spieß' dich auf!", stieß Nikolai wütend hervor und langte in seinen Jackenärmel. Laq wusste, er würde nicht rechtzeitig hochkommen und stieß den Tisch um. Warren und Schevon Ssert sprangen auf und wichen zur

Seite. Der schwere Eichentisch riss den Rothaarigen mitsamt Stuhl um. Die Gläser und Krüge klirrten und polterten zu Boden. Nikolai fluchte, schob die Tischplatte, die halb auf ihm lag, beiseite, und zog mit der Rechten ein langes Messer aus dem Ärmel. Dann sprang er auf. Er kam allerdings nur halb auf die Beine, dann hielt er abrupt in seiner Bewegung inne und entfärbte sich. Laqs Säbel lag an seiner Kehle.

„Nun, mein Freund, ich würde dir raten, das Messer fallen zu lassen, falls du nicht heute noch deinen Göttern begegnen willst."

Der Jjarde konnte eine gewisse grimmige Genugtuung in seiner Stimme nicht unterdrücken. Das jahrelange harte Training mit der Waffe hatte sich zum ersten Mal in einer ernsthaften Gefahrensituation bezahlt gemacht. Selengard war sozusagen wie von selbst in seine Hand gesprungen, nachdem der Weg frei war.

Nikolai warf seinen Dolch fort und schluckte. Dann begann er nervös auf der Unterlippe zu kauen und sah zu seinen Kumpanen.

Laq hatte dies schon getan; sie lehnten ruhig am Tresen und machten keine Anstalten einzugreifen. Warren grinste sogar hämisch.

Außer dem Wirt war sonst niemand mehr im Raum. Dieser begann jetzt lauthals wegen des umgeworfenen Tisches und der verschütteten Getränke zu schimpfen. Laq stellte sich so, dass er Nikolai und die anderen im Gesichtsfeld hatte.

„Es tut mir leid, Jjarde, ich ... ich ...", stammelte Nikolai hervor und suchte nach Worten.

„Ich will dich nicht töten, also leg deinen Gürtel ab!" Laq unterstrich diese Forderung, indem er den anderen mit der flachen Seite der Klinge an der Wange tätschelte, und fuhr in versöhnlicherem Ton fort: „Ich möchte nur meine Dimas mitnehmen und in Frieden gehen. Bist du damit einverstanden?"

Eifrig nickend ließ der Rothaarige seinen Gürtel zu Boden fallen und versicherte: „Es war nicht so gemeint, verzeih, aber ich gerate nun mal leicht in Wut ..." Dazu lächelte er wie zur Entschuldigung. Die anderen standen immer noch am Tresen und beobachteten nur mit einer gewissen gespannten Erwartung die Szene.

„Dann ist es gut", erwiderte Laq und zog die Spitze seiner Klinge zurück, „aber du solltest deine Wut etwas besser unter Kontrolle halten, sonst wirst du eines Tages vielleicht mehr als deine Zähne verlieren."

Nikolai biss sich auf die Lippen. Der Jjarde ahnte, dass jetzt der entscheidende Moment kam. Sobald er sich abwandte, würde ein heimtückischer Angriff erfolgen. Für solche Gefahren hatte er ein untrügliches Gespür. Er drehte sich halb herum, sodass er dem anderen die rechte Seite zeigte. Dann steckte er in einer weit ausholenden Bewegung seinen Säbel in die Scheide zurück. Zumindest musste dies Nikolai so erscheinen, denn wie durch Zauberei erschien in dessen Linken plötzlich ein weiteres Messer, das er aus dem rechten Ärmel hervorgezogen hatte. Er stieß zu, das heißt, er wollte zustoßen, denn er hatte keine linke Hand mehr.

Laq hatte ihn getäuscht, als er so tat, als würde er seine Waffe in die Scheide stecken. In Wirklichkeit hatte er sie auf der von Nikolai abgewandten Seite daran vorbeigeführt und, als er die schnelle Bewegung sah, im Halbkreis hochgeschwungen. Die blitzende Klinge traf den zustoßenden Arm knapp über dem Handgelenk und trennte ihn dort sauber ab. Der Rothaarige blickte verblüfft seiner fliegenden Hand nach, die noch immer das Messer hielt. Sie platschte mit einem widerlichen Geräusch auf den Nebentisch und blieb dort in einer kleinen Blutlache liegen.

Nikolai starrte, immer noch wortlos, auf seinen Armstumpf, aus dem das Blut in hellem Strahl herausspritzte und sich am Boden mit dem verschütteten Rotwein mischte. Dann brach er in die Knie und wimmerte wie ein Kind, seinen halben Unterarm umklammernd.

Laq sah zum Tresen. Die anderen Männer standen immer noch ruhig dort und machten keinen Versuch, zu den Waffen zu greifen oder ihrem Kameraden zu helfen. Nur Warren nickte ihm anerkennend zu. „Nicht übel für einen Rossknecht, Kleiner!" Dann schlug er mit dem Handrücken seinem Nebenmann auf den Arm und kommandierte:

„Los, Sten und Livey, kümmert euch um ihn!"

Laq schwang die Klinge in ihre Richtung, aber dies war nicht nötig. Die beiden Schwertkämpfer gingen zu Nikolai und zogen ihn hoch, dabei blieben sie wohlweislich außerhalb der Reichweite seiner Waffe. Der Verletzte schluchzte immer noch, aber dann drehte er sich zu dem Jjarden um. Sein ohnehin hässliches Gesicht war jetzt eine Fratze des blanken Hasses.

„Dafür wirst du bezahlen, jjardisches Schwein!", stieß er keuchend zwischen den zusammengebissenen Zähnen hervor. „Ich werde an dich denken, und eines Tages werde ich dir meine abgeschlagene Hand an den Kopf nageln!"

„Ja, ja, eines Tages wirst du das", unterbrach Warren die Hasstirade, „aber jetzt kannst du froh sein, wenn du nicht verblutest. Bindet den Arm einstweilen ab! Und du, Jjarde, solltest jetzt besser gehen. Aber denke an unsere Abmachung und halte die Augen offen. Ich kann wesentlich unangenehmer werden als unser rothaariger Freund hier."

Er trat zu dem umgestürzten Tisch und holte seine Axt. Laq behielt seinen Säbel in der Hand, aber der große Söldner legte die riesige Waffe nur mit der Schneide ins Kaminfeuer.

Seinem Rat folgend ging Laq rückwärts bis zur Tür und trat schnell hinaus. Dann verschwand er eiligst im Dunkel. Er hatte ohnehin keine Lust, die folgende Szene mitzuerleben. Erst eine Straße weiter steckte er seinen Säbel in die Scheide zurück und wischte sich den Schweiß von der Stirn. Dann ging er langsam bergan in Richtung der Burg und begann nachzudenken.

6.

Nikolais Schmerzensschreie waren in ein röchelndes Schluchzen übergegangen. In der Schenke roch es nach verbranntem Fleisch. Der Rothaarige saß zusammengekrümmt auf einem Stuhl, umklammerte den verkohlten Stumpf seines linken Armes und stammelte unzusammenhängende Sätze vor sich hin. Der Wirt hatte den Tisch wieder aufgestellt und die Blut- und Weinflecken vom Boden aufgewischt. Dabei hatte er die ganze Zeit leise vor sich hin geschimpft.
Warren bedeutete ihm, dass er verschwinden solle. Der Mann wagte nicht zu widersprechen und verzog sich nach oben. Er war für eine Woche Unterkunft und Bewirtung im Voraus bezahlt worden, also war es ihm egal, ob diese Gäste blieben oder verschwänden. Wenn er recht überlegte, wäre er eigentlich gar nicht böse, wenn er sie am nächsten Morgen nicht mehr vorfände; mit solchen Leuten hat man ohnehin nichts als Ärger.
Die beiden Brüder, Livey und Sten, schafften den immer noch jammernden und übelste Verwünschungen ausstoßenden Nikolai ebenfalls die Treppe hoch und brachten ihn in sein Zimmer. Dann legten sie sich schlafen, hoffend, dass der Verletzte sie nicht die ganze Nacht wach halten würde.
Schevon Ssert hatte sich wieder an seinen alten Platz begeben und starrte nachdenklich auf den Packen Karten in seiner Hand. Warren holte sich noch einen Becher Wein und setzte sich dazu. Er trank einen Schluck und begann dann: „Nikolai ist nicht mehr so gut wie früher, er wird alt."
Der grauhaarige Jüngling fasste sein Gegenüber scharf ins Auge und entgegnete ruhig: „Ich weiß nicht, wie er früher

war, aber gegen diesen kleinen Jjarden hätte er auch damals keine Chance gehabt."
„Das war nur seine Unbeherrschtheit!"
„Eben! Ich bezahle euch gut und kann solche Leute nicht gebrauchen. Wir müssen den Fremden finden und töten. Und jeder Ärger mit den Bürgern hier schadet nur unserem Ziel. Es wäre besser gewesen, der Jjarde hätte ihm statt der Hand den Kopf abgeschlagen, dann hätten wir ein Problem weniger."
„Das können wir ja noch tun", kicherte Warren, „dann wird der einzelne Anteil größer. Aber war die Idee nicht gut, diesen Stallknecht als Spion einzusetzen?"
Jetzt lachte Schevon Ssert. „Du bist ein Narr, Warren! Ihr seid alle Narren! Dieser angebliche Stallknecht ist der beste Freund vom Sohn des Grafen."
Der andere wurde blass. „Woher wisst Ihr das?"
„Unser kleines Spielchen vorhin war doch in so mancher Hinsicht recht aufschlussreich."
Er mischte die Karten kurz durch und zog dann aufs Geratewohl eine hervor. Es war der Grüne König. Warren starrte darauf, und während er hinsah, schien sich das Gesicht der Figur auf der Spielkarte zu verändern. Ein älterer bärtiger Mann sah ihn an.
„Zur Hölle, was ist das für ein Trick?" Er schreckte zurück und blinzelte verwirrt. Das Bild auf der Karte war wieder das alte.
Schevon Ssert lächelte. „Das, mein Freund, war Graf Albert de Martin, der Herrscher über die Souvanmark." Der Söldner schüttelte den Kopf und fingerte gedankenverloren an seiner Axt herum. Dann fragte er: „Wollt Ihr mir nicht endlich verraten, warum wir diesen seltsamen Fremden umbringen sollen?" Das Lächeln seines Gegenübers erstarb. Dann antwortete er merkwürdig ernst: „Weil er eine Macht ist!"
Sein Blick schien in die Ferne zu sehen.

Der fahle Mond erhellte jetzt wieder die Schieferdächer der nächtlichen Stadt. Die dunkelgelbe Wolkendecke hatte sich in dem auffrischenden Wind von Südwest aufgelöst. In der Schenke gingen die letzten Lichter aus, als auch Schevon Ssert und Warren sich endlich zur Ruhe begaben. Nur die restliche Glut des Kaminfeuers verbreitete noch einen Hauch von Wärme und warf diffuse Schatten der Tische und Stühle an die Wände.

An der Rückseite des schmuddeligen Hauses öffnete sich leise knarrend ein hölzernes Fenster. Eine dunkle Gestalt ließ sich an der Außenwand herunter und ging sofort in die Hocke, die Hand am Schwertgriff. Ohne ein weiteres Geräusch zu verursachen, schloss Jocelin de Martin den Fensterladen wieder und verschwand in den ersten Nebelschwaden des nahenden Morgens.

KAPITEL ZWEI: DER SELTSAME FREMDE

Hier lernt unser Freund Laq einen eigenartigen Mann aus einer fremden Welt kennen und erfährt etwas über die Fähigkeiten des grauhaarigen Kartenspielers, was ihn noch mehr verwirrt. Wir machen die Bekanntschaft von Blair de Martin, und Jocelin gerät in Lebensgefahr.

1.

Laq saß bereits in der Gesindeküche beim Frühstück, als Jocelin herein trat. Der Sohn des Grafen zeigte trotz der beunruhigenden Ereignisse der Nacht seine übliche gute Laune.
Der kleine Jjarde hingegen konnte eine gewisse Besorgnis nicht verbergen, und seine Rühreier mit Speck wollten ihm nicht so recht schmecken. Jocelin setzte sich dazu und nahm sich ein Glas Milch und eine Scheibe Brot. Während er Butter daraufstrich, grinste er Laq bewundernd zu und vollführte eine kreisförmige Bewegung mit dem Küchenmesser.
„Du bist wirklich erstaunlich schnell, mein Freund. Und dann der Trick mit dem Säbel; diese Raffinesse hätte ich einem Jjarden gar nicht zugetraut."
Laq wurde rot vor Zorn. „Du hast es gesehen! Du warst dort und hast gelauscht, du verdammter hinterhältiger ..." Jocelin unterbrach den Wutausbruch, indem er das Brotmesser mit einem vielsagenden Blick an die Lippen legte. Der andere schwieg; er musste ohnehin nach Worten suchen. Leise und eindringlich sprach der Souvaner weiter: „Aber natürlich war ich dort und habe gelauscht. Glaubst du vielleicht, ich lasse meinen besten Freund ganz alleine dorthin gehen? Es hätte schließlich durchaus etwas passieren können!"
Jetzt musste Laq sogar lachen. „Du bist wirklich ein Meister der schamlosen Untertreibung, Exzellenz! Es hätte etwas

passieren können! Ich habe jemandem den halben Arm abgeschlagen und bin beinahe selber erstochen worden."
„Keine Sorge, ich war die ganze Zeit auf dem Sprung und hätte jederzeit eingreifen können."
„Wo warst du denn überhaupt versteckt?"
„In einem schmalen Holzverschlag hinter dem Gläserregal. Durch ein paar Löcher in den Brettern konnte ich alles genau beobachten. Und die Wand ist so morsch und dünn, ich hätte sofort durchbrechen können, wenn es wirklich gefährlich geworden wäre."
„Es war wirklich gefährlich! Wenn diesem Warren nun eingefallen wäre, auch noch auf mich loszugehen ..."
„Wäre ihm nicht! Die haben ihren Kumpan absichtlich geopfert, um dich auf die Probe zu stellen. Hast du das nicht gemerkt?"
„Das ist mir dann auch klar geworden! Woher hast du das Versteck hinter dem Gläserregal gekannt?"
„Ich kenne eine der Schankmägde, und die ..." - „Das genügt! Ich weiß, wie die Geschichte weitergeht!", unterbrach Laq seufzend seinen Freund und fuhr fort: „Du kannst mir nichts vormachen, Joce, du weißt doch mehr über diese ganze Sache, als du zugibst! Ich bin dein Freund und helfe dir gerne, aber dann möchte ich wissen, was hier gespielt wird. Ich hasse es, ahnungslos in irgendwelche Intrigen verwickelt zu werden."
Jocelin de Martin wurde ernst und sah seinem Gegenüber in die Augen. Dann pflichtete er ihm bei: „Du hast recht! Aber glaube mir, ich wusste bis gestern selber nicht ... Ich hatte nur so eine Ahnung, dass es irgendetwas mit meinem Vater zu tun hat."
Schon wieder eine Ahnung! Laq musste an sein ungutes Gefühl auf dem gestrigen Weg zu dem Gasthaus denken. Diese Ahnung hatte ihn nicht getrogen; allerdings hatte er den va-

gen Verdacht, als wäre das noch nicht alles gewesen. Der Souvaner bestätigte diesen auch sofort, als er weitersprach:
„Und damit hatte ich recht! Dieser grauhaarige junge Mann ..."
„Schevon Ssert!"
„Ja! Ein seltsamer Name. So seltsam wie die ganze Erscheinung."
„Er trägt keine Waffe; zumindest habe ich keine gesehen."
Jocelin dachte kurz nach, dann murmelte er ungewöhnlich ernst:
„Ich glaube, der braucht keine ... Er hat aus seinem Kartenspiel eine Karte mit dem Bild meines Vaters herausgezogen, zumindest sagte er das."
„Was?" Laq sah sein Gegenüber ungläubig an. „Ich habe doch vorher mitgespielt; die Karten waren ganz gewöhnlich."
„Es war der Grüne König, und er trug das Abbild meines Vaters", beharrte Jocelin, dann zögerte er einen Augenblick. Sein Freund zog die Brauen zusammen und fragte dann eindringlich:
„Joce, du hast mir noch nicht alles gesagt. Was hast du noch gehört? Sag es mir!"
Der andere kaute auf seinen Lippen, dann fuhr er stockend fort:
„Er hat gewusst, dass du mein Freund bist; er hat es aus den Karten gelesen!" Er zuckte mit den Achseln und trank einen Schluck. Laq saß einen Moment wie erstarrt. Er war totenbleich geworden; seine Gedanken überschlugen sich. Aus diesem Grund hatte der Fremde gewollt, dass er mitspielte. Schevon Ssert hatte die Farben verteilt und ihm Grün gegeben; auch das war kein Zufall gewesen. Er hatte geglaubt, diesen Söldnern die Rolle des Stallknechts vorzuspielen, dabei hatte dieser Grauhaarige die ganze Zeit mit ihm gespielt. Ihm lief es eiskalt den Rücken hinunter.

„Wie kann er aus Spielkarten erfahren, dass ich dein Freund bin? Das wäre ja ...", er zögerte, das böse Wort auszusprechen. „Magie! Zauberei!", brachte Jocelin den angefangenen Satz zu Ende und nickte bedächtig. Laq starrte ihn an. „Es gibt keine Magie mehr, seit die alten Götter diese Welt verlassen haben! Und ich glaube auch nicht, dass es vorher welche gegeben hat!"
„Die Priester des Arboreysth glauben es! Du kannst überall ihre Tempel sehen."
„Außer den Priestern selber glaubt kein Mensch in den Ostländern an diesen Kult! Wenn es Arboreysth jemals gegeben hat, dann ist er vor zweitausend Jahren zusammen mit den anderen Göttern verschwunden. Nein, wenn dieser Fremde über mich Bescheid wusste, dann hat er es auf anderen Wegen erfahren."
Jocelin dachte nach. Ein bestimmter Verdacht begann sich in seinen Überlegungen abzuzeichnen. Er blickte prüfend zu seinem Freund hinüber. Dieser erriet seine Gedanken und nickte. „Du meinst", er hielt einen Moment inne, „Blair steckt hinter dieser Sache? Er ist sicher eingesperrt!"
„Bist du ganz sicher? Vielleicht hat er eine Wache bestochen." Der Souvaner war jetzt sehr nachdenklich geworden und überlegte scharf. Laq konnte recht haben. Es wäre möglich, dass sein wahnsinniger Bruder der Auftraggeber dieser Männer sein könnte. „Und warum sollte Blair fünf Mörder anheuern, um einen Gast meines Vaters umzubringen? Wenn er jemanden wirklich hasst, dann bin ich das selber!"
„Wer weiß", wandte Laq ein, „was im Kopf dieses Verrückten vor sich geht. Vielleicht denkt er, dir damit wesentlich mehr zu schaden, außerdem dürfte es nicht so einfach sein, dich zu töten."
„Ja", gab Jocelin zu bedenken, „wenn ich nicht gerade in einer üblen Kneipe im Unterviertel im Schrank sitze!"
.

Und so kam es, dass sich gleich nach dem Frühstück zwei Männer mit verschiedenen Zielen auf den Weg machten. Der eine, ein kleiner blonder Jjarde, verließ eilig die gräfliche Burg und lenkte seine Schritte zum großen Südtor der Stadt. Er sollte im Auftrag Jocelin de Martins dem Hauptmann der Torwache den Befehl übermitteln, jeden auffälligen Fremden sofort in Gewahrsam zu nehmen und im Keller eines der Wehrtürme zu bewachen. Dies sollte möglichst ohne Aufsehen geschehen.

Der andere war der Sohn des Grafen selbst. Mit einem gewissen Widerwillen machte er sich auf den Weg zum alten Westturm. Hier war das Gefängnis seines wahnsinnigen Bruders; in den obersten beiden Stockwerken hatte man die Fenster vergittert und alle Türen bis auf eine zugemauert. Diese wurde Tag und Nacht von zuverlässigen Dienern bewacht. Jocelin hatte Blair schon seit über einem Jahr nicht mehr zu Gesicht bekommen, entsprechend ungut war sein Gefühl, wenn er an die bevorstehende Begegnung dachte.

2.
„Ah, mein über alles geliebter Bruder! Du siehst mich entzückt über deinen unerwarteten Besuch. Aber nimm doch Platz!"
Jocelin konnte ein Schaudern nicht unterdrücken, als er seinem Ebenbild in die Augen sah. Blair war nur wenige Minuten älter als er, aber er war eine wahnsinnige Bestie, darüber konnten auch seine höflichen Worte nicht hinwegtäuschen. Dieser Mann, der aussah wie er, hatte im Alter von fünfzehn Jahren drei Küchenmägde in die Katakomben unter der Burg gelockt und dort zu seinem Vergnügen langsam zu Tode gefoltert. Er selber, Jocelin, hatte eines Tages die abgehackten Hände der Opfer in einer Truhe in Blairs Gemächern gefunden. Er hatte diesen grausigen Fund sofort seinem Vater gezeigt. Der alte Graf sprach nicht einmal eine Viertelstunde

lang alleine mit seinem ältesten Sohn und verfügte dann, dass dieser zeit seines Lebens im Westturm eingesperrt werden sollte. Die Räumlichkeiten wurden zwar luxuriös ausgestattet, aber die Freiheit sollte Blair nicht mehr erhalten.
Albert de Martin hat nie jemandem erzählt, was in dieser Viertelstunde gesprochen wurde, aber seit diesem Tag war er ein verschlossener, niedergeschlagen wirkender Mann. Und nun saß Jocelin seinem so ungleichen Zwillingsbruder gegenüber. Blair trug wie immer grüne Kleidung und schenkte jetzt zwei Gläser Wein ein.
„Auf dein Wohl, Bruder! Was verschafft mir das Vergnügen deiner so lange vermissten Anwesenheit?"
Sein Blick war unergründlich. Jocelin prostete zurück, trank aber nicht. Er traute seinem Bruder nicht. Er konnte zwar kein Gift hier haben, aber wer weiß? Vielleicht hatte er gestoßenes Glas unter den Wein gemischt. Blair musste ihm seine Gedanken angesehen haben, denn er lachte plötzlich schrill und trank sein Glas in einem Zug aus. Dann warf er es an die Wand und griff nach dem von Jocelin.
„Ich werde doch den Thronfolger derer von Martin nicht vergiften wollen", spöttelte er und nahm einen Schluck. Dann stellte er das Glas wieder an seinen Platz und fragte plötzlich: „Wie geht es unserem geschätzten Vater?"
Jocelin war von dieser Frage überrascht, aber sie passte ihm ganz gut, um das Gespräch in die richtige Richtung zu lenken. Darum antwortete er möglichst gleichgültig: „Es geht ihm gut. Warum fragst du?"
Sein Gegenüber zog die Schultern hoch und winkte ab. „Nur so, schließlich ist das Wohlergehen meines Vaters auch für mich von Interesse. Und er ist alt; er ist vielleicht schon zu alt, um die Souvanmark weiterhin zu verwalten."
„Ich habe kein Interesse an Staatsgeschäften, wie du weißt!"
„Wer spricht denn von dir?", schrie Blair plötzlich und sprang auf. „Du weißt einiges nicht, kleiner Bruder! Du

weißt wirklich viele Dinge nicht!", lachte er und setzte sich wieder. Dann wurde er schlagartig ernst: „Vater ist älter, als du denkst. Und seine Zeit, abzutreten, ist gekommen." Er kicherte vor sich hin. Jocelin fühlte sich von dem Auftritt abgestoßen, aber er zwang sich, ruhig zu bleiben und zu überlegen. War dies jetzt nur die Hasstirade eines Wahnsinnigen, oder wusste Blair wirklich etwas über ihren Vater, von dem er keine Ahnung hatte? Er war immerhin der Erstgeborene und hätte nach dem Tod des Grafen der Herrscher der Souvanmark werden sollen. Und warum hatte er ihn nicht einmal ernsthaft nach dem Grund seines Kommens gefragt? Blair wusste um den Zweck seines Besuchs, dessen war er nun sicher.

„Nun, du willst mich nur reizen", sagte er leichthin, „unserem Vater geht es gut. Und er hat zurzeit einen Gast; einen Fremden, der seltsam spricht."

Er beobachtete sein Gegenüber genau, aber das Gesicht seines Bruders zeigte ehrliches Erstaunen. Jetzt war Jocelin verwirrt. Hier passte überhaupt nichts zusammen. Vielleicht hatte auch Blair irgendetwas vor, aber es hatte nichts mit diesem merkwürdigen Fremden zu tun. Ihm wurde jetzt leichter ums Herz, denn was konnte sein verrückter Bruder schon aus seinem Gefängnis heraus anstellen? Die Wachen waren jedenfalls zuverlässig, die hatte der Graf persönlich ausgesucht. Er wechselte noch ein paar höfliche Worte mit dem Gefangenen und verabschiedete sich dann. Nachdem er dreimal an die Tür geklopft hatte, ließ ihn die Wache hinaus. Er sah genau zu, wie die schwere Eisentür verschlossen wurde und ging dann nachdenklich die Treppe hinunter. Ein Stockwerk tiefer konnte er Blairs dröhnendes Gelächter hören.

.

Jocelin betrat gemessenen Schrittes den großen Beratungssaal der Burg. Er hatte seinen Vater zuerst im Thronsaal gesucht, doch dort nicht angetroffen. Es war wirklich Zeit für

eine Aussprache. Hatte der Graf nun einen Gast oder nicht? Erwartete er überhaupt einen? Fragen über Fragen. Aufklärung konnte wahrscheinlich nur Albert de Martin selbst erteilen. Der Offizier der Garde, Oberst Cornelius, begrüßte ihn. Jocelin fragte ihn sogleich nach seinem Vater.
„Es tut mir leid, Lord Jocelin! Der Graf hat sich den ganzen Morgen noch nicht gezeigt. Er ist sicher noch in seinen Privatgemächern; er fühlte sich schon gestern Abend nicht besonders wohl."
„Was sagt ihr, Cornelius? Mein Vater hatte doch immer eine eiserne Gesundheit!"
Der Oberst druckste etwas herum. Dann atmete er hörbar aus und meinte dann: „Es schien mir auch eher ... seelischer Art zu sein. Er wirkte irgendwie ... irgendwie niedergeschlagen."
Jocelin war erstaunt. Er hatte seinen Vater ein paar Tage nicht gesehen, aber er wusste, das dieser immer etwas abwesend wirkte. Nun, dieser Zustand würde sich zweifelsohne auch wieder bessern. Er setzte sich an einen Tisch zu ein paar Offizieren. Auch ein Handwerksmeister, ein Priester des Arboreysth und ein gräflicher Hoflieferant saßen mit dort. Der Mundschenk brachte ihm ein Glas Wein.
Es war kurz vor der Mittagszeit, und viele Bedienstete liefen geschäftig herum. Auch Ybkallis, der Hofnarr, hatte sich eingefunden, und gab lustige Weisen auf der Laute zum Besten. Hauptmann Ludomir, einer der Wachoffiziere, unterbrach ein Gespräch mit seiner Nachbarin und wandte sich Jocelin zu.
„Denkt ihr, dass Sir Severin bald von der Inspektion der Grenztruppen zurückkehren wird, mein Lord?"
„Ich weiß nicht, Hauptmann! Es war immer friedlich an der Südgrenze. Aber mein Vater wird schon seine Gründe gehabt haben, ihn dorthin zu senden. Ich wünschte allerdings, Severin wäre jetzt hier in der Nähe!"
Die Rede war von Severin de Martin, Jocelins Onkel und jüngerer Bruder des Grafen. Er war der oberste Befehlshaber

aller souvanischen Truppen, ein alter Kämpfer mit einem feuerroten Bart; Jocelin mochte ihn sehr. Jetzt weilte er gerade an der südlichen Grenze der Souvanmark, wo die Wüstenländer von Lyshan begannen. Dieses lebensfeindliche Ödland galt als unpassierbar, und noch nie war ein Feind von dort in die östlichen Provinzen vorgestoßen, aber es war Tradition bei den Souvanern, eine große Grenzgarnison an diesem Außenposten zu unterhalten. Jocelin konnte sich auch nicht erklären, warum sein Vater Severin ausgerechnet jetzt dorthin zu einer Routineinspektion gesandt hatte. Kein Heer würde diese wasserlose Wüste durchqueren können. Der Souvaner schüttelte den Kopf und seufzte; zu viele seltsame Ereignisse geschahen zurzeit auf einmal.
„Mein Lord, bedrückt Euch vielleicht etwas?", fragte der Hauptmann mitfühlend. Er hatte den Gesichtsausdruck Jocelins richtig gedeutet. Dieser winkte nur ab; er hatte keine Lust zu reden. So nahm er das Weinglas in die Hand und trank einen Schluck. Ludomir sprach weiter auf ihn ein, aber er hörte die Worte wie aus weiter Ferne. Wie gebannt starrte er in die Flüssigkeit. Aus der scheinbar endlosen Tiefe des Glases sah ihn sein Bruder Blair an und lachte aus vollem Halse. Dann wirbelten verschiedene andere Gesichter vorbei: Laq, Schevon Ssert, sein Vater, ein Unbekannter, Severin, und schließlich wieder Blair, der sich in seinen Vater verwandelte.
Schreckensbleich stellte er das Glas ab. Er wusste mit einem Mal, was jetzt geschehen würde, und er sah es, als würde die Zeit langsamer laufen und wie durch Wasser hindurch: Hauptmann Ludomir, der sich plötzlich herumdrehte, den Hofnarren, der die Laute fallen ließ, die Hofdamen, die die Hände vors Gesicht schlugen, und Oberst Cornelius, der zum Schwert griff. Und er sah den Diener, der mit verstörtem Gesichtsausdruck in den Saal gerannt kam. Er hörte ihn nicht, aber er wusste, was dieser schrie:

„Graf Albert ist tot!"

3.

Es war um die Mittagszeit, als der Fremde am Südtor von Mattincourt auftauchte. Der Sergeant der Wache hatte sich alle Leute, die im Laufe des Vormittags ein- und ausgingen, genau angesehen, aber bis jetzt niemanden ausmachen können, der wirklich fremdartig aussah. Die meisten kannte er sowieso, und der Rest waren Soldaten, Bauern oder Handwerker. Einmal wollte ein fahrender Händler mit seinem Ochsenkarren durch, und er hielt ihn an und durchsuchte den Wagen, fand aber nichts außer Töpfen, Pfannen und sonstigen Marketenderwaren. Dessen heftiges Fluchen ignorierend, ließ er den Mann mit seinem Ramsch passieren.

Jetzt aber staunte er wirklich: Der Jüngling, der sich gerade anschickte, durch das Tor zu gehen, musste von einem Maskenball kommen. Er schien sich auch nicht das Geringste aus seinem seltsamen Aufzug zu machen, sondern spazierte gemächlich an den Torwachen vorbei und sah interessiert nach links und rechts, so als ob er noch niemals in einer großen Stadt gewesen sei. Dazu schwenkte er eine große Tasche aus merkwürdig glänzendem Stoff. Die anderen Wachen staunten ebenfalls nicht schlecht und hätten darüber beinahe ihren Befehl vergessen.

Der Sergeant aber fasste sich schnell. Der kleine Jjarde hatte keinen Zweifel daran gelassen, dass der Sohn des Grafen ein ernstes Interesse an der Person dieses Fremden hatte. Er trat diesem in den Weg und machte ein grimmiges Gesicht. Der Mann blieb überrascht stehen, sah ihn aber nicht einmal unfreundlich an.

Der Soldat hub an: „Seid Ihr der ...", dann wusste er schon nicht mehr weiter. Was sollte er denn fragen? Außerdem hatte der Jjarde ihm ausdrücklich eingeschärft, jedes Aufsehen zu vermeiden.

„Kommt mit mir! Lord Jocelin wünscht Euch zu sprechen!"
Der seltsame Fremde zuckte nur mit den Schultern und widersprach nicht. Vielleicht lag es auch daran, dass sich inzwischen zwei der anderen Wachen unmissverständlich links und rechts von ihm postiert hatten. Sie geleiteten ihn in das Wachhaus und bedeuteten ihm, sich dort auf einen Stuhl zu setzen. Der Sergeant trat hinzu und taxierte ihn erst einmal auf Waffen. Der Mann trug offenbar keine, war jetzt aber anscheinend misstrauisch geworden. Er lächelte nicht mehr und fragte in weniger freundlichem Ton:
„Darf ich vielleicht erfahren, wer dieser Lord Jocelin ist und was er von mir will?"
Die Wachsoldaten sahen sich erstaunt an und brachen dann in schallendes Gelächter aus. Ihr Anführer aber antwortete mit einem drohenden Unterton in der Stimme: „Passt auf Eure Worte auf, Fremder! Lord Jocelin ist der Sohn des Grafen de Martin und zukünftiger Herrscher der Souvanmark."
Er hoffte, dass diese Auskunft den Mann eingeschüchtert hatte, denn so eine Respektlosigkeit gegenüber seinem Dienstherren hatte er in seinem langen Leben als Soldat noch nicht erlebt. Dem schien aber nicht so zu sein, denn der Fremde sah ihn nur kopfschüttelnd an und sprach dann die wahrhaft seltsamen Worte:
„Okay, okay!"
Dann schaute er sich, offenbar nicht weiter beunruhigt, in der Wachstube um. Der Sergeant überlegte angestrengt, aus welcher fremden Sprache diese Wörter wohl stammen könnten, als die Tür aufschwang und Laq herein trat.
.

Der Jjarde übersah die Situation mit einem Blick und er wusste sofort, dass dies der gesuchte Fremde sein musste. Auch er blieb verwundert stehen und betrachtete sich diesen seltsamen Mann erst einmal gründlich. Er hatte alles erwartet, einen Tasken, einen Yllianer, vielleicht sogar einen Krie-

ger aus dem fernen Norden oder einen der haarigen Bewohner des Schneewolkengebirges, aber was er hier vor sich sitzen sah, das war kein Mensch aus dem bekannten Teil der Welt.
Er sah eigentlich nicht einmal wie ein Krieger aus, überlegte Laq und rief sich noch einmal Warrens Worte ins Gedächtnis zurück. Der große Söldner hatte von einem Krieger gesprochen, aber er hatte selbst zugegeben, dass er nicht wusste, wie dieser aussehen sollte. Und dieser Mann hier war zweifelsohne die merkwürdigste Erscheinung, die in den letzten Jahren in Mattincourt gesehen worden war.
Der Fremde war groß gewachsen, sehr groß. Laq stellte im Geist einen Vergleich an und befand, dass er sogar größer als Jocelin war. Er hatte strohblondes langes Haar, und, jetzt musste der Jjarde noch genauer hinsehen, darin waren schwarze und grüne Streifen. Grüne Haare, es war nicht zu glauben! Er trug hautenge schwarze Lederhosen und darüber ein dünnes violettes Hemd, das aber keine Knöpfe hatte. Das fremdartigste Kleidungsstück aber war die Jacke des jungen Mannes. Sie war ohne Zweifel aus blauem Stoff, mit silbernen Metallstreifen verziert. Aber die Knöpfe waren nicht da, wo sie hingehörten, sondern anscheinend vollkommen willkürlich auf Brust und Schultern verteilt, überdies waren sie mit seltsamen Symbolen verziert. Vielleicht waren es irgendwelche Talismane, denn zum Schließen der Jacke konnten sie ja wohl nicht dienen. Schließlich bemerkte der Jjarde noch kopfschüttelnd, dass die Schuhe des Mannes schwarz und weiß gestreift waren. Der Fremde hatte ruhig lächelnd die Musterung über sich ergehen lassen und war anscheinend zu dem Schluss gekommen, dass Laq hier etwas zu sagen hatte, denn er sprach ihn an:
„Sind Sie dieser Lord Jocelin?"
Die Stimme war wohltönend und angenehm, aber die Frage gab Laq neue Rätsel auf. Wie konnte man ihn, einen Jjarden,

für einen Lord der Souvanmark halten? Und warum sprach der andere in der Mehrzahl von ihm? Ohne Zweifel war nur er selbst gemeint, und nicht die Wachen mit. Er beschloss, erst einmal auf die Frage einzugehen und antwortete in höflichem Ton:
„Nein, das bin ich nicht! Ihr seid wohl fremd in diesem Land?"
„Ihr?" Der Fremde sah zu den Wachen und dann wieder zu ihm. Er runzelte die Stirn. Jetzt verstand Laq. Der andere hatte die gleichen Schwierigkeiten wie er mit der Ausdrucksweise. Er wollte dieses Missverständnis aufklären, aber da sah er, wie der Mann in sich hineinlachte und dazu nickte. Er hatte also auch verstanden. Dumm konnte dieser Fremdling nicht sein; eigentlich wirkte er auch recht sympathisch, aber ein Krieger war er sicher nicht, dazu war er viel zu dünn.
„Ja, ich ... ich bin wohl fremd hier", antwortete er merkwürdig stockend, so als ob er sich jedes Wort erst überlegte. „Könnt ... Ihr mir sagen, wo ich hier bin?"
„Ihr wisst es nicht?" - „Nein! Ich habe keinen blassen Schimmer!"
„Ihr wisst nicht, wo Ihr seid, und Ihr schimmert nicht?"
Laq schwirrte der Kopf. Dieser Warren hatte recht gehabt; der Mann sah nicht nur seltsam aus, er redete auch so. Jetzt betrachtete der Fremde ihn prüfend. Anscheinend hatte er selbst gemerkt, dass er nicht verstanden worden war, denn er winkte ab und meinte:
„Ich glaube, wir haben hier ein Verständigungsproblem."
Dem konnte der Jjarde nur beipflichten und er gab zu: „Da habt Ihr wohl recht, Sir!" Der andere lachte lauthals. „'Sir' hat mich noch keiner genannt! Ihr seid wirklich witzig, Herr ... Wie soll ich Euch ansprechen?"
„Ich heiße Laq, aber ich bin hier nicht der Herr!"
„Nein, ich meinte ...", warf der Fremde ein, aber dann zuckte er resignierend mit den Schultern. Auch Laq hatte verstan-

den, dass hier wieder gleichen Wörtern verschiedene Bedeutungen zukamen. Er lächelte den Mann an und versicherte: „Ich verstehe. Der Titel 'Herr' ist in Eurer Sprache die höfliche Form der Anrede."
Auch sein Gegenüber versuchte jetzt, sich möglichst unmissverständlich auszudrücken, und wählte die Worte langsam und mit Bedacht: „So ist es, Herr ... Laq?"
„Richtig! Und wie ist Euer Name, Sir?"
Der Fremde nestelte an seiner Jacke herum. Während er in einer seiner Taschen nach irgendetwas suchte, murmelte er: „Mein Name wird Euch wohl nichts sagen, Sir Laq." Dann tat er etwas, was sowohl den Jjarden als auch die Wachen aufs Äußerste verblüffte:
Er zog ein kleines weißes Stäbchen aus der Jackentasche und steckte es sich in den Mund. Er aß es aber nicht auf, sondern setzte es mit einem kleinen roten Zylinder in Brand. Dann saugte er an dem Stäbchen und stieß eine Rauchwolke aus. Er schmatzte behaglich und sagte dann, ohne auf die entsetzten Gesichter der Umstehenden zu achten:
„Ich heiße Daniel Christian Smith!"
4.
Jocelin de Martin stand fassungslos vor der Leiche seines Vaters. Hinter ihm drängten sich Oberst Cornelius, Hauptmann Ludomir und einige andere Soldaten und Hofbedienstete ins Zimmer. Eine der Damen schrie auf, als sie den Toten sah. Der Diener, der vorher in den Beratungssaal gestürmt war, stand bleich neben Jocelin und trat nervös von einem Fuß auf den anderen. „Ich ... ich habe geklopft, weil er immer noch kein Frühstück bestellt hatte. Er hat nicht geantwortet, und dann bin ich herein, und da ...", stotterte der Mann und wies auf das breite Bett. Graf Albert hatte sein Nachtgewand noch an. Er musste also im Laufe der gestrigen Nacht gestorben sein, dies registrierte Jocelin automatisch, obwohl er die ganze Szenerie wie im Traum erlebte. Sein Va-

ter war tot. Sein Vater, der für den jungen Prinzen stets Liebe, Fürsorge und Sicherheit bedeutet hatte, seit die Mutter an den Pocken gestorben war.
Die Leiche lag merkwürdig verkrampft auf dem Bett. Die Augen waren weit aufgerissen und der Mund im Todeskampf verzerrt. Im Zimmer war keine Unordnung, aber es herrschte ein entsetzlicher Gestank nach Fäulnis und Verwesung. Einige der Anwesenden begannen zu husten, und eine Dame wandte sich ab und verließ schnell den Raum. Selbst der alte Oberst Cornelius konnte seine Fassungslosigkeit nicht verbergen.
„Meine Güte, Lord Jocelin! Welche Krankheit kann das gewesen sein? So etwas habe ich in meinem ganzen Leben noch nicht gesehen; das ist ja furchtbar!"
Jocelin konnte nicht antworten. Immer noch starrte er entsetzt auf den Leichnam seines Vaters. An den Armen und im Gesicht war die Haut von schwarzen Adern durchzogen, an manchen Stellen begann sich das Fleisch abzulösen. Der Rest des Körpers sah wahrscheinlich nicht anders aus. In diesem Moment fiel ein Stück der Wange heraus und der Mund klaffte auf. Zwei weitere Hofdamen kreischten auf und rannten aus dem Zimmer, auch Jocelin musste sich abwenden. Diesen Anblick würde er nie vergessen.
„Oberst Cornelius, würdet Ihr bitte veranlassen, dass mein Vater bestattet wird? Ich ...", er suchte nach Worten.
„Natürlich, Lord Jocelin! Ich meine ... Graf de Martin ..." –
„Lasst nur, Cornelius! Ich danke Euch", flüsterte er, fast unfähig zu sprechen, und ging ebenfalls zur Tür. Auf halbem Wege drehte er sich noch einmal herum und befahl dann in einem festeren Ton: „Ich erwarte alle Minister, Offiziere und die Garde in einer Stunde im Beratungssaal!"
„Die Garde ist bereits hier, verehrter Bruder!", erscholl da plötzlich eine bekannte Stimme vom Eingang des Zimmers her. Alle Köpfe fuhren herum. Blair de Martin stand breitbei-

nig in der Tür, er trug einen Schuppenpanzer und eine Sturmhaube und hatte ein langes Schwert in der Hand. Hinter ihm drängten sich schwer bewaffnete Soldaten in den Raum.
„Das ist Verrat!" schrie Oberst Cornelius. „Ich bin der oberste Befehlshaber der Gräflichen Garde, und ich befehle euch ..." Er kam nicht weiter, denn ein Speer bohrte sich in seine Schulter und warf ihn zu Boden. Er blieb stöhnend in einer Blutlache liegen. Die metallene Spitze ragte aus seinem Rücken.
„Du befiehlst überhaupt nichts mehr, Cornelius!" rief ein anderer Offizier, der nun den Raum betrat. „Der Oberbefehlshaber der Garde bin jetzt ich!"
Der Sprecher war ein untersetzter glatzköpfiger Mann mit einem Gehfehler; er zog ein Bein etwas nach. Er hatte sich neben Blair aufgebaut und grinste frech in die Runde. „Du also, Aghanez! Du hast dich von diesem Wahnsinnigen bestechen lassen!", knurrte Jocelin grimmig. „Hat man dir wenigstens genug für diesen Verrat gezahlt?"
„Aber natürlich, Jocelin!", zog der Offizier das letzte Wort absichtlich in die Länge. „Mein Lord Blair weiß meine Fähigkeiten in dieser Beziehung durchaus zu schätzen - und auch zu belohnen."
Jocelin grinste spöttisch. „Du wirst dir davon keinen neuen Fuß kaufen können, Aghanez!", erwiderte er und zog in einer fließenden Bewegung sein Schwert. „Und auch keine neuen Haare!"
Der andere schnaubte vor Wut. Dann befahl er: „Nehmt ihn gefangen, aber lebend!" Blair neben ihm schüttelte sich vor Lachen. Einige der Soldaten rückten vor. Hauptmann Ludomir und die wenigen getreuen Männer hatten sich neben Jocelin aufgebaut und ihre Waffen gezogen. Er nickte ihnen kurz dankbar zu und lächelte dann den Hauptmann an:

„Ich hoffe, Ludomir, dass Ihr zu schätzen wisst, was diese haarlose Kröte unternimmt, um Euch zu einem Waffengang zu verhelfen."
„Ich weiß, mein Lord", erwiderte dieser säuerlich grinsend, „und ich bin sehr dankbar dafür!" Dann sprang er blitzschnell vor und stieß einem der Gegner das Schwert durch die ungeschützte Kehle. Der Mann sank gurgelnd zu Boden und spuckte einen Schwall Blut über die Beinkleider des Hauptmanns.
Jocelin rief: „Guter Stoß, Ludomir!", dann ging er selbst zum Angriff über.
Er täuschte eine Attacke auf einen Gegner vor ihm vor; dieser riss schützend seine Waffe hoch. Jocelin trat ihm mit aller Kraft in den Unterleib und ließ sein Schwert auf einen links von ihm Stehenden herabsausen. Dieser hatte mit der Wendung nicht gerechnet und bekam seine Parade nicht mehr hoch. Die schwirrende Klinge trennte den linken Arm ab und drang durch das Kettenhemd tief in die Brust ein. Jocelin achtete nicht weiter auf diesen Mann. Er musste sein Schwert schnell wieder herausziehen, um einen weiteren Soldaten abzuwehren, der von rechts auf ihn eindrang. Der Mann sollte ihn offenbar wirklich nicht töten, denn er schwang nur einen schweren Axtstiel und wollte ihn dem Prinzen über den Kopf schlagen. Jocelin ging in die Hocke, um dem Hieb auszuweichen, wechselte seine Waffe in die linke Hand und stieß sie dem anderen von unten in den Leib. Der Mann starb schreiend, aufgespießt auf das Langschwert, und auch Jocelin spritzte ein Strahl Blut ins Gesicht.
Er konnte einen Moment nichts sehen und musste von irgendwoher einen Schlag auf die Schulter einstecken. Er wischte sich über die Augen, fluchte und sprang auf; dabei wechselte er Anvarslay wieder in die Rechte. Wie durch roten Nebel hindurch konnte er einen weiteren Gegner ausmachen, der sich eben anschickte, ein zweites Mal mit der fla-

chen Seite des Schwertes zuzuschlagen. Jocelin stieß ihm die Spitze seiner eigenen Waffe mitten ins Gesicht. Dann wurde er von hinten angerempelt. Er wirbelte herum, aber es war nur Hauptmann Ludomir, der von zwei Gegnern zurückgedrängt worden war. Aus dem Augenwinkel konnte er erkennen, wie ein Soldat aus der zweiten Reihe mit einem Speer nach dem Hauptmann stechen wollte, und stieß diesen zur Seite.
„Habt Dank, mein Lord!", keuchte Ludomir und schlug einem seiner Bedränger mit einem gewaltigen Zirkelhieb den Kopf ab. Der Schwung des Schlages war so groß, dass er nach vorne gerissen wurde und von dem anderen Gegner einen Stich in den Arm bekam. Dieser verlor sogleich darauf seinen eigenen Arm in einer Fontäne aufspritzenden Blutes, denn Jocelin hatte fast gleichzeitig weit ausholend zugeschlagen. Der Mann starrte einen Augenblick fassungslos auf die Wunde, dann grub sich des Hauptmanns zweiter Hieb durch den Helm hindurch ins Gesicht bis zur Nasenwurzel. Der Gegner mit dem Speer stand jetzt ohne Deckung da. Zwei seiner Kameraden eilten ihm zu Hilfe, kamen aber zu spät. Jocelin hatte sich geschickt unter der zustoßenden Spitze hindurch gerollt und von unten herauf aus der Drehung zugeschlagen. Die blitzende Klinge drang tief in den Unterkörper des Mannes ein und blieb dort stecken. Er zerrte verzweifelt an der Waffe, um sie wieder freizubekommen und rutschte in einer Blutlache am Boden aus.
Von rechts prallte ein kämpfender Mann gegen ihn und riss ihn mit sich um. Der Gegner hatte sein Schwert verloren, kam aber auf ihn zu liegen. Er krallte seine Hände um Jocelins Hals und drückte zu. Der Mann grinste ihm triumphierend ins Gesicht, als ein weiterer Gegner eingriff und die Beine des Prinzen umklammerte.
Während seine Schläfenadern anschwollen und das Blut in seinem Schädel pochte, gewahrte Jocelin, dass neben ihm

Hauptmann Ludomir unter dem Ansturm dreier Männer zu Boden ging. Ein weiterer sprang hinzu und stach mit einem langen Messer mitten in das Knäuel aus Armen, Beinen und Leibern hinein. Jocelin konnte einen Arm befreien und griff in den Gürtel des auf ihm Liegenden. Er tastete verzweifelt umher, während seine Lungen nach Luft schrien. Da konnte er den Griff eines Messers erfühlen und zog es heraus. Mit letzter Kraft stieß er die Klinge mitten in das lachende Gesicht über ihm. Das Grinsen erstarb und verschwamm in rotem Nebel. Ein blubberndes Röcheln und das Splittern von Knochen waren die letzten Geräusche, die Jocelin hörte. Dann bekam er einen Schlag gegen den Kopf und versank in bodenloser Schwärze. Das irre Gelächter Blairs hörte er nicht mehr.

5.
Laq hatte eben seinen Bericht beendet, und der große Fremde schüttelte verwundert den Kopf und lächelte ihn dann ungläubig an. Er hatte sich inzwischen schon das dritte Stäbchen angezündet und gab die ganze Zeit weiße Rauchwolken von sich. Der Jjarde hatte aus Höflichkeit nicht nach dem Zweck dieser Tätigkeit gefragt, vermutete aber, dass dies ein Genussmittel sein müsste und keine rituelle Handlung. Aber er stellte sich jetzt wirklich ernsthaft die Frage, in was für eine verrückte Geschichte er da hineingeraten war. Jocelin würde Augen machen, wenn er diesen seltsamen Mann mit seinen Rauchstäbchen zu Gesicht bekäme.
„Ihr glaubt mir nicht, Sir Daniel, habe ich recht?", schloss er resignierend seine Erzählung ab und seufzte. Dieser wiegte seinen Kopf hin und her und antwortete dann zögernd: „Ich weiß nicht, Sir Laq. Es ist kaum zu glauben, dass mich jemand umbringen will. Es ist schon unmöglich, dass überhaupt jemand wusste, dass ich hierher kommen würde. Ich

habe es selbst nicht gewusst, dass ich ... Wie heißt diese Stadt, sagtet Ihr?" „Mattincourt. Es ist die Hauptstadt der Souvanmark und Herrschaftssitz des Grafen von Martin."
„Diese Namen sagen mir nichts, aber es ist klar, dass ich nicht auf meiner eigenen Welt bin."
Laq starrte ihn an wie einen Geist. Das konnte er nun wirklich nicht glauben. Der Fremde musste entweder verrückt sein oder ihn zum Narren halten wollen. Er kratzte sich am Kopf und fragte dann: „Ihr behauptet, nicht von dieser Welt zu sein? Woher denn dann? Das klingt ..." Er zuckte hilflos mit den Schultern.
„Ich weiß, ich weiß!" antwortete Daniel. „Aber ich war vor zwei Stunden noch in San Antonio." Als Laq nur die Stirn runzelte, fuhr er fort: „In Texas."
Der Jjarde stand vom Tisch auf und ging zum Fenster; ihm schwirrte der Kopf. Die Wachen hatte er vorher schon hinausgeschickt, jetzt war er mit dem Fremden allein und verstand gar nichts mehr. Er wünschte sich sehnlichst, Jocelin wäre hier. Der Souvaner kam mit solchen Situationen besser zurecht. Er drehte sich wieder herum und fuhr fort: „Sir Daniel, es fällt mir schwer, dies zu glauben. Ihr behauptet, aus ... aus ..."
„Texas", fiel der andere helfend ein.
„ ... aus Texas zu stammen. Ist das auf einem anderen Kontinent? Ich dachte immer, es gibt keine Möglichkeit, zu den anderen Kontinenten zu gelangen!"
Jetzt war die Reihe an Daniel, ungläubig dreinzuschauen.
„Ihr wisst, dass es andere Kontinente gibt, und ihr kommt nicht dorthin? Habt ihr denn keine Schiffe?"
Laq lachte wider Willen. Der Mann musste wirklich wahnsinnig sein. Er musterte ihn nochmals von oben bis unten. Eigentlich war dieser seltsame Mensch wirklich nicht unsympathisch, und er sprach auch auf eine Weise, die dem Jjarden

gefiel, aber was er sagte ... Seufzend bemühte sich Laq, sachlich zu bleiben.

„Hört, Sir Daniel", begann er, wurde aber sogleich unterbrochen: „Könnten wir nicht dieses 'Sir' weglassen? Ich bin kein Adliger, und Ihr, versteht mich bitte nicht falsch, Ihr kommt mir auch nicht vor wie ein Baron oder ..." Daniel machte eine wegwerfende Handbewegung und lächelte Laq entwaffnend an. Dieser musste jetzt ebenfalls grinsen: „Ihr habt recht, ... Daniel! Ich bin nichts dergleichen", pflichtete er bei und sah an sich selbst herunter, „ich war hier tatsächlich nur Pferdeknecht, wie ich Euch vorhin schon erzählte, aber mein Freund Jocelin ist wirklich der Sohn des Grafen de Martin."

„Dann werde ich diesen natürlich gerne mit 'Sir' oder 'Lord' ansprechen, wenn ich ihm vorgestellt werde. Ich nehme doch an, dass Ihr die Absicht habt, dies zu tun, oder?"

„Natürlich", nickte Laq, „es war ja vor allem Jocelins Idee, dass ich ..."

Er wusste nicht weiter und zupfte sich nachdenklich an der Nase. Dann blickte er seinem Gegenüber offen ins Gesicht.

„Daniel, ich glaube, dass ich Euch mag, aber ich muss zugeben, dass ich überhaupt nichts mehr verstehe, und dass ich Euch nur schwer glauben kann."

Der andere seufzte und erwiderte: „Das wundert mich nicht, Laq, ich kann es ja selbst nicht glauben. Aber es ist wahr, ich bin nicht von dieser Welt! Ihr seid ja hier noch im Mittelalter!"

„Nein, das stimmt nicht!" widersprach der Jjarde. „Das Mittelalter endete vor eintausendvierhundert Jahren, als Cyprian von Bél die Herstellung von Stahl entdeckte."

Daniel starrte ihn mit großen Augen an. In seinem Hirn arbeitete es offensichtlich. Dann winkte er ab: „Streiten wir uns nicht um Begriffe. Ich wollte Euch nicht beleidigen. Ich

meinte damit nur, dass wir auf meiner Welt etwas weiter sind."
Er sah das Stirnrunzeln des anderen und fügte überflüssigerweise hinzu: „Technisch."
Der Jjarde verzog das Gesicht noch mehr. Beide sahen sich an und dachten nach. Schließlich brach Daniel das Schweigen und meinte dann in herzlichem Ton: „Jedenfalls bin ich Euch und Eurem Freund Jocelin sehr dankbar, dass ihr mir das Leben retten wolltet, wirklich. Aber ich glaube nicht, dass dieses Mordkomplott mir gilt. Ich bin kein Gast des Grafen, ich kenne ihn ja gar nicht, und ich weiß nicht, wie ich hierher gekommen bin."
Er zögerte einen Augenblick, dann fuhr er resignierend fort: „Und ich bin aus einer anderen Welt! Warum sollte also jemand fünf Söldner bezahlen, um mich umzulegen?"
„Umzulegen?"
„Umzubringen! Entschuldigt, dies ist auch ein Ausdruck aus meiner Welt."
Laq gab innerlich auf. Dieser Mann glaubte wirklich, was er da sagte. Und ob er nun der Gesuchte war oder nicht, die Mörder würden es auf jeden Fall annehmen und ihn töten. Sie hatten keine genaue Beschreibung ihres Opfers bekommen sondern nur den vagen Hinweis, dass der Fremde seltsam aussehen und sprechen würde. Und beides traf auf diesen Daniel voll und ganz zu. Allein schon der Name! Daniel Christian ... Das letzte Wort hatte er schon wieder vergessen. Niemand hatte einen dreiwortigen Namen. Vielleicht war er tatsächlich von einem anderen Kontinent, aber sicher nicht aus einer anderen Welt!
„Hört, Daniel, ich weiß nicht, von woher ihr kommt, und ich glaube, ich will es auch gar nicht wissen. Aber Ihr seid hier in großer Gefahr. Diese Leute werden Euch mit Sicherheit töten wollen. Und Ihr seid ...", er maß den anderen mit sei-

nen Blicken, „Ihr seid offenbar kein Krieger, Ihr habt ja nicht einmal eine Waffe!"
Daniel nahm ihm diese Bemerkung nicht übel; er war wirklich nicht besonders kräftig. Er überlegte kurz und meinte dann nachdenklich: „Ihr habt recht, ich sollte vielleicht ..." Er verstummte mitten im Satz und sah plötzlich zur Tür. Der Jjarde folgte seinem Blick, aber er konnte nichts Außergewöhnliches feststellen. Wahrscheinlich war nur eine der Wachen draußen vorbeigegangen.
„Was solltet ihr vielleicht, Daniel?", forschte er. Der andere sah immer noch gebannt zur Tür und fragte dann unvermittelt: „Ist das der Mann, von dem Ihr vorhin erzählt habt?" Laq sah nochmals in die angegebene Richtung, aber da war niemand. Jetzt war er vollends verwirrt. Hatte dieser Daniel Wahnvorstellungen? Er wollte eine Frage stellen, aber sein Gegenüber zeigte mit dem Finger in den Raum und rief: „Geht in Deckung, er schießt!"
Mitten aus dem Zimmer erscholl ein Fluch. Laq erschrak bis ins Mark, und plötzlich verstand er. Er hörte das Zirpen einer Bogensehne und dann ging alles so schnell, dass er sich erst später wieder richtig an alles erinnern konnte. Daniel war von einem Augenblick zum anderen verschwunden, als ob es ihn nie gegeben hätte. Dann bohrte sich plötzlich ein Pfeil mit einem trockenen Knirschen in die Wand hinter dem Stuhl, auf dem er gesessen hatte. Eine Sekunde später tauchte Daniel wieder auf. Er stand jetzt, sprang mit einem wahren Panthersatz über den Tisch und riss Laq mitsamt seinem Stuhl zu Boden. Ein zweiter Pfeil schwirrte über sie hinweg und blieb zitternd in der hinteren Wand stecken. Daniel zog die Klinge aus Laqs Gürtel und sprang auf. Die Waffe ungeschickt vor sich haltend, ging er langsam zur Tür. Der Jjarde zog das Messer aus seinem Stiefel und rappelte sich ebenfalls hoch. Dann trat er hinter Daniel und sah sich misstrauisch im

ganzen Raum um. Der Fremde ließ die Waffe sinken, spähte aber weiter aufmerksam nach draußen.
„Ist etwas geschehen, Sir Laq?" rief von außen eine Stimme. Der Sergeant der Wache hatte den Lärm gehört und kam jetzt eilends herbei. Er sah Laqs Klinge in Daniels Hand und griff zu seinem Schwert.
„Es ist in Ordnung, Sergeant!", rief der Jjarde. „Aber stellt Euch bitte hier in die Tür!" Dann drehte er sich um, durchquerte die Wachstube und schloss den Fensterladen. Als er sich erneut umwandte, stand Daniel direkt vor ihm und sah ihn an.
„Ihr habt ihn nicht gesehen!" stellte der Fremde fest. „Ihr habt diesen Mann nicht gesehen. Er war für Euch unsichtbar!"
.
„Ist er weg?", fragte Laq nur. Das Geschehene ließ ihn jetzt erst erblassen. Der Schock saß ihm tief in den Gliedern und er musste sich gegen die Wand lehnen. Daniel nickte. „Nachdem der zweite Schuss auch fehlgegangen ist, ist er hinausgelaufen. Hier habt Ihr Eure Waffe wieder, ich nehme an, Ihr könnt damit besser umgehen als ich."
Immer noch fassungslos nahm Laq seinen Säbel aus Daniels Hand. Er wagte nicht, ihn in die Scheide zurückzustecken. Er atmete tief durch und hatte sich dann wieder gefasst. „Warum konntet Ihr diesen Mann sehen und ich nicht?"
Daniel legte die Hand auf seine Schulter und antwortete ernst:
„Ich weiß es nicht, glaubt mir. Aber ich habe ihn genau gesehen, es war der grauhaarige junge Mann, von dem Ihr erzählt habt."
„Schevon Ssert! Er kann sich unsichtbar machen, das ist es!"
Der andere lächelte grimmig und stimmte ihm zu: „Ich würde es nicht glauben, aber was mir selbst heute passiert ist ..."

„Aber warum konntet Ihr ihn sehen? Weil Ihr aus einer anderen Welt kommt? Ich bin langsam geneigt, Euch Glauben zu schenken."
Nachdenklich zuckte Daniel mit den Schultern. „Möglich. Ich konnte ihn jedenfalls deutlich sehen. Und glaubt mir: Niemand war darüber mehr erstaunt als dieser Mann mit den grauen Haaren. Das Gesicht hättet Ihr sehen sollen!"
Der Widersinn seiner Worte fiel ihm sofort auf, und er lachte lauthals. Laq stellte fest, dass sein neuer Bekannter einen eigenartigen Sinn für Humor hatte.
„Nun, Daniel, Ich muss Euch danken! Ihr habt mir das Leben gerettet. Der zweite Schuss hätte mich sicher getroffen."
Der andere winkte lässig ab: „Lasst es gut sein! Ihr und Euer Freund, Ihr wolltet mir ja auch das Leben retten. Eine Hand wäscht die andere, nicht wahr?"
Laq fragte sich, wie man in dieser Situation ans Händewaschen denken konnte, aber er sagte nichts dazu. Von diesem seltsamen Menschen würde er sicher noch Verrückteres hören.

Die beiden verließen sofort danach die Torwache und liefen in Richtung der belebten Innenstadt. Laq hatte seinem neuen Freund klargemacht, dass sie schnellstens von hier verschwinden mussten. Es wäre durchaus möglich, dass dieser Grauhaarige es noch einmal versuchen würde und vielleicht auch die anderen Söldner in der Nähe wären. Daniel hatte sich einen langen braunen Mantel mit Kapuze übergeworfen, um sein auffälliges Äußeres zu verbergen.
Als sie an den Wachsoldaten vorbeiliefen konnte er es sich nicht verkneifen zu rufen: „Und achtet auf einen Unsichtbaren!"
Es war später Nachmittag, und Laq hatte sich gedacht, dass sie in dem allgemeinen Gewimmel auf den Straßen am bes-

ten untertauchen könnten. Er beabsichtigte, Daniel in einer Herberge unterzubringen, deren Wirtin er kannte.
Von der Tuchmachergasse aus bogen sie auf den Marktplatz ein und verlangsamten ihren Schritt. Der Lärm des ganz normalen Markttreibens tönte ihnen entgegen. Töpfer und Gewürzhändler, Fischverkäufer und Stiefelmacher taten lauthals die Vorzüge ihres Gewerbes kund.
Daniel umklammerte seine Tasche unter seinem Umhang und war nicht weiter erstaunt, als Laq ihm zuflüsterte, er solle auf Diebe achten. Drängelnd und stoßend kämpften sich die beiden durch die Masse hindurch. Laq hoffte darauf, dass ihnen selbst ein Unsichtbarer nicht durch einen dichtgedrängten Menschenhaufen folgen könnte, ohne aufzufallen. Er packte Daniel am Arm und zog ihn in eine Seitengasse.
„Nein!" antwortete dieser, noch bevor er fragen konnte. „Ich habe diesen Schevon Ssert nicht gesehen!" Der Jjarde verschnaufte einen Moment. Dann zog er sein Messer aus dem Stiefel und reichte es Daniel. „Ihr seid offenbar der Einzige, der diesen ...", er zögerte, das Wort auszusprechen, „ ... der diesen Zauberer sehen kann. Benutzt diese Waffe, wenn Ihr könnt!"
Daniel sah ihn mit einem skeptischen Blick an. „Ich glaube wirklich nicht, dass ein Messer etwas gegen so einen Gegner ausrichten kann, aber ich danke Euch dafür!"
Laq nickte ihm zu und lief weiter. Sie rannten durch mehrere Seitengässchen, bis Daniel vollends die Orientierung verloren hatte. Vor einem baufälligen Ziegelhaus an einer schmutzigen Ecke blieb der Jjarde schließlich stehen. Er sah sich nach allen Seiten um. Dann winkte er Daniel zu sich.
„Dies hier ist ein Haus, in dem ...", versuchte er zu erklären, aber der andere winkte ab. „Wenn man hier etwas zu essen bekommen kann, dann bin ich schon zufrieden."
„Nun, die Damen werden wohl auch etwas zu essen haben", erwiderte Laq schmunzelnd. Er klopfte an die Tür und warte-

te. Es dauerte eine geraume Weile, dann wurde innen ein Riegel zurückgeschoben und die alte Holztüre ging knarrend einen Spalt auf. Der Jjarde gab sich zu erkennen, und man ließ sie eintreten. Blinzelnd brauchte Daniel einen Moment, bis sich seine Augen an die Dunkelheit im Innern gewöhnt hatten. Die Einrichtung der Herberge sah besser aus, als man von draußen denken konnte. Es war ein großer, halbwegs sauberer Raum mit einem langen Tresen und verschiedenen gepolsterten Sitzmöbeln. Überall an den Wänden waren Halterungen angebracht, in denen kleine Kerzen einen trüben Lichtschein verbreiteten. Daniel kam eine Idee, und er wandte sich zu Laq um. Da konnte er erst genau erkennen, wer oder vielmehr was sie da eingelassen hatte:
Es war eine offenbar uralte und spindeldürre Frau mit einer gewaltigen Hakennase. Fehlen nur noch eine Warze darauf und ein Rabe auf der Schulter, dachte sich Daniel. Er musste aber seinen ersten Eindruck etwas revidieren, als er bemerkte, dass die Frau in sehr kostbare Gewänder gekleidet war.
„Nun, mein kleiner Jjarde, was bringst du mir denn da für Kundschaft in mein Haus der Zerstreuung?", fragte die Frau mit einem skeptischen Seitenblick auf Daniel. Dieser war erstaunt. Sie hatte eine angenehme dunkle Stimme und drückte sich gewählt aus. Schlagartig war ihm alles klar. Nun, anscheinend waren ihre beiden Welten doch nicht so verschieden.
Laq stellte ihn vor: „Lady Melissa, dies ist mein Freund Daniel Chr ..." Er unterschlug den Rest und fuhr fort: „Hört, Ihr müsst uns helfen. Wir sind in verdammten Schwierigkeiten!" Die alte Dame schaltete erstaunlich schnell. „Gut", meinte sie nur, „kommt mit nach oben!" Dann nahm sie eine Kerze und ging voran. Daniel kam nicht umhin, über ihre Vitalität trotz ihres fortgeschrittenen Alters zu staunen. Sie geleitete die beiden zwei Treppen hoch und öffnete ihnen dann die Tür eines kleinen Hinterzimmers.

Laq und Daniel hatten sich an einem kleinen Tischchen niedergelassen und verschnauften erst einmal. Eine Flasche Wein hatte ihnen Lady Melissa aus einem Schrank geholt und war dann wieder gegangen, um etwas zu essen zu beschaffen.
„Sie ist eine sehr nette alte Dame", erklärte der Jjarde, „wir können ihr vertrauen."
Daniel lächelte. Laq betrachtete ihn genau, aber er konnte nichts Spöttisches in seinem Blick erkennen. Er trank einen Schluck von dem Wein und schien irgendwie in die Ferne zu sehen.
„Wir müssen unbedingt Jocelin benachrichtigen!", sinnierte Laq. „Er weiß überhaupt nicht, wie ernst die Situation ist. Ein Mörder, der sich unsichtbar machen kann! Etwas Gefährlicheres kann ich mir gar nicht vorstellen."
Plötzlich sah er seinem Gegenüber direkt in die Augen.
„Daniel, wie hast du das gemacht?"
Der andere runzelte die Stirn. Er stellte befriedigt fest, dass man stillschweigend zum 'Du' übergegangen war. Das Schicksal schien sie ohnehin irgendwie zusammengeführt zu haben. Aber mit dieser Frage konnte er jetzt überhaupt nichts anfangen.
„Wie habe ich was gemacht?"
Laq taxierte ihn misstrauisch und brummte dann: „Ich glaube, dass du und ich nicht aus Zufall aufeinander getroffen sind. Wir sind beide hier in eine gefährliche Sache hineingeraten."
„Ja, und ich kann dir nicht einmal sagen, wie ich hineingeraten bin. Du würdest es wirklich nicht glauben."
„Ich will es jetzt auch gar nicht wissen. Es hat irgendetwas mit dir, mir, Jocelin und seinem Vater zu tun. Und ich finde, dass wir uns gegenseitig vertrauen sollten."

Daniel zuckte mit den Schultern. „Das finde ich auch, aber ich verstehe deine Frage nicht."
„Ich meinte damit", wurde Laq deutlich, „wie du es gemacht hast, plötzlich zu verschwinden, sodass der Pfeil durch dich hindurchging? Das war genauso Zauberei!"
Der andere war ehrlich verblüfft: „Der Pfeil ging durch mich hindurch? Ich dachte, er hätte danebengeschossen!"
Er sagte dies mit einer Aufrichtigkeit, die nicht gespielt sein konnte. Der Jjarde wurde seiner Sache selbst unsicher. Konnte er sich getäuscht haben? Wem konnte er überhaupt noch trauen? Seinen Augen jedenfalls nicht. Ohne zu fragen packte er Daniels Hand und drückte sie fest. Nein, dieser Mann war ohne Zweifel aus Fleisch und Blut.
Daniel war klar, warum der Jjarde dies tat, aber er ließ den anderen nicht los und gab den Händedruck zurück. Die beiden sahen sich in schweigendem Einverständnis an und jeder wusste, dass er einen Freund gefunden hatte.
.
Zwei Mädchen aus Lady Melissas 'Herberge' hatten ihnen Brot, Käse und Wurst gebracht. Laq merkte jetzt erst, wie hungrig er war, und auch sein neuer Freund langte mit großem Appetit zu. Nachdem er fertig gegessen hatte, stand der Jjarde auf und lief im Zimmer auf und ab. So konnte er am besten überlegen.
Sie mussten so schnell wie möglich in die Burg gelangen und mit Jocelin sprechen.
Aber auf den Straßen würde es höchst gefährlich sein. Daniel brauchte erst einmal normale Kleidung, dann fiele er nicht so auf. Die könnte Melissa beschaffen; auch eine vernünftige Waffe wäre notwendig.
„Welche Art von Klinge führst du?", fragte er und beäugte misstrauisch die ungeschickte Art und Weise, wie der andere mit dem Brotmesser umging.

Dieser lachte lauthals. „Ich führe überhaupt keine Klinge! Dies ist in meiner Welt nicht üblich. Naja, vielleicht in Japan ..."
Laq war verwirrt. Dann forschte er weiter: „Speer, Keule, Axt, Morgenstern?"
Hilflos zuckte Daniel mit den Schultern. „Ich fürchte, ich bin dir keine große Hilfe. Ich kann überhaupt nicht mit solchen Waffen umgehen. Ich kann nicht einmal Bogenschießen!"
Resignierend seufzte Laq. Auch das noch! Er war in der größten Gefahr seines Lebens und hatte einen Partner, auf den er auch noch aufpassen musste.
„Dafür kannst du Unsichtbare sehen, das kann ich nicht!", lobte er ironisch und trat ans Fenster, um weiter zu überlegen. Eines fiel ihm jetzt plötzlich auf. Unten auf der Straße waren verdammt viele Soldaten zu sehen. Die Truppen waren schwer bewaffnet und gingen von Haus zu Haus. Was hatte das jetzt wieder zu bedeuten?
Er wirbelte herum, als die Tür aufging, aber es war nur Lady Melissa. Die alte Dame keuchte schwer und machte einen ziemlich erschöpften Eindruck.
„Hört, Laq, in der Stadt ist die Hölle los!", schnaufte sie und packte ihn am Arm. „Die Soldaten suchen alles nach Fremden ab. Sie verhaften sie und schaffen sie auf die Burg. Damit seid ihr beiden gemeint. Ihr müsst sofort verschwinden!"
Der Jjarde starrte sie verständnislos an. „Aber warum ...?", stotterte er.
„Das ist noch nicht alles!", redete Melissa weiter. „Der Graf soll tot sein, und die Truppen haben revoltiert. Blair de Martin soll die Herrschaft an sich gerissen haben. Es ist entsetzlich! In der Oberstadt wird gekämpft!"
Laq stand wie vom Donner gerührt. Blair! Was war mit Jocelin? „Ich muss zur Burg", flüsterte er, „mein Freund Jocelin ist dort. Vielleicht kann ich ihn noch retten. Er hat wirklich recht gehabt!"

Daniel legte ihm die Hand auf die Schulter. Auch Lady Melissa schüttelte nur traurig den Kopf und wandte niedergeschlagen ein:
„Das hat keinen Zweck, kleiner Jjarde. Die ganze Burg ist von Blairs Truppen besetzt. Außerdem heißt es ...", sie zögerte, weiterzusprechen, „ ... es heißt, Jocelin de Martin ist auch tot!"
Entsetzt sah Laq sie an, dann musste er sich setzen. Daniel schwieg betreten. Er hatte diesen Sohn des Grafen nie gesehen, fühlte sich ihm aber doch irgendwie nahe.
„Ihr beiden müsst aus der Stadt verschwinden!", beharrte Melissa. „Sie bringen euch um, wenn sie euch finden! Ich weiß nicht, warum, aber Blair de Martin lässt nach euch suchen."
„Ich verstehe es auch nicht", murmelte Laq. Er hatte sich jetzt wieder gefasst, und sein an sich pragmatischer Verstand gewann die Oberhand. „Aber Ihr habt recht. Und falls Jocelin doch noch lebt, dann kann ich ihm nicht helfen, wenn ich auch tot bin!"
Er stand auf und ging zum Fenster. Dann hatte er einen Einfall. „Wir müssen Lord Severin benachrichtigen. Er ist der Einzige, dem die Truppen folgen werden, wenn Jocelin wirklich nicht mehr am Leben ist."
Und leise fuhr er fort: „Und er ist auch der Einzige, der seinen Neffen noch retten kann, falls ..." Er sprach nicht weiter, aber die anderen verstanden.
Erstaunlich behende sprang Melissa auf. „Es gibt ein geheimes Versteck im Keller! Dort könnt ihr über Nacht bleiben, und morgen früh schmuggele ich euch aus der Stadt."
Daniel konnte nicht umhin, diese agile alte Lady zu bewundern. Er nickte ihr dankbar zu und forderte Laq auf, ihm zu folgen. Der Jjarde widersprach nicht. Geführt von Melissa gingen sie die dunkle Treppe hinunter. Im Erdgeschoss be-

deutete sie ihnen zu warten und nahm eine der Kerzen von der Wand.

In diesem Augenblick schlug es krachend an die Vordertür.

Laq und Daniel starrten sich an. Im Kopf des Jjarden jagten sich die Gedanken. Er packte den anderen am Arm und zog ihn mit sich.

„Wir dürfen Melissa nicht in Gefahr bringen!", flüsterte er seinem Gefährten zu. „Wir müssen zur Hintertür hinaus!"

Die beiden stürmten am Tresen vorbei durch den Raum und standen dann in einer Küche. Keuchend orientierte sich Laq kurz und deutete auf eine niedrige Tür in der rückwärtigen Wand. „Dort!" rief er aus und riss den schweren Eisenriegel zurück. Daniel prallte gegen den Rücken seines Freundes, als dieser abrupt stoppte. Ein behelmter Mann in schwerer Rüstung stand draußen und hatte die Spitze seines Schwertes auf Laqs Brust gerichtet. Der Soldat grinste breit und dirigierte den Jjarden in den Raum zurück.

Hinter ihnen flog krachend die Küchentür auf und Lady Melissa wurde herein gestoßen. Sie fiel zu Boden und blieb dort liegen. Ein zweiter Soldat erschien im Türrahmen, packte Daniel am Arm und drückte ihm die Klinge seines Schwertes an die Kehle. Dann lachten beide und der eine meinte mit einem bösen Funkeln in den Augen: „Diesen Fang wird uns Lord Blair reich entgelten!"

6.

Laq stand an die Wand gedrängt und sah besorgt zu der alten Frau am Boden. Sie schien unverletzt, rührte sich aber nicht. Von Daniel konnte er mit Sicherheit keine Hilfe erwarten, und seine eigene Waffe befand sich in der linken Hand des Soldaten vor ihm.

Der Mann hielt ihn mit dem Schwert in Schach, blickte sich aber immer wieder nach seinem Kameraden um, der Daniel nach wie vor gepackt hielt. Kein Wunder, dachte sich der

Jjarde. Der Anblick seines neuen Bekannten musste diese einfachen Krieger schon gehörig erstaunen. Und der war kein Kämpfer, es war zum Verzweifeln!
Der andere Soldat ließ Daniel los, hielt aber weiterhin das Schwert auf ihn gerichtet. Dann tastete er ihn mit der Linken ab. „Der Kerl hat überhaupt keine Waffe!", stellte er verblüfft fest.
Sein Kamerad lachte und Laq stöhnte innerlich. Auch das noch! Daniel hatte das Messer, das er ihm gegeben hatte, oben liegen lassen.
Grinsend beendete der Soldat die Untersuchung und fragte dann:
„Hast du Wertsachen bei dir, dünner Mann?"
Dieser zuckte die Schultern und meinte dann ungerührt: „Sieh doch selber nach, Dicker!" Das hätte er nicht sagen sollen, denn sofort bekam er mit der Linken einen klatschenden Schlag ins Gesicht, und das Schwert wurde wieder an seine Kehle gedrückt. Laq fragte sich, ob sein Freund nicht doch etwas verrückt war, sich angesichts der Situation solch einen Ton zu erlauben. Er konnte ihm aber nicht helfen.
„Leere deine Taschen aus!", knurrte der Krieger jetzt auch grimmig und unterstrich diese Forderung mit der Spitze seiner Klinge. Ein dünner Blutsfaden erschien an Daniels Hals. „Leg alles hier auf den Tisch!"
Dieser tat, wie ihm geheißen, und warf alle Gegenstände aus seinen Taschen auf einen kleinen Küchentisch neben ihm. Der Jjarde sah selber neugierig zu, was hier alles zutage kam. Die Schachtel mit den Rauchstäbchen kannte er bereits, ebenso den roten Feuerspender. Die anderen Sachen sahen zwar fremdartig aus, aber nicht wertvoll. Ein Bund Schlüssel klirrte zuletzt auf die Holzplatte.
Der Soldat starrte mit großen Augen auf die merkwürdigen Gegenstände und nahm dann ein braunes Holz mit metallenen Verzierungen in die Hand.

„Was ist das?" fragte er erstaunt und hielt das Holzstück vor Daniels Gesicht. Dieser lächelte.
„Es ist ein Glücksbringer. Man trägt es am Hals." Er nahm den braunen Gegenstand aus der Hand des Mannes, was dieser nicht verwehrte. Laq hatte plötzlich ein merkwürdiges Gefühl.
Dann ging alles schnell. Ein metallisches Klicken ertönte, und aus dem Holz schnellte eine Messerklinge hervor. Der Soldat sah entsetzt auf die Waffe in Daniels Faust, dann stieß dieser ihm den Dolch durch das Kinn in den Schädel. Der Mann brach auf der Stelle zusammen und schlug auf dem Boden auf. Das Schwert klirrte über die Steinplatten. Laqs Bewacher starrte einen Moment zu lange auf die Leiche seines Kameraden, und das war sein Verderben. Der Jjarde hatte auf diesen Augenblick gewartet. Blitzschnell packte er eine große schmiedeeiserne Pfanne und schlug sie dem Soldaten mit aller Kraft über den Kopf. Der Schädelknochen zersplitterte mit einem knackenden Geräusch.
Der Mann stürzte über den Tisch und riss diesen um. Laq wischte sich einen Blutspritzer aus dem Gesicht und sah kopfschüttelnd zu Daniel hinüber:
„Du wirst mir langsam unheimlich, mein Freund!"
.
Und so kam es, dass in dieser Nacht zwei Männer, wie man sie sich unterschiedlicher gar nicht vorstellen kann, in einem geheimen Keller unter Lady Melissas Freudenhaus saßen. Sie dachten darüber nach, auf welche Art sie die alte Dame wohl aus der Stadt herausbringen würde, und hofften, Lord Severin möglichst schnell zu erreichen.
Der eine der beiden Grübler war ein Jjarde mit Namen Laq. Er fragte sich, was die Zukunft noch für Überraschungen für ihn bereithielt, und was er mit diesem seltsamen Fremden mit den drei Namen noch erleben würde. Und er hoffte, dass sein Freund Jocelin de Martin noch lebte.

Der andere Mann ließ seinen Blick zwischen dem im Raum aufgestapelten Schmuggelgut und den blutigen Leichen zweier Soldaten hin und her wandern. Er überlegte, dass er sich am vorigen Tag noch in San Antonio, Texas, Vereinigte Staaten, befunden hatte, und dass er an diesem Tag jemanden getötet hatte, und dass ihm dies nicht einmal schwergefallen war.

Er fragt sich, ob er in einem Traum gefangen sein könnte und wie dieses Abenteuer wohl weitergehen würde. Der Mann hieß Daniel Christian Smith und der war ich.

KAPITEL DREI: DANIEL

Es ist nun wohl an der Zeit, dem Leser etwas über die Herkunft und das merkwürdige Geschick unseres Freundes Daniel zu berichten. Und da dies niemand sonst tun kann, übernimmt er diese Aufgabe selbst.

1.
Ich wurde 1978 geboren, und zwar in Deutschland, in einer alten Stadt mit dem Namen Nürnberg. Ich habe erfahren, dass dies ein sehr schöner Ort mit einem mittelalterlichen Stadtkern sein soll, aber davon habe ich nichts gesehen, denn schon als ich drei Jahre alt war, hat meine Mutter einen amerikanischen Computeringenieur geheiratet und wir gingen mit ihm in die Vereinigten Staaten zurück, als sein Zeitvertrag auslief. Joe Smith, so hieß er, war ein netter Mann, und er ließ mich auch nie spüren, dass ich nicht sein richtiger Sohn war. Mein leiblicher Vater hat meine Mutter gleich nach meiner Geburt verlassen und ist verschwunden. Wir haben nie über diesen Mann gesprochen; wenn ich so recht darüber nachdenke, fällt mir auf, dass Mutter dieses Thema bewusst vermied. Ich weiß jedenfalls nicht einmal, wie er hieß.
Es war gar keine Frage, dass ich natürlich einverstanden war, den Namen meines Stiefvaters zu tragen; in den USA ist dies problemlos möglich.
Meine Mutter starb 1987, da war ich neun Jahre alt. Der Verlust war für Joe und mich sehr schmerzhaft, und er hat auch später nicht mehr geheiratet. Ich blieb natürlich bei ihm, und er vertrat wirklich so gut er konnte die Vater- und Mutterstelle.

Wir wohnten zuerst in Houston und dann in San Antonio, als Joe dort eine besser bezahlte Stellung bekam. Hier ging ich auch zur Highschool.
Als die eigenartigen Ereignisse eintraten, von denen hier noch die Rede sein wird, schrieb man das Jahr 1998, und ich war zwanzig. Ich bin ungefähr einen Meter neunzig groß, ziemlich schlank (manche sagen dünn), und studiere im zweiten Semester Biologie.
Sie sollten vielleicht noch wissen, dass ich kein sehr eifriger Student war, da ich auch noch Gitarre in einer Heavy-Metal-Band mit Namen „Huey Cobra" (nach dem Kampfhubschrauber) spielte. Diese Betätigung nahm weitaus mehr meiner Zeit in Anspruch als das Biologiestudium, was sich natürlich entsprechend in den Benotungen niederschlug. Joe war darüber nicht gerade glücklich, aber er ließ mich gewähren.
Einmal bekam ich Ärger mit der Polizei, als ich hundert Gramm Marihuana im Bandbus über die mexikanisch-amerikanische Grenze bei El Paso schmuggeln wollte und erwischt wurde. Das war mein einziges Verbrechen, das ich je begangen hatte, aber mit meiner allgemeinen Moral ist es nicht weit her, das kann ich Ihnen gleich sagen!
Die seltsamen Vorzeichen zukünftiger Abenteuer begannen eines Nachts mit einem Traum. Er war nicht beängstigend, ich habe sehr selten Alpträume, aber erschreckend realistisch. Ich träumte, dass ich in Joes Schreibzimmer stand und aus dem Fenster sah. Draußen war aber nicht die Skyline San Antonios zu erkennen, sondern eine Waldlandschaft. Ähnliches hatte ich schon in Montana und Idaho gesehen. Riesige Nadelwälder wechselten sich ab mit sanft geschwungenen grünen Hügeln, dazwischen konnte man ab und zu Blau aufleuchten sehen. Ein Fluss schlängelte sich von einem fernen grauen Gebirge kommend an den Hügeln vorbei und verschwand nach rechts im Grün der Wälder. Und links konnte

man über den höchsten Wipfeln der Bäume noch die Türme einer Stadt erkennen. Es war, als ob man aus großer Höhe auf ein altes Bild sah, denn dies konnte keine moderne Stadt sein. Die Türme waren keine Hochhäuser, sie waren unregelmäßig und verwinkelt und hatten rote Schieferdächer.
Das Bild war ungewöhnlich reizvoll und zog mich irgendwie magisch an. Magisch war wahrscheinlich das richtige Wort, denn plötzlich stand ich mitten darin. Unter meinen Füßen war auf einmal Grasboden und in ein paar Hundert Metern Entfernung konnte ich ein Wäldchen ausmachen. Ich weiß noch, wie ich mich wunderte und bückte, aber das Gras ließ sich wirklich mit den Händen greifen. Ich drehte mich um und tatsächlich, da stand unser Haus.
Es war unser Haus, ich konnte es genau erkennen: Die niedrige Hecke, die grüne alte Garage, und den windschiefen Geräteschuppen, den Joe selbst gebaut hatte. Ich ging darauf zu und plötzlich war ich wieder drinnen und lag in meinem Bett. Der Traum hatte mich doch verwirrt, denn ich konnte eine ganze Zeitlang nicht wieder einschlafen und grübelte nach, ich weiß nicht einmal, über was.

.

Ich erwachte erst spät am Vormittag und fühlte mich trotzdem nicht ausgeruht. Es war, als ob das Schlafen mich erschöpft hatte. Sofort fiel mir wieder der seltsam real wirkende Traum ein. Ich hätte ein Bild von der Szenerie malen können, so lebendig war die Erinnerung.
Ich schüttelte diese Gedanken erst einmal ab und stand auf. Im Badezimmerspiegel starrte mir ein übernächtigtes Gesicht entgegen, obwohl ich am Abend zuvor nicht mit der Band unterwegs gewesen war. Als ich Zahnpasta aus der Tube auf die Bürste drückte, traf es mich jäh wie ein Schock: Ich hatte Gras an den Händen!
Ich stand wie erstarrt. Es war wie im Horrorfilm. War ich wirklich in dieser Traumvorstellung gewesen und hatte Gras-

halme von dort mitgebracht? Unsinn! Es musste eine andere, eine vernünftige Erklärung geben.

Mir fiel nur eine ein: Als Schlafwandler war ich draußen herumgelaufen und hatte irgendwo Gras gesammelt! Dann musste ich mir gegenüber selber aber zugeben, dass mir diese Vorstellung auch nicht gefiel. Ich, Daniel Christian Smith, kroch nachts draußen im Vorgarten herum! Vielleicht sollte ich nicht soviel Marihuana rauchen.

Ich zog mich an und machte erst einmal Frühstück. Bedauerlich, dass Joe in der Arbeit war. Mit ihm hätte ich wenigstens über diese seltsame Sache sprechen können. Der Traum ging mir einfach nicht aus dem Kopf.

Um meinen verworrenen Gedanken ein Ende zu machen, beschloss ich dann, einfach in das Schreibzimmer meines Stiefvaters hinaufzugehen. Es war niemals abgesperrt, nur der Waffenschrank, und sicher würde es mir weiterhelfen, wenn man wie üblich vom Fenster aus nur San Antonio sehen könnte.

Glauben Sie jetzt bitte nicht, dass ich abergläubisch bin oder an Einbildungen leide. Ich hatte bis zu diesem Zeitpunkt auch nicht an Hellseherei oder düstere Vorahnungen geglaubt, aber jetzt hatte ich ein ganz seltsames Gefühl, so als ob mir dieser Traum etwas sagen sollte. Vielleicht war er eine Warnung meines Unterbewusstseins, so etwas soll es ja wirklich geben. Ich entschied also, einfach einen Blick aus diesem Fenster zu werfen, nur um mich zu vergewissern, dass alles seine Richtigkeit hatte. Sollte dies der Fall sein, und ich zweifelte nicht daran, könnte ich dann anfangen, mir Gedanken über mein nächtliches Schlafwandeln zu machen.

So öffnete ich also forsch die Tür des Schreibzimmers und trat in den Raum. Mit Erleichterung nahm ich zur Kenntnis, dass die Aussicht aus dem bewussten Fenster die gewohnte war. Also Schlafwandeln! Nun gut. Ich wollte mich gerade umdrehen, um das Zimmer wieder zu verlassen, als ich plötz-

lich so etwas wie einen starken Sog verspürte. Irgendeine Kraft zog mich auf das Fenster zu.
Ich versuchte, mich dagegen zu wehren, aber ohne Erfolg. Es war, als ob ich in das Fenster hineinstürzte. Merkwürdigerweise hatte ich keine Angst; irgendetwas in mir hatte darauf gewartet.
Plötzlich war ich in einer Art schwarzem Tunnel, durch den ich hindurchfiel. Ich drehte mich schnell um mich selbst, und schemenhafte Bilder wirbelten um mich herum. Ich konnte Gesichter erkennen: Joe, meine Mutter, mich selbst und unbekannte. Ich sah kämpfende Gestalten und ich sah eine lange Straße. Dann huschten Spielkarten in allen Farben an mir vorbei. Ich versuchte danach zu greifen, aber ich drehte mich zu schnell. Dann bekam ich doch eine davon zu fassen. Ich schaffte es gerade, einen Blick darauf zu werfen, dann entglitt sie mir wieder. Die Karte war leer gewesen, weiß, es war kein Bild darauf.
Dann verschwanden die Spielkarten in der schwarzen Dunkelheit. Ich konnte wieder mich selbst erkennen, aber wie in einem Film, der in Zeitraffer abläuft. Ich bekam in einer großen Halle ein Papier ausgehändigt, und um mich herum wurde geklatscht. Dann wechselte das Bild, aber das Klatschen blieb. Die Halle wuchs ins Riesige, Tausende von Menschen standen dichtgedrängt. Ich sprach in ein Mikrofon, und der Applaus wurde ohrenbetäubend. Etwas zog mich auf einmal aus der Halle hinaus, so dass die Menschenmassen an mir vorbeihuschten. Ein Gesicht in der Menge erkannte ich plötzlich, es war Joe. Er streckte die Hände flehend nach mir aus und rief mir etwas zu, aber ich konnte ihn in dem Lärm nicht verstehen.
Hinter mir ertönte ein hämisches Gelächter und ich stand auf einmal auf einer weiten Ebene. Der Himmel sah irgendwie gelblich aus und wirkte bedrohlich, und vor mir lag eine Straße, die sich in der unendlich weiten Ferne verlor.

Die Straße verschwamm in vielfarbigen Schlieren und der Horizont wurde schwarz und wirbelte wieder um mich herum. Und dann stand ich plötzlich auf festem Boden, auf Gras. Über mir war blauer Himmel und um mich leuchtete das Grün von ausgedehnten Wäldern. Es war die Waldlichtung aus meinem Traum.

Sie werden es mir wahrscheinlich nicht glauben, aber ich war nicht einmal sonderlich überrascht, mich dort wieder zu finden. Der Traum war also wirklich eine Art Vorwarnung gewesen. Irgendetwas wollte mich hier haben.
Ich wandte mich um. Wie in dem Traum konnte ich unser Haus sehen. Es stand auf der Lichtung inmitten dieses riesigen Waldes, so als würde es hierher gehören und nicht nach San Antonio. Der einzige Unterschied zur vergangenen Nacht war nur, dass es diesmal viel weiter von mir entfernt war, mindestens eine Meile.
Gab es auch jetzt eine Möglichkeit, zurückzukehren? In meine gewohnte Welt? Hatte die unbekannte Macht mir eine Fluchtmöglichkeit gelassen? Fragen. Ich machte ein paar Schritte auf das ferne Haus zu, aber nichts veränderte sich. Ich musste es versuchen, also fing ich zu rennen an. Beim Laufen registrierte ich nebenbei, dass die Luft nicht kalt, aber frisch war und angenehm nach Nadelbäumen roch.
Nach kurzer Zeit war ich vor dem Haus angelangt und hielt keuchend inne. Ich stand vor dem Gartentor. Ich hielt inne und überlegte. Würde die Kraft, die mich hierher gebracht hatte, mich zurückkehren lassen? Wollte ich das überhaupt? Wenn ich jetzt einfach nach San Antonio zurückkehrte, was hätte das alles für einen Sinn gehabt? Oder hatte ich aus Zufall einen Verbindungsweg zwischen zwei Welten entdeckt? Eine Art Dimensionstor vielleicht?
Nein, das konnte nicht sein! Die Art und Weise, wie ich hierher gelangt war, schloss einen Zufall aus. Erst der Traum,

dann mein Vorhaben, im Schreibzimmer aus dem Fenster zu sehen, schließlich der Sturz durch den schwarzen Tunnel und die Visionen, die ich während des Transfers hatte. Das war alles nicht zufällig geschehen.
Es blieb mir keine andere Möglichkeit, als es zu versuchen. Zögernd drückte ich die Klinke der Gartentür nach unten. Im selben Moment befand ich mich wieder in Joes Arbeitszimmer. Es hatte funktioniert! Aufatmend ließ ich mich in einen Sessel fallen. Doch dann dachte ich weiter nach. Warum hatte ich zurückkehren dürfen? Es ergab keinen Sinn. Erst der Traum, dann war ich wirklich dort, und jetzt wieder hier in meiner Welt ... Ich grübelte und grübelte. Das Haus ... Es war zuerst nahe gewesen, dann eine Meile entfernt.
Doch! Das gab einen Sinn! Der Traum war die Warnung gewesen, die kurze Versetzung dorthin der Beweis für mich, dass es möglich sei. Beim nächsten Mal würde das Haus nicht mehr da sein und ich wäre ... wo? ... angekommen. Warum? Was wollte diese fremde Macht von mir? Ich bezweifelte nicht, dass ein denkender Verstand diese Ereignisse lenkte.
Und dann verstand ich. Man wollte mir Gelegenheit geben, mich vorzubereiten. Ich musste unbedingt Joe unterrichten, einen Brief schreiben, auch wenn er mir nicht glauben würde. Und ich konnte noch etwas mitnehmen, ausgerechnet Zigaretten fielen mir zuerst ein.
Jetzt befiel mich fieberhafte Eile, denn ich wusste natürlich nicht, wann die endgültige Versetzung stattfinden würde.
Fast stürzte ich die Treppe zum Erdgeschoss hinunter. Eine Reisetasche! Nach kurzem Suchen hatte ich in einer Kommode eine Golftasche von Joe gefunden. Hastig stopfte ich alles Mögliche hinein, von dem ich glaubte, es irgendwie brauchen zu können: Lebensmittel, Angelschnur, einen Kompass, Zigaretten, einen warmen Mantel. Dann hatte ich einen Einfall. Ich lief in den Keller und holte mir ein Brecheisen.

Eine Stunde später saß ich in Joes Schreibzimmer und wartete. Es ging auf den Abend zu. Die lange Golftasche hatte ich umgehängt.
Ab und zu stand ich auf und ging zum Fenster. Es war nichts anderes zu sehen als die Skyline von San Antonio. Hatte ich mir das alles doch nur eingebildet? Nein! Irgendwo tief in meinem Inneren wusste ich ganz genau, dass die seltsame Kraft mich zum dritten Mal rufen würde, und dass es dieses Mal endgültig wäre. Vor dem Haus fuhr ein Wagen vor. Es könnte Joe sein, dachte ich mir, und dann hätte ich ihm einiges zu erklären. Bei dem Gedanken musste ich lachen. Aber vielleicht war es auch ein Nachbar. Ich fing wieder zu grübeln an.
Es kam ganz plötzlich, obwohl ich die ganze Zeit damit gerechnet hatte. Ich merkte auf einmal, dass ich in Richtung des Fensters gezogen wurde. Das Zimmer um mich herum begann zu verschwimmen. Ohne Widerstand zu leisten ging ich auf das Fenster zu, da schwang hinter mir die Tür auf. Ich drehte mich herum und sah Joes entsetztes Gesicht. Er streckte die Arme nach mir aus und rief, nein, er schrie: „Nein! Das kann er nicht machen! Dein Bruder ..." Er verschwand in einem wabernden Nebel und ich stürzte rücklings in den schwarzen Schlund. Seine letzten Worte echoten noch einige Sekunden durch meinen Schädel:
„Das darf er nicht! Dein Bruder ... Bruder ... Bruder ..." Ich wunderte mich noch, welchen Bruder er meinte, dann nahm die wirbelnde Schwärze mich auf.

2.
Weiter gibt es nicht mehr viel zu sagen. Es kam, wie ich es mir gedacht hatte. Die Reise durch den schwarzen Tunnel endete wieder auf der Waldlichtung, die ich schon kannte. Und wie erwartet, das Haus war nicht mehr da.

In dieser anderen Welt schien es später Vormittag zu sein. Ich sah mich kurz um, dann schulterte ich meine Tasche und machte mich in Richtung der Stadt auf den Weg. Irgendwie war ich neugierig, was ich nun wohl erleben würde.
Ich spazierte wohl eine halbe Stunde durch einen lichten Wald, dann trat ich unter den Bäumen hervor und sah eine mittelalterlich aussehende Stadt vor mir liegen. Sie war von einer hohen Wehrmauer mit vielen trutzigen Türmen umgeben. Der Größe nach konnte sie etwa fünfzigtausend Einwohner haben. Die Stadt selbst lag malerisch eingebettet zwischen grünen Hügeln. Ich konnte einen Fluss mit befestigten Ufern, vielleicht eine Art Kanal, erkennen, der die Stadtmauer auf der mir zugewandten Seite durch ein großes Tor durchquerte. Gleich daneben befand sich ein weiteres Tor, zu dem eine gepflasterte Straße führte. Dorthin lenkte ich jetzt meine Schritte. Ein paar Bauern auf einem Feld direkt am Weg unterbrachen ihre Arbeit und sahen erstaunt zu mir herüber.
Den Rest der Geschichte kennen Sie. Mein erstes Erlebnis in dieser anderen Welt war, dass ich von der Torwache verhaftet wurde.

.

Der nächste Morgen begann neblig trüb. Auf den Straßen und Wegen Mattincourts war es seltsam ruhig. Am großen Südtor öffnete sich knarrend eine Seitentüre und ein Wachsoldat trat gähnend heraus. Er fröstelte in der kühlen Morgenluft und zog seinen Umhang fester um sich. Der Mann sah kurz nach allen Seiten, und als er niemanden in der Nähe gewahrte, rief er nach innen:
„Zieh mal einen Moment des Tor hoch, Turan!"
Dann konnte man das Rasseln von Ketten vernehmen, und das schwere Eisengitter vor dem äußeren Stadttor ruckte langsam und knirschend hoch. Als es auf etwa zwei Metern Höhe angelangt war, rief der Soldat: „Ist gut!" und ging unter

den Spitzen hindurch nach draußen. Über den Feldern und Wiesen lag noch der Nebel des Morgens.
Der Mann spazierte gemächlich ein paar Meter in einen Acker hinein und erleichterte dort seine Blase. Dann betrachtete er sich die Stadtmauer von außen und dachte nach. Es war schon merkwürdig. Es hieß, dass Lord Albert gestorben sein sollte, man munkelte, sogar vergiftet. In der Burg sollte ein Gefecht stattgefunden haben, wobei auch Lord Jocelin getötet worden wäre. Und damit nicht genug, der Herrscher der Souvanmark sei jetzt Blair de Martin. Dabei hatte man sich früher immer erzählt, der wäre gestorben oder verbannt oder dergleichen.
Nun ja, ihm war es eigentlich egal. Hauptsache, dass die Dimas stimmten, und der Hauptmann hatte gemeint, Lord Blair wäre in dieser Beziehung sehr großzügig.
Der Soldat rieb sich die klammen Hände und stapfte zum Tor zurück. Er winkte kurz einem Kameraden auf dem linken Turm zu und trat wieder unter dem Gitter hindurch. In diesem Moment hörte er Hufgetrappel aus der Torstraße. Er spähte angestrengt in den morgendlichen Nebel, konnte aber in den milchigweißen Schwaden nichts erkennen. Sein Kamerad trat jetzt ebenfalls aus der Wachstube heraus und baute sich neben ihm auf.
Außer dem dröhnenden Hufschlag war nun auch das Knarren von schweren Wagenrädern zu vernehmen. Die Silhouette eines Planwagens, gezogen von vier Pferden, schälte sich aus dem Nebel heraus. In der kalten Morgenluft bildete der Atem der Rösser weiße Wölkchen. Der Wagen rollte rumpelnd bis vor das Tor und blieb dort auf ein kurzes Kommando stehen. Auf dem Kutschbock konnte man eine Gestalt in einem weiten Kapuzenumhang erkennen.
Der Wachsoldat trat näher heran und bedeutete dem Lenker des Gefährts, sich zu zeigen. Die Gestalt in dem Mantel tat wie geheißen und schlug die Kapuze zurück. Es war Lady

Melissa, sie schüttelte ihr graues Haar und lächelte die beiden Wachen breit an. Hinter ihr wurde die Plane des Wagens beiseite geschoben, und zwei ihrer Mädchen sahen neugierig heraus und kicherten. Die beiden Soldaten kannten sie natürlich und grinsten zurück.
„Nun, Lady Melissa, so früh schon unterwegs?", fragte der eine und versuchte, einen näheren Blick auf die Ladung des Fahrzeugs zu werfen, aber die fest verschlossene Plane ließ dies nicht zu.
„Ich dachte immer, dass Eure Arbeit eher in der Nacht stattfindet, Mylady", fügte der andere anzüglich hinzu. Er stieß seinen Kameraden lachend in die Seite, und dieser kicherte.
Melissa ließ sich nicht aus der Ruhe bringen. In freundlichem Ton erwiderte sie:
„Da habt ihr recht, ihr tapferen Kämpfer!" Das Wort „tapferen" hatte sie absichtlich in die Länge gezogen. „Und wie ich schon des Öfteren bemerken konnte, wisst ihr beide das sehr gut." Als die beiden Soldaten nicht mehr lachten, fuhr sie sofort beschwichtigend fort: „Aber gerade in meinem Gewerbe schätzt man natürlich gute und treue Kundschaft ganz besonders ... Es wird mir eine Ehre sein, die Herren wieder einmal in meiner bescheidenen Stätte der Zerstreuung bewirten zu dürfen."
Die beiden Wachen grinsten jetzt wieder, aber dann wurden sie ernst. Der eine befahl: „Schlagt die Plane zurück! Wir haben Auftrag, alles zu kontrollieren."
„Aber warum denn das?", stellte die alte Dame sich erstaunt. „Darf man denn nicht mehr einfach mit einem Wagen aus der Stadt fahren?"
„Nein!", gab die andere Wache zurück und lief um das Gefährt herum. „Wir müssen nachsehen, ob ihr zwei Fremde versteckt habt. Einer davon ist ein kleiner Jjarde."

„Hier ist niemand versteckt", erwiderte Melissa ärgerlich, „und schon gar kein Jjarde. Was sollen die auf meinem Wagen?"
Die beiden Mädchen hatten inzwischen die Plane zurückgeschlagen und gaben damit den Blick frei auf zweierlei: Erstens fünf große Weinfässer, die auf der Ladefläche standen, und zweitens ... Nun, für die morgendliche Kälte waren die beiden jungen Frauen sehr dürftig bekleidet. Ihre aufreizenden weiblichen Vorzüge wurden gerade noch so von kurzen Wickelkleidern verhüllt. Die Wachsoldaten machten auch entsprechend große Augen.
Der eine hatte sich zuerst gefasst und fragte erstaunt: „Und ...Und wo wollt ihr hin?" Sein Blick wanderte zwischen den beiden Mädchen hin und her. Mit so einem Anblick am frühen Morgen hatte der Mann natürlich nicht gerechnet. Melissa schenkte ihm ihr bezauberndstes Lächeln, obwohl er für sie verständlicherweise kein Auge hatte.
„Ich schaffe diese Weinfässer und die beiden Damen zu meinem Gasthaus an der Ilmfurt. Ich dachte mir, dass man vielleicht auch außerhalb unserer schönen Stadt weibliche Gesellschaft zum Wein schätzen könnte." Sie blinzelte dem Soldaten verschwörerisch zu.
„Und außerdem könnten gewisse Dienste dort weniger Dimas kosten, wenn der Steuereintreiber des Grafen nichts davon weiß, ihr versteht mich?"
Die beiden Wachen nickten sich zu und traten dann auf die Seite, um den Weg freizugeben. Der eine, den sein Freund Turan genannt hatte, ging in die Wachstube zurück, um das Tor vollends hochzuziehen. Lady Melissa schnalzte mit der Zunge, und die vier Rosse setzten sich in Bewegung. Rumpelnd fuhr der schwere Wagen an. Er durchquerte langsam die schmale Durchfahrt, während die beiden Mädchen den Soldaten noch einmal zuwinkten.

Schaukelnd bewegte sich das plumpe Gefährt über die holprige Straße und verschwand in dem sich langsam lichtenden Morgennebel. Die ersten zaghaften Sonnenstrahlen suchten sich ihren Weg durch den Dunst, und mit einem protestierenden Geräusch rasselte das schwere Tor wieder nach unten.
Lady Melissa drehte sich nach einer Weile auf ihrem Führersitz um, und als sie die Stadt nicht mehr sehen konnte, wischte sie sich seufzend den Schweiß von der Stirn und rief nach hinten:
„Wir sind draußen, Jungs, sie haben nichts gemerkt!"

3.
Etwa zehn Meilen von Mattincourt entfernt, in südwestlicher Richtung, lag Ilmfurt, eine kleine unbefestigte Ortschaft von vielleicht zwanzig Häusern. Der Name rührte vom Fluss Ilm her, der hier besonders breit und flach war, und selbst Fußgängern erlaubte, an dieser Stelle problemlos das grüne Wasser zu durchqueren.
Hier kreuzte auch die Handelsstraße von Mattincourt nach der südlichen Yllianmark den Ilm, was natürlich ein sehr günstiger Platz war, ein Rasthaus für Reisende zu betreiben. Lady Melissa, die in geschäftlichen Angelegenheiten schon immer eine glückliche Hand zeigte, hatte auch hier ihren untrüglichen Instinkt bewiesen und eine alte Bauernschenke schon vor Jahren aufgekauft. Seitdem leitete eine Großnichte von ihr die Geschäfte mit Wanderern und Händlern.
Es war gegen Mittag, als der Planwagen, gelenkt von der alten Lady selbst, rumpelnd auf dem weiträumigen Innenhof des Rasthauses vorfuhr.
Agnes, die Großnichte Melissas, staunte nicht schlecht, als sofort zwei leicht bekleidete junge Frauen unter der Plane hervorsprangen. Die eine lief auf der Stelle leichtfüßig zum Tor zurück, warf es zu und legte den schweren Balken vor.

Die andere ging durch den Hintereingang in den Schankraum und holte dort aus einer Werkzeugkiste zwei Brecheisen.
Dann machten sich die beiden Mädchen unter Melissas Anleitung an zwei Weinfässern auf dem Wagen zu schaffen. Es dauerte eine geraume Weile, doch schließlich hatten sie die Holzdeckel der großen Fässer aufgestemmt und zwei patschnasse Gestalten stiegen aus ihrem Versteck heraus. Sie trieften nur so von Rotwein und machten keinen sehr glücklichen Eindruck. Der eine, ein etwas klein geratener Jjarde, fluchte lauthals und schwor, nie mehr im Leben einen Tropfen Wein anzurühren. Der andere, ein sehr großer dünner junger Mann, sah zwar ebenfalls erbärmlich aus, lachte aber über seinen Freund und wandte feixend ein:
„Aber geschmeckt hat er wirklich nicht schlecht!"

.

Sie werden es sicher erraten haben - die beiden tropfnassen Männer waren natürlich Laq und ich. Lady Melissa und ihre Mädchen hatten uns in halbvollen Weinfässern, welche sie wieder zugenagelt hatten, aus der Stadt geschmuggelt. Der kleine Jjarde hatte erst gegen diese Art des Transports protestiert, aber ich musste der alten Dame recht geben. Falls die Torwachen auf den Gedanken kämen, eines der Fässer anzustechen, sollte natürlich eine ausreichende Menge Rotwein darin sein. Ich hatte nur inständig gehofft, dass mein oder Laqs Versteck nicht etwa herumgerollt würde. Gegen Wein oder überhaupt gegen geistige Getränke im Allgemeinen habe ich nichts einzuwenden, aber darin ertrinken wollte ich eigentlich nicht.

.

Man hatte uns eine Mahlzeit serviert und, nachdem wir ein Bad genommen hatten, trockene neue Kleidung gegeben. Ich hatte nur auf meiner alten schwarzen Lederhose bestanden, da die anderen Beinkleider, wie Lady Melissa sich ausdrückte, entweder zu weit, oder zu kurz, oder beides waren. Dazu trug ich jetzt ein grünes Hemd aus Baumwolle und eine viel zu große braune Lederjacke. Laq hatte noch darauf bestanden, dass ich meine geliebten Turnschuhe gegen ein Paar robuste braune Stiefel austauschte, welche mir fast bis zu den Knien reichten. Ich musste ihm wohl oder übel recht geben, denn da wir uns in den nächsten Tagen durch ungebahnte Wildnis fortbewegen würden, wäre ich sicher besser beraten, solides Schuhwerk zu tragen.

Also trennte ich mich schweren Herzens von den Turnschuhen und der Jeansjacke und konnte eine gewisse ironische Melancholie nicht unterdrücken, als die beiden letzten Attribute meiner sogenannten zivilisierten Vergangenheit in den Flammen des Herdfeuers verschwanden. Ich hätte ja zu gern gesehen, eine Erdbestattung vorausgesetzt, wie auf dieser Welt irgendwelche Historiker Zeitalter später Ausgrabungen machen und dabei auf die schwarzweiß gestreiften Turnschuhe stoßen.

Laq drängte zum Aufbruch. Zwei der angeblichen Kutschpferde, zwei Rappen, waren gesattelt und mit Vorräten für mehrere Tage versehen worden. In der allgemeinen Eile machte ich mir eigentlich gar keine Gedanken, was ich hier tat. Der Jjarde war nicht nur mein neuer Freund, er war der einzige Mensch, den ich auf dieser Welt kannte, und er hatte versucht, mir das Leben zu retten - ich fühlte, dass mein zukünftiges Schicksal mit dem seinen verknüpft war; weiß der Himmel, warum!

Als ich aus dem Rasthaus auf den Innenhof trat, kam mir Lady Melissa entgegen. Sie hatte ein längliches Stoffbündel unter den Arm geklemmt und winkte mir zu. Ich blieb stehen und wartete. Sie lächelte mir vieldeutig zu und meinte dann: „Ihr seid kein Kämpfer, Daniel, nicht wahr?"

Von dieser Frage überrascht suchte ich nach Worten, aber sie fuhr, ohne auf eine Antwort zu warten, fort:

„Ich möchte Euch ein Geschenk machen! Fragt mich nicht, warum, aber ich denke, Ihr seid der Richtige!"
Sie drückte mir das Bündel in den Arm und fing an, die alten Stoffreste darum abzuwickeln. Unter den Fetzen kam eine lange Lederscheide zum Vorschein. In dieser steckte offenbar eine schmale Klinge, deren Griff sich jetzt zeigte.
„Warum sollte ich der Richtige sein?", entgegnete ich und zog die Waffe aus dem Schaft heraus. In meiner Hand lag nun eine Art Degen mit einer langen Schneide.
Die alte Dame nickte mir zu und klopfte mir auf die Schulter. Dann zog sie mich an eine ihrer mageren Schultern und küsste mich auf die Wange.
„Ich schenke Euch diese Klinge, Daniel, und ich hoffe, Ihr macht ihr alle Ehre!"
Etwas ungelenk fuchtelte ich mit dem Degen in der Luft herum. Laq sah mitleidig zu mir herüber. Ich wusste nicht recht, was ich tun sollte, und steckte die Waffe in die Scheide zurück.
„Ich danke Euch, Lady Melissa!" antwortete ich etwas unbeholfen und sah mich hilfesuchend nach Laq um. Der Jjarde erwiderte den Blick und meinte:
„Du mußt der Waffe einen Namen geben, damit sie dich stärkt!"
„Und was für einen Namen soll ich ihr geben?" fragte ich zurück. „Was haltet ihr von Balmung, Eckesachs, Durendart, Excalibur, Grayswandir oder Sturmbringer?"
Laq rümpfte die Nase und auch Melissa blickte mich verständnislos an. Ich musste laut lachen, als ich ihre Gesichter sah, doch dann wurde ich wieder ernst: „Nein, das versteht ihr jetzt nicht - das sind Namen aus meiner Welt."
Der Jjarde schaute mich misstrauisch an und wandte ein:
„Du hattest doch gesagt, dass auf deiner Welt nicht mit Schwertern gekämpft wird ..."

Ich musste ihm recht geben. „Das stimmt; es sind Namen aus alten Geschichten, so etwas wie Märchen." Ich drehte mich zu der alten Lady um und lächelte sie an: „Es ist mir eine Ehre, diese Klinge von Euch geschenkt zu erhalten, und ich nenne sie natürlich 'Melissa'!"
Ein freudiger Ausdruck legte sich über ihr faltiges Gesicht, oder sah ich da auch eine Träne aufblitzen? Sie hüstelte etwas verlegen und wandte sich ab. Im Weggehen murmelte sie leise:
„Es war die Waffe meines Sohnes. Behandelt sie gut!"
Jetzt tat es mir fast schon wieder leid, mit dem Namen meinen Scherz getrieben zu haben, aber ich fand, dass 'Melissa' wirklich gut passte. Ich wollte ihr noch nachgehen, doch Laq bedeutete mir, sie alleine zu lassen. Er hatte wohl recht, und so sah ich ihr nur nach, wie sie langsam in das Gasthaus zurückging.
Nun, auch wenn ich nicht gut damit umgehen konnte, immerhin besaß ich jetzt eine einigermaßen brauchbare Waffe. Plötzlich fiel mir etwas siedendheiß ein. Meine Tasche! Wo war sie? Ich packte Laq am Arm, der mich erstaunt ansah.
„Wo ist meine Tasche? Wir haben sie vergessen!" Ich muss ihn wohl ziemlich angeschrien haben, denn er war von meinem Ausbruch vollkommen überrascht, aber es waren praktisch meine ganzen Habseligkeiten, die sich darin befanden, und dazu das einzige, was mich noch mit meiner alten Welt verband.
Er konnte nur hilflos mit den Schultern zucken und gab zu: „Es stimmt, wir haben sie vergessen - ich habe auch nicht daran gedacht, tut mir leid!"
„Scheiße!" rief ich wütend aus und schlug mir gegen die Stirn. „Ich brauche die Sachen, die darin sind, ich brauche sie unbedingt!"
Laq schüttelte resignierend mit den Kopf: „Wir können nicht mehr in die Stadt zurück, es ist zu spät. Deine Sachen sind

auf jeden Fall noch in Lady Melissas Haus, und sie soll sie für dich aufheben. Ich helfe dir, sie wiederzubekommen, wenn wir Lord Severin gefunden haben, aber jetzt hilf du mir - wir haben keine Zeit, vielleicht lebt mein Freund Jocelin noch!"
Er hatte mir die Hand auf die Schulter gelegt und sah mich beschwörend an. Natürlich hatte er recht. Es wäre unverantwortlich, in die Stadt zurückzureiten, und mit der Hilfe dieses Lords Severin hatte ich größere Chancen, mein Eigentum wieder zu finden. „Glaubst du", fragte ich ihn ironisch, „dass ich dir überhaupt eine große Hilfe sein werde?" Im Hinblick auf meine fehlende Erfahrung im Umgang mit Waffen fand ich diese Frage durchaus berechtigt.
Jetzt lächelte mich der Jjarde ironisch an.
„Du hast mir gestern schon das Leben gerettet, und du kannst Unsichtbare sehen. Ich bin mir sicher, dass dieser Schevon Ssert uns folgen wird, und dann bist du der einzige Trumpf, den ich gegen ihn ausspielen kann. Und ich werde dir zeigen, die Klinge zu führen." Er klopfte mir auf die Schulter.
Was sollte ich sagen? Nichts. Wir drückten uns schweigend die Hand.

.

Eine halbe Stunde später saßen wir im Sattel und lenkten die Pferde zum Tor hinaus. Ich drehte mich noch einmal um, und wirklich, Lady Melissa stand vor dem Haus und winkte uns nach. Ich schwang noch einmal grüßend die nach ihr benannte Klinge, dann bogen wir auf den Weg zum Flussübergang ein. Laq ritt vor mir, und als das Wasser des Ilm unter den Hufen seines Rappen aufspritzte, dachte ich darüber nach, was wohl vor uns liegen mochte.
Ich war auf dieser Welt gestrandet, und fast alles, was mir gehörte, war verloren gegangen. Ich hatte einen Freund gefunden, mit dem ich jetzt einer ungewissen Zukunft entge-

genritt (zum Glück konnte ich reiten), und von einer alten Bordellmutter war ich für würdig befunden worden, die Waffe ihres Sohnes zu tragen.
Wohin?
Aus meiner alten Jacke hatte ich noch die Schachtel mit den Zigaretten gerettet. Ich fischte sie aus der Tasche heraus und fluchte, als ich sah, dass nur noch eine darin war. Ich steckte sie an und warf die leere Packung in den Ilm. Eine Weile schaute ich ihr noch nach, wie sie von der leichten Strömung langsam abgetrieben wurde.
Dann trieb ich mein Pferd an und ritt Laq nach. Unser Weg führte uns nach Süden, hinein in die unendlich erscheinenden Wälder der Souvanmark.

KAPITEL VIER:
DER PRINZ, DER NARR UND DER WAHNSINNIGE

Hier erfahren wir, wie es unserem Freund Jocelin inzwischen weiter ergangen ist, welches schlimme Schicksal er beinahe erlitten hätte, und wie sich ein alter Bekannter als neuer Freund herausstellt, der etwas ganz anderes ist, als er dachte.

1.
Jocelin de Martin erwachte aus seiner Bewusstlosigkeit, weil etwas mehrmals gegen seinen Rücken schlug. Er öffnete die Augen und gewahrte viele Gesichter, die auf ihn herabstarrten.
Zuerst dachte er, dass er träumte, doch dann erinnerte er sich. Man hatte ihn niedergeschlagen. Sein Vater war tot, gestorben an einer rätselhaften Krankheit, und ... Blair! Er versuchte, sich aufzurichten, doch er konnte kein Glied rühren, nur den Kopf drehen. Die Gesichter über ihm grinsten jetzt hämisch, einige lachten. Es waren fast durchwegs Soldaten in schweren Rüstungen. Zwei der Männer packten ihn grob und zerrten ihn hoch.
Jetzt konnte er wieder einigermaßen klar denken. Natürlich, er war gefesselt. Die Schläge gegen seinen Rücken mussten Treppenstufen gewesen sein, über die man ihn geschleift hatte, denn er war im Krönungssaal. Er sah an sich herunter und stellte fest, dass er über und über mit Blut bespritzt war. Leicht hatten sie ihn nicht überwältigen können. Jocelin machte sich nicht viele Illusionen über sein weiteres Schicksal. Zweifelsohne würde sein wahnsinniger Bruder auch ihn umbringen oder umbringen lassen. Er war der rechtmäßige Thronfolger der Souvanmark, und Blair konnte es sich nicht erlauben, ihn am Leben zu lassen.

Vorsichtig bewegte er sämtliche Glieder, soweit es die Fesseln zuließen. Zwar taten ihm alle Knochen höllisch weh, aber gebrochen war offenbar nichts. Auch sonst schien er keine ernsthaften Wunden davongetragen zu haben. Dieser Umstand beruhigte ihn etwas, und so sah er sich erst einmal im Raum um.
Was er da allerdings erblickte, als sein Blick klarer wurde, ließ ihm das Blut in den
Adern gefrieren. Der große Krönungssaal war das reinste Schlachtfeld. Die kostbaren Wandbehänge aus Brokat und Seide lagen zerschlitzt am Boden. Die mit Gemälden verzierte Decke war rußgeschwärzt, überall an den Wänden konnte man Brandflecken erkennen, an manchen Stellen schwelte es noch.
Offenbar hatten nicht alle Truppen auf Blairs Seite gestanden, denn hier musste eine furchtbare Schlacht stattgefunden haben. Über hundert Tote lagen in den unterschiedlichsten Stellungen in dem Saal. Manche waren so furchtbar verstümmelt, man hatte sie regelrecht zerhackt - stumme Zeugen der Erbitterung, mit der hier gekämpft worden war. An manchen Stellen lagen die Leichen so dicht übereinander gestapelt, dass man nicht mehr unterscheiden konnte, zu welchem Körper welches Glied gehörte. Über der ganzen Szenerie lag der durchdringende Geruch von Blut, das in riesigen Lachen auf dem Steinfußboden schwamm und überall an der Wand verspritzt war.
Am oberen Ende des Saals, wo der Thron des Grafen stand, hatte man etwas Ordnung geschaffen, so dass der Weg dorthin frei war. Einer der Soldaten durchschnitt Jocelins Fußfesseln, damit er laufen konnte, doch seine Hände blieben auf den Rücken gebunden. Dann stießen sie ihn vorwärts, bis er vor der kurzen Treppe, die zum Thron führte, zu Boden stolperte. Er wollte sich wieder aufrichten, doch kräftige Hände drückten ihn auf die Knie nieder.

„Sieh an, mein Bruder erweist mir schon wieder die Ehre seiner Aufwartung!", ertönte eine gehässige Stimme, die der Souvaner sofort erkannte.
Er sah hoch und erblickte seinen Bruder Blair, der es sich lässig auf dem Thron bequem gemacht hatte und auf ihn herabgrinste. Jocelin wollte aufspringen und ihm an die Gurgel gehen, doch er sah ein, dass dies keinen Sinn hätte. Er war gebunden, und links und rechts von Blair hatten sich schwerbewaffnete Soldaten postiert. So versuchte er nur, möglichst unbefangen dreinzublicken und meinte hochmütig:
„Du solltest dich nicht allzu breitzumachen, dort wo du jetzt sitzt - für dich ist das eine Spur zu groß!" Von diesem Ton verblüfft, drehte sein Bruder sich wirklich um und besah sich den Thron. Dieser bestand ganz aus edlem grünen Holz und hatte die Form eines großen Ahornblatts. Angesichts dieses absurden Anblicks musste Jocelin lauthals lachen. Mit wutverzerrtem Gesicht fuhr Blair zu ihm herum. Man sah es ihm an, er wollte losschreien, doch sofort hatte er sich wieder in der Gewalt. Er setzte sein selbstgefälliges Grinsen wieder auf und fragte in freundlichem Ton:
„Hast du vielleicht geglaubt, du könntest mich so reizen, dass ich dir einen schnellen Tod zukommen lasse? Dass ich meinen Männern befehle, dir den Kopf abzuschlagen, oder dies im Zorn gar selbst tue?" Krampfartiges Lachen schüttelte seinen ganzen Körper. Dann kam er die Stufen herunter und packte Jocelin am Kragen seiner Jacke. Seine Augen funkelten böse und er flüsterte eindringlich weiter:
„Nein, mein lieber Bruder, diesen Gefallen werde ich dir nicht tun! Zu lange freue ich mich schon auf deinen Tod, als dass ich dieses erfreuliche Ereignis nicht solange als möglich gestalten würde."
Er hatte ziemlich fest zugepackt, und so konnte Jocelin nur hervorwürgen: „Hast du es mit Vater auch so gemacht?" Blair stieß ihn von sich und ging zu dem blattförmigen Thron

zurück. Er strich mit der Hand kurz über das Holz und wandte sich wieder seinem Bruder zu.
„Du wirst es mir nicht glauben, aber das war ich überhaupt nicht." Abermals musste er laut lachen, als er Jocelins ungläubigen Gesichtsausdruck sah. Nachdem er sich beruhigt hatte, fuhr er fort: „Ich wusste, dass du mir nicht glauben wirst. Ja, zu gerne hätte ich den alten Narren selbst umgebracht, aber diese reizvolle Arbeit hat mir ein anderer abgenommen - ich musste nicht einmal etwas dafür bezahlen!"
Die letzten Worte konnte er nur glucksend hervorstoßen, dann prustete er nochmals los. Jocelin war aufs Äußerste abgestoßen von der widerwärtigen Szene, aber von seinem Bruder hatte er nichts anderes erwartet. Mochten die Götter allein wissen, was sich dieser Irre für ihn ausgedacht hatte. Einen Vorgeschmack bekam er auf der Stelle:
Blair deutete mit großer Geste auf seine rechte Seite und höhnte: „Nun, geliebter Bruder, wenn du bitte deinen Blick dorthin richten würdest, kannst du einen Bruchteil dessen erahnen, was ich mit dir vorhabe."
Zögernd sah Jocelin in die angegebene Richtung. An einen der steinernen Stützpfeiler des Saals hatte man ein großes Wagenrad gelehnt. Auf dieses war die Leiche Oberst Cornelius' gebunden worden. Die Leiche? Als er genauer hinsah, stellte Jocelin fest, dass der alte Mann offenbar noch lebte. Ab und zu machte er einen röchelnden Atemzug, wobei jeweils einige Tropfen Blut aus Mund und Nase spritzten. Die Arme und Beine des Obersten waren mehrfach gebrochen und in grotesker Stellung verdreht auf das Rad geflochten worden. Jocelin schauderte. Er wusste, zu welchen Grausamkeiten sein Bruder fähig war, aber seinen alten Freund so zu sehen, darauf war er nicht gefasst gewesen. Seine Schulterwunde war offenbar nicht tödlich gewesen, und so hatten sie ihm sämtliche Knochen gebrochen und dann hier aufgestellt, um ihn langsam sterben zu sehen.

Der Souvaner schloss die Augen, um den Anblick nicht länger sehen zu müssen. Inständig hoffte er, dass der gnädige Tod den alten Oberst möglichst schnell von seinen Qualen erlösen möge.
Aber noch etwas fühlte Jocelin jetzt - eine Empfindung, die er in dieser Intensität bis jetzt nicht gekannt hatte: Hass! Einen unbändigen Hass auf seinen Zwillingsbruder, der dort oben stand und die Situation genoss.
In diesem Augenblick tat Jocelin de Martin den Schwur, seinen Bruder Blair zu töten. Er wusste nicht, ob er die nächsten Tage überleben würde, und er wusste auch nicht, wie er es anfangen sollte, aber er würde Blair umbringen oder bei dem Versuch sterben - das schwor er sich.
Der andere hatte ihn die ganze Zeit aufmerksam beobachtet, jetzt ergriff er wieder das Wort: „Das ist wahrlich kein angenehmer Tod, den dein guter alter Oberst Cornelius hier erleidet, aber mein Freund Aghanez", er deutete zur Seite, „machte dies zur Bedingung, um mit seinen Truppen zu mir überzulaufen - außer Gold natürlich, viel Gold!"
Der Angesprochene, der die ganze Zeit aufmerksam dem Gespräch zugehört hatte, trat nun neben seinen neuen Herrn. Wie immer zog er ein Bein etwas nach, doch seine Kahlköpfigkeit wurde jetzt durch einen prachtvollen silbernen Helm verdeckt, dem Rangzeichen des obersten Offiziers der gräflichen Garde.
Er trug einen Mantel aus grünem Brokat mit pelzverbrämtem Kragen und Ärmelausschnitten über dem Arm - den Krönungsmantel der Grafen de Martin - und reichte ihn jetzt an Blair weiter.
„Wir haben das gute Stück in den Räumlichkeiten Eures ...", er machte eine kurze Pause und deutete auch zu Jocelin eine Verbeugung an, „ ... und auch Eures Herrn Vater gefunden."
Die umstehenden Soldaten lachten. Blair legte sich den Mantel mit triumphierendem Gesichtsausdruck um die Schultern

und drehte sich schwungvoll einmal im Kreis, während sein Bruder versuchte, möglichst gleichgültig auszusehen. Es schien ihm wohl nicht ganz gelungen zu sein - Aghanez zeigte auf ihn und brach in brüllendes Gelächter aus.
Dann tänzelte Blair graziös die kurze Treppe herunter und baute sich vor Jocelin auf. Er löste den Mantel von seinen Schultern und hängte ihn dem Gefesselten um.
„Ooh," flötete er geziert, „du hättest auch nicht übel damit ausgesehen, lieber Bruder", und ging langsam einmal um ihn herum, während die Männer noch lauter lachten.
„Du täuschst dich, Blair, wenn du glaubst, die Grafenwürde bedeutete mir etwas", erwiderte Jocelin mit grimmigem Lächeln, „aber du sollst sie nicht bekommen!"
„Und warum sollte ich sie nicht bekommen?", gab der andere zurück. „Ich werde mich morgen selbst zum Herrscher der Souvanmark krönen, und ich wüsste nicht, wer mich daran hindern könnte."
„Das Volk wird dich niemals akzeptieren!"
„Das Volk, das Volk", äffte Blair ihn nach. „Das Volk wird nicht gefragt. Sämtliche Truppen sind auf meiner Seite, und wenn das Volk", er dehnte das Wort spöttisch in die Länge, „sich widersetzt, dann wird es meinen Zorn zu spüren bekommen."
Er baute sich wieder dicht vor seinem Bruder auf und sah ihm direkt in die Augen. Dann flüsterte er: „Oh ja, ich werde ein guter Herrscher sein. Und, Jocelin, zur Feier meiner eigenhändigen Inthronisation wirst du die Ehre haben zu sterben, schön langsam, den ganzen Tag oder noch länger ... Nicht so schnell wie dein Freund hier!"
Er nahm einem Soldaten das Schwert aus der Hand, trat zu Oberst Cornelius und schlug ihm mit einem schnellen Hieb den Kopf von den Schultern. Jocelin schloss die Augen. Als er sie wieder öffnete, stand Blair mit der blutigen Klinge vor ihm. „Bei dir wird es länger dauern", versprach er und wisch-

te die Waffe an Jocelins Hose ab, wobei er wie unabsichtlich mit der Spitze über seine Lenden glitt, „aber du wirst hinterher den gleichen traurigen Anblick bieten, das verspreche ich dir!"

2.
Eine Stunde später fand sich Jocelin in einer kleinen schmutzigen Kerkerzelle tief in den Kellergewölben der Burg wieder. Nach Blairs letzten drohenden Worten hatte man ihn nicht sehr sanft hier heruntergeschleppt, wobei er noch etliche blaue Flecke davongetragen hatte. Zu essen oder zu trinken hatte er nichts beikommen, und sein Kopf schmerzte entsetzlich. In der feuchten Zelle war es vollkommen finster, nur ein schmaler Streifen flackerndes Licht fiel durch den oberen und den unteren Türspalt herein, wahrscheinlich von den Fackeln draußen auf dem Gang.
Eine kleine Erleichterung für ihn war, dass man ihm die Fesseln abgenommen hatte, so dass das Blut wieder ungehindert durch seine Arme fließen konnte. Anfangs hatte es ihm allerdings höllische Schmerzen bereitet, als das Gefühl in die abgestorbenen Hände zurückkehrte. Er rieb sie kräftig gegeneinander, bis er sie wieder richtig bewegen konnte.
Volle Bewegungsfreiheit besaß er aber dennoch nicht, weil sein Hals in einem breiten Eisenring steckte, von dem eine massive Kette zur Felswand hinter ihm führte. Der Halsring war mit einem schweren Vorhängeschloss gesichert worden, Blair hatte dies ausdrücklich so angeordnet.
Jocelin fluchte ausgiebig und versuchte, durch den unteren Türspalt zu sehen, aber die Kürze der Kette ließ dies nicht zu. Er zog einmal versuchsweise daran, merkte aber gleich, dass da nichts zu machen war.
Mit einem resignierenden Seufzer setzte er sich auf den kalten Steinboden. Von draußen konnte er leise Stimmen vernehmen, also waren zusätzlich auch noch Wachen aufge-

stellt. Sein Bruder musste ja furchtbare Angst haben, dass er entkommen könnte.

Jocelin lächelte säuerlich in sich hinein. Er lauschte angestrengt auf die leisen Stimmen von draußen, aber außer einigen verwaschenen Gesprächsfetzen war nichts zu verstehen. Um nicht an seinen schrecklichen Durst denken zu müssen, begann er, Blairs Äußerungen noch einmal geistig Revue passieren zu lassen. Dieser behauptete also, nicht der Mörder ihres Vaters zu sein - und den Mord auch nicht in Auftrag gegeben zu haben? Nein, er hatte nur gesagt, der eigentliche Täter habe nichts dafür verlangt, das war ein Unterschied.

Sicher war also nur, dass der Graf nicht an einer Krankheit gestorben war. Gift?

Und dann die Tatsache, dass offenbar fast sämtliche Stadttruppen in Blairs Diensten standen. Er hatte von viel Gold gesprochen - wo hatte er das her? Er war die ganzen Jahre in seinem Gefängnis im Westturm eingesperrt gewesen. Wirklich?

Zutritt hatten nur wenige Wachen, und von deren Zuverlässigkeit war der alte Graf
überzeugt gewesen. Zumindest Aghanez musste seit längerer Zeit Kontakt mit Blair gehabt haben, um die Soldaten zum Verrat zu bewegen - er konnte aber wiederum nicht der Mörder sein, denn er hatte sich ja teuer bezahlen lassen.

Oder war dieser Gewaltstreich von mehreren Personen geplant? An Blairs Aussagen zweifelte er nicht, in diesem Augenblick seines Triumphs hatte sein Bruder keine Veranlassung zu lügen. Jedenfalls hatte er mit dem Losschlagen bis zum Tod seines Vaters gewartet - warum das, wenn ohnehin die meisten Truppen von ihm bestochen waren? Und an dieser Stelle wieder die Frage: Woher kam so viel Gold? Jocelins Gedanken drehten sich im Kreis.

.

Seine Grübelei wurde unterbrochen, als neben ihm in der Dunkelheit ein leises Scharren erklang. Was war das gewesen? Ratten? Fledermäuse? Jocelin versuchte in der undurchdringlichen Schwärze etwas zu erkennen, aber vergeblich. Er konnte kaum die Hand vor Augen sehen.
Wieder ertönte das scharrende Geräusch, diesmal etwas lauter. Dann ein Rascheln, wie von Stoff, und plötzlich streifte ihn ein kalter Lufthauch. Etwas huschte durch seine enge Zelle, und eine Hand legte sich über seinen Mund.
„Psst, erschreckt nicht, Lord Jocelin!", flüsterte eine Stimme eindringlich an seinem linken Ohr. „Und macht vor allem keinen Lärm! Vor der Tür sind Wachen."
Langsam nickte der Souvaner. Seine Gedanken überschlugen sich. War noch ein Gefangener in der Zelle gewesen? Er hatte nichts erkennen können, als sie ihn hereingeworfen hatten.
Die Hand vor seinem Mund wurde sachte weggezogen. Wieder erklang das Flüstern: „Ihr habt nichts zu befürchten - ich bringe Euch hier heraus!"
„Wer seid Ihr, und wie sollen wir hier ...?", flüsterte er ebenso leise zurück, aber die Hand legte sich abermals über seinen Mund und unterbrach ihn.
„Seid still, Ihr werdet später alles erfahren", hauchte es an seinem Ohr, „und hebt Euren Kopf etwas an." Jocelin tat wie geheißen, und zwei Hände machten sich an seinem Halsring zu schaffen. An dem metallischen Knirschen konnte er hören, dass offenbar ein Schlüssel in das Schloss geschoben wurde. Dann klickte es fast unhörbar, und der ganze Eisenkragen wurde von seinen Schultern genommen. Nur ein ganz leises Klingeln war zu vernehmen, als die Schelle mitsamt Schloss und Kette hinter ihm auf den Steinfußboden gelegt wurde. Sein unbekannter Helfer musste äußerst geschickt sein.
Er spürte einen kräftigen Griff am Oberarm. „Sagt nichts und versucht, möglichst leise zu sein!", flüsterte es wieder. Die

Hand glitt an seinem Arm nach unten und fasste die seine. Eine sehr kleine Hand, stellte Jocelin verwundert fest. Eine Frau?

„Folgt mir, aber bleibt auf den Knien. Habt Ihr verstanden?" Er drückte einmal kräftig zu. Sein unsichtbarer Helfer war aber noch nicht zufrieden: „Habt Ihr etwas bei Euch, das Lärm machen kann?" Jocelin verneinte, indem er die Hand des anderen zweimal drückte. Er hoffte, dass dieser die Bedeutung verstand, aber wie sonst sollte man „Ja" oder „Nein" signalisieren? Man hatte ihm außer seiner Kleidung alles abgenommen, nur die Gürtelschnalle war aus Metall. Er würde aufpassen, dass sie nicht über Stein scharrte.

Offenbar war er verstanden worden, denn die Hand zog ihn jetzt sachte vorwärts, zur linken Seitenwand seines Gefängnisses. Er glitt vorsichtig hinterher, mit der freien Rechten den Boden vor sich abtastend.

Dann kniete er vor der Steinmauer. Sein Führer ließ los und schob ihn noch ein Stück weiter. Er konnte nun den kalten feuchten Fels abtasten. Tatsächlich, in der Wand war eine schmale Öffnung, gerade breit und hoch genug, dass ein Mann hindurchkriechen konnte.

Die Stimme raunte ihm zu: „Ihr zuerst! Ich muss rückwärts durch, damit ich das Loch wieder verschließen kann." Jocelin graute es zwar vor der undurchdringlichen Finsternis und der beklemmenden Enge des Kriechgangs vor ihm, aber sein unbekannter Helfer war ja schließlich von dort gekommen. Und dessen Argument, dass die Öffnung im Fels wieder verschlossen werden sollte, war nicht von der Hand zu weisen. Außerdem war alles andere besser, als morgen zu Tode gefoltert zu werden.

Also kroch er vorsichtig, um mit der Gürtelschließe keinen Laut zu verursachen, in die Dunkelheit hinein und arbeitete sich auf Ellenbogen und Knien weiter vor. Um ihn herum war nur Schwärze und abgestandene Luft. Wäre der raue

Felsboden unter ihm nicht gewesen, Jocelin hätte glauben können, in einem nächtlichen Ozean zu schweben.
Hinter ihm ertönte jetzt wieder das scharrende Geräusch und brachte ihn in die Wirklichkeit zurück. „Kriecht ihr voran", hörte er die Stimme seines Helfers nun laut, „ich brauche rückwärts etwas länger!"
Es war eine Männerstimme, zwar hell und seltsam melodisch, aber zweifellos männlich. Wo hatte er diese Stimme schon gehört?

Ein paar Meter weiter, jedenfalls nach seiner Schätzung, hatte Jocelin das Gefühl, als ob die Felswände um ihn zurückwichen. Das kam wahrscheinlich davon, weil das Kratzen seiner Stiefel auf dem Stein plötzlich einen längeren Hall hervorrief. Er tastete vorsichtig mit einer Hand nach der Seite und nach oben, und wirklich, da war kein Fels; der Gang musste hier breiter und höher sein. Langsam setzte er sich auf und beschloss, auf seinen Führer zu warten.
Es dauerte nicht lange, dann bemerkte er die Annäherung eines Menschen, er fühlte es mehr als er es hörte.
„Gut, dass ihr hier gewartet habt, Lord Jocelin", vernahm er jetzt. „Gebt mir Eure Hand, dann führe ich Euch weiter - wir sind gleich draußen."
Der andere umfasste seine Hand und zog ihn auf. Jocelin stellte fest, dass man aufrecht stehen konnte. Und noch etwas stellte er verblüfft fest: Sein Freund hier mit den kleinen Händen konnte offenbar im Dunkeln sehen!
„Wer seid ihr - ich kenne doch Eure Stimme!", fragte er jetzt laut, nachdem der andere auch normal gesprochen hatte. Die Hand zog ihn weiter und ein Kichern ertönte.
„Ihr werdet gleich Aufklärung erlangen, Mylord!" lachte es vor ihm und er wurde losgelassen. Ein leises Knarren war zu hören, dann ein Quietschen. Der Souvaner musste die Augen schließen, als es direkt vor ihm plötzlich hell wurde.

„Auf den Riegel, auf die Tür - Graf de Martin tritt herfür!",
deklamierte die helle Stimme vor ihm, und da wusste Jocelin,
wer sein Befreier war.
Er schlug die Augen wieder auf und musste zwar noch etwas
blinzeln, konnte aber die Gestalt vor sich erkennen:
Es war ein sehr kleiner Mann, kleiner noch als Laq, mit einem hübschen Gesicht, in das der breite Mund nicht so recht
passen wollte. Wuschelige schwarze Haare und ein ständiges
Grinsen erweckten einen erheiternden Eindruck, was durch
die kunterbunte Kleidung noch verstärkt wurde.
Der kleine Mann machte einen tiefen Hofknicks, wie es normalerweise die Damen vor dem Herrscher tun, und intonierte:
„Ybkallis, der Hofnarr, zu Euren Diensten, Mylord!"

3.
Die beiden Männer waren durch mehrere beleuchtete unterirdische Gänge gerannt, bis Jocelin sich nicht mehr auskannte.
Diesen Teil der ausgedehnten Kellergewölbe hatte er noch
nie betreten, er hatte ohnehin vermieden, allzu oft hier herunterzukommen. Wahrscheinlich kannte Blair sich hier besser
aus, die düstere Umgebung würde eher zu seinen morbiden
Leidenschaften passen. Bei diesem Gedanken lächelte der
Souvaner grimmig. Zum Glück waren sie auf keine Wachen
gestoßen, denn außer einem Dolch, den der Narr am Gürtel
trug, waren beide unbewaffnet.
Ybkallis stoppte seinen schnellen Lauf vor einer roten Ziegelmauer. Er tastete in einer Fuge zwischen zwei Steinen herum und knirschend schwang ein Teil der Wand ein kleines
Stück heraus.
Jocelin konnte sich nur wundern.
Gemeinsam schoben sie die schwere Geheimtür auf, bis die
Öffnung breit genug war, ihnen Durchlass zu gewähren.

Dann holte der Narr noch die nächste Fackel aus ihrer Halterung an der Gangwand und trat als Erster in den verborgenen Raum.
Jocelin folgte ihm neugierig und staunte abermals: Was sich im flackernden Licht der Fackel seinen Augen darbot, war ein richtig eingerichteter Wohnraum, in dem es sich durchaus aushalten ließ. Nichts fehlte, was zur Bequemlichkeit notwendig war: ein Bett, zwei Tische mit Stühlen, mehrere Schränke, eine Waschschüssel und sogar ein Bücherregal.
Es war nicht zu glauben! Anscheinend hatte sich in den letzten Jahren wesentlich mehr in und unter dieser Burg getan, als er und sein Vater sich hatten träumen lassen.
Ybkallis studierte sein verblüfftes Gesicht und setzte dabei ein so breites Grinsen auf, dass es beinahe bis zu den Ohren reichte. Es schob die Geheimtür wieder zu und zündete mehrere Kerzen an. Danach setzte er sich an einen der Tische und bot auch Jocelin einen Stuhl an: „Nehmt Platz, Mylord, und fühlt Euch wie zu Hause in meinem bescheidenen Zweitwohnsitz."
Der Souvaner konnte nur mit dem Kopf schütteln. Dann meinte er erschöpft: „Ich danke dir, Ybkallis! Fragen stelle ich später - hast du etwas zu trinken da? Ich bin so ausgetrocknet wie eine Dörrpflaume in der Wüste von Lyshan ..."
Der Narr nickte eifrig: „Aber natürlich, aber sicher!" Er sprang regelrecht hoch und öffnete einen der Schränke. Nach kurzem Suchen nahm er eine dunkle Flasche heraus, entkorkte sie und stellte sie und zwei Gläser auf den Tisch.
„Und soll der Abend lustig sein - dann stiehl des Grafen besten Wein!", rief er fröhlich aus und schenkte die Gläser voll.
Obwohl es in seiner Brust höllisch schmerzte, musste Jocelin lachen. Dann hob er sein Glas an die Lippen und trank es in einem Zug aus. Er seufzte vor Wohlbehagen, als die kühle Flüssigkeit seine Kehle hinunter rann, und jetzt erst erfüllte

ihn wirklich tiefe Dankbarkeit gegenüber dem kleinen Hofnarren.

Nachdem er noch ein Glas Wein getrunken hatte, und ein großes Stück geräucherten Schinkens vor ihm auf einem Teller lag, ging es Jocelin besser. Eifrig kauend hatte er seinem Retter nochmals gedankt, aber jetzt lagen ihm doch einige Fragen auf der Zunge. „Wie hast du von dem geheimen Zugang in meine Zelle wissen können, Ybkallis? Das ist mir ein Rätsel! Du bist doch nicht einmal hier am Hof meines Vaters aufgewachsen." Der andere nickte zustimmend. „Das ist richtig, Mylord! Ich bin erst vor drei Jahren in die - sozusagen - Dienste Eures Vaters getreten."
Der Souvaner kaute auf seinem Schinken, während er weiterfragte:
„Und warum kennst du dich dann in diesen unterirdischen Gängen so gut aus - und warum kannst du in Dunkeln sehen?"
Ybkallis zuckte mit den Schultern. „Es stimmt, ich kann im Dunkeln sehen, aber ich weiß nicht warum. Diese Fähigkeit habe ich schon seit meiner Geburt. Sie ist mir schon sehr oft von großem Nutzen gewesen."
Prüfend sah Jocelin zu seinem Gegenüber hinüber. Der Narr bemerkte den Blick und blinzelte ihn jetzt verschmitzt an: Ihr solltet vielleicht wissen, Mylord, dass ich nicht nur Hofnarr bin. Ich bin außerdem auch noch - wie soll ich sagen - Dieb, Einbrecher und Schmuggler, kurzum ein schlechter Mensch, der die Güte Eures seligen Vaters schamlos für seine finsteren Machenschaften ausgenutzt hat."
Er hatte diese Worte in so zerknirschtem Ton vorgetragen, dass Jocelin lauthals lachen musste. Jetzt grinste der Narr ihn breit an und fuhr fort: „Aber ich hoffe nun natürlich, aufgrund meiner mutigen Befreiungstat mit einer Generalamnestie rechnen zu dürfen ..." Er warf sich in die Brust.

„Natürlich, natürlich!", bestätigte Jocelin. „Aber warum kennst du diese Geheimgänge unter der Burg so genau?"
Ybkallis machte eine wegwerfende Handbewegung: „Seid mir nicht böse, aber Euer Vater hatte nicht allzuviel Verlangen nach meinen unterhaltsamen Fähigkeiten. Und so musste ich mich notgedrungen nach einem anderen Betätigungsbereich umsehen. Ich hatte viel Zeit, die Unterwelt von Mattincourt zu erkunden."
„Und warum hast du mich aus dieser Zelle herausgeholt? Im Grunde genommen könnte es dir doch egal sein, wen du beraubst!"
„Das ist schon richtig, aber es ist einfach so, dass Ihr mir wesentlich sympathischer seid als Euer Bruder - ich denke doch, Ihr stimmt mir in diesem Punkt zu!"
Jocelin schenkte sich noch ein Glas Wein nach. Er überlegte kurz, dann fragte er: „Du kennst dich also wirklich in den geheimen Gängen dieser Burg aus?"
Ybkallis nickte zustimmend. Der Souvaner lehnte sich in seinem Stuhl zurück und fragte schließlich weiter: „Dann weißt du sicher auch, wie man aus dieser Burg herauskommt, denn für immer können wir uns nicht hier aufhalten, oder?"
Der Narr lächelte: „Ich wusste, dass diese Frage kommen würde, Mylord, und ich habe auch die Antwort parat. Wie ich immer zu sagen pflege: Nehmen die Schwierigkeiten überhand - nimm die Hintertür durch die Wand!"
„Wie meinst du das? Gibt es hier einen versteckten Ausgang aus der Burg?" Jocelin war aufgesprungen.
„Setzt Euch wieder! Nicht aus der Burg - aus der Stadt. Passt auf!" Einen Finger bedeutungsvoll erhebend, stand Ybkallis auf und trat zu einem der Schränke. Mit großer Geste deutete er auf das Möbelstück und meinte: „Hier steht die Lösung Eurer Probleme: Rückt nur diesen Schrank zur Seite, und Ihr werdet einen Durchgang in der Wand sehen. Dahinter liegt ein unterirdischer Gang, der unter der ganzen Stadt hindurch-

führt und etwa eine Meile weiter mitten im Wald herauskommt. Der Weg ist allerdings nicht ganz ungefährlich ..." warnte er und ergänzte: „Der Ausgang ist unter dem kleinen Wasserfall des Schleienbachs - ich nehme an, Ihr kennt die Stelle."
„Natürlich, aber ich hätte nie gedacht ...Woher zur Hölle weißt du das alles?"
Der andere lachte wieder: „Nun, wie ich schon sagte, verfüge ich über gewisse Talente, die nur entfernt mit der Tätigkeit des Hofnarren zu tun haben. Bitte erspart mir nähere Erläuterungen, es würde ein schlechtes Licht auf meine Person werfen, wenn ich Euch erzählte, was ich hier unten so alles an Geschäften getätigt habe."
Er kicherte in sich hinein und fuhr fort: „Übrigens habe ich auch den Nachschlüssel für das Schloss an Eurer Kette selbst angefertigt. Er passt für fast alle Vorhängeschlösser im ganzen Land ..." Jocelin konnte nur mit dem Kopf schütteln. Dann seufzte er: Man sollte es nicht glauben - ein als Hofnarr getarnter Dieb errettet mich vor dem sicheren Tode ..."
Ybkallis warf sich abermals in die Brust: Es war mir ein Vergnügen. Übrigens: In meiner Rolle als Dieb bin ich noch in einer anderen Beziehung für Euch tätig gewesen. Zufällig weilte ich kurz nach dem Kampf in den Gemächern Eures Vaters ..."
Der Souvaner runzelte die Stirn: „Was hast du dort mitgehen lassen?"
„Mitgehen lassen? Oh, es war nicht ganz einfach, von den Soldaten Eures Bruders nicht gesehen zu werden. Nun, aber ich denke, Ihr werdet mit mir zufrieden sein!"
Er kniete vor dem Bett nieder und zog eine lange Klinge darunter hervor. Jocelin wollte seinen Augen nicht trauen: Was der Narr ihm hier mit einem gewissen Stolz entgegenhielt, war sein eigenes Schwert, Anvarslay.

„Das ... das hatte ich natürlich nicht erwartet!", stotterte er. „Also wirklich, wie soll ich dir nur danken?" Er nahm die Waffe und schwang sie einmal probeweise durch die Luft. Das vertraute Gefühl stimmte ihn fast euphorisch. Jetzt kehrte seine alte Selbstsicherheit zurück.

„Dankt mir, wenn Ihr es könnt", erwiderte Ybkallis mehrdeutig. „Aber Ihr seht, dass meine Talente als Dieb durchaus von Nutzen sein können."

Jocelin nickte grimmig: „Oh ja, ich weiß deine Fähigkeiten jetzt zu schätzen."

Er begann nachzudenken. Während er grübelte, spielten seine Finger geistesabwesend an der langen Klinge. Dann sah er dem Narren plötzlich direkt ins Gesicht. In seinen Augen glomm ein hintergründiges Feuer.

„Wie viele geheime Gänge gibt es noch in diesen Mauern und wohin führen sie?" Noch bevor der andere antworten konnte, ergänzte er: „Gibt es zum Beispiel einen geheimen Zugang zu Blairs Räumen?"

4.

Der bleiche Mond stand schon hoch am nächtlichen Himmel, aber auf Burg Mattincourt war immer noch keine Ruhe eingekehrt. In den Hallen und Gängen herrschte geschäftiges Treiben. Überall waren Soldaten und Diener bei der Arbeit, um die Spuren der blutigen Kämpfe zu beseitigen und die alte Burg der Grafen de Martin auf die bevorstehenden Krönungsfeierlichkeiten vorzubereiten. Blair hatte keinen Zweifel daran gelassen, dass er den nächsten Tag im großen Stil zu feiern gedachte.

Die Soldaten taten ihre Arbeit gerne, sie dachten schon voller Vorfreude an die zusätzliche Entlohnung, die ihnen für den Tag der Krönung Blairs zum Herrscher der Souvanmark versprochen worden war. Der neue Oberst Aghanez hatte dessen

Großzügigkeit in den schönsten Farben geschildert. Den meisten lastete ihr Verrat nicht auf dem Gewissen; es waren Söldner, die dem dienten, der am meisten zahlte.

Bei der Dienerschaft war das anders. Gerüchte von der Gewaltherrschaft, die Blair de Martin ausüben wollte, waren schon bis zu ihnen vorgedrungen und hatten sie natürlich aufs Äußerste beunruhigt. Und die vielen Soldaten überall in der Burg ließen keinen Zweifel daran, dass sie die Herren seien. Manch eine hübsche Magd bekam dies in der Nacht zu spüren, und die ängstlichen Blicke des Gesindes waren eine beredte Sprache. Die Stadtbevölkerung schließlich wusste überhaupt nicht, was sie tun sollte. Die wildesten Gerüchte machten die Runde, was die Hausdurchsuchungen und die Straßenkämpfe in der Oberstadt zu bedeuten hätten. Stimmte es, dass der Graf tot war? Und wenn ja, welche Parteien stritten hier um die Nachfolge? Allen fiel jedoch das plötzlich veränderte Verhalten der Stadtmiliz auf. Die Soldaten waren bei den Hausdurchsuchungen nicht gerade zimperlich vorgegangen.

Und schließlich: Einer Abordnung der ehrenwertesten Bürger der Stadt, die Zutritt zum Grafen verlangten, war dieser verweigert worden.

Als man darauf bestand, hatte die Torwache der Burg die Abordnung mit Waffengewalt vertrieben, wobei ein Mann getötet und zwei verletzt worden waren. Nach Einbruch der Dunkelheit wagte man sich nicht mehr auf die Straße, und die vorsichtigeren unter den Bürgern erwogen, am nächsten Tag die Stadt zu verlassen.

Menschenleer lagen die Gassen im fahlen Mondlicht, in den Gasthäusern und Wohnungen hatte man die Türen und Fenster verriegelt und die Menschen starrten aus den oberen Stockwerken hinaus in die Dunkelheit. Angst lastete bleischwer auf der ganzen Stadt.

.

Blair de Martin öffnete die schwere Tür zu seinen Gemächern und trat ein. Vier Wachen bezogen ihren Posten am Ende der Treppe, nur standen sie jetzt in seinen Diensten, überlegte er sich mit einer gewissen Befriedigung. Dann schloss er die Eisentür hinter sich und legte zusätzlich noch einen Riegel vor. Er wollte jetzt auf keinen Fall gestört werden. Der große schlanke Mann, Jocelins Ebenbild, warf den grünen Krönungsmantel, den er den ganzen Abend getragen hatte, achtlos über einen Stuhl und ließ sich aufatmend in einen bequemen Sessel fallen. Der Tag hatte ihn doch mehr erschöpft, als er dachte.
Aber alles hatte so funktioniert, wie er es geplant hatte:
Sein Vater war tot, die meisten Truppen waren ihrer Gier nach Gold erlegen und zu ihm übergelaufen, und sein Bruder Jocelin lag in Ketten im tiefsten Verlies der Burg.
Seiner Krönung zum neuen Grafen der Souvanmark stand nichts mehr im Wege, und seinem verhassten Bruder einen qualvollen Tod zu bereiten, darauf freute er sich jetzt schon.
Bei diesem Gedanken glitt ein böses Lächeln über sein Gesicht, und er kicherte in sich hinein. Das Ausmalen der erlesensten Foltern fesselte ihn so, dass er die Grafenwürde und die damit verbundene Macht vollkommen vergaß. In solchen Momenten hatte ihn der Wahnsinn völlig im Griff.
Plötzlich sprang Blair auf und entfaltete hektische Betriebsamkeit. Er ging zu einem kleinen Schränkchen, zog einen Schlüssel aus der Tasche und sperrte es auf. Vorsichtig nahm er eine Schatulle aus Jade heraus und stellte sie auf einen Tisch.
Dann zog er sich einen Stuhl heran und setzte sich. Langsam öffnete er die Schatulle und nahm ein Päckchen Spielkarten heraus. Konzentriert begann er, das Blatt sorgfältig zu mischen.
Schräg über ihm, im obersten Fach eines Bücherregals, bewegte sich etwas. Eines der dicken Bücher schob sich wie

von selbst langsam zur Seite, dann ein zweites und ein drittes.
Blair war so in das Verteilen der Karten auf dem Tisch vertieft, dass er nichts bemerkte, aber das Verschieben der Bücher geschah auch äußerst vorsichtig und völlig lautlos. Jetzt erschien eine kleine Hand und ergriff einen der Wälzer. Sie drehte ihn um und legte ihn quer auf das Regalbrett, damit die anderen nicht umfallen konnten. Danach verschwand sie wieder.
Nur einem sehr aufmerksamen Beobachter hätten jetzt zwei Augenpaare auffallen können, die aus dem Bücherbord heraus Blairs Aktivitäten genau beobachteten.

„Gibt es wirklich keinen Zugang in den Raum?", flüsterte Jocelin dem kleinen Narren eindringlich ins Ohr. „Ich kann nicht hier liegen und diesem Mörder nur zusehen! Ich habe mir geschworen, ihn umzubringen."
Ybkallis verzog das Gesicht und raunte ebenso leise zurück: „Nein! Ich habe Euch gesagt, dass dies die einzige Möglichkeit ist, wenigstens etwas über seine Absichten zu erfahren. Durch das schmale Loch hier komme nicht einmal ich durch. Ihr werdet Eure Rachepläne verschieben müssen!"
Jocelin knurrte missmutig, aber der andere hatte recht. Es blieb ihm nichts anderes übrig, als zu beobachten. Vielleicht bekam er auf diese Weise wirklich eine Information, die ihm half, seinen Bruder zu vernichten.
Blair hatte eine der Spielkarten in die Hand genommen. Er betrachtete sie eingehend und kicherte dabei. Als er sich einmal zurücklehnte, konnte Jocelin sie erkennen: Der Grüne König! Er sah genauer hin und stellte fest, dass zwar die Symbole auf der Karte zu sehen waren, aber kein Bild. Der Souvaner hatte in seinem Leben schon oft Yéhfa gespielt, aber eine Grün-König-Karte ohne Bild hatte er noch nie gesehen.

Er stieß den Narren in die Seite und wisperte: „Dieses Kartenspiel, es muss irgendeine Bedeutung haben. Und schon wieder der Grüne König!"
Ybkallis schaute ihn verständnislos an. „Was? Meiner Meinung nach legt er sich nur eine Patience."
„Nein!", widersprach Jocelin und bemühte sich, leise zu bleiben. „Sie gewinnen irgendwelche Informationen aus den Karten, oder sie stehen miteinander in Verbindung ... Ich weiß es nicht genau!"
„Wer - 'sie'?" fragte der andere zweifelnd zurück und zog eine Augenbraue hoch. „Das klingt ja irgendwie nach Hexerei - Ich dachte, ich wäre der Narr!"
Ungeduldig winkte Jocelin ab und beharrte: „Nein, es ist ... das ist schon das zweite Mal, dass ich ..." Er wusste nicht weiter und brach die Erklärung resigniert ab: „Ich erzähle es dir später."
Ybkallis nickte nur und richtete seine Aufmerksamkeit wieder auf das Zimmer vor ihnen. Der Souvaner ärgerte sich etwas, aber er konnte die Reaktion seines neuen Freundes verstehen. Wie sollte er seine Vermutung auch begründen? Es hatte nur das starke Gefühl, dass dieses Kartenspiel mehr zu bedeuten hatte als nur Konzentrationshilfe oder Zukunftsprognose.
Blair war jetzt anscheinend über irgend etwas beunruhigt. Er nahm die Blätter wieder auf und mischte erneut. Dann legte er sie ein zweites Mal aus. Er beugte sich über den Tisch und schien sich intensiv zu konzentrieren. Aber auch die neue Konstellation war offenbar nicht befriedigend. Jocelin bemühte sich, etwas von den Karten zu sehen, aber der Tisch stand im Halbdunkel und überdies in einem ungünstigen Winkel zu seinem Blickfeld.
Sein Bruder wiederholte den Misch- und Auslegevorgang mehrmals und zeigte jetzt zunehmende Anzeichen der Verwirrung und des Ärgers. Dann fluchte er und nahm wieder

eine Karte in die Hand. Er schien in die Ferne sprechen, als er laut sagte: „Wo bist du? Warum kann ich dich nicht mehr sehen?"

Hatte Blair Wahnvorstellungen? Oder redete er mit einem Unsichtbaren? Oder mit der Spielkarte in seiner Hand? Jocelin musste an den grauhaarigen Jüngling denken, Schevon Ssert; er hatte aus einem Yéhfa-Spiel herausgelesen, dass Laq ein Spion war. Laq! Was mochte inzwischen mit ihm geschehen sein?

Blair hielt sich die Karte jetzt direkt vor die Augen und schien sie beschwören zu wollen: „Sprich wieder mit mir, Herr der Schlangen! Du hast alle deine Versprechen eingelöst und kannst jetzt auf meine Dankbarkeit zählen. Sag mir nur, was mir die Zukunft bringen wird. Sprich mit mir!"

Er war jetzt sichtlich aufgeregt und zitterte am ganzen Leib, ob vor Anstrengung oder vor Wut konnte man nicht sagen. Jocelin konnte sich in seinem Versteck ein hämisches Grinsen nicht verkneifen. Was immer es mit diesen Kartenkunststücken auf sich hatte, sein Bruder schien sie jedenfalls nicht ganz perfekt zu beherrschen.

Dieser fluchte jetzt nochmals ausgiebig und fing übergangslos zu kichern an. Er lachte, bis ihm die Tränen kamen. Als er keine Luft mehr hatte, verhallte das Gelächter in einem schrillen Crescendo.

„Na, dann eben nicht! Es geht auch ohne dich!", würgte er trotzig hervor und warf die Karte auf den Tisch. Sie kam so zu liegen, dass die Beobachter hinter dem Bücherregal sie erkennen konnten:

Es war das Rote As!

.

Jocelin und Ybkallis hatten sich aus ihrem Versteck wieder zurückgezogen, nachdem offensichtlich wurde, dass sie von Blair nichts mehr erfahren würden. Der Wahnsinnige hatte

nur noch mit starrem Blick über den Spielkarten gebrütet und ab und zu ein leises Lachen ausgestoßen.
Der Narr hatte die Bücher vorsichtig wieder an ihren Platz gerückt, damit kein zufälliger Betrachter eine Veränderung bemerken konnte. Zusätzlich hatten sie den losen Mauerstein wieder in die Öffnung eingefügt. Jocelin konnte sich über Ybkallis' Geschicklichkeit nur wundern, denn all dies ging nahezu lautlos vonstatten.
Die beiden stiegen einen äußerst schmalen Schacht hinunter, und der Narr erklärte, dass dies früher ein Kamin gewesen sei, den man wohl irgendwann einmal zugemauert hatte. Der lange Abstieg endete in einem Keller hinter einem Bretterverschlag mit Dutzenden von leeren Weinfässern. Vom Nebenraum aus wusste Ybkallis einen weiteren Geheimgang, der sie unentdeckt in die Nähe ihrer Zuflucht zurückbringen würde.

Dort angekommen ließ sich Jocelin schwer auf das Bett fallen und blickte den Narren grimmig an.
„Ich hatte ihn vor Augen, er war nicht einmal drei Meter von mir entfernt."
Er setzte sich auf und umklammerte den Griff seines Schwertes so fest, dass die Fingerknöchel weiß hervortraten.
„Habt Geduld, Lord Jocelin", ermahnte Ybkallis, „Ihr werdet Euren Bruder sicher noch vor Eure Klinge bekommen, ich weiß es! Aber Ihr wolltet mir etwas erklären, bezüglich dieses Kartenlegens ... Ich gebe zu, dass mich Eure Äußerungen, gelinde ausgedrückt, verwirrt haben."
„Kein Wunder!", lachte Jocelin und erzählte dann die merkwürdige Geschichte, die sich in der Schenke „Zum alten Obristen" zugetragen hatte.
Der Narr lauschte mit offenkundigem Interesse, nur runzelte er ab und zu die Stirn.

„Und jetzt sehe ich, dass Blair ebenfalls mit diesen Spielkarten vertraut ist," schloss der Souvaner seinen Bericht ab. „Nur scheint nicht alles zu seiner Zufriedenheit verlaufen zu sein."
Ybkallis verzog das Gesicht. „Das klingt überaus phantastisch, aber ich bin geneigt, mich Euren Schlussfolgerungen anzuschließen." Er überlegte kurz, dann nickte er und fuhr fort: „Und Ihr scheint recht zu haben. Irgendetwas ... irgendjemand hat Eurem Bruder - wie soll ich sagen - nicht geantwortet. Er hat keine Verbindung bekommen!"
„Richtig!", bestätigte Jocelin. „Der Herr der Schlangen!" Bei der Nennung des Namens erfasste ihn plötzlich ein leichtes Frösteln, so als ob jemand eine Tür zu einem kalten Kellerraum geöffnet hatte. Und noch etwas: Es schien, als ob die Worte in seinem Kopf ein mehrfaches Echo hervorriefen. Er schwieg erschrocken. Der Narr hatte aber offenbar nichts bemerkt. „Was ist mit Euch?", fragte er. „Fühlt Ihr Euch nicht wohl? Ihr seid plötzlich so blass geworden."
Jocelin schüttelte den Kopf. „Ist schon gut, wahrscheinlich nur die Anstrengungen. Der Herr der Schlangen ..." Er wartete auf den seltsamen Effekt, aber diesmal blieb er aus. Vielleicht hatte er sich wirklich alles nur eingebildet.
„Ich glaube, dass dieser der Mörder meines Vaters ist, er muss der Unbekannte sein, der Blair geholfen hat."
„Warum hat er das getan, und warum antwortet er dann nicht mehr? Das ist doch irgendwie widersinnig!", sinnierte Ybkallis.
„Das ist es ja, was mir solche Probleme bereitet", gab Jocelin zu. „Ich glaube nämlich nicht, dass es widersinnig ist. Ich verstehe nur die Zusammenhänge nicht. Vielleicht ist mein Bruder nur ein Werkzeug, und der wirkliche Feind ist noch gar nicht auf den Plan getreten ..."
„Der wirkliche Feind?"

„Es hat irgendetwas mit diesen Karten zu tun. Ich bin mir ganz sicher, dass mein Vater der Grüne König war - in einer Art Spiel."
„Ihr meint...Yéhfa?"
Der Souvaner zuckte seufzend mit den Schultern. Dann deutete er mit dem Zeigefinger auf sein Gegenüber und erinnerte:
„Denke kurz nach! Dieser Schevon Ssert hat aus einer Grün-König-Karte herausgelesen, dass Laq mein bester Freund ist. Und er sagte dazu, dass die Karte den Grafen Albert darstellt. Auf dem Blatt, das Blair vorhin benutzt hat, war diese aber plötzlich leer - kein Bild! Und warum? Weil mein Vater tot ist, verstehst du?"
Ybkallis wiegte zweifelnd den Kopf, sagte aber nichts.
„Und diejenige Karte", fuhr Jocelin fort, „mit der mein Bruder Verbindung aufnehmen wollte, aber nicht bekam, war das Rote As. Also ist das unser Feind!"
„Das Rote As?", wiederholte der Narr. „Solltet Ihr nicht eher etwas gegen Euren Bruder unternehmen?"
„Das werde ich!", knurrte Jocelin grimmig. „Das werde ich! Nur, seine Krönung werde ich wohl nicht verhindern können. Dafür möchte ich sein Gesicht sehen, wenn ich nicht mehr in meiner Zelle bin, wenn sie mich holen wollen ..."
Ybkallis fiel in sein Gelächter ein, doch der Souvaner verstummte plötzlich und überlegte. Dann überzog ein breites Grinsen sein Gesicht: „Und ich habe auch schon eine Idee, wie ich seine weiteren Pläne etwas stören kann."
Er stand auf und drehte sich langsam einmal um sich selbst. Dann fragte er:
„Nun, was meinst du, sehe ich meinem Bruder ähnlich?"

KAPITEL FÜNF: DER TURM DES ARBOREYSTH

Wir verfolgen auf diesen Seiten die weiteren Erlebnisse Laqs und Daniels, erfahren einiges über das Pantheon der Ostländer und lernen einen anderen merkwürdigen Mann kennen. Unsere beiden Freunde geraten in eine gefährliche Lage und stoßen ebenfalls auf das Mysterium des Kartenspiels.

1.
Es war am nächsten Nachmittag, als sich der dichte Wald vor uns etwas lichtete. Laq und ich waren am Vortag bis spät in die Nacht auf einem einigermaßen gebahnten Weg nach Süden geritten, dann hatten wir mitten im Gesträuch unser Lager aufgeschlagen. Es war zwar nicht meine erste Übernachtung unter freiem Himmel, aber unter diesen Umständen schon ein eigentümliches Gefühl, kein Dach über dem Kopf zu haben - vor allem in einer fremden Welt, von der ich so gut wie nichts wusste. Unter freiem Himmel konnte man eigentlich gar nicht sagen, denn bei dem fast undurchsichtigen Baldachin der Laub- und Nadelbäume über uns war kein einziger Stern zu erblicken.
Wir hatten ein kleines Feuer angezündet und uns noch kurze Zeit unterhalten, wobei vor allem der Jjarde reges Interesse für meine Herkunft zeigte. Ich versuchte natürlich, manche Dinge möglichst einfach zu erklären und untertrieb sogar oft in meinen Beschreibungen, aber an seinem Gesichtsausdruck konnte ich deutlich erkennen, dass er mir nicht einmal die Hälfte glaubte. Wie sollte er auch?
Ich war dann zu müde, um meinerseits noch viele Fragen über seine Welt zu stellen. Er schätzte nur, dass unser Ritt zu dem Wachfort, wo er hoffte, Jocelins Onkel Severin zu treffen, etwa fünf Tage in Anspruch nehmen würde. Ich hoffte

natürlich für ihn, dass sein Freund dann noch lebte, aber sehr zuversichtlich war ich nicht - nicht nach dem, was er mir über diesen Blair erzählt hatte. Schließlich löschten wir das Feuer und legten uns schlafen. Ich hatte nur eine einfache Wolldecke, aber die Nacht war nicht kalt.

Laq weckte mich bei Sonnenaufgang. Jetzt fröstelte ich doch leicht, aber ich hatte keine Zeit, darauf Rücksicht zu nehmen. Wir brachen sofort auf und setzten unseren Ritt fort; zum Frühstück gab es kalten Schinken im Sattel. Allzu beschwerlich fand ich das eigentlich gar nicht, denn bei kurzen Tourneen durch texanische Ortschaften, die diesen Namen wahrlich nicht verdienten, hatte ich schon schlimmer (oder gar nicht) gefrüh-stückt.

Der Jjarde lenkte sein Pferd neben meines und meinte freundlich:

„Na Daniel, ist die Stimmung jetzt etwas besser?"

Über diese Frage war ich erst einmal verblüfft. Könnte es sein, dass ich nach dem Aufwecken schlechte Laune gezeigt hatte? Manchmal kennt man sich selber eben doch nicht so ganz genau!

„Es ist schon okay ... schon gut!", verbesserte ich mich auf der Stelle, als Laq die Stirn runzelte. Es würde wohl noch eine Weile dauern, bis wir beide uns vollkommen verstünden.

„Es ist nur so", fuhr ich fort, „dass ich wirklich ungern in aller Frühe aufstehe - das ist bei Studenten immer so! Außerdem tut mir von unserem gestrigen Ritt immer noch der ... der Hintern weh. Ich kann zwar reiten, aber den ganzen Tag ..."

„Daran gewöhnt man sich", versicherte der Jjarde schmunzelnd und trieb sein Pferd an. „Übrigens - wenn wir unter uns sind, kannst du ruhig 'Arsch' sagen!"

Ich fiel in sein Lachen ein und gab meinem Rappen ebenfalls die Sporen.

Das sonst allgegenwärtige Grün der souvanischen Wälder trat jetzt etwas zurück und gab im hellen Sonnenlicht den Blick frei auf ein schmales unbewachsenes Band von dunklem Braunton, das sich fast schnurgerade in südöstlicher Richtung vor uns erstreckte. Es schien sich um eine Art künstlicher Rodung zu handeln, denn es wuchs kein Baum, kein Strauch, nicht einmal ein Grashalm darauf. Dieser Streifen Erde war vielleicht einhundert Meter breit, und in seiner Mitte verlief eine gepflasterte Straße. Jenseitig konnte man wieder den Wald sehen.

„Wer hat denn hier den Boden so säuberlich gerodet?", verlieh ich meiner Verwunderung Ausdruck, und Laq sah mich erstaunt an.

„Niemand, warum fragst du? Wer sollte denn hier roden?", antwortete er, so als ob er an meinem Verstand zweifelte.

„Weil nichts wächst!", erwiderte ich. Vielleicht war mein Ton eine Spur zu unwirsch ausgefallen, denn er entschuldigte sich sofort: „Oh, tut mir leid, aber ich vergesse immer, dass du ja von dieser Welt nichts weißt."

Er hielt sein Pferd an und breitete beide Arme weit aus:

„Dies hier ist die Straße der Alten Götter! Jedenfalls nennt man sie bei uns so! Sie führt von Südosten nach Nordwesten durch die ganzen Ostländer und endet erst im Schneewolkengebirge."

Er hatte nach rechts gedeutet, wo man in der Ferne Bergspitzen erkennen konnte. Ich folgte seinem Blick, aber er winkte ab:

„Nein, nein, das sind die Ravensrück-Berge. Die Straße führt an ihnen vorbei und verläuft dann quer durch die ganze Yllianmark. Praktisch ist sie der Haupthandelsweg zwischen Mattincourt und Verrn. Das Schneewolkengebirge liegt etwa

zweitausend Meilen von hier im Nordwesten und begrenzt die Ostländer - es ist unpassierbar, noch niemand hat es geschafft, es zu überqueren."
Er überlegte kurz, dann fügte er hinzu: „Zumindest niemand, der zurückgekommen wäre, um darüber zu berichten."
„Und warum nennt man sie die Straße der Alten Götter?", fragte ich, denn der seltsame Name hatte irgendeine innere Saite bei mir zum Schwingen gebracht. Warum hatte ich plötzlich so ein Gefühl, als ob ich mehr darüber wissen müsste? Es war eine Art Déjà-vu-Erlebnis, so als ob jemand zufällig genau die richtige Note auf dem Klavier gespielt hatte.
„Das weiß ich nicht, Daniel!", antwortete der Jjarde. „Aber sie soll sehr, sehr alt sein. Und es wächst einfach nichts auf diesem Streifen, warum, das weiß auch niemand."
Ich lenkte mein Pferd an die Straße heran und stieg ab. Jetzt war ich wirklich zutiefst erstaunt. Dies war kein Pflaster, nicht einmal Teer, sondern der graue Belag war vollkommen glatt und eben und glänzte matt im Sonnenlicht. Ich bückte mich und strich mit der Hand darüber, während Laq mich interessiert beobachtete. Das Material fühlte sich kalt und hart an, war aber doch nicht so glatt, wie ich gedacht hatte. Es musste sich um eine Art glasiertes Gestein handeln, jedenfalls konnte diesen Straßenbelag nur eine fortgeschrittene Technologie hervorgebracht haben.
„Wie alt ist diese Straße?", fragte ich den Jjarden, der über meine Neugier milde lächelte.
„Man weiß es nicht genau", antwortete er und wiegte den Kopf, „sie soll über zweitausend Jahre alt sein - aus einer Zeit, als es die Götter noch gab, deshalb heißt sie Straße der Alten Götter. Vielleicht wurde sie wirklich von ihnen angelegt, wer weiß?"
Ich lächelte nicht über seine Worte. Wer immer dieses Wunderwerk gebaut hatte, musste den Menschen hier wirklich

wie ein gottgleiches Wesen erscheinen. Eine Straße, die zweitausend Jahre übersteht, ohne aufzubrechen oder überwuchert zu werden!
„Steig wieder auf!", ermahnte Laq. „Wir folgen der Straße jetzt zwei bis drei Tage nach Südosten, du kannst sie dir also noch lange genug ansehen."
Ich schwang mich wieder auf meinen Rappen und folgte ihm, aber jetzt war ich ins Grübeln gekommen. Warum hatte ich so ein seltsames Gefühl beim Anblick dieser Straße und bei der Nennung des Namens gehabt? Auch jetzt hatte es mich noch nicht ganz verlassen.
War dies die Straße, die ich in meiner Vision während des Transfers unter einem seltsam gelblichen Himmel gesehen hatte? Sollte ich ihr vielleicht folgen? Nun, die unbekannte Kraft konnte zufrieden sein, ich war in Ereignisse verstrickt, die mich dazu brachten, dies zu tun. War ich deshalb hierher versetzt worden, weil ich fortgeschrittene technische Errungenschaften nicht für Zauberwerk hielt? Aber trotzdem: Warum ich? Ich brauchte mehr Informationen und lenkte mein Pferd darum neben das des Jjarden. Er hatte offenbar schon darauf gewartet, denn er grinste mich an und meinte:
„Ich sehe es deinem Gesicht an: Du hast einige Fragen auf dem Herzen, richtig?"
„Richtig, mein Freund!", entgegnete ich. „Ich fürchte nur, die Antworten werden mich noch mehr verwirren oder mir nicht gefallen." - „Versuche es!"
„Du hast vorhin gesagt: '... als es die Götter noch gab!' Was soll das heißen?"
Laq machte ein erstauntes Gesicht, erklärte aber geduldig:
„Nun, das soll heißen, dass es jetzt keine mehr gibt. Es ist so: Der Sage nach fand vor ungefähr zweitausend Jahren ein großer Krieg zwischen den vier Göttern statt, bei dem um die ganze Welt gekämpft wurde. Bei diesem gewaltigen Krieg erhielt unsere Welt ihre jetzige Gestalt, wie wir sie sehen.

Nach dem Kampf zogen die Götter sich zurück und mischten sich nicht mehr in das Geschick der Menschen ein. Und diese Straße hier ist das Einzige, das von ihnen noch übrig geblieben ist - außer den Tempeln des Arboreysth."
„Des was?"
„Des Arboreysth! Er soll einer der vier kämpfenden Götter gewesen sein und sozusagen der Schutzherr der Ostländer. Es gibt noch einige Menschen, die an ihn glauben, und sogar ein paar Priester, aber niemand nimmt sie so richtig ernst."
„Warum nimmt man sie nicht ernst?"
Laq zuckte mit den Schultern: „Na, weil er nichts tut, und weil beten zu ihm nichts hilft."
„Aber Tempel von ihm gibt es noch?"
„Ja! Sie sind ebenfalls uralt und im ganzen Land zu finden. Übrigens: Wir werden heute Abend einen davon zu Gesicht bekommen. Er ist etwas abseits der Straße im Wald, ein guter Platz für ein Nachtlager."
Ich nickte. Innerlich war ich schon gespannt darauf, welche Art von Architektur ich bei diesem Tempel eines verschwundenen Gottes vorfinden würde. Bei dem Gedanken wurde ich schon wieder nachdenklich. Verschwundene Götter! Sie erschaffen, wenn auch in Form eines Kampfes, eine Welt und verlassen sie dann. Eine kluge Art, einerseits die Schöpfung und andererseits die Freiheit des Menschen in seinen Entscheidungen zu vereinbaren - wenn das überhaupt möglich ist. Könnte diese Erklärung nicht auch auf meine eigene Welt zutreffen? Ich spann den Faden lieber nicht weiter.
Aber etwas anderes kam mir bei dem Gedanken an Götter in den Sinn: Die Kraft oder Macht, die es schaffte, einen Menschen von einer Welt in eine andere zu versetzen, kam der Definition von einer Gottheit schon ziemlich nahe. Ich war zeit meines Lebens bestimmt nicht religiös, aber ich hatte am eigenen Leib erfahren, dass so ein übernatürlicher Vorgang möglich ist.

Ich war ein Stück hinter Laq zurückgeblieben und trieb mein Pferd jetzt an, um wieder neben ihn zu kommen. Dann fragte ich:
„Und wie ging der Kampf damals aus? Hat er gewonnen, dieser Arboreysth?"
Laq lächelte:
„Das muss er wohl! Sieh dich um! Die ganzen Ostländer bestehen aus riesigen Waldgebieten. Ich weiß nicht, wer die anderen waren, aber Arboreysth wird auch der Grüne Gott genannt!"

2.
Wie der Jjarde vorausgesagt hatte, erreichten wir nach einem schnellen Ritt gegen
Abend einen dieser alten Tempel. Wir waren auf der ebenen Straße gut vorangekommen, aber die Pferde zeigten jetzt doch deutliche Anzeichen von Erschöpfung - und ich auch, das muss ich zugeben. Zudem hatte ein leichter Nieselregen eingesetzt. Wenn ich so zu dem mittlerweile grauen und bewölkten Himmel aufsah, schien es mir, als ob der Regen sich eher noch verstärken würde, also war es mir ganz willkommen, für die Nacht einen einigermaßen trockenen Platz zu finden.
Der Anblick der Landschaft hatte sich den ganzen Nachmittag nicht geändert: Vor uns die graue Straße in einem schnurgeraden Band, das sich in der Ferne verlor, und auf beiden Seiten die grünen Wände der hohen Bäume.
Wir hatten nicht viel gesprochen, und der einsetzende Regen hatte meine Stimmung etwas gedrückt. So waren wir nebeneinander herumgeritten und hingen unseren Gedanken nach. Doch dann stieß mich der Jjarde in die Seite und deutete nach vorne.
Ich folgte mit meinem Blick seinem ausgestreckten Arm. In der gewiesenen Richtung konnte ich etwas rechts von der

Straße ein hohes Bauwerk weit über die obersten Wipfel der Bäume hinausragen sehen. Es schien sich um eine Art Turm zu handeln, rund und sehr schlank, der sich an der Spitze wieder verbreiterte. Der Eindruck aus der Ferne war, ja wirklich, der eines riesigen Baumes mit einer kleinen Krone.
„Dort ist der Tempel, von dem ich gesprochen habe", erklärte Laq. „Wir werden hier über Nacht bleiben!"
„Sehr gut!", erwiderte ich. „Bei diesem Regen habe ich wirklich keine Lust, die Nacht im Freien zu verbringen."
Der Jjarde sah mich an, als hätte ich ihm vorgeschlagen, sein Pferd aufzuessen.
„Ist etwas?", fragte ich überflüssigerweise noch dazu.
„Du ... wir ... wir können nicht im Tempel übernachten!", stieß er hervor. „Das geht nicht!"
„Warum? Hat er denn keinen Eingang?", fragte ich unschuldig zurück. Ich ahnte schon, was jetzt kommen würde. Der gute Laq hatte zwar gesagt, dass die Götter seit langer Zeit verschwunden wären, aber einfach in einem ihrer Tempel zu übernachten, das wollte er doch lieber nicht tun. Naja, in meiner Heimatwelt würde auch ein überzeugter
Atheist nicht unbedingt in einer Kirche die Nacht verbringen.
„Doch, natürlich ist da ein Eingang", druckste er herum, „aber nur die Priester des Arboreysth gehen zum Beten hinein."
„Obwohl es nichts nutzt?", gab ich zurück. Ich bereute es eigentlich sofort, denn ich wollte mich nicht über ihn lustig machen, aber religiöse Bedenken hatten mich noch nie von einem Scherz abgehalten.
Prompt sah er mich auch böse an. Ich zuckte mit den Schultern und versuchte ein entschuldigendes Lächeln, was vermutlich gründlich misslang. Aber ich war es gewohnt, dass meine Bonmots manchmal danebengingen.
Wortlos setzte er sein Pferd in Gang. Ich wollte noch etwas hinzufügen, aber da drehte er sich schon im Sattel zu mir her-

um. Ich erwartete einen Vorwurf, aber er hatte ein breites Grinsen aufgesetzt und drohte mir spielerisch mit dem Zeigefinger:
„Ich wusste ab dem Moment, wo du der Torwache sagtest, sie sollten auf einen Unsichtbaren achten, dass du einen ausgefallenen Humor hast. Und ich weiß auch, was du jetzt vorhast. Bitte, tu, was du willst! Wir müssen ohnehin hier Rast machen. Aber eines sage ich dir: Ich gehe nicht hinein und lege mich dort schlafen! Du magst das vielleicht für dumm oder albern halten, aber dies ist nicht deine Welt, und es sind nicht deine Götter!"
Dann lachte er und ritt voran. Soll ich jetzt zugeben, dass ich etwas beschämt war? Nein. Also sage ich nur, dass in seiner Rede nur noch ein „Amen!" gefehlt hätte oder ein „Howgh, ich habe gesprochen!".

.

Wir zügelten unsere Pferde am Fuß des riesigen Turmes. Inzwischen goss es in Strömen. Ich schwang mich aus dem Sattel und sah nach oben. Das ganze Bauwerk bestand aus einem bräunlichen Gestein, das fast fugenlos verarbeitet war, und hatte eine Höhe von annähernd zweihundert Metern. Wie an der Spitze verbreiterte sich der Turm auch am Boden, seine unbekannten Erbauer hatten ihn so gestaltet, dass der Eindruck von steinernen Wurzeln entstand, die ihn im Grund verankerten. Das Ganze sah wirklich aus wie ein gigantischer Baum - verständlich, wenn Arboreysth die Gottheit des Grüns und der Wälder war.
Zwischen zweien der Wurzelausläufer konnte ich jetzt einen Eingang erkennen, eine einfache hölzerne Türe. Ich brannte natürlich darauf, mir das Innere des Tempels anzusehen, aber wichtigere Dinge gingen vor.
Wir nahmen den Pferden das Sattelzeug ab, damit sie sich ungehindert an den reichlich vorhandenen jungen Trieben der Bäume gütlich tun konnten. Dann suchten wir, da der

Jjarde seine Meinung sicherlich nicht ändern würde, ein trockenes Plätzchen unter einigen sehr dicht zusammenstehenden Laubbäumen. Dort bereiteten wir unser Lager.
Laq machte mit Hilfe von Feuerstein und trockenem Zunder ein kleines Feuer an, und wir brieten uns etwas geräucherten Speck.
Ich hätte ihm natürlich mein Feuerzeug gegeben, aber irgendwann in nächster Zukunft würde es leer sein, und dann könnte es nur von Nutzen sein, wenn ich diese Technik ebenfalls beherrsche.
Wir aßen schweigend und sahen nur ab und zu nach den Pferden. Es war zwar noch hell, aber der Himmel hatte sich vollkommen zugezogen und der strömende Regen prasselte auf das Blätterdach über unseren Köpfen. Auch Wind kam jetzt auf. Es versprach, eine ungemütliche Nacht zu werden.
Später fiel mir auf, dass diese meine Gedanken fast prophetisch zu nennen waren.
Auch Laq sah zunehmend besorgt zum Himmel und meinte niedergeschlagen: „Wenn dieses Wetter anhält, werden wir nicht mehr so schnell vorankommen. Wir können zwar noch zwei Tage die Straße benutzen, aber dann müssen wir wieder nach Süden durch die Wälder, ungefähr fünfzig bis sechzig Meilen. Fort Souvansfinn ist direkt an der Grenze zwischen der Souvanmark und dem Ödland von Lyshan. Es ist sozusagen die südöstlichste Festung unseres Landes. Weiß der Himmel, warum Lord Severin sich ausgerechnet jetzt dort aufhalten muss!"
„Ist das so außergewöhnlich?", fragte ich zurück. „Wenn dies ein so wichtiger Posten
ist ..."
Der Jjarde schüttelte den Kopf. „Das ist er eben nicht! Durch die Wüste von Lyshan ist noch nie ein Angreifer gekommen, überhaupt kein menschliches Wesen kann dort überleben. Es gibt nur Sand und Steine, keinen Tropfen Wasser. Dieser Au-

ßenposten, Fort Souvansfinn, wird nur wegen irgendeiner uralten Abmachung zwischen den Ostländern aufrechterhalten."
Jetzt musste ich den Kopf schütteln: „Also, das verstehe ich nicht ganz! Welchem Zweck soll diese Abmachung dienen?"
„Das weiß wahrscheinlich niemand mehr. Aber seitdem hat es keinen Krieg zwischen den Ostländern untereinander mehr gegeben. Und der alte Graf Albert hat immer streng darauf geachtet, dass die Abmachung eingehalten wird. Bestimmt ist ein Zehntel der Truppen der Souvanmark dort stationiert, fast soviel wie in Mattincourt selbst."
„Und wie viel sind das?", fragte ich, neugierig geworden.
„Bestimmt zwei- bis zweieinhalbtausend Mann!", meinte Laq nach kurzem Überlegen. Hörte ich da so etwas wie Stolz aus seiner Stimme heraus? Ich verkniff mir ein Lächeln. Eigentlich war ein Staat zu bewundern, der nicht mehr als fünfundzwanzigtausend Soldaten brauchte, und der schon lange keinen Krieg mehr gehabt hatte. Und in meiner eigenen Welt? Napoleon war mit über einer halben Million Männern nach Russland gezogen, und moderne Kriege ... Ich musste mir das Lächeln nicht mehr verkneifen, es war mir vergangen.

.

Ich stand direkt vor der Türe des steinernen Baumes und sah noch einmal nach oben. Das Braun des Turmes zeichnete sich in schwindelerregender Höhe deutlich gegen das verwaschene Grau des Himmels ab. Der Regen, vom Westwind getrieben, schlug gegen die glatte Wand. Ein wenig seltsam war mir nun schon zumute, auf einer fremden Welt ein Gebäude aus uralter Zeit, das selbst Laq nicht geheuer war, zu betreten, aber die Neugier siegte.
Da von außen keine Fenster oder sonstigen Sichtöffnungen auszumachen waren, hatte ich mir aus einem dicken Ast eine primitive Fackel gebaut. Laq lehnte an einem Baumstamm

und sah mir missbilligend zu. Er hatte die Hand auf den Griff seines Säbels gelegt, machte aber keine Anstalten, mir zu folgen. Ich war gar nicht mehr so zuversichtlich, wie ich tat, aber jetzt konnte ich nicht mehr zurück. Eigentlich merkwürdig, dass mich plötzlich eine solche Stimmung befiel, aber es lag wahrscheinlich an der Aura des Alten und Fremden, die von dem Turm ausging.
Ich winkte dem Jjarden noch einmal zu und zog dann entschlossen die Tür auf. Ich hatte Widerstand oder wenigstens ein Knarren erwartet, aber nichts dergleichen geschah. Sie ließ sich leicht öffnen und gab keinen Laut von sich.
Meine erste Empfindung war Überraschung. Im Innern war es hell!
Vor mir sah ich eine Art Vorraum, ein niedriges Gewölbe mit einer Runddecke, auf der gegenüberliegenden Seite eine weitere Tür. Der Raum war vollkommen leer, erleuchtet von einer Fackel, die in einer eisernen Halterung in der Wand steckte. Irgendjemand musste vor Kurzem hier gewesen oder immer noch hier sein.
Ein Priester des Arboreysth vielleicht?
Ich wollte Laq Bescheid geben, aber als ich wieder nach draußen blickte, konnte ich ihn nicht mehr sehen. Wahrscheinlich kümmerte er sich um die Pferde. Nun, ein Priester würde mir wohl nicht sehr gefährlich werden, und ich konnte nicht bei jeder unerwarteten Situation den Jjarden zu Hilfe rufen.
Ich durchquerte also den Vorraum und öffnete vorsichtig die andere Tür. Ein kalter Luftzug schlug mir entgegen und ließ mich frösteln. Ich ging weiter und stand nun in einem domartigen Gewölbe, in das von oben Tageslicht hineinfiel, allerdings nur schwach und diffus. Der erste Eindruck des riesigen runden Raumes war gewaltig. Er hatte zwar keinen großen Durchmesser, schien aber unendlich hoch zu sein.

Wände und Boden waren offensichtlich aus Stein, aber nicht naturbelassen, sondern mit kunstvollen Fresken und Ornamenten versehen. Diese Verzierungen zeigten durchwegs Pflanzen: Blumen, Bäume und Früchte. Zudem war das Innere des Turmes weiter oben von scheinbar willkürlich verteilten Ästen durchzogen. Sicher waren auch sie aus Stein, aber der Eindruck entstand, als befände man sich im dichten Geäst eines Urwaldbaumes.
Merkwürdig war zudem, dass meine Schritte auf dem Steinfußboden kein Echo, nein, überhaupt kein Geräusch hervorriefen. Der Grüne Gott schien die Stille zu lieben. Als Gitarrist war ich da nicht seiner Ansicht, aber eine gewisse Bewunderung für die Erbauer dieses Tempels konnte ich nicht verleugnen.
Und dann blieb ich wie angewurzelt stehen. Es war wirklich jemand in dem Gewölbe! Als meine Augen sich auf die Dunkelheit eingestellt hatten, konnte ich in der Mitte des Raums eine anscheinend vor einem Altar kniende Gestalt erkennen. Das schwache Licht genügte nicht, um mehr Einzelheiten auszumachen, also trat ich näher. Wahrscheinlich handelte es sich wirklich um einen Priester des Gottes Arboreysth, denn der Haltung nach betete der Unbekannte.
Von hinten konnte ich nur erkennen, dass er offenbar ein großer kräftiger Mann war mit wallendem schwarzem Haar, das in Locken bis auf seinen breiten Rücken herabfiel. Ich war noch etwas näher gekommen, aber er schien so in sein Gebet vertieft, dass er meine Annäherung nicht bemerkte, wozu wohl auch die merkwürdige geräuschverschluckende Akustik des Raumes beitrug.
Ich stand nun drei Schritte hinter ihm und wollte gerade etwas sagen, um den Knienden nicht allzu sehr zu erschrecken, als ich doch im Halbdunkel zweierlei Dinge gewahrte, die mich sofort misstrauisch stimmten:

Der Mann trug eine schwere silberschimmernde Rüstung, von der er offensichtlich nur den Helm abgelegt hatte. An der Seite trug er ein gewaltiges Langschwert, wie ich es in dieser Größe noch nie gesehen hatte. Sollten die Priester des Arboreysth Kriegermönche sein, wie es sie auch im irdischen Mittelalter gegeben hatte?
Aber etwas anderes überraschte mich noch mehr: Vor ihm auf dem Altar lagen Spielkarten, die er offenbar studierte!
Sofort musste ich an Laqs Geschichte denken, an diesen grauhaarigen jungen Mann, der auf uns geschossen hatte. Dieser hatte ebenfalls ein Kartenspiel benutzt, um daraus Informationen zu gewinnen. Jedenfalls hatte es mit diesen Karten nichts Gutes auf sich.
Ich beschloss, dass Vorsicht doch der bessere Teil der Tapferkeit sei, und machte so leise wie möglich einen Schritt zurück, wobei ich den Priester scharf im Auge behielt. Aber leider kam ich mit meinem Rückzug nicht weit:
Der Mann musste die ganze Zeit gewusst haben, dass jemand hinter ihm stand. Er sprang förmlich hoch und herum und zog mit einer unglaublich schnellen Bewegung das Schwert aus der Scheide. Ich hatte noch nie bei einem Menschen eine solche Schnelligkeit gesehen. Er stieß ein grimmiges Lachen aus, und dann fuhr die schimmernde Klinge im hohen Bogen auf mich herab.

3.
Ich stand immer noch wie gelähmt und war zu keiner Reaktion fähig. Der große Krieger - denn an einen Priester glaubte ich jetzt nicht mehr - starrte mich ebenfalls vollkommen verblüfft an. Trotz, oder vielleicht gerade wegen meines Entsetzens prägten sich mir seine Züge unauslöschlich ein:
Er war wirklich sehr groß, ein Hüne, mit mächtigen Schultern und der angespannten Körperhaltung eines Raubtiers. Sein scharfgeschnittenes bartloses Gesicht hätte man als gut-

aussehend bezeichnen können, wäre nicht der verkniffene Mund gewesen - und die Augen!
Trotz des Halbdunkels in dem Turm konnte ich seine Augen deutlich sehen; sie schienen in einem seltsam verwaschenen Blau von innen zu leuchten. Der Mann sah mich durchdringend an, und dieser Blick zog mich in seinen Bann und ließ mich nicht mehr los. So ähnlich musste sich ein Kaninchen fühlen, wenn es der Kobra in die Augen starrte. Und trotz allem Bedrohlichen lag doch irgendwie Melancholie in diesem Blick.
Es war zwar das dritte Mal in wenigen Tagen, dass mich jemand töten wollte, aber daran gewöhnt man sich wohl nicht so schnell. Vielleicht Soldaten, die wie im Ersten Weltkrieg monatelang im Trommelfeuer liegen, aber ich nicht. So stand ich immer noch da und wunderte mich, dass ich noch lebte.
Seltsame Gedanken bewegen einen in diesen Sekunden. Wie würde es sich anfühlen, wenn die scharfe Schneide in lebendiges Fleisch eindringt - spürt man Schmerz oder Kälte? Macht man noch ein paar Schritte wie ein geköpftes Hühnchen? Ja wirklich, so etwas überlegt man sich!
Der Grund, dass ich noch lebte und mir diese Gedanken machen konnte, war dem fremden Ritter offensichtlich genauso unbegreiflich wie mir selbst: Die Klinge war einfach durch mich hindurchgegangen, als wäre ich ein Hologramm!
Ich sah an mir herunter, aber ich war wirklich nicht verletzt.
Was war das jetzt wieder für ein Spuk? Der Hüne machte keinen zweiten Versuch, er suchte auch nach keiner Verletzung bei mir, er sah mir nur weiter unverwandt in die Augen. Ich blickte kurz nach seiner gefährlichen Waffe, er hielt sie zwar zum Zuschlagen bereit, aber momentan von mir weg.
Ganz ruhig ließ ich die Musterung über mich ergehen; ich hätte einem zweiten Hieb bei seiner Schnelligkeit doch nicht ausweichen können. Dafür kehrte meine logische Überlegung langsam zurück.

Dass der Mann bei dieser Entfernung daneben geschlagen hatte, war unmöglich! Er hatte einen Zirkelhieb geführt, der meinen Hals schräg durchtrennt und wahrscheinlich noch die rechte Schulter mitgenommen hätte. Also war die Klinge wirklich durch mich hindurchgegangen. Daniel, überlege weiter!
Laq hatte mich gefragt, wie ich es geschafft hatte, dem Pfeilschuss auszuweichen. Ich dachte damals, der Schütze hätte verfehlt - war dies derselbe Effekt gewesen? Riss mich etwas in Augenblicken von Todesgefahr kurz aus dieser Welt oder konnte ich dieses Phänomen selbst herbeiführen?
So abwegig erschien mir meine Überlegung gar nicht. Immerhin war ich aus einer anderen Welt - vielleicht sollte ich Ebene oder Dimension sagen - hierher versetzt worden. Da die unbekannte Kraft, die dies getan hatte, also offensichtlich ein bestimmtes Interesse damit verfolgte, warum sollte sie mich in lebensgefährlichen Momenten nicht kurz, wie sollte ich sagen, zurückziehen? Ich als Schachfigur?
Oder vermochte ich dies doch selbst, bedingt durch meine Herkunft aus einer anderen Ebene, als eine Art Reflex?
Auf dem Altar lagen die Spielkarten.

.

Der Ritter senkte sein Schwert, sah mich aber immer noch durchdringend an. Dann schüttelte er den Kopf und steckte die Waffe in die Scheide zurück.
„Ihr seid nicht aus dieser Welt!", stellte er fest, so als ob diese Tatsache gar nichts Außergewöhnliches wäre. Er schüttelte nochmals den Kopf und grinste böse: „Und ich hätte Euch beinahe getötet. Wer seid Ihr?"
Jetzt war ich natürlich überrascht. Wie konnte der Mann das wissen? Andererseits wunderte ich mich langsam über gar nichts mehr - wenigstens hatte sich die Situation etwas entspannt, und ich wagte wieder, mich zu bewegen.

„Ich heiße Daniel", gab ich also zur Antwort, „Daniel Christian Smith aus ..." Ich stockte, warum sollte ich dem Mann meine Geschichte erzählen?
Er sah mich zuerst misstrauisch an, doch dann ging ein Lächeln über sein Gesicht. Schließlich lachte er laut. Seine Stimme war irgendwie sanft und angenehm gewesen, als er gesprochen hatte, aber sein Lachen hatte einen ganz anderen Charakter: aggressiv, gehässig und böse. Mit diesem Krieger war sicherlich nicht zu spaßen. Trotzdem war er mir nicht unbedingt unsympathisch, obwohl ich bei mir einen leisen Hauch von Furcht feststellte. Warum auch nicht, in dieser Situation!
Er verstummte plötzlich und fragte weiter: „ ... aus ... woher, wolltet Ihr gerade sagen?"
„Aus Mattincourt, auf dem Weg nach Fort Souvansfinn!"
„So, so!", meinte er, süffisant grinsend. „Aus Mattincourt ... Junger Freund, Ihr seht nicht gerade wie ein Souvaner aus."
Bevor ich noch etwas erwidern konnte, legte er mir seine Linke schwer auf die Schulter und zischte mich an:
„Ich kann es gar nicht ausstehen, wenn man mich anlügt! Und ich merke es meistens - Ihr zum Beispiel lügt jetzt! Und ich will Euch noch einen Rat mit auf den Weg geben: Ihr seid fremd auf dieser Welt. Darum wart Ihr so dumm, Euch jemandem im Dunkeln leise von hinten zu nähern. Ohne Euren famosen Trick würde Euer Kopf jetzt dort hinten bei der Tür liegen - ich töte jeden, der das bei mir versucht. Und andere tun das auch, merkt Euch das!"
Natürlich hatte er recht. Ich hatte einen gefährlichen Fehler begangen, und er hätte mein letzter sein können. Aber jetzt war meine Neugier geweckt. Ich schob seine Hand von meiner Schulter, was er ruhig geschehen ließ. Dabei bemerkte ich, dass er einen eisernen, mit Stacheln bewehrten Kampfhandschuh trug - Arboreysth gnade demjenigen, dem er damit ins Gesicht schlug!

„Und warum wollt Ihr mich jetzt nicht mehr töten?", fragte ich zurück und wunderte mich dabei über meine eigene Frechheit.
Er lachte wieder. „Eine gute Frage, junger Freund! Wirklich eine gute Frage; wisst Ihr, Ihr gefallt mir! Ich will lieber gar nicht wissen, woher Ihr wirklich kommt, aber lügt mich nicht noch einmal an!"
Ich wunderte mich etwas, dass er mich schon wieder 'junger Freund' nannte, denn er selbst war auch nicht älter als dreißig oder fünfunddreißig. Oder doch? Jedenfalls schien es mir geraten, sich diese Anrede gefallen zu lassen. In einem Punkt allerdings konnte ich ihm nicht zustimmen: Gerade wenn einem jemand dringend rät, die Wahrheit zu sagen, dann lügt man am besten!
Als ob er meine Gedanken erraten hätte, grinste der Krieger mir ins Gesicht: „Ich töte Euch nicht, weil Ihr mir nicht gefährlich werden könnt - das kann nur einer, und der seid Ihr nicht! Nein, Ihr nicht, mit Eurem Zahnstocher an der Seite und dem Knüppel in der Hand!"
Er hatte die letzten Worte in abfälligem Ton gesprochen, oder war es mitleidig? Jetzt fiel mir erst auf, dass ich immer noch die nicht angezündete Fackel fest umfasste. In diesem Moment musste ich wirklich einen lächerlichen Eindruck machen.
Ohne ein weiteres Wort drehte der Ritter sich um, steckte das Kartenspiel ein, nahm seinen Helm und ging langsam in Richtung der Tür. Meine Gedanken rasten. Ich hatte ihn etwas fragen wollen, aber was? Irgendwie fühlte ich, dass dies nicht meine letzte Begegnung mit diesem seltsamen und gefährlichen Mann war.
„Wie heißt Ihr?", rief ich ihm nach. „Seid Ihr Priester?"
Er wandte sich, obwohl ich es eigentlich nicht erwartet hatte, noch einmal um und sah mich mit seinem unergründlichen Blick lange an.

„Wenige nur kennen meinen Namen", meinte er. „Albert de Martin kannte ihn, aber ich kam zu spät - er ist tot! Ich weiß nicht warum, aber Ihr, Daniel ... " - er sprach das Wort aus, als wollte er es schmecken - „ ... sollt ihn erfahren. Ich bin Crusan von Gatarr."
Er sah mich prüfend an. Mir schien, als warte er auf etwas, eine Reaktion, aber der Name sagte mir absolut nichts. Vielleicht wusste Laq mehr über ihn.
Wie zum Gruß hob der Krieger die Hand und warnte: „Betet lieber, dass wir uns nicht mehr begegnen, junger Freund. Ich werde Euch nichts tun, aber mir folgt der Tod!"
„Zu wem soll ich beten, Crusan von Gatarr?" fragte ich zurück. „Zu Arboreysth?"
Er lachte: „Graf Albert ist tot, und Arboreysth wird seine Macht verlieren. Nein, seht lieber, dass Ihr auf Eure Welt zurückkehrt!"
Dann drehte er sich endgültig herum und ging hinaus.

.

Ich stand noch einige Minuten reglos da und ließ das eben Erlebte noch einmal geistig Revue passieren. Was für eine seltsame Begegnung! Ich wusste, dass ich diesen Mann irgendwo wieder treffen würde, und er hatte es auch gewusst. Und noch eines stand fest: Er war ebenfalls einer von jenen, die mit dem Geheimnis dieses Kartenspiels vertraut waren - er hatte sofort erkannt, dass ich aus einer anderen Welt kam.
Plötzlich fiel mit etwas ein, was meine Nachdenklichkeit schlagartig beendete: Laq! Ich hatte den Jjarden vollkommen vergessen! Wenn er nach mir suchte und auf den Fremden stieß, war das Schlimmste zu befürchten. Crusan war unberechenbar und gefährlich - er hatte mich geschont, aber Laq?
Ich warf die Fackel weg und rannte zur Tür, die noch offen stand und durch die ein schmaler Streifen Licht hereinfiel. In vollem Lauf stürmte ich hinaus und blieb dann wie angewurzelt stehen.

Draußen peitschte der Regen nach wie vor herab. Laq oder Crusan konnte ich nirgends sehen, aber etwas anderes: Sieben oder acht Pferde standen vor dem Turm. Auf zweien von ihnen saßen Reiter, dem Anschein nach Soldaten. Und direkt vor mir standen zwei junge Männer, die sich unglaublich ähnlich sahen - die Zwillingsbrüder, von denen mir Laq erzählt hatte!
Bevor ich mich noch richtig von dem Schreck erholt hatte, traf mich ein harter Schlag am Hinterkopf. Ich war zuerst erstaunt, dass ich nicht bewusstlos wurde, doch dann kippte die Welt langsam in Schräglage. Ich sah noch kurz zwei grinsende Gesichter, dann schaltete jemand das Licht aus.

4.
Ich wusste nicht, wie viel Zeit vergangen war, als ich wieder zu mir kam. Eigentlich wusste ich im ersten Moment überhaupt nichts, außer dass mein Schädel wie eine Bassdrum dröhnte. Mit Mühe bekam ich die Augen auf, sah aber nur Lichtpunkte, die in der Dunkelheit tanzten. Das Nächste, was ich bemerkte, war Regen, der mir ins Gesicht schlug. Ab und zu blitzte es, und gleich darauf ertönte lautes Donnerkrachen. Langsam konnte ich meine wirren Gedanken zu sinnvollen Überlegungen formen:
Natürlich, das war ein Gewitter.
Und dann waren die letzten Ereignisse plötzlich wieder da. Ich sprang auf - nein, es blieb bei dem Vorsatz; irgendetwas hielt mich fest. Also versuchte ich erst einmal, meinen Gesichtssinn wieder in einen funktionsfähigen Zustand zu versetzen. Ich kniff meine Augen mehrmals hintereinander fest zusammen und riss sie wieder auf, gleichzeitig schüttelte ich mir das Regenwasser aus dem Gesicht.
Irgendjemand lachte, aber jetzt konnte ich wieder einigermaßen sehen. Es war wirklich dunkel, und die Lichter waren brennende Fackeln. Ich befand mich noch am selben Ort,

denn die Silhouette des Turmes zeichnete sich nicht weit entfernt trotz Dunkelheit und Regen deutlich gegen den Nachthimmel ab.
Ich konnte blinzelnd mehrere Gestalten ausmachen, die vor mir saßen oder standen; andere wiederum gingen in der Nähe irgendwelchen Beschäftigungen nach. Auch die Pferde, die ich vorhin schon gesehen hatte, konnte ich jetzt erkennen.
Erst in diesen Augenblicken wurde mir der Ernst der Lage, in der ich mich hier befand, so richtig bewusst. Ich war niedergeschlagen worden, ich saß auf dem Waldboden inmitten von Feinden - und ich war mit den Händen rückwärts an einen Baum gefesselt, das fiel mir jetzt erst auf.
Die Zwillingsbrüder! Sie gehörten zu den Söldnern, die mich umbringen wollten. Wie hatten sie uns hier gefunden? Sie mussten doch eigentlich annehmen, dass wir uns irgendwo in Mattincourt versteckten. Da dieser Verfolgertrupp nicht schneller gewesen sein konnte als Laq und ich, gab es nur eine Erklärung: Sie waren von Anfang an hinter uns her gewesen, mit nur wenigen Stunden Abstand. Wahrscheinlich hatten wir es nur Lady Melissas schnellem Handeln zu verdanken, dass uns überhaupt die Flucht aus der Stadt gelungen war.
Jetzt kam einer der Männer näher und baute sich vor mir auf. Er trug eine Fackel und leuchtete mir damit ins Gesicht. In Flackerlicht konnte ich ihn wiedererkennen: Es war der Grauhaarige, der in der Wachstube in Mattincourt nach mir geschossen hatte; Schevon Ssert, der sich unsichtbar machen konnte. Ich musste an die Spielkarten denken - waren er und Crusan von Gatarr Verbündete?
Ein anderer trat neben ihn und musterte mich ebenfalls, ein großer dunkler Mann mit einem Mongolenbart. Er trug eine schwere Streitaxt und spielte die ganze Zeit mit ihr herum. Dies musste der Sprecher der Söldner sein, Warren hatte Laq ihn genannt.

Hier zuckte ich regelrecht zusammen. Was war mit Laq? Hatte er die Annäherung der Männer nicht rechtzeitig bemerkt? War er ebenfalls gefangen, oder ... Ich bekam die Antwort sofort, denn Warren rief nach hinten:
„Der hier ist wach, bringt den Jjarden auch herüber!"
So verzweifelt meine Situation auch war, jetzt fühlte ich doch Erleichterung, dass Laq noch lebte. Sie hatten ihn also überwältigt; hoffentlich war er nicht schwer verletzt. Sie mussten ihn wirklich überrascht haben, sonst hätte er mich jedenfalls gewarnt.
Plötzlich wusste ich, wie die Sache sich zugetragen hatte: Schevon Ssert hatte sich unsichtbar gemacht und Laq genauso niedergeschlagen wie mich. Beim Heulen des Sturmes hatte ihn der Jjarde auch nicht hören können - und ich befand mich im Innern des Turmes! Es schien, als ob selbst der Zufall gegen uns war. Oder war hier überhaupt irgendetwas Zufall?
Und Crusan von Gatarr - gehörte er zu ihnen?
Zwei Soldaten trugen den Jjarden herbei und warfen ihn reichlich grob neben mir ins nasse Gras. Er war an Händen und Füßen gefesselt, richtete sich aber sofort in sitzende Stellung auf und sah zu mir herüber. Er schien nicht ernsthaft verletzt zu sein, nur an seiner Stirn konnte ich verkrustetes Blut sehen.
„Es tut mir leid", meinte er kleinlaut, „ich weiß nicht einmal, wie ..."
„Der Grauhaarige!", gab ich zurück. „Er war unsichtbar!"
„Schlauer Bursche!", mischte sich jetzt der Erwähnte ein. „Aber anscheinend nicht schlau genug. Eigentlich hättest gerade du wissen müssen, dass wir euch folgen würden. Das war sehr dumm, und für diese Dummheit werdet ihr büßen!"
Die Worte waren in drohendem Ton gesprochen, aber irgendetwas stimmte nicht. Richtig! Ich hatte nichts zu verlieren, also hakte ich sofort nach:

„Warum müsste gerade ich das wissen? Ich kenne Euch nicht! Was wollt Ihr von mir?"

„Natürlich kennst du mich nicht!" lachte er jetzt. „Und ob du es glaubst oder nicht, ich kenne dich auch nicht. Aber Xxeret Khan ist es viel wert, dich tot zu wissen."

„Wem?", fragte Laq dazwischen. Also war ich nicht der Einzige, der diesen seltsamen Namen noch nie gehört hatte. Schevon Ssert hatte ihn 'Kssseret' ausgesprochen, ähnlich wie seinen eigenen. Diese Leute schienen eine Vorliebe für Zischlaute zu haben, dies würde mich ja nicht stören, aber dass sie mich partout umbringen wollten ...

Leider hatte er auf meine eigentliche Frage nicht geantwortet, aber diese Information konnte uns vielleicht auch etwas nutzen. Allerdings, wenn ich Laqs ratlosen Gesichtsausdruck sah, hatte ich meine Zweifel daran.

Der Grauhaarige kümmerte sich überhaupt nicht um den Jjarden und wandte sich weiterhin mir zu:

„Nun, jetzt habe ich dir bereitwillig Auskunft erteilt, und ich hoffe, du wirst mir meine Freundlichkeit nicht mit Undank vergelten. Auch ich hätte eine Frage, und ich rate dir, beantworte sie wahrheitsgetreu!"

Das war nun innerhalb kürzester Zeit schon das zweite Mal, dass mir jemand dringend nahe legte, die Wahrheit zu sagen. Außerdem ärgerte mich jetzt langsam, dass er mich duzte. Kurzum, ich beschloss, auf jeden Fall zu lügen, mochte er fragen, was er wollte!

Ich war aber doch überrascht, als er fortfuhr:

„Wer war der große Mann, der gerade aus dem Turm herauskam, als wir eintrafen, und dann so schnell ins Unterholz verschwand?"

Meine Gedanken überschlugen sich fast in diesen Augenblicken. Crusan von Gatarr gehörte also nicht zu ihnen! Sie hatten Laq wahrscheinlich am Rastplatz niedergeschlagen und waren dann direkt zum Turm geritten, wo sie mich vermute-

ten. Und in diesem Moment war gerade Crusan aus der Tür getreten. Nun musste Schevon Ssert natürlich annehmen, dass er ein Freund oder Verbündeter von uns war.
Der Jjarde sah verständnislos zu mir herüber, er wusste natürlich überhaupt nicht, von wem hier die Rede war. Ich überlegte fieberhaft.
Was sollte ich erzählen? Dann hatte ich eine Idee. Die Wahrheit ist manchmal die beste Lüge. Möglicherweise machte der Name Eindruck, wenn ich ihn als Verbündeten ausgab. Zumindest konnte ich vielleicht erreichen, dass er ein paar Männer hinterherschickte, damit stiegen unsere Chancen.
Also setzte ich ein möglichst selbstbewusstes Gesicht auf und erwiderte: „Das war Crusan von Gatarr, du wirst den Namen ja wohl schon einmal gehört haben!"
Ich hatte erwartet, dass er sich über das 'du' ärgerte und war schon auf einen Schlag oder Tritt gefasst, aber es kam ganz anders, als ich dachte:
Der Grauhaarige und auch Warren sahen mich verblüfft an. Dann lachte Warren laut auf, während Schevon Ssert geringschätzig lächelte. Nun, immerhin hatte ich eine Reaktion bewirkt, wenn ich auch nicht recht schlau daraus wurde. Jetzt hieß es höllisch aufpassen, was ich weiterhin sagte.
„Ist er nicht witzig, der Junge?", prustete Warren. „Da will er uns erzählen, dass ..."
„Halt's Maul!", fuhr ihn Schevon Ssert an, er lächelte nicht mehr. Er beugte sich nieder und ließ den hellen Schein der Fackel direkt auf mein Gesicht fallen. Ich spürte die Hitze und blinzelte.
„Für so blöd kann er uns doch gar nicht halten!", knurrte er und betrachtete mich noch einmal intensiv. „Aber wir müssen sichergehen. Ich hole die Karten!"
Er richtete sich wieder auf und ging zu einem der Pferde. Warren sah mich jetzt auch misstrauisch an. Ich hatte kurz Zeit zum Überlegen. Warum hatte er nicht weiter nach dem

Fremden gefragt? Meine Antwort schien beiden vollkommen abwegig vorgekommen zu sein. Warum? Den Namen Crusan von Gatarr schienen sie jedenfalls zu kennen. Langsam keimte ein gewisser Verdacht in mir - aber das wäre zu phantastisch, oder nicht?
Der Grauhaarige kehrte gleich wieder zurück. Wie ich vermutet hatte, brachte er eines dieser Kartenspiele mit. Trotz meiner üblen Situation war ich aufs Äußerste gespannt. In dieser ganzen Geschichte schienen jene Karten eine gewisse Rolle zu spielen. Er hatte damals aus ihnen gelesen, dass Laq ein anderer war als der, für den er sich ausgab. Würde er jetzt versuchen, etwas über meine Person zu erfahren? Wenn ihm das gelang, dann hatte ich ja eigentlich nichts zu befürchten, dann würde er ja sehen, dass ich nicht der Gesuchte war. Oder war ich es doch?
Schevon Ssert kniete vor mir nieder, sah abwechselnd auf das Blatt und in mein Gesicht und ging dabei Karte für Karte das Spiel durch. Leider konnte ich nicht erkennen, welche Spielkarte er jeweils in der Hand hielt, aber ich zählte mit, ohne mir etwas anmerken zu lassen: Es waren achtzehn Stück.
Schließlich legte er den Packen beiseite. Selbst in dem Fackellicht konnte man sehen, dass er blass geworden war. Na also, ich konnte mir ein Grinsen nicht verbeißen.
Warren starrte ihn fassungslos an: „Was ist denn, Ssert?"
Der schüttelte nur den Kopf und stotterte. „Ich ... ich verstehe das nicht, ich verstehe es nicht!"
„Was?", schrie Warren ihn jetzt an. „Was versteht Ihr nicht?"
„Er ist es nicht!", gab der andere zurück. „Verdammt noch mal, er ist es nicht!"
Er fasste sich wieder und fuhr leiser fort: „Die Karten haben gesagt, dass er hier zu finden ist. Und sie haben mich noch nie getrogen. Seltsamerweise habe ich bei dem hier auch ein

Echo gespürt, er ist ebenfalls irgendeine Macht, aber er ist nicht der, den wir suchen!"
Warren sah fragend zu mir herüber. Sollte ich jetzt laut lachen oder lieber nicht? Sie wussten jetzt jedenfalls, wer ich nicht war; ob das an meiner Lage etwas änderte, das war natürlich die Frage - wahrscheinlich würden sie mich jetzt schon aus Wut umbringen.
Aber eines war mir in diesem Moment klar:
Der lange Gesuchte war Crusan von Gatarr!

KAPITEL SECHS : AM ENDE DER WELT

Es geschieht in diesem Kapitel, dass unser Held Daniel gezwungen ist, sich ohne Unterstützung seiner Helfer zunächst alleine durch eine wahrhaft merkwürdige Welt zu schlagen. Er erfährt einiges über die Geografie derselben und muss sich seiner Haut wehren, was ihm nicht ganz leicht fällt, da seine Gegner alles andere als harmlos sind.

1.
Schevon Ssert starrte mich noch immer verständnislos an. Ich konnte ihm deutlich ansehen, wie es in seinem Kopf arbeitete. Dann drehte er sich herum und schrie nach hinten:
„Vier Mann Wachen aufstellen! Es kann sein, dass der andere sich in der Dunkelheit wieder heranschleicht!"
Warren warf ihm einen skeptischen Blick zu. „Was soll das, Ssert? Glaubt Ihr etwa, dass das die Wahrheit war?"
Ssert seufzte: „Hast du es jetzt noch nicht verstanden? Deshalb habe ich mich getäuscht - der andere ist Crusan von Gatarr gewesen! Die Karten haben mich nicht getrogen!" „Und warum sind wir dann die ganze Zeit den beiden hier nachgelaufen? Ich traue Eurer Zauberei langsam nicht mehr!"
Es erfüllte mich mit einer gewissen Schadenfreude zu sehen, wie die Autorität des Grauhaarigen im Schwinden war. Warren hatte diese Worte in unüberhörbar geringschätzigem Ton gesprochen.
Dafür war mir jetzt einiges klar geworden: Diese Leute hatten nach einem seltsamen Fremden gesucht, der in Mattincourt auftauchen sollte. Der Name war bekannt gewesen, das Aussehen nicht. Zweifelsohne hatte Crusan von Gatarr ein auffälliges Äußeres, und nach seinen eigenen Worten war

sein Ziel auch Mattincourt, aber ich war eben zufällig zuerst dort eingetroffen.
Oder nicht zufällig? Und ein gewisser Xxeret Khan hatte den Auftrag gegeben, ihn umzubringen. War das der Tod, der Crusan folgte? Nur folgte er eben jetzt mir!
Ich konnte es Schevon Ssert ansehen, dass er sich nur mühsam beherrschte. Er warf Warren einen bösen Blick zu und erwiderte gefährlich leise:
„Rede nicht in diesem Ton mit mir, Söldner! Du weißt, dass mir genug Möglichkeiten zur Verfügung stehen, mir Respekt zu verschaffen. Außerdem werdet ihr gut bezahlt - also befolgt jetzt meinen Befehl und stellt Wachen auf! Crusan ist gefährlicher, als ihr euch denken könnt."
Warren machte ein grimmiges Gesicht, sagte aber nichts mehr und beeilte sich, der Anordnung nachzukommen. Ich konnte mir denken, auf was Ssert angespielt hatte: Selbst ein erfahrener Kämpfer wie Warren würde nichts gegen einen Unsichtbaren ausrichten können.
Ich sah zu Laq hinüber. Er hatte natürlich die ganze Zeit mit allergrößtem Interesse zugehört, aber wahrscheinlich überhaupt nichts verstanden. Richtig, er ließ seinen Blick zwischen mir und dem Grauhaarigen hin und her wandern und meinte dann trocken:
„Auch wenn wir gleich umgebracht werden, könnte mir jemand erklären, was hier gespielt wird? Ich würde meinen versammelten Ahnen zu gerne diese Geschichte erzählen!"
Ich musste wider Willen lachen. Und dieser Jjarde hatte sich über meinen Humor beschwert!
„Ich werde es dir erklären - Pferdeknecht!" ertönte in diesem Moment eine Stimme aus dem Hintergrund, und ein kleiner rothaariger Mann mit einem unglaublich hässlichen Gesicht trat ins Fackellicht.
Er hatte merkwürdig zischelnd gesprochen, und als er jetzt näher herankam, konnte ich sehen, dass sein linker Arm in

einem Stumpf endete, über den eine lederne Kappe geschnürt war. Das Zischeln kam offenbar daher, dass ihm sämtliche Vorderzähne fehlten. Ich erinnerte mich an Laqs Erzählung: Dies musste jener Nikolai sein, dem er in der Schenke in Mattincourt die Hand abgeschlagen hatte.

Jedenfalls stand dem Jjarden jetzt Unangenehmes bevor. Selbst wenn Schevon Ssert und Warren uns laufen lassen würden, woran ich übrigens auch nicht glaubte, dieser Mann würde wohl auf Rache aus sein. Und mich würde man dabei nicht schonen.
Als ich zu ihm hinüber sah, begegnete ich Laqs Blick. Er kaute auf seiner Lippe und schien nachzudenken. Nikolai trat zu ihm hin und gab dem Gefesselten einen Tritt in die Seite, dass ich glaubte, seine Rippen müssten brechen.
„Ich habe dir versprochen, kleiner Jjarde, dass wir uns wieder sehen würden", knurrte er und trat noch einmal zu. „Und weißt du noch, was ich dir da ebenfalls geschworen habe?"
Laq spuckte aus. „Du hast geschworen, dass du mir deine Hand an den Kopf nageln würdest", erwiderte er in gleichgültigem Ton, „aber die dürfte ja inzwischen verfault sein. Du hättest nicht so lange warten sollen!"
Nikolai war im ersten Moment sprachlos über diese Frechheit, und ich konnte mich auch nur wundern, oder war dies schon Bewunderung? Selbst Warren lachte leise.
„Halt's Maul!", fuhr Nikolai ihn an. „Du hast mir versprochen, dass ich den Jjarden bekomme, wenn wir sie erwischen! Was ihr mit dem anderen macht, ist mir egal - er ist ja sowieso der Falsche, wenn ich richtig gehört habe. Also lach bloß nicht über mich!"
„Pass lieber auf, was du sagst!", gab der große Söldner zurück. Laq kicherte. Ich fragte mich, was er vorhatte. Wollte er die Männer provozieren?

„Hör zu, Einarmiger!" rief er jetzt. „Für Leute deiner Art mag es ja schon bewundernswert sein, einen Gefesselten umzubringen; oder tust du es nicht einmal selbst? Du kannst ja deinen großen Freund fragen, ob er dir hilft!"
Jetzt wusste ich, was der Jjarde beabsichtigte: Er wollte erreichen, dass er kämpfen sollte. Das würde zumindest eine kleine Chance bedeuten, allerdings nur für ihn, wenn er es schaffte, während des Kampfes ins Dunkel zu entwischen.
Ich tastete vorsichtig mit den Händen über meine Fessel. Sie saß fest, und die Knoten waren nass - da war nichts zu machen. Und an das Schnappmesser in meiner Tasche kam ich nicht heran.
Nun, ich beschloss, wenigstens Laq zu unterstützen. Warren und Schevon Ssert fielen bestimmt nicht auf diesen Trick herein, aber dieser Nikolai machte keinen allzu schlauen Eindruck.
„Du wolltest ihm deine Hand an den Kopf nageln?", fragte ich ihn darum. „Braucht man zum Nageln nicht beide Hände?" Laq sah überrascht zu mir herüber. Aber dann nickte er mir unmerklich zu - er hatte verstanden, dass ich ihm helfen wollte.
Hoffentlich konnte er mir dann auch beistehen, wenn sein Plan funktionierte. Was war überhaupt sein Plan?
Nikolai deutete mit seiner gesunden Hand auf mich und schrie:
„Du kommst auch noch dran, du dummes Schwein! Aber erst darfst du zusehen, wie dein Freund verreckt!"
Hm, eine dummes Sschwein war ich also! Nun, ich entgegnete so ruhig wie möglich: „Na, wenigstens habe ich kein Gebiss wie ein Flaschenöffner!"
Ich bezweifelte, dass jemand hier einen Flaschenöffner kannte, aber der Rothaarige hatte offenbar begriffen, dass es sich um eine Beleidigung handelte. Außerdem war mir gerade

auch nichts anderes eingefallen - eine Nase wie eine Ananas vielleicht?
Laq spielte gut mit und lachte jetzt wieder schallend. Das war mein Glück und sein Pech, denn er bekam den dritten Fußtritt, der bestimmt ursprünglich für mich bestimmt war. Ich beschloss, in diesem Stil fortzufahren, und spöttelte weiter:
„Wirklich heldenhaft, jemanden zu treten, der am Boden liegt! Du bist bestimmt der beste Kämpfer weit und breit, nicht wahr?"
Warren lachte ebenfalls und spielte uns damit in die Hände. Der Rothaarige schien jetzt vollends die Beherrschung zu verlieren. Er stand zähneknirschend vor Laq und drehte sich dann zu den anderen um:
„Bindet den Jjarden los! Bindet ihn los! Wir werden ja sehen!"
Wieder schaute ich zu Laq hinüber. Auch er schien überrascht; das war zu leicht gewesen! Ich warf einen verstohlenen Blick zu Schevon Ssert und zu Warren - sie grinsten sich an! Das war bedenklich. Also schien ihnen dieser Auftritt gar nicht unrecht zu sein. Erhofften sie sich jetzt ein unterhaltsames Schauspiel? Meiner Meinung nach hatte dieser Nikolai gegen den Jjarden keine große Chance - also was steckte dahinter?

.

Warren zog ein Messer und schnitt Laqs Fesseln durch. Dieser stand langsam auf und massierte sich die Handgelenke. Ich war gespannt, was jetzt wohl folgen würde. Der große Krieger legte ihm die Hand auf die Schulter und meinte:
„Unser heißblütiger Freund würde dir ja zu gerne selbst die Kehle durchschneiden, aber wir wollen hier an dem Plan doch lieber eine Kleinigkeit ändern."
„Was?", schrie der Erwähnte. „Ihr habt mir versprochen, dass ..."

„Wir haben versprochen, dass der Jjarde sterben wird!", erklärte Warren. „Aber sieh dich doch an - keiner von uns würde auch nur eine halbe Dima auf dich wetten!"
Nikolai schäumte vor Wut: „Er hat mir die Hand abgeschlagen! Und dafür werde ich ihn umbringen!"
Er hatte Laq mit der Rechten an der Jacke gepackt und fuchtelte mit seinem Armstumpf in der Luft herum. Der Jjarde blieb ganz ruhig und löste mit einem kräftigen Griff die Hand ab. Dann fasste er den Rothaarigen an beiden Ellenbogen, schob ihn leicht zur Seite und wandte sich an Warren:
„Also sag schon: Gegen wen soll ich kämpfen - gegen dich?"
Warren schüttelte den Kopf.
„Nikolai, du sollst deinen Spaß ja haben! Aber wir auch! Ich habe den Jjarden in der Schenke genau beobachtet - er könnte dich leicht besiegen, selbst mit einem Arm. Also halte dich heraus und sieh zu!"
Der Angesprochene wusste offenbar keine Antwort mehr und trat einen Schritt zurück. Ich konnte ihm die Wut ansehen, von seinen eigenen Kumpanen nicht für voll genommen zu werden. Wahrscheinlich knirschte er jetzt mit den Zähnen - mit den Backenzähnen.
Laq lächelte: „Du hast vollkommen recht! Ich hätte eine Chance gegen jeden hier - egal wen!"
Er deutete auf die Soldaten im Hintergrund. Schevon Ssert und Warren sahen kurz in die gewiesene Richtung. Auch ich konnte nicht anders und blickte dorthin. Nur aus dem Augenwinkel registrierte ich Laqs blitzschnelle Handbewegung. Es schien, als wischte er sich eine Haarsträhne aus den Augen.
Hinter mir knirschte es leise. Ich sah zu Warren, er hatte sich wieder zu dem Jjarden umgedreht und grinste ihn an:
„Ich weiß, dass du gut bist. Und deshalb haben wir uns für dich auch etwas Besonderes ausgedacht."
Er sah zu Schevon Ssert und dieser nickte leise. Ich tastete mit meinen gefesselten Händen hinter mich: In dem weichen

Waldboden genau neben meiner Rechten erfühlte ich den Griff eines Messers!
Wie hatte Laq das gemacht? Es gab nur eine Erklärung: Er hatte es Nikolai aus dem Ärmel gezogen, als er ihn zur Seite schob!
Meine Bewunderung für den Jjarden stieg. Im Gegensatz zu mir hatte er wirklich einen gut durchdachten Plan: Er würde kämpfen und für Ablenkung sorgen, und ich konnte mich hoffentlich während des Kampfes unbemerkt losschneiden und flüchten. War er wirklich so gut, dass er damit rechnen konnte, selbst davonzukommen? Ich wusste es nicht, aber die unglaubliche Präzision seines Messerwurfs rechtfertigte doch eine gewisse Zuversicht. Er hätte dieses Messer sicher selbst gut gebrauchen können, hatte mir aber eine Fluchtmöglichkeit verschafft.
Konnte ich ihm irgendwie helfen? Es hing alles davon ab, wer sein Gegner sein sollte.
Warren grinste den Jjarden breit an und höhnte:
„Vielleicht hast du recht, dass du jeden hier besiegen kannst - nun, wir haben uns eine kleine Unterhaltung versprochen, also sollst du deine Gelegenheit bekommen, dies zu beweisen!"
Er lachte in die Runde und fuhr dann fort:
„Allerdings sollten deine Chancen doch wieder nicht allzu groß sein, das wäre ja wirklich nicht in unserem Interesse. Also wirst du gegen zwei Männer kämpfen, zwei gute Männer - und die werden dich in Stücke hacken! Gebt dem Jjarden seinen Säbel!"
Ich ahnte, was jetzt folgen würde, und bekam sofort recht.
Warren winkte den Zwillingsbrüdern zu und befahl:
„Sten! Livey! Ihr seid dran!"

2.
Die Soldaten, es waren doch mehr, als ich anfangs gesehen hatte, steckten mit ihren Fackeln einen großen Kreis ab, etwa zehn Meter im Durchmesser. Währenddessen achtete niemand weiter auf mich. Ich schaffte es, den Dolch mit der rechten Hand vorsichtig aus dem Boden zu ziehen. Dann begann ich, an der Fessel an der Innenseite meines linken Handgelenks zu sägen. Ganz einfach war das nicht, ich rutschte öfters ab, und einmal stach ich mir in den Arm. Zum Glück richtete sich die ganze Aufmerksamkeit der Männer auf die Vorbereitungen des Kampfes.
Einer der Soldaten reichte Laq seinen Säbel und wich sofort wieder zurück. Offenbar genoss der Jjarde doch einen gewissen Respekt bei diesen Söldnern. Ich allerdings machte mir keine großen Hoffnungen - gegen zwei Schwertkämpfer, die sicherlich perfekt aufeinander eingespielt waren, konnte er nicht siegen. Seine einzige Chance war zu versuchen, während des Kampfes zu fliehen. Und in der allgemeinen Aufregung würde ich dann ebenfalls verschwinden. Wie es dann weiterging, nun, das würde man sehen.
Der Plan war nicht gerade sehr originell, aber die Männer konnten nicht wissen, dass ich jetzt ein Messer besaß.
Ich fluchte leise, als ich mir zum zweiten Mal in den Unterarm stach.

Während ich hinter meinem Rücken versuchte, den Strick zu durchtrennen, beobachtete ich genau die Vorgänge in dem provisorischen Ring.
Laq schwang seinen Säbel einige Male probeweise durch die Luft, dann küsste er ihn. Ich konnte dieses Ritual verstehen, er hatte eine persönliche Beziehung zu der Klinge, die er Selengard nannte. Vielleicht unterschätzten seine beiden Gegner auch die schlanke gekrümmte Waffe, sie führten selbst Langschwerter. Der Jjarde war wahrscheinlich schneller,

aber ein platzierter Hieb der Brüder würde ihn in zwei Teile hacken, zumal er nur seine Lederbekleidung trug. Die Zwillinge waren etwas besser geschützt: eiserne Beinschienen, darüber ein Kettenhemd und ein leichter Helm, der die Sicht nicht behinderte.

Sie traten gelassen grinsend in den Ring und zogen gleichzeitig in einer fließenden Bewegung die langen Schwerter aus der Scheide auf dem Rücken. Trotz allem nötigte mir die Synchronität ihrer Aktion Bewunderung ab - es sah übel aus für den Jjarden!

Einer der beiden Brüder trat jetzt einen Schritt vor und hob seine Klinge. Aus den Zurufen konnte ich entnehmen, dass dies Livey war - er trug am linken Handgelenk einen Armreif, sein Bruder nicht. Ansonsten konnte man die beiden wirklich kaum unterscheiden. Ich war von der Szene so gebannt, dass ich beinahe vergaß, meine Fesseln weiter zu bearbeiten. Doch dann hatte ich eine Schlinge durchtrennt. Ich zog einmal versuchsweise, aber ich kam noch nicht los. Vorsichtig machte ich mich über die nächste Schlinge - niemand kam auf die Idee, auf mich zu achten.

Livey begann den Angriff, indem er in einer weit ausholenden Bewegung zuschlug, aber der Jjarde parierte gar nicht erst, sondern wich einfach zurück. Es war klar, dass er erst einmal taxiert werden sollte - die Brüder hatten seine Aktionen damals in der Schenke jedenfalls genau beobachtet und wollten kein Risiko eingehen. Aber wer weiß, vielleicht unterschätzten sie ihn doch!

Auch den zweiten Hieb Liveys parierte Laq nicht, sondern trat noch einen weiteren Schritt zurück. Ich vermutete, dass er soviel Distanz zwischen die Zwillinge bringen wollte, dass einer den anderen nicht mehr decken könnte - dies wäre dann seine Gelegenheit zu einem schnellen Angriff, um vielleicht Livey auszuschalten. Allerdings setzte er sich damit der Gefahr aus, zwischen die beiden Langschwerter zu geraten.

Der andere Bruder, Sten, hatte sich noch nicht bewegt, beobachtete aber aufmerksam. In dem Moment, wo er sich einmischte, wurde es gefährlich.
Laq wich weiter zurück und war jetzt fast am Rande des provisorischen Rings. Zwei Soldaten mit Speeren standen dort, natürlich um ihn an der Flucht zu hindern. Er sah sich kurz um, wahrscheinlich wollte er sich ihre Position einprägen - oder beabsichtigte er, einem den Speer zu entreißen? Ich kannte den Jjarden inzwischen so gut, um zu wissen, dass man bei ihm mit solchen Aktionen rechnen musste. Er hatte eine blitzschnelle Auffassungsgabe und die Fähigkeit, mit Waffen zu improvisieren. Ich zwang mich, mich auf meine Fessel zu konzentrieren, so faszinierte mich der Beginn des Kampfes.

Die Taktik der Brüder war aber auch nicht schlecht: Als der Jjarde zum ersten Mal selbst einen Hieb führte, griff Sten plötzlich ein. Er stieß einen Schrei aus und sprang los. Zum Glück ließ sich Laq in seinem Angriff nicht ablenken, sonst wäre er unweigerlich Liveys Gegenschlag zum Opfer gefallen. Er schlug schnell zum zweiten Mal nach seinem Gegner, der seine lange Klinge noch zur Parade erhoben hatte. Dieser konnte gerade noch einmal parieren, aber unsauber.
Das alles geschah natürlich viel schneller, als es sich schildern lässt. Die Zwillinge hatten das Manöver bestimmt schon oft angewandt, waren aber auf diese Gegenreaktion nicht gefasst gewesen. Der Jjarde ließ die Schneide seines Säbels an Liveys Klinge entlang gleiten und fuhr ihm damit über die Hand.
Dieser fluchte und ließ beinahe sein Schwert fallen. Laq konnte gerade noch unter Stens zustoßender Klinge durchtauchen und rollte sich über den Boden ab. Sofort war er wieder auf den Beinen und griff Livey nochmals an, der wiederum hastig parierte. Er wäre wohl übel für ihn ausgegangen,

denn der schnelle Säbel des Jjarden unterlief diesmal seine Deckung, aber Stens lange Klinge fuhr dazwischen. Laq sprang zurück, bevor Livey selbst zuschlagen konnte, das Langschwert zischte knapp vor seinem Gesicht vorbei.
Ich konnte nicht anders, ich musste den kleinen Jjarden wirklich bewundern. Er war noch wesentlich besser, als ich ihn eingeschätzt hatte - allerdings würde er gegen zwei Gegner sicher schneller erschöpft sein. Diese wichen jetzt ebenfalls etwas zurück, wahrscheinlich würden sie nun eine andere Taktik anwenden.
„Was ist denn los?", schrie Nikolai in den Ring hinein. „Schlitzt das Schwein auf, aber schön langsam!"
„Halt's Maul!", rief ihm Warren wieder einmal zu. „Die beiden wissen schon, was sie tun!"
Damit hatte er wahrscheinlich recht. Die Zwillinge hatten den Jjarden nur auf die Probe gestellt und waren von seiner Schnelligkeit überrascht worden. Jetzt würden sie vorsichtiger sein, und bestimmt beherrschten sie einige hinterhältige Tricks. Livey schien nur einen Kratzer abbekommen zu haben und nickte seinem Bruder auffordernd zu.
Dann griffen beide gleichzeitig an. Der Jjarde konnte nicht zwei Schwerter abwehren und musste zurückweichen. Von meiner Warte sah es fast so aus, als würde er hinter einem Wirbel aus glitzernden Klingen verschwinden. Er sprang zur Seite und brachte sich damit aus der Reichweite eines der Brüder, während er die Schläge des anderen parierte. Doch jener setzte sofort nach. Die Hiebe folgten so dicht aufeinander, dass Laq selbst zu keiner Attacke Gelegenheit bekam. Dabei musste er eine schnelle Entscheidung suchen, da er dieses Tempo bestimmt nicht lange durchhielt. Nikolai lachte schallend und rief den Brüdern aufmunternde Worte zu. Jetzt wich der Jjarde einem halbkreisförmigem Schlag von Sten aus, der ihn glatt in zwei Teile gehackt hätte. Er war aber nicht schnell genug, gleichzeitig aus Liveys Reichweite

zu gelangen, und erhielt einen Stich in den linken Arm. Zum Glück war er trotzdem geistesgegenwärtig genug, sich ein zweites Mal vorwärts abzurollen und so unter beiden Klingen durchzutauchen - aber jetzt floss Blut!
Als fühlte ich mit ihm, war ich beim Anblick der Schwertspitze, die in seinen Oberarm eindrang, zusammengezuckt. Doch der heftige Ruck hatte genügt - die letzte Schlinge um meine Handgelenke war zerrissen!

Ich konnte trotzdem meinen Blick nicht von dem Kampf losreißen; die Entscheidung musste jeden Augenblick fallen, und ich fürchtete, nicht zu den Gunsten meines Freundes.
Sein linker Arm hing kraftlos herunter und Blut tropfte von den Fingern auf den Waldboden. Auch schien sich die Erschöpfung jetzt bemerkbar zu machen: Er atmete keuchend und schwankte leicht.
Die Zwillinge machten diesmal keine Pause, sondern gingen sofort weiter auf ihn los - er hatte keine Zeit zum Verschnaufen. Wieder versuchten sie es mit ihrem synchronen Angriff.
Jetzt verstand ich auch ihre Taktik: Sie wollten Laq zwingen, sein Abrollmanöver ein drittes Mal auszuführen. Und dieses Mal wären sie darauf vorbereitet! Ich biss die Zähne zusammen.
Jetzt lachte auch Warren, und ich überlegte, ob ich schnell genug aufspringen und hinter ihn gelangen konnte, um ihm mein Messer in den ungeschützten Hals zu stoßen.
Laq war vor dem gleichzeitigen Angriff zurückgewichen. Als wieder beide Schwerter auf ihn zuzuckten, duckte er sich zum Sprung.
Ich spürte es, jetzt würde das Entscheidende geschehen. Das tat es auch, aber anders, als ich mir und wohl auch die Umstehenden es sich gedacht hatten:
Sten war derjenige, der die Rolle des Jjarden abfangen wollte. Er hatte seinen Hieb nur zum Schein angesetzt und

schwang die Klinge jetzt plötzlich nach unten. Doch er hatte nicht als Einziger geblufft:
Laq sprang nicht, sondern parierte mit einem Aufwärtshieb Liveys Schwert, blockierte ihn so einen Moment und trat dann mit aller Kraft Sten in den Schritt, der mit so etwas natürlich nicht gerechnet hatte. Dies war fast eine einzige Bewegung. Als Sten sich zusammenkrümmte, rammte Laq ihm den Griff des Säbels mitten ins Gesicht. Es knirschte vernehmlich, und Blut und ausgeschlagene Zähne um sich spuckend, torkelte der Mann noch einen Schritt und fiel dann zu Boden, wo er zuckend liegen blieb.
Sein Bruder stand einen Augenblick wie erstarrt, und das war sein Verderben. Er riss zwar in einer Reflexbewegung sein Schwert noch hoch, aber die Parade misslang. Laq hatte in dem Moment, als Livey zu seinem fallenden Bruder sah, hinter dem Rücken den Säbel in die Linke gewechselt, die auf einmal wieder beweglich war - er hatte sogar zweimal gebluftt!
Die im Mondlicht schimmernde Klinge beschrieb so einen vollen Kreis, und als ob in diesen Augenblicken die Zeit langsamer liefe, konnte ich noch Liveys entsetzt aufgerissene Augen sehen, die Drehung seines Kopfes, wie die Schneide in seinen Hals eindrang und ihn glatt enthauptete. Sein Kopf flog in flachem Bogen davon, sich währenddessen weiterdrehend, und spritzte Blut rings um sich im Kreis. Er landete vor zwei Soldaten im Gras, die erschreckt zur Seite sprangen.
Diesen Augenblick nutzte Laq zur Flucht:
Er sah nur ganz kurz zu mir herüber, und ich hob schnell die Hände, um ihm anzuzeigen, dass ich frei wäre - der Rest würde sich finden. Dann stieß er einfach die zwei Soldaten, die immer noch nicht reagierten, zur Seite und verschwand blitzschnell im Gebüsch. Jetzt erst ertönte ein Wutschrei, und in die Männer kam Bewegung.
Und ich?

3.

Ich war mir ziemlich sicher, dass sie den Jjarden nicht erwischen würden. Zwischen den Bäumen war es stockfinster, und dort würde ich ihn erst recht nicht als Gegner haben wollen.
Nikolai fluchte in den lautesten Tönen und schrie Warren irgendwelche Beleidigungen zu. Dieser wiederum brüllte die Soldaten an. Ein paar von ihnen drangen auch sofort ins Unterholz ein. Schevon Ssert war der Einzige, dem einfiel, auf mich zu achten.
Auf wen?
Ich hatte nämlich beschlossen, mir diese zwar interessante, aber doch gefährliche Szene nicht länger anzusehen und das Weite zu suchen - was mir auch gelang.
Genau wie der Jjarde war ich in der allgemeinen Aufregung aufgesprungen und nach hinten im Gesträuch verschwunden. Allerdings konnte ich dort der Versuchung nicht widerstehen, noch wenigstens einen Moment weiter zu beobachten.
Warren und Nikolai schienen in einen heftigen Streit verwickelt, doch Schevon Ssert mahnte die beiden offenbar zur Besonnenheit und zeigte dann auf den Baum, an den ich gebunden gewesen war.
Dann deutete er weiter auf die Stelle, wo ich mich jetzt befand. Ich verfluchte innerlich meine Neugier und machte, dass ich weg kam. Warum hatte ich wertvolle Sekunden vergeudet? Nun, für selbstanalytische Überlegungen dieser Art war jetzt keine Zeit!

.

Ich schätze, ich bin noch nie in meinem Leben so schnell gelaufen wie in diesen Minuten - obwohl ich ständig gegen Bäume stieß und über Wurzeln stolperte. Zum Glück fiel ich nicht, aber jede Menge Schrammen, Beulen und Kratzer trug ich natürlich davon. Das Mondlicht fiel wenigstens an eini-

gen Stellen durch das dichte Blätterdach, sodass ich einigermaßen sah, wo ich hinlief.
Wo ich hinlief? Wenn ich das nur gewusst hätte!
Ich rannte zuerst ein paar Hundert Meter in den nachtdunklen Wald hinein, um etwas Distanz zwischen mich und meine Verfolger zu bringen. Dann wechselte ich ab und zu die Richtung in willkürlicher Reihenfolge, aber nur nach halblinks oder halbrechts, um nicht etwa wieder zurückzulaufen.
Zweimal blieb ich stehen, um zu lauschen. Von Ferne konnte ich eine Stimme hören, die etwas rief, aber die Richtung vermochte ich nicht festzustellen. Beim dritten Mal übertönte mein eigenes Schnaufen alles, also kauerte ich mich in einem Gebüsch nieder, um erst einmal abzuwarten. Es war unmöglich, dass sie mir in meinem Sturmlauf so schnell gefolgt wären. Wenn die Männer mich immer noch erwischen wollten, dann müssten sie mich erst suchen. Ich hatte also Zeit, etwas Atem zu holen und dann meine Flucht mit Überlegung fortzusetzen. Wie sollte ich eigentlich Laq wieder finden? Darüber hatte ich mir noch gar keine Gedanken gemacht.
Irgendwo in der Nähe schrie ein Käuzchen und Blätter raschelten im Wind.

.

Einige Minuten später richtete ich mich leise auf und setzte meinen Weg fort. Meinen Weg? Wohin wollte ich eigentlich? Ich befand mich in einem Wald auf einer fremden Welt, meine Kleidung triefte vor Nässe, an Waffen besaß ich nur einen Dolch und ein Schnappmesser, und außerdem war es um mich stockfinster. Es war sicher nicht der richtige Moment, aber gerade jetzt hätte ich alles für eine Zigarette gegeben.
Ich lauschte nochmals in alle Richtungen, aber außer den Geräuschen des nächtlichen Waldes war nichts zu hören.
Wahrscheinlich hatten die Männer die Suche nach mir aufgegeben. Ich stellte mir den Ärger Schevon Sserts vor, dass ich

ihm entkommen war, und die Wut dieses rothaarigen Nikolai, der um seine Rache betrogen war.
Während ich weiter durch die Nacht schlich, überlegte ich.
Wie konnte ich den Jjarden wieder finden? Wahrscheinlich wäre es besser, wenn ich mich von ihm finden ließe. Er schien sich halbwegs in diesen riesigen Wäldern auszukennen und war natürlich viel besser mit dem Leben in der Natur vertraut. Ich wusste ja nicht einmal, was man hier essen konnte. Bei diesem Gedanken fiel mir auf, dass ich gewaltigen Hunger hatte. Aber das nutzte alles nichts, ich musste unbedingt noch mehr Entfernung zwischen mich und die Feinde bringen. Dabei hoffte ich inständig, dass ich nicht zurück lief.
Krampfhaft versuchte ich, mich an die Abenteuerbücher aus meiner Kindheit zu erinnern. Wie war das mit dem Moos an den Bäumen? Das wuchs immer an der Westseite, oder? Aber doch nur, wenn der Wind überwiegend aus dem Westen kam. Und wie war das hier?
Nein, so hatte das keinen Sinn! Mir blieb nichts weiter übrig, als den Sonnenaufgang abzuwarten, um mich zu orientieren. Und dann würde ich mich in Richtung Süden halten. Früher oder später stieß ich hoffentlich auf Fort Souvansfinn oder Laq fand mich - er schlug sicher den gleichen Weg ein und dachte sich bestimmt, dass ich von ihm dachte ... na ja.
Jedenfalls war das das Beste, was mir momentan einfiel. Also ging ich erst einmal in der eingeschlagenen Richtung weiter und versuchte, Hunger und Müdigkeit nicht zu beachten.

.

Es mochten vielleicht zwei Stunden vergangen sein, und meine Stimmung hatte sich nicht gerade verbessert. Doch jetzt konnte ich vor mir durch die mächtigen Kronen der Bäume einen schwachen rötlichen Lichtschein erkennen - Morgenrot! Ich war also die ganze Zeit nach Osten gelaufen.

Jetzt wusste ich wenigstens, dass ich mich nach rechts wenden musste, in Richtung Süden. Von fünfzig bis sechzig Meilen hatte Laq gesprochen, das versprachen mehrere ungemütliche Tage für mich zu werden - vor allem, wenn ich nichts zu essen fand! Ein Wild würde ich mit dem Messer nicht erlegen können, und welche Pilze oder Beeren waren genießbar? Oder Wurzeln? Zumindest besaß ich mein Feuerzeug noch.

Da es vor mir zunehmend heller wurde, entschied ich, noch nicht gleich nach Süden weiterzumarschieren. Es sah so aus, als ob sich der Wald in östlicher Richtung lichten würde oder ganz endete. Allerdings stieg das Terrain jetzt an und immer öfter ragten große Felsbrocken aus dem Waldboden heraus. Nun, es würde mich nicht allzu viel Zeit kosten, noch ein Stück auf die Sonne zuzugehen. Es könnte zwar riskant sein, sich in freiem Gelände zu zeigen, aber meine Kleidung war immer noch klamm, und die Wärme würde sie vielleicht etwas trocknen.

Wirklich, nach ein paar Hundert Metern lichtete sich das Grün und ich konnte über den Felsen vor mir die Morgensonne sehen. Es war noch nicht sehr warm, aber meine Stimmung wurde doch etwas besser.

Meinem Blick bot sich ein grandioses Bild: Vor mir war Felsboden, eine Klippe, die noch ein Stück anstieg und dann abrupt endete; von meiner Position aus konnte ich nicht sehen, ob sie jenseits steil oder flach abfiel. Sie schien sich aber nach Norden und Süden am ganzen Waldrand entlang zu erstrecken. Darüber war nur der blaue unendliche Morgenhimmel, von grauen Schlieren durchzogen. Und halb über dem Horizont prangte der rote Ball der Sonne - sie schien mich zu grüßen.

Ich beschloss, die paar Meter bis zum Klippenrand hinaufzusteigen und mir die Landschaft auf der anderen Seite einmal anzusehen. Sicher würde sich mir ein gewaltiger Anblick bie-

ten, von dieser hohen Warte aus über das unendliche Waldland.
Was ich dann allerdings nach einer kurzen Kletterpartie vom äußersten Rand des Felsens aus erblickte, das war wirklich gewaltig, aber auch ein Schock für mich:
Auf der anderen Seite war nichts!
Einen Meter vor mir gähnte ein unendlich scheinender Abgrund.
Ich kroch auf dem Bauch bis zum Ende der Klippe und sah dann abwärts: Die Felswand fiel vollkommen lotrecht nach unten, als wäre sie abgeschnitten. In der Tiefe konnte ich nichts anderes erkennen als diffusen weißen Nebel, der das gesamte Blickfeld bedeckte und weit, weit in der Ferne mit dem Horizont verschmolz.
Und die Höhe des Felsens? So ähnlich musste es aussehen, wenn man von der Spitze des Mount Everest senkrecht hinunter zum Indischen Ozean schauen könnte.
Nach links und rechts erstreckte sich die Felswand in der gleichen Art fort, jedenfalls so weit, wie ich sehen konnte. Lediglich im Nordosten schien das Land weiter in das riesige Nebelmeer hinauszuragen. Dort erkannte ich mit Mühe einen schmalen braunen Streifen über der weißen Unendlichkeit.
So unglaublich das klingen mag: Ich befand mich hier am Ende der Welt! Dieses Land war nicht von einem Ozean begrenzt, sondern von einem Abgrund, dessen Tiefe sich jeder Beschreibung entzieht. Eine schauderhafte Vorstellung, dort hinunterzufallen. Der Mensch, der hier abstürzte, konnte sicherlich nicht nur ein, sondern zehn Gebete sprechen, bevor er aufschlug - wenn er irgendwo aufschlug.
Jetzt verstand ich auch Laqs Reaktion damals, als ich meinte, man könne doch mit Schiffen zu den anderen Kontinenten gelangen - hier hatte ich mich aus Unwissenheit getäuscht. Man würde schon Fluggeräte für diese Reise benötigen;

wenn es wirklich andere Kontinente gab, dann waren sie für die Menschen hier so weit weg wie der Mond. Ich konnte es nicht fassen - in was für eine seltsame Welt war ich da nur versetzt worden?

Ich lag noch etwa fünf Minuten dort und sinnierte, doch dann riss ich mich von dem Anblick los. Ich musste meinen Weg in Richtung Süden fortsetzen, und das tat ich am besten durch die Wälder. Dort würde ich trotz der Wurzeln und der tief hängenden Äste schneller vorwärts kommen als hier draußen über das unwegsame Felsgestein.

Das Randgebiet des Waldes war mit großen Felsbrocken übersät, sodass ich gezwungen war, wieder tiefer einzudringen. Doch selbst die Natur schien mich jetzt am schnellen Fortkommen hindern zu wollen: Je weiter ich nach Süden vordrang, desto unwegsamer zeigte sich das Gelände.

Der Waldboden, der sich bis jetzt eben gezeigt hatte, wurde nun zusehends wellig und felsig, teilweise von breiten Rissen unterbrochen. Mir schien, dass selbst das Gesträuch hier dichter und stachliger wäre.

Nach einer Stunde anstrengendem Fußmarsch zeigte sich das Terrain noch unfreundlicher. Rechts von mir lagen bewaldete Hügel mit undurchdringlichem Unterholz, links waren die vereinzelten Steinbrocken von einer massiven Felswand abgelöst worden, die vielleicht zehn Meter aufragte. Mein Weg war praktisch vorbestimmt, nach dem Stand der Sonne, die ich ganz gut durch die Wipfel der Bäume sehen konnte, schien die Richtung aber zu stimmen.

Als ob das noch nicht genügte, hatte sich ein kleiner Quell ein Stück weiter genau meinen Weg als Bachbett ausgesucht. Von rechts oben kommend, gurgelte er nun lustig neben mir her und verwandelte den ehemals trockenen Waldboden in Matsch. Wenigstens konnte ich nun meinen Durst stillen, aber im Prinzip hatte ich seit der gestrigen Nacht genug von Wasser.

Als ich noch eine geraume Zeit neben dem Bächlein hermarschiert war, sah ich, dass vor mir der Weg anscheinend endete. Ich stand am oberen Ende eines kleinen Katarakts, über den das Wasser in mehreren Stufen etwa zehn Meter in die Tiefe plätscherte. Links von mir ragte die Felswand auf, und rechts die dornbuschbewachsenen Hügel sahen auch nicht sehr einladend aus. Zudem wurde die Schlucht am Fuß des Wasserfalls breiter und schien auch begehbarer. Also entschied ich mich, die Steinstufen hinabzuklettern, auch wenn ich dabei wieder nass würde, zumal der Weg in die richtige Richtung führte. Es musste ungefähr neun oder zehn Uhr vormittags sein, die Sonne stand halblinks vor mir.
Einmal wäre ich auf den glitschigen Steinen fast ausgerutscht - nicht auszudenken, wenn ich hier abstürzte und mir ein Bein brach! -, aber schließlich sprang ich aufatmend den letzten Meter hinunter.
Höchst befriedigt stellte ich fest, dass ich nur an Armen und Beinen nass geworden war, dann setzte ich meinen Weg fort. Die Schlucht war hier wesentlich breiter und der feste Boden erlaubte ein schnelles Marschieren. Wenn ich jetzt noch irgendwie etwas zu essen auftrieb, war ich gar nicht so schlecht dran.
Hundert Meter weiter machte die Schlucht eine leichte Biegung nach links, öffnete sich und gab dann den Blick frei auf eine kleine Lichtung, welche ebenfalls auf einer Seite von der Felswand eingefasst war. Und mitten dort im Gras stand - ich glaubte meinen Augen nicht trauen zu dürfen - ein Pferd, ein graues Pferd!
Sollte das ein Geschenk der Vorsehung sein? Nein! Ich wurde sofort misstrauisch - das Tier trug Sattelzeug. Ich ging langsam und vorsichtig darauf zu, und es begann zu schnau-

ben und mit den Hufen zu scharren. Wahrscheinlich war es darauf abgerichtet, seinen Herrn bei Annäherung eines Fremden zu warnen, und dann würde es mich auch nicht so einfach aufsteigen lassen.
Ich spähte in alle Richtungen, aber von dem Besitzer des Tiers war nichts zu sehen. Freund oder Feind? Sehr weit konnte er aber nicht sein, denn in der Mitte der Lichtung brannte ein kleines Feuer, umrandet von Steinen, und darauf stand eine Pfanne, in der irgend etwas briet. Das Essen lockte, aber ich blieb vorsichtig - wenn derjenige, der sich hier sein Mittagsmahl kochte, einer der Söldner war, dann würde die Einladung dazu wohl nicht allzu freundlich ausfallen.
Und dann erblickte ich noch zweierlei, das mir bis jetzt entgangen war: Einmal hing über den Rücken des Grauen eine lederne Satteltasche; sie mochte Dinge enthalten, die mir nützlich sein könnten. Und das andere: Neben dem Feuer im Gras lag eine riesige zweischneidige Streitaxt, wie ich sie nur einmal gesehen hatte - das Pferd gehörte Warren!

4.
Jetzt hieß es schnell handeln; der Mann konnte jeden Moment auftauchen, und gegen ihn hatte ich keine Chance. Er konnte mich mit einem einzigen Schlag seiner mächtigen Axt glatt in zwei Teile hacken. Die Axt! Er hatte sie neben dem Feuer liegen gelassen - mitnehmen oder verstecken? Sicher war er nur kurz im Wald verschwunden, um ... , nun, auch große Krieger werden ab und zu gewisse menschliche Bedürfnisse verspüren.
Dass ich genau in diesem Augenblick hier erschien, konnte ich nur als unglaublichen Glücksfall oder als Wink des Schicksals begreifen. Sicher war er nicht ganz ohne Waffen, aber die gefährliche Axt lag hier - zum Zugreifen! Ich hob die Waffe probehalber einmal hoch und verwarf die Idee sogleich wieder. Sie war so schwer, dass ich sie kaum halten,

geschweige denn schwingen konnte. Dieser Warren musste ja über eine gewaltige Körperkraft verfügen, um so eine Axt zu führen.

Damit war es eigentlich egal, was er sonst noch für Waffen bei sich hatte - er würde mir mit der bloßen Hand das Genick brechen können! Schlechte Karten für mich, sozusagen.

Also nichts wie weg! Aber einen Streich konnte ich ihm noch spielen: Ich legte die Axt mit dem Stiel ins Feuer, das würde sie erst einmal unbrauchbar machen. Bei dem Gedanken grinste ich kurz.

Und dann - das Pferd! Wenn ich es schaffte, mich auf den Rücken zu schwingen ... Zu Fuß würde er mich nicht mehr einholen. In Richtung Süden wichen die Felsen zurück, und das Gelände wurde offener, eine Art Hochwald mit genügend freiem Raum zwischen den Bäumen, um das Pferd ausgreifen zu lassen. Das wäre meine Chance - wenn das Tier mitspielte!

Leider wurden meine Pläne in dieser Richtung ebenfalls zunichte gemacht. Der Graue blinzelte mich misstrauisch an, wich langsam zurück und schnaubte. Ich würde ihn vielleicht am Zügel packen können, aber in den Sattel kommen - nein!

In diesem Augenblick geschah das, was ich die ganze Zeit erwartet und befürchtet hatte: Ich hätte mich eben doch nicht mit dem Pferd aufhalten sollen - das Gebüsch teilte sich und Warren trat heraus.

Wie man es von ihm vermuten konnte, zeigte er nur einen winzigen Augenblick Verblüffung über mein Hiersein, dann zog er ein langes Messer aus dem Gürtel, stieß ein böses Lachen aus und sprang auf mich los.

.

Es ist erstaunlich, wie schnell man in solchen Situationen denken kann - für Erschrecken ist einfach keine Zeit! Mir schoss blitzartig meine einzige Chance durch den Kopf: Im offenen Terrain würde er mich mit seinem Pferd schnell ein-

geholt haben, und dann war ich verloren. Ich musste in den Hohlweg zurücklaufen und es schaffen, vor ihm an dem Wasserfall zu sein. Dort hatte ich zumindest einen kleinen Geländevorteil.
Gedanke und Ausführung waren praktisch eins - hier ging es um mein Leben! Warren war vielleicht zehn Meter von mir weg, ich schaffte es tatsächlich noch, dem Grauen die Satteltasche herunterzureißen, warf sie mir über die Schulter und sprintete los.
Ich konnte nur hoffen, dass der große Söldner nicht auch noch schneller war als ich.
Der Gedanke, dass jemand hinter mir her war, der mich umbringen wollte und dazu auch fähig wäre, beflügelte meinen Lauf geradezu, so dass ich wirklich ein ganzes Stück vor ihm an dem Katarakt ankam. Mein Atem flog und mein Herz schlug wie rasend. Ich warf einen kurzen Blick über die Schulter zurück: Jetzt ging es um Sekunden - nur nicht auf den nassen Steinen ausgleiten!
Das Glück war auf meiner Seite: Ich stieg die ersten Meter hinauf und erwartete schon, dass jeden Augenblick eine Hand meinen Fuß packen würde, aber nichts dergleichen geschah. Nun war es für mich von Vorteil, dass ich noch ungefähr wusste, welchen Aufstieg ich über die glitschigen Stufen nehmen musste.
Unter mir ertönte ein lauter Fluch, dann ein Poltern von Geröll und schließlich ein Platschen. Ich wagte, hinunterzusehen, und bei dem Anblick, der sich mir bot, fiel mir ein Stein vom Herzen:
Warren hatte nicht so viel Glück gehabt wie ich - er saß vor der untersten Stufe in dem Bach, rieb sich ein Knie und starrte böse zu mir herauf. Mein Plan war für den Augenblick aufgegangen, ich konnte jetzt vorsichtiger weiter nach oben steigen.

.

Ich warf die Packtasche auf die Seite und lugte über den Felsenrand in die Schlucht: Zehn Meter unter mir rappelte Warren sich gerade hoch. Er schien nicht verletzt. Unsere Blicke trafen sich und er rief herauf:
„Freu dich nicht zu früh - du wirst mich noch kennenlernen!"
Mir lag das berühmte Zitat aus Goethes 'Götz von Berlichingen' auf den Lippen, aber das hätte er wohl sowieso nicht verstanden. Oder doch? Egal, ich schwieg lieber und warf einen Stein hinunter, der aber nicht traf, weil er zur Seite sprang. Ich tat dies, um ihn zu warnen und davon abzuhalten, sogleich einen weiteren Aufstieg zu versuchen. Wenn ich ihn mit einem Wurf richtig traf, konnte ich ihm den Schädel zerschmettern oder ihn zumindest schwer verletzen. Was er natürlich nicht wusste: Dies war der einzige größere Stein gewesen, der hier in der Nähe herumlag.
Aber meine Finte hatte Erfolg - er fluchte noch einmal laut und zog sich dann schnellstens außer Reichweite zurück. Das gab mir Zeit, um nachzudenken. Mein Blick fiel auf die Tasche. Richtig! Vielleicht enthielt sie etwas, dass mir helfen konnte, eine Waffe zum Beispiel.
Leider wurde ich in dieser Beziehung schon wieder enttäuscht: eine Feldflasche, ein Ersatz-Sattelriemen, ein Seil und - fast hätte ich gejubelt - ein großes Stück geräucherter Schinken und ein halbes Brot! Das war wenigstens etwas!
Gierig schlug ich meine Zähne - man muss es wirklich so ausdrücken - in das Fleisch und würgte den ersten Bissen hastig hinunter. Selten hatte ich etwas so Gutes gegessen! Sofort fühlte ich mich besser. Dann begann ich zu überlegen, während ich weiter kaute.
Warren war außer Sichtweite verschwunden - was könnte er nun unternehmen? Ich schätzte, er würde zuerst seine Axt provisorisch wiederherstellen, indem er sich aus einem starken Ast einen neuen Stiel zurechtschnitt und diesen so gut es ging in die Schneide einpasste. Dies würde nicht allzu viel

Zeit in Anspruch nehmen. Gleichzeitig würde er ebenfalls nachdenken und natürlich genau auf den Hohlweg achten.
Was mochte er annehmen, würde ich jetzt tun? Natürlich weiter fliehen, die Schlucht zurück nach Norden, einen anderen Weg gab es nicht. Dass ich mich zum Kampf stellen würde, auf diese Idee käme er sicher nicht. Nein, niemals! Also war dies meine Chance! Oder sollte ich flüchten? Den ganzen Weg zurück, und dann weiter westlich wieder nach Süden, das würde mich mindestens einen Tag kosten, und ich konnte die Hoffnung aufgeben, den Jjarden irgendwo noch zu treffen. Zudem endete im Osten die Welt, und was nördlich der Straße der Alten Götter lag, das wusste ich überhaupt nicht. Also konnte ich mich nur nach Westen wenden, und dabei würde ich wahrscheinlich gerade den Feinden in die Arme laufen. Außerdem hätte ich dann ständig Warren auf den Fersen, der mir in Bezug auf Ausdauer sicherlich überlegen war.
Nein, ich musste das Unerwartete tun und hier bleiben. Damit rechnete er sicher nicht, und das war mein einziger Vorteil.

.

Im offenen Kampf durfte ich mich natürlich nicht stellen, das würde ich nicht überleben. Meine Fähigkeit, kurzzeitig diese Ebene zu verlassen? Irgendwie traute ich der Sache nicht, ich wusste ja nicht einmal, ob ich dieses Entmaterialisieren bewusst herbeiführen konnte. Vor dem Turm des Arboreysth war ich hinterrücks niedergeschlagen worden. Hatte es dort nicht funktioniert, weil ich den Angriff nicht gesehen hatte, also doch eine Reflexhandlung?
Das waren zu viele ungeklärte Fragen, um mein Leben von dieser seltsamen Fähigkeit abhängig zu machen. Also sollte ich mir etwas anderes einfallen lassen, um Warren zu töten - denn töten würde ich ihn müssen, das stand außer Zweifel.

Ich besaß zwei Messer, ein Feuerzeug, den Mut der Verzweiflung, Hinterlist - und ein Seil! Das war es: eine Falle! Ich überlegte fieberhaft. Wie war das in Vietnam gewesen? Der Feind trat auf irgendetwas, das einen Mechanismus auslöste - Fallgruben, angespitzte Pfähle, vergiftete Pfeile oder so ähnlich. Aber wie genau? Ich wusste es nicht, also musste ich mir hier und jetzt selbst etwas ausdenken, und viel Zeit hatte ich nicht dazu. Ich sah mich um. Auf der einen Seite die Felswand, auf der anderen drei Bäume, deren unterste Äste an manchen Stellen tief über den Weg hingen, und der Steilhang mit seinen Dornenbüschen.
Das könnte eine Möglichkeit sein. Ich besah mir einen der Büsche genauer. Die Stacheln waren fingerlang und hart wie Nägel. Nur mit Mühe schaffte ich es, einen davon abzubrechen. Die Idee war geboren, und ich machte mich eiligst ans Werk.
Zuerst schnitt ich ungefähr einen Meter von dem Seil ab und drieselte das Stück auf, so dass ich mehrere dünne Schnüre erhielt. Der Rest war noch lang genug für meinen Zweck. Dann wählte ich einen Ast des ersten Baums aus, der mir geeignet erschien. Er war dick genug und ragte in Kopfhöhe quer über den Weg. Ich bog ihn einmal kräftig und stellte fest, dass das Holz zäh genug war, um nicht zu brechen.
Als Nächstes brach ich alle Zweige davon ab und spitzte die Stümpfe mit meinem Messer an. Jetzt kam der entscheidende Teil:
Mit meiner ganzen Kraft stemmte ich mich gegen den Ast und bog ihn so weit zurück, bis sein Ende den Stamm des zweiten Baumes berührte. Das Seil hatte ich mir umgehängt. Während ich den bis zum äußersten unter Spannung stehenden Ast mit der Schulter fest gegen den Stamm drückte, warf ich ein Ende des Seils um den Baum herum und band ihn fest. Allerdings machte ich keinen Knoten, sondern eine

Schleife, wie beim Schnürsenkelbinden. Bekanntlich kann man eine solche ja einseitig nicht aufziehen.
Jetzt verringerte ich langsam und vorsichtig meinen Druck gegen den gebogenen Ast. Er gab etwas nach, doch dann hatte sich die Schleife fest zugezogen - die Konstruktion hielt! Das lange Ende des Seils verlegte ich nun zwischen den Büschen am Boden ein paar Meter weiter den Weg zurück bis zu dem dritten Baum. Als Nächstes schnitt ich einige dicke Zweige mit langen Stacheln von einem der Dornenbüsche ab und band sie mit den Schnüren fest an den gespannten Ast. Dabei ging ich äußerst vorsichtig zu Werke, um noch zur Seite springen zu können, wenn die Schleife sich doch löste.
Schließlich streifte ich von den vorher abgebrochenen Zweigen die Blätter ab, steckte zwei Handvoll auf den Stacheln fest und tarnte mit dem Rest die Seilschlinge um den Baumstamm.
Dann betrachtete ich mein Werk und überlegte noch einmal, ob ich etwas übersehen hatte. Ich glaubte nicht. Der losschnellende stachelbewehrte Ast müsste wirken wie ein Schlag mit einem Morgenstern. Es kam nur darauf an, dass Warren richtig stand, aber ich hatte die Stelle so gewählt, dass er eigentlich gar nicht anders konnte - mochte Arboreysth mir beistehen!

5.
Es dauerte nicht lange, bis er auftauchte; ich war gerade rechtzeitig mit meiner Falle fertig geworden, noch länger hätte ich nicht überlegen dürfen.
Ich war hinter dem dritten Baum in Deckung gegangen, hielt das lange Ende des Seils in der Hand und wartete. Meine Geduld wurde nicht lange auf die Probe gestellt, dann vernahm ich ein Scharren und Kratzen auf Stein. Gleich darauf erschi-

en erst ein Helm, und danach Warrens Kopf über der Felsenkante.
Er zögerte, vollends heraufzusteigen, und spähte erst einmal misstrauisch in die Büsche. Ich konnte erkennen, dass er die Axt über den Rücken gehängt hatte und in der rechten Hand ein Messer wurfbereit hielt. Wahrscheinlich rechnete er nicht damit, dass ich noch hier wäre, war aber trotzdem vorsichtig. Nun, mit etwas Glück könnte mein Plan gelingen.
Mit einem gewaltigen letzten Satz nahm der große Söldner die oberste Stufe des Felsens und schüttelte sich das Wasser aus dem Gesicht. Er ging einen Schritt vor, noch einen - fast stand er richtig. Doch jetzt blieb er stehen und unterzog die Büsche zu seiner Linken noch einmal einer genauen Musterung. Dann steckte er das Messer in den Gürtel und nahm die Axt vom Rücken.
Fast bewunderte ich die Leichtigkeit, mit der er die schwere Waffe einmal von einer Hand in die andere schwang, aber jetzt befand er sich an der richtigen Stelle - hier musste ich ihn zum Stehen bringen!

.

Das Folgende geschah viel schneller, als es sich schildern lässt:
Ich sprang hinter meinem Baum hervor und zog dabei das Seil straff. Warren sah mich sofort und riss erstaunt die Augen auf - es war das letzte Mal, dass er das konnte! Sein letzter Blick galt wohl meinem seltsamen Tun.
Ich zog mit einem Ruck am Seil, und die Schleife löste sich nach kurzem Widerstand. Der fast bis zum Brechen gespannte Ast schnellte los und - hatte ich die Wirkung eines Hiebs mit einem Morgenstern erwartet, so sah ich mich getäuscht. Was geschah, entsprach eher einem Katapult:
Warren wurde vollkommen überrascht und von dem Schlag mitten im Gesicht getroffen. Die Wucht des Aufpralls schleuderte ihn einen Meter zurück gegen die Felswand und seine

Axt über den Wasserfall in die Tiefe. Ich wartete keine Sekunde und sprang los.
Ich wollte ihn ebenfalls hinunter stoßen, solange er noch von dem Hieb geblendet war, aber einen Meter vor dem Mann stoppte ich meinen Lauf - das war nicht mehr nötig! Die Felswand war voll Blut gespritzt und Warren lehnte keuchend und gurgelnd daran. Die linke Hand hatte er vor das Gesicht gedrückt, zwischen den Fingern quoll ebenfalls Blut in dicken Tropfen hervor. Der rechte Arm hing in einem anormalen Winkel herunter und aus dem Ellenbogen ragte ein zersplitterter Knochen heraus. Als ob er meine Anwesenheit fühlte, nahm er die Hand vor seinem Gesicht weg und tastete damit in der Luft herum - er hatte keine Augen mehr! Mehrere der langen Stacheln steckten noch in seinem Fleisch - eine einzige blutige Masse.
Ich wich zurück - warum weiß ich nicht. Vielleicht war es momentane Betroffenheit über die Wirkung meiner Konstruktion, vielleicht wollte ich auch bloß nicht voll Blut gespuckt werden.
Warren drehte sich um, röchelte noch irgend etwas Unverständliches mit seinem zerschlagenen Mund, stolperte zwei Schritte und stürzte über den Felsenrand in die Tiefe. Mehrmals schlug er auf und blieb regungslos am Fuß des Katarakts liegen. Um seinen Kopf bildeten sich rote Schlieren im Wasser, die von der Strömung fortgespült wurden.

Ich warf mir die Satteltasche über die Schulter und machte mich ein zweites Mal an den Abstieg den Wasserfall hinunter. Unten angelangt betrachtete ich kurz die Leiche Warrens, dann drehte ich ihn auf den Rücken und legte ihm seine Axt auf die Brust. Warum ich das tat, weiß ich selbst nicht, aber mitnehmen konnte ich die Waffe sowieso nicht.

Das war jetzt schon der zweite Mensch, den ich auf dieser Welt getötet hatte - Leichen pflastern seinen Weg? War ich zu diesem Zweck hierher gebracht worden? Fragen.
Diese Überlegungen führten momentan zu nichts. Also sah ich zu, dass ich weiterkam und marschierte den Hohlweg zur Lichtung hinunter. Das Pferd war noch da und graste.

Als ich gerade einen zweiten Versuch machen wollte, aufzusteigen, ertönte Hufschlag. Drei Reiter galoppierten auf die Lichtung und sprangen von den Pferden - Soldaten! Bevor ich noch reagieren konnte, brachen zwei weitere Männer hinter mir aus dem Gebüsch, ein Soldat und der rothaarige Nikolai.

Das sah böse aus. Nikolai grinste dreckig und fuchtelte mit einer langen Klinge vor meiner Nase herum. Ich versuchte erst gar nicht, nach meinem Messer zu greifen.
„Kennst du diese Waffe, Fremder?", fragte er in seinem zischelnden Tonfall. „Ist die beste, die ich jemals hatte!" Jetzt fiel mir erst auf, dass er meinen Degen in der Hand hielt, Melissa. Trotzdem antwortete ich nicht, das erschien mir im Augenblick vernünftiger. Er hatte die Beleidigungen der letzten Nacht bestimmt noch nicht vergessen.
„Das ist Warrens Satteltasche, die du da hast", stellte er fest und schob sie mit der Spitze des Degens von meiner Schulter. „Hast ihn erledigt, was?" Er lachte böse. „Naja, Warren war ein Idiot! Schevon Ssert hat ihm gesagt, dass du eine Macht bist, aber er wollte dich ja unbedingt alleine suchen - meinte, dass du bestimmt diesen Weg nehmen würdest."
„Da hatte er aber recht!", warf ich ein.
„Natürlich!", lachte der Rothaarige. „Da hatte er recht! Das hat Ssert auch gesagt, bevor er sich mit zwei Männern davonmachte. Und was hat Warren jetzt erreicht - tot ist er, oder?"

Ich zuckte mit den Schultern und versuchte, gleichgültig dreinzusehen, aber meine Gedanken begannen schon wieder zu kreisen.
Schevon Ssert hatte also erkannt, dass seine Felle hier davonschwammen, und hatte sich 'davongemacht'. Natürlich, Laq und ich nützten ihm nichts, und Crusan war entkommen. Nikolai machte somit auf eigene Faust Jagd auf mich - um mit dem Jjarden abzurechnen. Seinen Kumpan Warren hatte er dabei gerne die Initiative ergreifen lassen, wohl wissend, dass dieser mich wahrscheinlich fand. Dass ich ihn getötet hatte, schien ihm ganz recht zu sein.
Ich konnte nicht umhin, geringschätzig zu lächeln - Kameradschaft schien bei diesen Söldnern nicht gerade groß geschrieben zu werden.
„Der kleine Jjarde versucht jetzt bestimmt, dich zu finden", bestätigte Nikolai meine Überlegung. „Der ist so edel, der lässt einen Freund bestimmt nicht in der Scheiße hängen, nicht wahr?"
Ich musste seiner Einschätzung von Laqs Charakter zustimmen, zuckte aber trotzdem nur ein weiteres Mal mit den Schultern. Es würde sich zeigen, wie er den Jjarden in die Falle locken wollte.
„Nehmt ihm den Dolch ab und bindet ihn auf ein Pferd!", befahl er. „Ich weiß nicht, was der für eine Macht sein soll, aber als Köder ist er bestimmt nicht schlecht."
Zwei der Soldaten packten mich links und rechts an den Armen und drehten sie brutal auf den Rücken. Ich versuchte, Widerstand dagegen zu setzen, und hatte seltsamerweise Erfolg - ich konnte beide zur Seite stoßen. Nikolai starrte mich mit großen Augen an. Nein, er starrte nicht mich an! Jetzt registrierte ich erst, dass einer der beiden Männer zu Boden gefallen war - ein Torso ohne Kopf. Der andere stöhnte auf und spuckte einen Schwall Blut auf den Waldboden, dann brach er in die Knie.

„Du hattest recht!", erklang hinter mir eine eigenartig dunkle, ruhige Stimme. „Er gibt wirklich einen vorzüglichen Köder ab."
Nikolai wich zurück und riss den Degen hoch - meine Waffe. Ich wollte mich umdrehen, doch irgendjemand mit gewaltiger Kraft schob, nein warf mich zur Seite. Ich stürzte in einen Strauch und blieb dort liegen, konnte das weitere Geschehen aber trotzdem beobachten:
Der Rothaarige flüchtete zur Seite, während sich die drei verbliebenen Soldaten zum Kampf formierten. Ihr Gegner war ein einzelner Mann, ein Riese in silberner Rüstung, ich erkannte ihn sofort wieder - Crusan von Gatarr!

Er sprang den ersten Mann an wie ein Panther und stieß ihm sein langes Schwert durch die Kehle, bevor dieser auch nur eine Bewegung der Abwehr machen konnte. Die beiden anderen Soldaten versuchten einen halbherzigen Angriff, aber Crusan wich dem einen aus und parierte den anderen leicht, dann stieß seine blitzende Klinge ein zweites Mal zu und durchbohrte die Brust des Mannes trotz seines Kettenhemdes. Röchelnd sank dieser zu Boden, wobei das Schwert in seinem Körper stecken blieb, so dass Crusan gezwungen war, die Klinge loszulassen.
Der dritte Soldat sah seine Chance und holte zum Hieb aus, aber auch er hatte nicht mit der Schnelligkeit des Riesen gerechnet. Dieser schlug ihm die behandschuhte Linke mitten ins Gesicht. Der Schlag riss dem Mann den Unterkiefer halb weg und brach ihm das Genick. Ich konnte es nicht glauben - der Kampf hatte vielleicht zehn Sekunden gedauert und alle Gegner waren tot! Alle?
Ich spürte eine Degenklinge an meinem Hals. Was war ich nur für ein Idiot gewesen! Das Geschehen vor mir hatte mich so gefesselt, dass ich nicht auf Nikolai geachtet hatte. Der Rothaarige stand neben mir und lachte verzweifelt. Schweiß-

tropfen standen auf seiner Stirn - er wusste, dass er verloren hatte. Allerdings schien es, dass ich ebenfalls verloren war, denn Crusan zog seine Klinge aus der Leiche des Soldaten, grinste ihn böse an und stapfte dann zielstrebig auf ihn zu. War es ihm egal, ob Nikolai mich umbrachte?
Die ganze Szene hatte etwas Unwirkliches, weil niemand auch nur ein Wort sagte - ich, der am Boden kniete, Nikolai mit verzweifeltem Gesichtsausdruck und der gefährlichen Klinge an meinem Hals, und Crusan von Gatarr, der unbeirrt näher kam.
Ich schaute zu dem Rothaarigen hinauf. Er schloss kurz die Augen und holte dann aus - der Mann hatte mit seinem Leben abgeschlossen, aber mich wollte er noch mit in den Tod nehmen.
Die lange Schneide des Degens beschrieb einen hohen Bogen und wurde am höchsten Punkt abrupt unterbrochen. Nikolai ließ die Waffe fallen und starrte entsetzt auf die Spitze eines Säbels, der plötzlich aus seiner Brust ragte - dann brach er zusammen.
Hinter ihm erschien Laq, zog seine Klinge zurück und meinte:
„Ich glaube, Ihr solltet uns einiges erklären, Crusan von Gatarr!"

KAPITEL SIEBEN : FORT SOUVANSFINN

Auf diesen Seiten stellt sich heraus, dass unser Freund Daniel mehr von den Zusammenhängen des Spiels der Götter verstanden hatte, als diese selbst vermuteten. Allerdings nützt ihm diese Einsicht nicht allzu viel, da sie zu spät kommt. Und so sieht er sich als Außenstehender in gefährliche Ereignisse verwickelt, mit denen er eigentlich gar nichts zu tun hat. Oder doch?

1.
Einen Tag später, am frühen Abend, erreichten wie Fort Souvansfinn, den südöstlichsten Außenposten der Ostländer. Die riesigen Wälder endeten plötzlich wie abgeschnitten und gaben dem erstaunten Auge den Blick frei auf ein vollkommen kahles Wüstenland. Soweit man sehen konnte erstreckte sich vor uns eine ausgedörrte rotbraune Ebene, die weit in der Ferne in die Abendröte eintauchte.
Ich erinnerte mich an Laqs Worte und musste ihm recht geben - dieses Ödland, das sich angeblich an die tausend Meilen nach Westen und Süden ausbreitete, war sicherlich noch von niemandem durchquert worden. Die Wüste von Lyshan bildete die natürliche Grenze der Ostländer, und man wusste nicht, was jenseits lag - welche Völker dort lebten und welche Königreiche existierten, oder war der Kontinent genauso abgeschnitten wie im Osten? Ich staunte wieder einmal über die bizarre Geografie dieser Welt. Es gab keine Übergangszone zwischen dem reinen Wald- und dem Wüstengebiet, keine subtropische Vegetation und auch keine Steppe, sondern hier endete das Grün und dort begann das Rot.
Moment! Bei diesem Gedanken keimte eine Idee in mir. Ich trieb mein Pferd, übrigens Warrens Grauen, der sich inzwi-

schen an mich gewöhnt hatte, neben Crusan, der mit uns ritt. Der riesige Krieger hatte am Tag zuvor nur lakonisch gemeint, er würde uns zum Fort Souvansfinn begleiten, ansonsten hatte er auf keine Frage geantwortet. So hatte ich mich nur an den Jjarden halten können, der mir seine Geschichte erzählte:

Er hatte genau so überlegt, wie ich vermutete, und den Weg nach Süden eingeschlagen, wobei er genau wie ich hoffte, mich entweder unterwegs oder wenigstens im Fort zu treffen. Am Morgen des nächsten Tages hörte er Hufschlag hinter sich und verbarg sich schnell im Gebüsch. Seine Überraschung war groß, als er feststellte, dass sein Verfolger ein einziger riesiger Mann in silberner Rüstung war, der drei Pferde mit sich führte.
Aber noch mehr bestürzte ihn, dass dieser Mann anhielt und nach einem Jjarden rief - er schien zu wissen, dass er sich in der Nähe versteckte.
Laq nahm ganz richtig an, dass ein Feind sich wohl nicht so verhalten würde und zeigte sich. Er war wiederum erstaunt, dass Crusan ihm ein Pferd überließ und behauptete zu wissen, wo man auf mich treffen würde. Er stellte allerdings keine weiteren Fragen und vertraute sich der Führung des Fremden an. Auf dem Ritt verhielt sich Crusan sehr wortkarg, wie er es auch jetzt noch tat. Schließlich kamen die beiden Männer gerade rechtzeitig, um meinen Tod zu verhindern.
Man kann sich vorstellen, dass ich Laq und natürlich Crusan gegenüber große Dankbarkeit empfand, aber trotzdem hatte ich dem großen Krieger gegenüber ein seltsames Gefühl - konnte man ihm wirklich trauen? Ich wurde den Verdacht nicht los, dass er ein ganz anderes Spiel spielte und mich auch nur als eine Schachfigur betrachtete. Was für Absichten hatte der Mann überhaupt?

Merkwürdig, dass mir jetzt schon wieder der Vergleich mit einem Spiel einfiel.

Crusan warf mir einen leicht spöttischen Blick zu, er schien zu wissen, dass ich ihm einige Fragen zu stellen beabsichtigte. Aber ich tat so, als bemerkte ich diesen nicht; vielleicht schaffte ich es ja auf Umwegen, gewisse Antworten zu erhalten.

„Warum habt Ihr ..." begann ich, wurde aber sofort unterbrochen:

„Wenn Ihr weiter mit mir sprechen wollt, dann fragt mich nie nach dem Warum, Daniel! Mir missfällt dieses Wort, es bringt mich dazu, mir selbst Fragen stellen zu müssen ..."

„Aber Ihr habt mir schließlich das Leben gerettet, Crusan von Gatarr. Darf ich Euch dafür wenigstens meinen Dank aussprechen?"

Er sah mich kurz nachdenklich an und verzog das Gesicht. Wieder wurde ich von seinem seltsam leuchtenden Blick in den Bann gezogen - es war, als ob unter dem Meer ein Feuer glomm.

„Dankt mir nicht, Daniel! Derjenige, der Euch auf diese Welt gebracht hat, ist für Eure Rettung verantwortlich - aber ob ihm dafür Dank gebührt, das weiß ich nicht."

Ich hatte geahnt, dass er über mein Schicksal noch mehr wusste, als nur, dass ich von einer anderen Ebene kam, aber jetzt war mir, als ob mich der Hauch von etwas Mächtigem streifte. So ähnlich muss das Gefühl sein, wenn man die Rückenflosse eines Hais sieht, der eben an einem vorbeigeschwommen ist.

„Also wisst Ihr, wer mich hierher versetzt hat?", fragte ich gespannt.

Er starrte mich nochmals durchdringend an: „Vielleicht - aber ich kann es nicht erklären."

„Wer ist es?", beharrte ich. „Und warum?"

Da war es heraus, das Wort. Er verzog missmutig das Gesicht und trieb sein Pferd zu schnellerem Lauf an. Aber einen Trumpf, so dachte ich, hatte ich noch.
„Crusan!" rief ich ihm nach. „Welche Spielkarte seid Ihr?"
Er drehte sich im Sattel um und lachte böse: „Fragt Euch lieber, junger Freund, welche Karte Ihr wohl seid - das erscheint mir als das größere Rätsel!"
Mehr erfuhr ich von ihm nicht. Er setzte sich an die Spitze unseres kleinen Trupps und sprach kein Wort mehr. Dachte er selber nach?

.

Die rote Sonne stand tief im Westen, als wir durch das große Holztor von Fort Souvansfinn ritten. Die ursprünglich für einen kriegerischen Zweck erbaute Festung machte einen erstaunlich friedlichen Eindruck. Das Tor stand offen und die beiden Wachen ließen uns auf Laqs Auskunft hin, Lord Severin eine wichtige Nachricht aus Mattincourt zu bringen, anstandslos passieren.
Das Fort stellte ein großes Viereck dar mit vier steinernen Türmen, die mit einer niedrigen Mauer verbunden waren. Der obere Teil der Mauer bestand aus angespitzten hölzernen Palisaden mit einem Laufgang an der Innenseite. Die Gebäude im Inneren waren ausnahmslos flach und ebenfalls aus Holz. Alle Menschen, die ich sehen konnte, schienen Soldaten zu sein - das ganze war eben eine große Kaserne.
Bevor ich unter dem Tor hindurchritt, warf ich noch einmal einen Blick auf das trockene Ödland im Süden und Westen. Die Abendsonne stand direkt über dem Horizont und ließ die Türme ihre Schatten mehrere Hundert Meter weit werfen. Die riesige Ebene und der Himmel bildeten eine einzige rote Fläche - ein wahrhaft beeindruckender Anblick. Lediglich im Norden schienen Wolken aufzuziehen. Es fiel mir schwer, mich von dem Bild loszureißen.

Laq hatte sich an die Spitze gesetzt und lenkte sein Pferd auf das größte der Holzhäuser zu. Die meisten der Soldaten sahen zwar neugierig zu unserem seltsamen Trupp herüber - ein kleiner Jjarde, ein riesiger silberner Krieger und ein Fremdling mit bunten Haaren, dazu ein Packpferd -, schienen aber nicht weiter beunruhigt. Nun, das würde sich wahrscheinlich gleich ändern.

Der Jjarde sprang von seinem Rappen und bedeutete uns, ihm zu folgen. Dann trat er ohne Umschweife in das Haus ein. Hatte ich erwartet, dass gegenüber einem Lord der Souvanmark eine formelle Vorstellungs- und Begrüßungszeremonie erfolgen würde, so sah ich mich getäuscht:

Das Innere des Gebäudes war schlicht und gemütlich eingerichtet, es schien sich um eine Art Offizierskantine zu handeln. Ein gutes Dutzend anscheinend hochrangige Soldaten saß an einem langen Tisch und speiste zu Abend. Am Ende der Tafel erkannte ich nach Laqs Beschreibung sofort Lord Severin, Jocelins Onkel und oberster Befehlshaber der souvanischen Truppen:

Er mochte in den Fünfzigern sein, fast kahlköpfig, aber mit einem feuerroten Bart, der ihm bis auf die Brust hing. Er war gedrungen, breitschultrig und kräftig, mit einem kantigen Gesicht, das Autorität, aber auch Güte und Gelassenheit ausstrahlte - eine respekteinflößende Erscheinung. Seine Bekleidung bestand im Moment aus einem einfachen grünen Lederwams.

Als der Jjarde eintrat, sah Severin erstaunt von seiner Mahlzeit auf, dann lachte er und erhob sich sogar: „Laq! Was führt dich denn hierher?"

Als er dessen Gesichtsausdruck sah, verfinsterten sich seine Züge, und er fügte hinzu: „Das hat nichts Gutes zu bedeuten - wo ist Jocelin? Wer sind diese Leute?"

Der Jjarde machte eine flüchtige Verbeugung:

„Lord Severin, ich fürchte, ich bringe schlechte Nachrichten - sehr schlechte Nachrichten. Könnten wir Euch alleine sprechen? Dies sind Freunde von mir."
Severin kniff die Augen zusammen, dann nickte er und winkte uns in einen Nebenraum. Seine Offiziere sahen misstrauisch hinterher, aber niemand erhob einen Einwand.
Der Lord bedeutete uns mit einer Geste, an einem kleinen Besprechungstisch Platz zu nehmen und setzte sich selbst ebenfalls.
„Was ist los, Laq? Du siehst nicht gut aus!" Er zeigte auf den Verband am Oberarm des Jjarden.
Dieser räusperte sich umständlich und begann schließlich:
„Es geht nicht um mich, Lord Severin. Es ... darf ich erst meine Begleiter vorstellen: Daniel Christian Smith und Crusan von Gatarr. Sie haben ebenfalls viel mit der Geschichte zu tun, wie Ihr gleich hören werdet, und sind unbedingt vertrauenswürdig."
Ich ließ die kurze Musterung des Lords ruhig über mich ergehen, während Crusan konzentriert in die Ferne zu starren schien. Ich hatte ihn den ganzen Tag heimlich beobachtet, er tat dies öfters. Dachte er nur nach, oder hatte er Visionen? Wirklich ein seltsamer Mensch, Severin dagegen war mir auf den ersten Blick sympathisch erschienen.
Er nickte jedem von uns kurz zu und wandte sich dann wieder an den Jjarden: „Na schön! Also dann erzähl mir diese Geschichte. Ich habe gewusst, dass ein seltsamer Vorfall am Tag wohl nicht genug ist. Erst diese Frau aus der Wüste, und jetzt ... Sag mir offen - ist irgend etwas mit meinem Bruder?"
In diesem Moment ergriff Crusan das Wort:
„Er ist tot! Und Ihr werdet wissen, was das zu bedeuten hat!"

2.

Nachdem Laq seine Erzählung beendet hatte, saß Severin noch eine Minute schweigend da. Trotz seiner dunklen Haut-

farbe und seines roten Bartes konnte man deutlich sehen, wie blass er geworden war.
Als er endlich etwas sagte, sprach er leise und stockend: „Albert ist tot ... und Blair hat die Macht übernommen ... damit hatten wir nicht gerechnet, damit nicht ... er dachte ..."
Der Jjarde rüttelte ihn an der Schulter und redete ihm eindringlich zu: „Fasst Euch bitte, Mylord. Wir müssen etwas unternehmen! Es ist möglich, dass wenigstens Jocelin noch lebt. Und - die Bürger von Mattincourt ..."
Severin gab sich einen Ruck. „Du hast vollkommen recht! Ich breche morgen früh mit der ganzen Truppe auf. Wir sind stark genug, um Mattincourt einzuschließen, und früher oder später werden Blairs Männer ihn ebenfalls im Stich lassen. Gnade ihm Arboreysth, wenn ich ihn in meine Hände bekomme! Wir hätten ihn damals aufhängen sollen."
Er war aufgesprungen und lief erregt im Raum auf und ab. Dann eilte er hinaus und erteilte dort seinen Offizieren die nötigen Befehle. Als er wieder hereinkam, folgten ihm zwei Bedienstete, die ein großes Tablett mit Speisen und einige Krüge mit Getränken vor uns auf den Tisch stellten. Das war mir sehr recht, denn nach dem langen Ritt konnte ich das jetzt wirklich gebrauchen.

.

Severin schenkte sich ein Glas Wein ein und trank einen großen Schluck. Dann wandte er sich an uns, wobei Crusan sein bevorzugtes Interesse zu gelten schien.
„Verzeiht, dass ich Euch noch nicht gedankt habe, aber der Tod meines Bruders ... die ganze Geschichte ... diese Fremden haben also eigentlich Euch gesucht, Crusan von Gatarr, oder ..." Er trank noch einen Schluck. „Ich gebe zu, dass ich das alles nicht verstehe."
Der Angesprochene zuckte nur mit den Schultern. Ich sah es ihm an, dass er darüber nicht sprechen wollte. Nun, dann war jetzt mein Augenblick gekommen. Laq hatte nur erzählt, dass

ich sein Freund wäre und mit dem Gesuchten verwechselt worden war. Von meiner rätselhaften Herkunft aus einer anderen Ebene hatte er vorsichtshalber nichts erwähnt. Und jetzt hoffte ich, einige Fragen stellen zu können.
„Wir verstehen die ganze Geschichte ebenfalls nicht, Mylord", warf ich ein, „aber vielleicht könntet Ihr selbst zur Klärung beitragen."
„Fragt, Daniel!" meinte er nur.
„Okay!" begann ich und bemerkte sofort meinen Fehler, als mich zwei Mann fragend und einer vorwurfsvoll ansahen. Ich ging einfach darüber hinweg und fuhr fort:
„Was bedeutete Eure Bemerkung vorhin, damit hättet Ihr nicht gerechnet? Hat der Grund Eures Hierseins etwas damit zu tun, dass Ihr mit etwas anderem gerechnet habt? Laq erzählte mir, dass dieses Fort hier eigentlich ziemlich nutzlos sein soll."
Der Lord betrachtete mich eingehend und der Schatten eines Lächelns huschte über sein Gesicht.
„Ihr seid nicht dumm, Daniel - und Ihr hört aufmerksam zu. Man muss sich vor Euch in Acht nehmen! Ja, Ihr habt recht, mein Bruder hat mich hierher gesandt, weil er dachte, der Angriff würde hier erfolgen."
„Welcher Angriff?"
Wieder lächelte er: „Ich fürchte, ich kann Euch nicht alles erzählen - Ihr würdet es wahrscheinlich nicht verstehen."
Langsam ärgerte es mich ja, dass ich von allen auf meine Fragen nur ausweichende Antworten bekam, aber in Anbetracht der Situation und der Macht meines Gegenübers hielt ich es für angebracht, mir eine patzige Antwort zu verkneifen. Man weiß ja nie, wie diese hohen Herrschaften plötzlich reagieren. Dafür erhielt ich auf einmal von anderer Seite Schützenhilfe:
„In dieser Beziehung täuscht Ihr Euch, Lord Severin", murmelte Crusan. „Er weiß jetzt schon mehr, als für ihn gut ist."

Irritiert sah Severin den Sprecher an und zog die Augenbrauen zusammen: „Was wisst Ihr von dem Krieg?"
Crusan überging die Frage und fuhr fort:
„Ich schlage vor, Ihr versucht zunächst festzustellen, ob Euer Neffe Jocelin noch lebt - Ihr seid der Einzige, der das kann!"
Bei diesen Worten sprang Laq auf und rief:
„Stimmt das, was er sagt? Ihr könnt herausfinden, ob Jocelin noch lebt? Wie?"
Severin blickte misstrauisch zu Crusan hinüber und schwieg.
Also gab ich die Antwort:
„Mit den Karten! Er ist auch einer von ihnen!"

.

Zehn Minuten später kehrte der Lord zurück und setzte sich wieder zu uns. Wie ich erwartet hatte, zog er einen Packen kunstvoll gearbeiteter Spielkarten aus der Tasche, mischte sie und legte das Blatt auf dem Tisch aus. Dann begann er, eine Karte nach der anderen mit den Fingern zu berühren und konzentrierte sich dabei. Es schien, als würde er nach innen sehen.
Ich beobachtete ihn und das Spiel dabei aufmerksam. Das Blatt bestand aus sechzehn Bildern, auf denen Gestalten und Symbole zu erkennen waren. Die Gesichter der Figuren waren sehr abstrakt dargestellt und sagten mir gar nichts. Wie beim Tarock oder Skat gab es vier Farben - Grün, Rot, Blau und Braun; und davon jeweils ein As, einen König, eine Dame und einen Ritter. Von allen diesen Karten wiesen drei eine Besonderheit auf: Auf dem Grünen König, dem Rot-As und dem Blau-As war kein Bild! Mit dem Grün-König schien sich Severin besonders zu beschäftigen.
Während er sich konzentrierte, dachte ich ebenfalls nach:
Vier Farben, mit denen man ganz normal spielen konnte, die aber auch irgendeinen höheren Sinngehalt symbolisierten. Vor allem der Dualismus Grün-Rot stach hier in Fort Souvansfinn geradezu ins Auge. Sollte dieser ganze Kontinent in

Farbzonen aufgeteilt sein, und außerhalb gab es einfach - nichts?
Wenn ja, dann war eines sicher: Die Farbe Grün stellte den Wald dar, und Rot die Wüste oder Sand. Was symbolisierten die anderen? Blau - Wasser! Und Braun? Ich dachte an die Landkarten auf meiner Welt - Gebirge! Das war es! Ich fühlte, dass ich einem höheren Prinzip auf der Spur war, aber die ganze Sache gefiel mir gar nicht.
Laq hatte mir erzählt, dass diese Welt in einem gewaltigen Kampf zwischen den vier Göttern ihre jetzige Gestalt erhalten habe. Und Severin sprach von einem Krieg, dessen Beginn hier erwartet wurde. Stand eine Neugestaltung der ganzen Struktur dieser Ebene bevor? Müsste dies nicht zwangsläufig zu einer Vernichtung der Menschen führen?
Und noch etwas fiel mir jetzt ein: Schevon Sserts Spiel, als er mich überprüfte, hatte aus achtzehn Karten bestanden! Was bedeuteten die restlichen beiden? Spielte hier noch jemand mit, von dem selbst die Eingeweihten nichts wussten? Ritter, Dame, König, As - gab es Joker?
Ich hatte schon wieder das seltsame Gefühl, dass ich, obwohl ich nicht in diese Welt gehörte, zumindest einen Teil eines übergeordneten Rätsels gelüftet hatte. War ich zu diesem Zweck hierher versetzt worden?

.

Severin steckte den Kartenpack zusammen und legte dem Jjarden die Hand auf die Schulter.
„Jocelin lebt!", versicherte er. „Aber er ist in großer Gefahr."
Laq atmete erleichtert auf, dann wurde er ernst. „Helft mir, ihn dort herauszuholen, Mylord. Aus diesem Grund habe ich Euch aufgesucht."
„Darauf kannst du dich verlassen!", bestätigte dieser grimmig und ballte die Fäuste.
„Die ganze Armee wird morgen früh aufbrechen. Ich habe Befehl erteilt, dass alle Soldaten ihre Ausrüstung packen und

sich zum Abmarsch bereit machen. Hoffentlich kommen wir noch rechtzeitig. Wenn mein Neffe nicht mehr lebt, lasse ich alle Verräter hinrichten!"
Der Jjarde nickte dankbar. Severin musterte Crusan und mich noch einmal gründlich und schüttelte den Kopf.
„Ich zweifle nicht daran, dass Ihr auf unserer Seite steht, aber ich stehe vor einem Rätsel", meinte er. „Bei jedem von Euch habe ich ein leichtes Echo wahrgenommen, aber Ihr seid nicht im Spiel. Woher habt Ihr Euer Wissen um diese Dinge?"
Crusan lachte nur böse. Entgegen der Meinung des Lords war ich nicht so sehr davon überzeugt, was seine Loyalität betraf, also beschloss ich, einmal einen Schuss ins Blaue abzugeben.
„Seine Karte besitzt Ihr nur nicht, Mylord!", sagte ich leichthin und deutete auf den Riesen. Zum ersten Mal sah ich Crusan verblüfft, aber nur einen Moment lang, dann trug er wieder seinen abweisenden Gesichtsausdruck zur Schau. Nun, innerlich grinste ich jetzt böse - das hatte getroffen! Er verkörperte eine der zusätzlichen Karten. Ich beschloss, vor diesem Mann auf der Hut zu sein.

Severin ließ seinen Blick nachdenklich zwischen mir und Crusan hin und her wandern. Ich konnte mir vorstellen, was er dachte:
Wer war ich?
„Ich habe keine Wahl, ich muss Euch vertrauen", meinte er und zuckte mit den Schultern. „Wahrhaftig ein seltsamer Tag!"
Bei diesen Worten fiel mir etwas ein, was die ganze Zeit im Hintergrund meines Bewusstseins gewartet hatte. „Was meintet Ihr vorhin mit einer Frau aus der Wüste, Lord Severin?", fragte ich. Dabei sah ich zufällig zu Crusan hinüber; er hatte die Brauen hochgezogen und hörte gespannt zu.

„Die Wachen fanden sie heute morgen vor dem Tor - bewusstlos und halb verhungert. Den Fußspuren nach muss sie aus Richtung Südwesten gekommen sein, aber das ist unmöglich; dort ist nichts als Wüste mit keinem Tropfen Wasser auf tausend Meilen. Wir haben ihr etwas zu trinken eingeflößt und sie in einen kühlen Raum gelegt. Sie spricht ab und zu im Schlaf, aber nur unzusammenhängende Worte."
Crusan war aufgestanden. „Lasst sie uns ansehen!"
Er hatte in einem Tonfall gesprochen, der keinen Widerspruch zuließ, selbst von Lord Severin nicht. Dieser nickte auch nur, und winkte uns ihm zu folgen. Als Laq und Severin aus der Tür traten, nutzte ich die Gelegenheit und hielt Crusan am Arm fest.
„Was hat Euch hierher geführt, Krieger?", fragte ich und sah ihm ins Gesicht. Er lächelte, und einen kurzen Moment konnte ich einen melancholischen Ausdruck in seinen Augen ausmachen.
„Ich kam zu spät, um Graf Albert zu retten. Und jetzt versuche ich dies wenigstens bei Euch!"

3.
Von dieser Auskunft verwirrt, trat ich ebenfalls in die Nacht hinaus und war erst einmal überrascht: Das ganze Areal des Forts war in einen eigenartigen fahlgelben Schein getaucht. Laq stand wie gelähmt und starrte zum Himmel empor. Ich folgte seinem Blick und erkannte den Grund für die seltsame Lichterscheinung:
Der ganze Nachthimmel war von einer tief hängenden dunkelgelben Wolkendecke bedeckt, durch die das Mondlicht in gespenstischem Schimmer leuchtete. Merkwürdig, denn am Abend hatte ich nur vereinzelte Wolken im Norden erkennen können. Vor allem hatte es den ganzen Tag keinen Wind ge-

geben, aber wer weiß, was diese Welt sonst noch für Absonderlichkeiten zu bieten hatte.
Ich schlug dem Jjarden auf die Schulter und er schien wie aus einer Trance zu erwachen.
„Der Himmel!", murmelte er so leise, dass ich mich anstrengen musste, um ihn zu verstehen. „Diese gelben Wolken und die Windstille - das gleiche Phänomen wie in der Nacht in Mattincourt, als ..."
Ich zog ihn mit mir mit und lächelte ihm beruhigend zu, aber das tat ich auch nur, um zu verbergen, dass mich beim Anblick dieser bedrohlich wirkenden Wolkenbank selbst ein ungutes Gefühl beschlichen hatte - so wie eine Vorahnung kommenden Unheils.
Severin und Crusan hatten bereits eine kleinere Hütte neben den Mannschaftsunterkünften betreten. Der Jjarde schüttelte einmal heftig den Kopf und folgte mir ebenfalls hinein. Es schien sich um den Raum eines Offiziers zu handeln; die Einrichtung bestand aus einem Bett, einem Tisch, zwei Stühlen und einem Schrank. Von der Decke hing eine Öllampe und verbreitete einen trüben Schein.
Auf dem Bett lag eine Frau, vielleicht Mitte zwanzig, die ich als schön bezeichnet hätte, würde sie im Moment nicht so ausgezehrt aussehen. Sie war mittelgroß, schlank, mit langen blonden Haaren, einem ausdrucksvollen Mund und großen blauen Augen, die weitaufgerissen an die Decke starrten. Ja wirklich, in gesundem Zustand würde sie sehr gut aussehen.
„So liegt sie schon den ganzen Tag da", erklärte Severin. „Die meiste Zeit schläft sie, und wenn sie wach ist, starrt sie nur vor sich hin. Einen vernünftigen Satz hat sie bis jetzt noch nicht gesagt. Ich weiß nicht, wie wir ihr helfen können, außer ihr ab und zu etwas Wasser einzuflößen, aber nicht zu viel auf einmal."

Crusan kniete vor dem Bett nieder und legte seine Hand auf die Stirn der Frau. Er ließ sie eine Minute dort liegen und richtete sich wieder auf.
„Ihr Geist ist nicht bei ihr - irgend etwas hat ihn ihr genommen", stellte er fest. „Vermutlich wird sie sterben."
Laq hatte die ganze Zeit die Frau betrachtet, nun wandte er sich an Crusan: „Könnt Ihr ihr helfen? Ich weiß, dass Ihr noch weit mehr verborgene Fähigkeiten habt, als wir bis jetzt kennen!"
Der Angesprochene lächelte auf seine gehässige Art. „Du bist auch nicht dumm, kleiner Jjarde! Ja, ich kann dieser Frau ihr Leben wiedergeben - aber sie wird keine Erinnerung mehr haben. Und ich weiß nicht, ob ich euch damit einen Gefallen tue. Vielleicht sollten wir sie sterben lassen, es wäre besser, glaube mir! Man sollte sich nicht mit zusätzlichen Problemen belasten."
Der Jjarde warf Crusan einen bösen Blick zu.
„Werdet Ihr es tun? Ich bitte Euch darum!"
Dieser drehte sich zu mir herum und sah mich forschend an. Dann sagte er leise: „Ich werde ihr ein Bewusstsein geben - wenn Daniel mich darum bittet!"
.
Ich war vollkommen überrascht. Warum sollte gerade ich diese Entscheidung treffen? Was bezweckte Crusan damit? Er konnte sich doch denken, dass ich Laqs Bitte unterstützen würde. Der Jjarde sah zu mir herüber; nun, er war mein Freund, und ich hätte ihm ohnehin zugestimmt - aber Crusans Art missfiel mir langsam.
„Ich bitte Euch darum, dieser Frau zu helfen, Crusan von Gatarr!", sagte ich formell und leicht verächtlich. „Werdet Ihr es jetzt tun?"
„Natürlich!", gab dieser spöttisch zurück. „Aber von nun an schuldet Ihr mir ebenfalls die Erfüllung einer Bitte. Und eines Tages werdet Ihr diese Schuld begleichen!"

Ich nickte. „Wenn das das Ziel Eures Spielchens war, dann sollt Ihr gewonnen haben. Also erfüllt Euren Teil!"
„Dazu muss ich mit ihr alleine sein. Geht hinaus! Auch Ihr, Lord Severin!"
Dieser zuckte mit den Schultern und ging voran. Ich folgte ihm und meinte nur: „Nichts lieber als das!" Irgendwie musste ich meinen Unmut ja wenigstens zeigen.

Nach etwa einer halben Stunde forderte Crusan uns auf, wieder einzutreten. Die Frau saß auf dem Bett, rieb sich die Schläfen und schaute verständnislos in die Runde. „Kann man jetzt mit ihr sprechen?", wollte Severin wissen.
„Sicher!", antwortete Crusan. „Aber wie ich schon sagte, Ihr werdet nicht viel von ihr erfahren. Sie hat zwar ein Bewusstsein, aber von ihrem Gedächtnis dürften nur Bruchstücke übrig geblieben sein."
„Was kann ihr das Gedächtnis geraubt haben?"
„Ich weiß es nicht genau, aber es muss eine sehr starke psychische Macht gewesen sein - stärker als Ihr Euch vorstellen könnt!"
Severin sah ihn zweifelnd an und erwiderte:
„Wie meint Ihr das? Ich verstehe Euch nicht!"
Ich hörte mit größter Aufmerksamkeit zu; ich fühlte, dass jetzt gleich etwas Entscheidendes folgen würde. Und ich hatte mich nicht getäuscht - Crusan lachte kurz auf und höhnte:
„Aber natürlich versteht Ihr mich, Lord Severin! Reden wir doch offen - Ihr seid der Grüne Ritter! Und welche Kraft könnte wohl stärker sein, als Ihr Euch vorstellen könnt?"
Severin hatte sich entfärbt, das konnte man trotz des schummerigen Lichtes deutlich sehen. Er starrte den Riesen mit großen Augen an und flüsterte dann: „Ein As! Welches?"
Crusan zuckte nur mit den Schultern und ging wortlos hinaus.

Ich hatte einen Moment lang den Eindruck, mich in der Wahnvorstellung eines Schizophrenen zu befinden: Lord Severin, der kein Wort sagte; die Frau, deren fragender Blick im Raum umherwanderte, wobei das flackernde Licht gespenstische Schatten auf ihr Gesicht warf; Laq, der sie mitleidig betrachtete; und der ockergelbe Schein auf Crusans Rüstung, als er in die Nacht hinaustrat.
Der Jjarde war der Erste, der die lastende Stille durchbrach. Er kniete neben der Frau nieder und nahm ihre Hände in die seinen. Sie ließ sich dies ohne Widerstand gefallen und sah ihn an, so als ob sie aus einem Traum aufwachte. Er lächelte sie an und versicherte mit ruhiger Stimme:
„Ihr seid hier in Sicherheit. Macht Euch keine Sorgen - wir sind Freunde!"
Diese Worte schienen die verschlossene Tür ihres Bewusstseins aufgestoßen zu haben. Sie zog in einer heftigen Bewegung die Hände zurück, sah sich mit wachen Augen im Raum um und stieß dann hervor:
„Ich bin Vanessa!"
Severin sah sie an, blickte zu mir und fragte dann:
„Wer ist Crusan?"
Ich wusste es nicht.

4.
Ich lag in einer Baracke, die uns Lord Severin als Nachtquartier zugewiesen hatte, auf einem Feldbett und fand keinen Schlaf. Zu viele Gedanken, die nicht zu Ende gedacht worden waren, spukten in meinem Kopf umher.
Die Frau, die angeblich aus der Wüste gekommen war, schien sich wirklich an nichts zu erinnern. Auf alle Fragen schüttelte sie nur den Kopf und gab zur Antwort, sie sei Vanessa. Obwohl vor allem Laq sich sehr um sie bemühte, fiel sie wieder in einen tiefen Schlaf. Schließlich meinte der Jjarde, wir

sollten uns zur Ruhe begeben, er würde an ihrem Bett wachen.
Severin hatte mir eine gute Nacht gewünscht und sich sehr nachdenklich verabschiedet. Ich konnte ihm das nicht verdenken - an einem einzigen Tag war mehr Rätselhaftes geschehen, als er sich vorstellen konnte.
Nun lag ich also auf einer Pritsche in einem provisorisch hergerichteten Geräteschuppen mit zwei leeren Liegen neben mir. Laq schien es sich zur Aufgabe gemacht zu haben, die gedächtnislose Frau zu pflegen, und Crusan war verschwunden - vielleicht schlief er lieber im Freien.
So sehr ich auch müde war, ich konnte nicht einschlafen. Was mich wach hielt, war das bohrende Gefühl, in meinen Überlegungen irgendetwas übersehen zu haben. Was konnte das sein?
Ich versuchte, alle meine Gedanken noch einmal von vorne zu beginnen:
Ein Krieg der vier Götter. Der Grüne König hat den Angriff hier in Fort Souvansfinn erwartet. Von wem? - Rot! Er ist aber selbst in Mattincourt getötet worden, mit der Konsequenz, dass sein wahnsinniger Sohn Blair die Macht an sich reißt. Kann dies die Rote Macht bewirkt haben?
Was die Spieler selbst nicht wissen, ist, dass es zwei zusätzliche Karten gibt - wer hat Graf Albert umgebracht? Lord Severin - der Grüne Ritter - versucht mit seinen Truppen Mattincourt wieder einzunehmen und löst zu diesem Zweck die Garnison hier auf. Eine Frau ohne Gedächtnis erscheint - mitten aus der Wüste. Aus der Wüste? Sie gilt als undurchdringlich!
Ich schreckte jäh hoch. Das war es! Alles, was in Mattincourt geschehen war, war nur ein Ablenkungsmanöver! Der eigentliche Angriff, von wem auch immer, würde hier stattfinden! Fort Souvansfinn war der Kulminationspunkt zwischen Grün

und Rot. Und Laq und ich hatten mehr oder weniger dazu beigetragen, diese Tatsache zu verschleiern!

Nach meiner Klinge greifend sprang ich auf. Ich musste sofort mit Lord Severin sprechen; wir befanden uns alle in großer Gefahr. Als ich aus dem Schuppen stürmte, warf ich eine der Pritschen um, aber das war mir jetzt auch egal - ich fühlte genau, dass es um Minuten ging.
Draußen war die Nacht immer noch von dem fahlgelben Dämmerlicht erhellt, aber es hatte etwas abgekühlt. Das Fort schien vollkommen verlassen, ich konnte jedenfalls keinen einzigen Soldaten erblicken. Seltsam, auch auf den Wehrgängen waren keine Wachen zu sehen; ihre Silhouetten hätten sich eigentlich gegen den Nachthimmel deutlich abzeichnen müssen.
Die Torwachen! Ich lief an mehreren Baracken vorbei in Richtung des Tores. Dort konnte ich trotz des Schattens der Palisade zwei Gestalten erkennen, die an der Mauer lehnten. Am besten unterrichtete ich zuerst diese beiden Männer von meinem Verdacht. Sie würden mir wahrscheinlich keinen Glauben schenken, aber jedenfalls wären sie gewarnt, und einer könnte einen Offizier benachrichtigen. Ich wusste ja nicht einmal, wo sich Lord Severins Nachtquartier befand.
Als die Soldaten meine Annäherung bemerkten, traten sie einen Schritt von der Mauer weg und nahmen ihre Lanzen in beide Hände. Wahrscheinlich dachten sie, ein Offizier machte seine Runde und wollte sie kontrollieren.
Ich näherte mich dem rechten der beiden und überlegte schnell, was ich wohl sagen sollte: Ich sei einer der Fremden, die heute angekommen waren, und befürchtete, das Fort würde aus der Wüste angegriffen? Na, ich an seiner Stelle würde darüber auch nur schmunzeln - aber was konnte ich tun?
Verdächtig schien ich dem Mann jedenfalls nicht vorzukommen, denn er hielt seine Lanze nur noch lässig mit einer

Hand und winkte mich mit der anderen herbei. Sein Kamerad von der anderen Seite des Tores sah interessiert herüber und schlenderte langsam herbei.

Was mein Misstrauen weckte, war die Tatsache, dass alles vollkommen lautlos vor sich ging. Kein Anruf, keine Aufforderung, sich erkennen zu geben, und keine Frage nach dem Woher oder Wohin.

Ich kam etwas langsamer näher und schob mit Daumen und Zeigefinger meiner Rechten, in der ich meinen Degen samt Gehänge trug - ich hatte noch keine Zeit gefunden, die Waffe an meinem Gürtel zu befestigen - das Heft der Klinge ein paar Zentimeter aus der Scheide heraus. Diese war jetzt locker, sodass ich sie, wenn es sein musste, einfach fallen lassen konnte.

Der Mann sagte immer noch nichts und machte ebenfalls einen Schritt auf mich zu. Ich blieb im Schatten des großen Wachturms stehen, hustete laut und ließ dabei die Scheide des Degens zu Boden gleiten, ich hoffte, dass er die unauffällige Bewegung im Dunkel nicht sah. Dann wechselte ich mit der rechten Hand den Griff um die Waffe, sodass sie jetzt richtig lag. Gleichzeitig langte ich mit der Linken in meine Hosentasche, wo ich das Feuerzeug wusste.

Aus dem Augenwinkel beobachtete ich, dass die andere Wache langsam näher kam. Dabei fiel mir etwas im Hintergrund auf: Vom linken Wachturm hing ein Seil herab und - das Tor stand einen Spalt weit offen!

.

Kein Zweifel, mein Misstrauen war berechtigt gewesen. Der Soldat vor mir hatte mich fast erreicht und fasste in seinen Gürtel. Sicher wollte er mich nicht mit der Lanze angreifen, auf diese kurze Distanz war sie zu unhandlich. Nun, ich gedachte nicht abzuwarten, mit welcher Waffe er mich umbringen wollte, und kam ihm zuvor. Da ich mir meiner Ge-

schicklichkeit mit dem Degen keineswegs sicher war, musste ich mir erst einen kleinen Vorteil verschaffen:
Ich zog das Feuerzeug aus meiner Tasche und ließ es vor seinem Gesicht einmal kurz aufblitzen. Der Effekt war der gewünschte:
Der Funke und die kleine Flamme reichten zwar nicht aus, um den Mann zu blenden, aber er war für einen Augenblick erschrocken und aus dem Konzept gebracht. Kein Wunder, denn natürlich hatte er noch nie erlebt, dass jemand in seiner Hand einen kleinen Blitz erzeugen konnte.
Mir hatte der kurze Moment Helligkeit jedenfalls gereicht, um genug zu sehen: Der Mann vor mir, der gerade im Begriff war, ein langes Messer aus dem Gürtel zu ziehen, das war auf keinen Fall ein souvanischen Soldat. Er trug zwar sowohl Helm als auch Umhang der Truppen des Lords, aber damit endete die Ähnlichkeit auch schon:
Die Gestalt war klein und gedrungen, aber sehr muskulös mit einem mächtigen Brustkorb und grotesk langen Armen. Das breite Gesicht mit eigenartig weit auseinander stehenden Augen und einem schmalen dünnlippigen Mund wurde - soviel konnte ich erkennen - von wirren roten Haaren eingerahmt.
Und noch etwas erfasste ich in dieser Sekunde: Der Mann riss vor Erstaunen oder Schreck den Mund auf - er hatte spitz zugefeilte Zähne! Ich wusste später nicht mehr, ob ich selbst handelte oder mein Degen plötzlich zum Leben erwachte - Melissa zuckte hoch, noch bevor die Gestalt ihr Messer ganz aus dem Gürtel gezogen hatte, drang links unterhalb des Kehlkopfes durch den Hals meines Gegners und durchtrennte Fleisch und Knochen, als wäre da nichts, so dass der ganze Kopf wie bei einer Marionette nach hinten klappte.
Hier bekam ich zum ersten Mal einen Eindruck von der Schärfe und Gefährlichkeit meiner Waffe. Allerdings hatte ich jetzt wirklich keine Zeit, Lady Melissa im Geiste zu danken. Ich zog die Klinge zurück und stieß den fallenden Kör-

per mit einem Fußtritt zur Seite. Dies geschah alles in wenigen Augenblicken. Ich sprang herum, um dem anderen Angreifer begegnen zu können, aber das war nicht mehr nötig: Im gleichen Moment, als dieser mit seiner Lanze ausholte, wurde er von einer zweiten in Bauchhöhe durchbohrt. Die Wucht des Wurfs war so groß gewesen, dass sie den Mann zwei Meter nach hinten riss, wo er von der stählernen Spitze mit dem Rücken an das Holztor genagelt wurde. Er sank halb in sich zusammen, so als wolle er sich verbeugen, und spuckte Blut über seine Knie.

Ich wirbelte herum, aber ich wusste, wer diese Lanze geworfen hatte: Schräg hinter mir stand die riesige Gestalt Crusans von Gatarr, gelblich schimmernd in dem diffusen Licht. Ich konnte sein Gesicht nicht sehen, aber dass er jetzt sein böses Grinsen aufgesetzt hatte, darauf hätte ich in diesem Moment geschworen. Wer weiß, vielleicht habe ich ebenfalls böse gegrinst, als er mit leichter Ironie in der Stimme meinte:

„Saubere Arbeit, junger Freund! Gewöhne dich an das Töten - du wirst es noch oft tun! Und je besser und schneller du es tust, umso länger lebst du vielleicht."

5.

„Ich danke dir wirklich für deine aufmunternden Worte", gab ich ebenso sarkastisch zurück, aber er war schon an mir vorbeigelaufen, schob das Tor zu und hob alleine den schweren Sperrbalken, der am Boden lag, in die Halteeisen zurück.

„Hör zu, Daniel!", erklärte er. „Das Fort ist verloren. Wir können nur versuchen, unsere eigene Haut zu retten. Schau dich um!"

Ich folgte seiner Aufforderung, während er im linken Wachturm verschwand. Auf der ganzen Länge der Palisade wurden Seile von oben herabgelassen und gedrungene dunkle Gestalten erschienen auf den Laufgängen. Es war, als

ob die Nacht selbst lebendig wurde. In diesem Moment ertönte von der Spitze des Turms das Läuten einer großen Glocke - Crusan gab Alarm. Gleichzeitig erbebte das Tor von einem gewaltigen Schlag von außen und einer der Balken splitterte.
Ich dachte sofort an den Jjarden, aber das laute Dröhnen der Glocke würde ihn sicher wecken. Der Alarm verstummte und Crusan kam wieder aus dem Turm heraus gerannt, er hatte eine Fackel in der Hand und hielt sie mir vor das Gesicht.
„Du hast so ein Gerät, mit dem man Feuer machen kann - zünde die Fackel an!"
Das Pech brannte ziemlich schnell an, als ich die Flamme darunter hielt. Ich sah mich um: Die ersten Männer ließen sich an den Seilen von oben herab. Im Fort wurde es jetzt langsam lebendig. Die Türen einiger Baracken öffneten sich und Soldaten traten ins Freie. Sie trugen natürlich keine Rüstungen und waren nicht voll bewaffnet. Von etwas weiter weg dröhnte die Stimme Lord Severins durch die Nacht; ich konnte aber nicht verstehen, was er rief. Jetzt ertönten aus allen Richtungen Schreie und Befehle.
Eines musste ich den souvanischen Truppen und ihren Offizieren lassen: Sie übersahen die Lage sofort und reagierten schnell und überlegt. Einzelne Abteilungen stürmten sofort los, um die Wehrgänge wieder einzunehmen, wurden aber bei den Leitern bereits von kampfbereiten Gegnern empfangen. Andere Truppenteile rüsteten sich in hastiger Eile voll aus und formierten sich zu Gegenangriffen. Überall sprangen nun die Angreifer die letzten Meter von der Palisade herab und wurden sofort in Einzelkämpfe verwickelt. Seltsam war, dass zwar das ganze Lager von Rufen und Gebrüll widerhallte, die gedrungenen Gegner aber in völliger Stille kämpften, dadurch entstand ein eigenartig unwirklicher Eindruck des Geschehens.

Crusan rannte mit der brennenden Fackel zurück in den Turm. Als er gleich darauf wieder auftauchte, drangen vereinzelte Rauchschwaden aus der Tür und den unteren Fenstern. Er stürmte an mir vorüber zum rechten Turm, in dem er ebenfalls nur kurz verschwand. Ein weiterer Schlag dröhnte gegen das Tor und ließ die Balken erbeben. Jetzt konnte ich oben auf den Türmen Angreifer erkennen, die weitere Seile herunterließen. Ich erwachte aus meiner Betrachtung, als sich einen Meter neben mir ein Pfeil in den Boden bohrte.

Aus den unteren Stockwerken des linken Turms züngelten Flammen und dicke schwarze Rauchschwaden quollen aus den Fenstern. Crusan stand plötzlich wieder vor mir. Er hatte eine zweite brennende Fackel in der Hand und fuhr mich an: „Auf was wartest du? Nimm die Fackel und zünde die Palisade irgendwo an!"

„Warum?" Ich konnte nicht fassen, was er tat. „Bist du wahnsinnig geworden, die Türme anzuzünden?"

Er sah mich grimmig an. In solchen Momenten schienen seine Augen wirklich von innen zu leuchten. „Ich werde nicht nur die Türme, sondern das ganze Fort anzünden! Verstehst du nicht? Die Festung ist so gut wie genommen. Und die Lyshiten werden alle umbringen - ich kenne sie! Das Einzige, was wir tun können, ist, zu verschwinden, und das können wir am besten, wenn hier alles brennt und qualmt. Dann sieht sowieso keiner mehr, wer Freund oder Feind ist - die Lyshiten werden sich gewaltig wundern, dass das Fort schon während ihres Angriffs in Flammen aufgeht. Halte dich an mich, ich werde uns hier herausbringen!"

„Und Lord Severin und seine Männer? Die opferst du doch dabei!"

Er zuckte mit den Schultern und packte mich am Arm. „Natürlich!"

Ich riss mich los und schrie ihn an:

„Und was ist mit Laq? Willst du ihn ebenfalls im Stich lassen?"
„Es muss sein, glaub mir! Du kannst ihm nicht mehr helfen, in wenigen Minuten wird hier alles in Flammen stehen. Und - er ist nicht wichtig."
Ich stieß ihn von mir weg. „Er ist nicht wichtig? Oh doch, das ist er! Und ich werde ihn jetzt suchen! Meinetwegen bring dich in Sicherheit. Ich habe jetzt keine Zeit, dir den Begriff 'Gewissen' zu erklären!"
Er lächelte leise. „Nein, das hätte keinen Sinn."

Immer mehr Lyshiten - Crusan hatte die fremden Krieger wahrscheinlich so genannt, weil sie aus der Wüste von Lyshan angriffen, oder sollte er sie wirklich kennen? - sprangen von den Brustwehren herunter und griffen die souvanischen Soldaten an, deren Ordnung sich in zahllosen Einzelkämpfen langsam auflöste. Die Ostländer fochten zwar tapfer - oder mit dem Mut der Verzweiflung - gerieten aber mehr und mehr in den Nachteil.
Ich hatte die Scheide meines Degens am Gürtel befestigt und stürmte nun, Melissa in der Hand, durch das hin- und herwogende Gefecht. Ich musste öfters kleineren kämpfenden Grüppchen ausweichen und mehrmals über herumliegende Leichen springen, wurde aber zum Glück selbst in keinen Kampf verwickelt. Ob Crusan mir folgte - ich achtete nicht darauf.
Von allen Seiten ertönten nun das Klappern von Waffen, gerufene Befehle und Todesschreie. Ein Lyshite stellte sich mir in den Weg, wurde aber im selben Moment von hinten von einer Lanze durchbohrt. Ein Souvaner grinste mir zu und wollte die Waffe aus dem fallenden Körper ziehen, wurde aber von zwei Gegnern zu Boden gerissen. Schwerter blitzten auf. Ich sprang über den Toten und stach den beiden Männern meine Klinge in den Rücken, bevor sie noch merk-

ten, was geschah. Dann stieß ich sie zur Seite und wollte dem Soldaten aufhelfen, aber es hatte keinen Sinn mehr: Er hatte eine tiefe Wunde im Unterleib, aus der das Blut über seinen Schoß in den Sand strömte. Mit glasigem Blick sah er zu mir empor und murmelte irgendetwas, das ich in dem allgegenwärtigen Lärm aber nicht verstand.
Als ich weiterlaufen wollte, stolperte ich über die Lanze und fiel zu Boden. Ich bekam Sand in die Augen und sah erst einmal nichts mehr. Hastig wischte ich die Körner heraus, aber es brannte höllisch. Irgendetwas griff nach meinem linken Fuß, und ich hieb blindlings in die Richtung. Ein Schmerzensschrei ertönte, der in ein Röcheln überging, aber ich kam mit dem Fuß noch nicht los. Dann tauchte ein weiterer Lyshite aus dem allgemeinen Getümmel auf, fletschte die Zähne - ob das ein Grinsen sein sollte? - und hieb mit einem langen Schwert nach mir. Ich wollte mich zur Seite rollen, aber mein Fuß wurde immer noch festgehalten. Ich kam nicht weg - und die scharfe Schneide zischte auf mich zu.

.

Der Mann starrte mich verblüfft an, als ich einen halben Meter weiter rechts wieder auftauchte und sein Schwert im Boden steckte. Es hatte funktioniert! Ich hatte mich vollkommen auf die zustoßende Waffe konzentriert und dabei den Reflex des Ausweichens in eine andere Richtung gelenkt, sozusagen nach innen, aber irgendwie auf einer höheren Ebene. Dabei hatte ich es geschafft, nicht nur für einen Augenblick zu entmaterialisieren, sondern auch örtlich leicht versetzt wieder aufzutauchen. Ich war mir jetzt vollkommen sicher, dass dies mit meiner Herkunft aus einer anderen Welt zusammenhing - dass ich sozusagen nicht völliger Bestandteil dieser Ebene war.
Nun, ich hatte keine Zeit, mir über die weiteren Möglichkeiten dieser Fähigkeit Gedanken zu machen, ich lag noch immer am Boden und musste handeln. Bevor mein Gegner sich

noch von seiner Überraschung erholt hatte, führte ich einen weit ausgeholten Hieb nach seinen Beinen.
Melissa zeichnete einen Moment lang einen gelblich blitzenden Bogen in die Nacht und durchtrennte beide Beine des Lyshiten, der gerade sein Schwert aus dem Boden ziehen wollte, knapp über den Knien. Er stieß einen grauenhaften Schrei aus und fiel auf mich. Ich hatte meinen Fuß wieder frei und stieß den Körper mit dem Knie von meinen Beinen herunter, während er unentwegt weiter schrie. Blut spritzte mir ins Gesicht, und ich wischte es mir aus den Augen. Kniend sah ich mich um:
Zu überblicken waren im Moment nur ein paar Meter im Umkreis. Über dem ganzen Fort lagen dicke Rauchschwaden, durch die nur der helle Schein des Feuers aus der Richtung des Tors drang. Aber auch an anderen Stellen schien die Palisade schon zu brennen. Überall waren schemenhafte Gestalten in erbitterte Nahkämpfe verwickelt. Gegenüber von mir konnte ich vage die erleuchtete Tür einer Mannschaftsbaracke ausmachen; dort wurde heftig gefochten. Die Erschlagenen türmten sich um den Eingang und die Fenster, aber auch in meiner Nähe lagen verstümmelte Leichen in manchmal grotesken Stellungen herum.
Im Augenblick schien niemand auf mich zu achten, also richtete ich mich auf. Der Lyshite am Boden schrie noch immer; ich stieß ihm meine Klinge ins Herz und er verstummte röchelnd, während seine Augen mich immer noch hasserfüllt anstarrten.
Crusan hatte wirklich ganze Arbeit geleistet - in diesem Rauch wusste man tatsächlich nicht mehr, wer gegen wen kämpfte. Ich versuchte mich zu erinnern, in welche Richtung ich mich wenden musste, um zu der Hütte zu gelangen, wo die Frau untergebracht war. Die Frau! Das fiel mir jetzt erst wieder ein.
Wie Crusan vorausgesagt hatte - noch ein Problem.

In der Hoffnung, dass mein Orientierungssinn mich nicht im Stich ließ, sprintete ich los, mitten in die dichten Rauchschwaden hinein. Ich verlangsamte meinen Lauf, als ich nach einer Weile gar nichts mehr sah und stolperte hustend weiter. Manchmal wurde direkt neben mir gekämpft, aber ich hatte den Eindruck, als ob das meilenweit entfernt wäre.
Dann tauchten vor mir zwei Schemen aus dem Nebel auf. Den Silhouetten nach konnten es nur Lyshiten sein, die überlangen Arme waren unverkennbar. Sicher hatten sie mich schon längst gesehen, das Feuer war hinter mir, und im Gegenlicht zeichneten sich meine Umrisse bestimmt deutlich ab. Sie schienen aber stärker als ich unter dem Rauch zu leiden, denn sie husteten ununterbrochen. Ich rechnete mir gewisse Chancen aus und stellte mich zum Kampf.
In diesem Augenblick schälte sich eine geradezu monströse Gestalt schräg vor mir aus dem Rauch heraus, ein riesiger Schatten mit annähernd menschlichen Konturen, jedoch vollkommen asymmetrischem Oberkörper.
Die Lyshiten schienen von dieser Erscheinung überrascht zu sein und griffen mich nicht an. Ich zögerte nicht und machte mir den Vorteil zunutze - mit einem schnellen Sprung vorwärts brachte ich mich in Angriffsposition und stieß dem einen meine Klinge durch die Brust, noch bevor er eine Abwehrbewegung machen konnte. Ich verstand zwar immer noch nicht viel vom Kampf mit Hieb- und Stichwaffen, aber gute Gelegenheiten rücksichtslos auszunutzen, das war bestimmt keine schlechte Taktik.
Ich sprang auf der Stelle wieder zurück und erwartete den Angriff des zweiten, der jetzt auch sofort erfolgte. Der Lyshite schwang sein langes Schwert wie eine Sense und holte weit aus. Diesen Hieb würde ich mit meinem schlanken Degen nicht parieren können, aber sicher konnte ich die plumpe Waffe mühelos unterlaufen, und dann war ich der Schnellere - so dachte ich mir das zumindest.

Aber es kam anders: Jemand stieß mich zur Seite, so dass ich zwei Schritte stolperte und Mühe hatte, nicht hinzufallen. Eine kleine Gestalt schleuderte meinem Gegner irgendetwas entgegen, und dieser brach langsam in die Knie und fiel dann aufs Gesicht. Ich konnte es nicht fassen: Laq!
Ich lachte und ging auf ihn zu. Aber der Jjarde drehte sich mit einem wütenden Ausdruck zu mir herum und schimpfte: „Daniel, du verdammter Idiot! Du hast wohl gedacht, dass du hier mitkämpfen kannst? Beinahe wärst du tot gewesen!" Ich verstand überhaupt nichts mehr.
„Ich ... ich dachte schon ...", stotterte ich. Was meinte er damit? Ich hatte doch gezeigt, dass ich kämpfen konnte! Bis jetzt hatte ich den Jjarden noch nicht so zornig erlebt.
„Nichts hast du gedacht!", brummte er, anscheinend wieder etwas besänftigt. Dann drehte er die Leiche zur Seite und zog seinen Säbel aus ihrer Brust. Er deutete auf die linke Hand des Toten. Sie umfasste einen langen Dolch. Ich verstand. Wenn ich den Hieb mit dem Schwert unterlaufen hätte, wäre ich unweigerlich in das Messer gerannt. Ob mir meine Fähigkeit geholfen hätte?

Jetzt erkannte ich auch, was der seltsame Schatten gewesen war:
Ein Mensch, der einen anderen über der Schulter trug - Crusan mit der Frau! Sollte er seine Ansicht geändert haben?
Wir standen einen Moment lang zwischen Hunderten von Toten im beißenden Rauch und sahen uns an. Der Kampfeslärm ertönte rings umher, schien aber ein Stück entfernt. Ich hatte den Eindruck, als befänden wir uns im Auge des Orkans.
„Die letzten Souvaner haben sich in den Mannschaftsbaracken verschanzt", meinte Crusan lakonisch, „es sind nicht mehr viele."
„Willst du die auch anzünden?", gab ich sarkastisch zurück.

Er grinste: „Nein! Das tun die Lyshiten selbst!"
„Los jetzt!", drängte der Jjarde. „Wenn wir noch hier herauskommen wollen, dann dürfen wir keine Zeit mehr verlieren."
Er hatte natürlich recht, wartete unsere Zustimmung gar nicht erst ab und stürmte los, in Richtung der nördlichen Palisade.
Crusan folgte ihm trotz der Last auf seinen Schultern mit erstaunlicher Leichtigkeit, sodass ich Mühe hatte, mit meinen beiden Freunden mitzuhalten. Freunde?
Trotz des anstrengenden Laufs und des Rauchs, der bei jedem Atemzug stechend in meine Lungen drang, musste ich Crusan keuchend und hustend fragen: „Warum hilfst du jetzt der Frau? Das verstehe ich nun wirklich nicht!"
Ohne sein Tempo zu verlangsamen rief er zurück:
„Du wärst ohne den Jjarden nicht mitgekommen, und er nicht ohne sie, oder?"
Na, das hätte ich mir ja denken können.

6.
Die Kämpfe tobten jetzt heftig um die Mannschaftsbaracken, so dass wir von keinen Feinden mehr behelligt wurden. Man konnte auch kaum die Hand vor Augen sehen, so dicht war der Rauch. Rauch? Nein, das war Nebel, wirklicher Nebel.
Mir fiel auf, dass ich seit kurzer Zeit wieder frei atmen konnte, ohne Stechen in den Lungen. Was hatte das zu bedeuten? Hatte das ebenfalls Crusan fertig gebracht? Ich machte mir weiter keine Gedanken darüber und folgte der Silhouette des Riesen, so schnell ich konnte.
Nach wenigen Minuten gelangten wir an der nördlichen Palisade an und verschnauften erst einmal. Crusan setzte die Frau ab und deutete nach rechts: „In diese Richtung, dort ist die ganze Brustwehr schon abgebrannt. Dann müssen wir nur noch über die untere Mauer steigen. Aber dort wird gekämpft!"

Der Jjarde keuchte. „Sind wir im Wald in Sicherheit?"
Crusan nickte. „Ja. Der Nebel wird noch eine Weile anhalten, und dann sind wir tief im Unterholz. Die Lyshiten werden uns sowieso nicht gleich folgen können, sie werden erst ihre Armee zum Marsch auf Mattincourt neu formieren."
„Sie wollen Mattincourt angreifen?"
„Natürlich! Hast du gedacht, sie kommen mit einer riesigen Armee aus der Wüste, nur um dieses Fort am Ende der Welt einzunehmen?"
Der Jjarde schaute betreten in die Runde. „Und Mattincourt wird im Augenblick von Blair de Martin beherrscht, einem Wahnsinnigen."
„Richtig!", lachte Crusan grimmig. „Das war offenbar der Plan!" Er deutete auf die Frau. Sie war bei Bewusstsein und betrachtete uns aufmerksam, schien aber noch zu schwach zum Laufen. Dann wandte er sich an mich:
„Daniel, wenn du sie mitnehmen willst, wirst du sie tragen müssen!"
Ich verstand und nickte wortlos. Wenn wir uns den Weg aus dem Fort freikämpfen wollten, mussten Crusan und Laq frei beweglich sein, um mich und Vanessa decken zu können. Ich ging in die Knie und warf sie mir über die linke Schulter; sie war leichter, als ich gedacht hatte. Trotzdem konnte ich mit dieser Last mit dem Degen nichts mehr anfangen, also steckte ich ihn in die Scheide und nahm wenigstens meinen Dolch in die Rechte.
Dann gingen wir dem Kampfeslärm entgegen. Laq ging links neben mir und Crusan rechts. Der Jjarde sah kurz missbilligend zu mir herüber, als ich leise kicherte. Aber ich konnte nicht anders: Ich musste an Westernfilme denken.

.

Die Schreie und das Klirren der Waffen vor uns wurden lauter, und ich hatte öfters über leblose Körper am Boden hinwegzusteigen.

Überall im Sand konnte man große Blutlachen sehen. Die ersten kämpfenden Schemen tauchten aus dem Nebel auf. Ich konnte nicht auseinanderhalten, wer hier Freund oder Feind war, so dicht war das Getümmel. Crusan nickte mir zu und ich packte die Frau auf meiner Schulter fester. Dann stürmte der Riese los.
Wenn ich jemals einen Menschen wüten gesehen habe, so Crusan von Gatarr in diesem Moment. Er erinnerte mich an kindliche Vorstellungen von Helden aus griechischen oder mittelalterlichen Sagen - ein Berserker, der sich ohne Rücksicht auf das eigene Leben durch eine Masse von Feinden schlägt.
Mit gewaltigen Hieben seines Langschwerts mähte er links und rechts Männer nieder, wobei er nicht darauf zu achten schien, ob er Souvaner oder Lyshiten erschlug. Ich kannte ihn inzwischen - es war ihm egal, wer im Weg stand, er schlug zu. Seine Klinge hieb sich eine blutige Bahn durch Rüstungen, Fleisch und Knochen und schuf eine schmale Gasse, durch die ich folgte. Der Jjarde blieb hinter mir, um mir den Rücken zu decken und tauchte nur ab und zu links oder rechts von mir auf, um einen Schlag abzuwehren.
Ein Hieb mit einer Axt ging haarscharf an meinem rechten Arm vorbei, gleich darauf zuckte Selengard hinter mir hervor und trennte den Kopf des Angreifers von seinen Schultern. Ich dankte, wem auch immer, für die Schnelligkeit des Jjarden.
Ständig stolperte ich über Leichen, Mauertrümmer und verkohlte Holzbalken, aber wie durch ein Wunder fiel ich nicht. Ein sterbender Souvaner mit einer klaffenden Unterleibswunde torkelte mir in den Weg. Er hielt sich beide Hände vor den Bauch und versuchte, seine herausquellenden Gedärme zurückzuhalten. Ich stieß ihn mit der Rechten einfach zu Boden und stapfte weiter.

Das Getümmel wurde dichter, ich war an der niedrigen Mauer angelangt. Um mich herum wurde gestoßen, geschoben, geschlagen und getreten. Einzig der mächtige Rücken Crusans vor mir schien ein fester Punkt in diesem Inferno. Aber auch er war jetzt zum Stehen gekommen, die Erschlagenen lagen in mehreren Schichten übereinander vor den rauchenden Überresten einer Treppe, die wahrscheinlich einmal auf einen Wehrgang hinaufgeführt hatte. Von der Palisade existierten an dieser Stelle nur noch verkohlte Trümmer.
Crusan nahm seine Waffe in beide Hände und hieb und stach ohne Unterlass in die wogende Menge hinein. Seine blutverschmierte Klinge trennte Köpfe von Körpern, durchschlug selbst schwere Rüstungen, tötete und verstümmelte. Er selbst war von oben bis unten mit Blut bespritzt, als ob er darin gebadet hätte. Ich lehnte mich kurz zum Luftholen an einen Pfosten und schaute mich nach Laq um: Der kleine Jjarde sah auch nicht besser aus. Nach wie vor webte seine schnelle Klinge ein Netz aus Stahl um mich und die Frau. Das allgegenwärtige Schreien der Verwundeten und Sterbenden steigerte sich in meinen Ohren zu einer dissonanten Sinfonie des Todes - so empfand ich es in diesem Moment.
Crusan hatte sich jetzt bis zu der Treppe durchgekämpft und stürmte in gewaltigen Sätzen die wenigen Stufen bis zum Mauerabsatz hinauf. Auch dort wogte der Kampf hin und her. Laq nickte mir zu und ich begann den Aufstieg. Mit der Last auf meiner Schulter war dies nicht einfach, zumal ich ständig über irgendwelche Hindernisse hinwegsteigen musste. Der Jjarde hatte sich am Fuß der Treppe postiert und wehrte verzweifelt mehrere nachdrängende Lyshiten ab. Ich befürchtete, dass seine Kräfte bald erlahmen würden, aber mit meinen war es auch nicht mehr zum Besten bestellt. Die Reste der Palisade brannten an manchen Stellen noch, und der inzwischen aufgekommene Wind trieb mir den Rauch in

die Augen, so dass ich hustend und halb blind die Stufen mehr hinaufstolperte als stieg.

Nach wenigen Augenblicken, die mir aber wie eine Ewigkeit erschienen, hatte ich den Absatz erreicht und sah mich kurz um. Links von mir drohte keine Gefahr, dort lagen nur Hunderte von Toten in ihrem Blut zwischen Mauersteinen und glimmenden Balken; viele waren bis zur Unkenntlichkeit verbrannt. Über der ganzen bizarren Szenerie lastete der ekelerregende Geruch von Blut und verschmortem Fleisch.

Rechts tobte der Kampf noch in voller Heftigkeit. Mehrere souvanische Soldaten hatten sich Crusan angeschlossen und versuchten, eine Abteilung Lyshiten zurückzudrängen, die auf der Mauer Fuß gefasst hatten. Vor mir sah ich nur Nebel und verschwommen die Umrisse des Waldes. Die Ostländer würden der Übermacht der Angreifer nicht mehr lange standhalten können, das war sicher. Ich hatte keine Zeit zum langen Überlegen, darum stellte ich die Frau auf die Füße und schüttelte sie an den Schultern:

„Du musst springen, verstehst du?"

Sie nickte, zögerte aber, also gab ich ihr einen Stoß, dass sie auf der anderen Seite der Mauer in den Nebel stürzte. Es konnten nur zwei oder drei Meter sein; wenn sie sich etwas brach, war es immer noch besser, als zu sterben.

Ich zog Melissa, steckte das Messer ein und schrie zu den Kämpfenden, von denen nur noch ein halbes Dutzend übrig war, hinüber:

„Crusan! Die Frau ist drüben! Ich hole Laq heraus!"

„Nein!", brüllte er zurück. „Warte! Ich komme!" Er gab einem Lyshiten einen Fußtritt, dass dieser schreiend von der Mauer stürzte und unten funkensprühend in den brennenden Überresten einer Holzhütte aufschlug. Dann stieß er einen Souvaner zur Seite und rannte herüber. Auf halber Höhe der Treppe hatte er mich eingeholt.

„Bleib zurück!", schrie er. „Das mache ich!"

Es wurde höchste Zeit. Laq wurde von seinen Gegnern so hart bedrängt, dass er ständig abwehren musste und uns nicht folgen konnte. Er stand breitbeinig, aus vielen kleinen Wunden blutend, über mehreren Toten und teilte unablässig Hieb um Hieb aus. Seine Stellung wurde immer gefährlicher, da er wegen des beengten Raumes seine Beweglichkeit nicht voll ausspielen konnte.

Einer der Lyshiten hatte die Masse der Kämpfenden umgangen und versuchte, hinter die Treppe zu gelangen, um von dort aus zwischen den Stufen durchzustechen, aber Crusan trat ihm von oben mit seinem schweren Stiefel mitten ins Gesicht. Der Mann taumelte mit gebrochenem Nasenbein und zersplittertem Unterkiefer zurück - wenn er überlebte, würde er bei lyshitischen Frauen sicher nicht mehr sehr viel Erfolg haben.

Crusan hob eine der Leichen hoch und warf sie dicht über Laqs Kopf hinweg mitten in die Feinde hinein, die unter dem Aufprall zurücktaumelten. Dann schrie er laut:

„Jjarde! Crusan hinter dir! Ich ziehe dich hoch!"

Er packte Laq einfach am Kragen seiner ledernen Jacke und schleifte ihn unglaublich schnell rückwärts über die Stufen hinauf. Dieser hatte begriffen und wehrte sich nicht. Ich lief voraus und in wenigen Momenten erreichten wir den Mauerabsatz.

Crusan stellte den Jjarden auf die Beine und grinste mich an. Täuschte ich mich, oder war dieses Grinsen diesmal nicht böse? Die Lyshiten kamen jetzt die Treppe herauf, aber mir schien, etwas zögerlich. Sie schienen Respekt vor dem Riesen in seiner blutbesudelten silbernen Rüstung zu haben.

„Na springt schon!", drängte Crusan. In diesem Moment wurde er nach vorne geschleudert und die Spitze eines Speeres ragte aus seiner rechten Brust. Er griff wütend nach hinten und brach den Schaft ab. Dann sprang er als erster. Laq nickte mir zu und wir ließen uns ebenfalls in den Nebel hineinfallen.

Der Aufprall erfolgte fast sofort - es konnten höchstens drei Meter gewesen sein. Ich wollte mich eigentlich nach vorne abrollen, fiel aber schmerzhaft auf die Seite. Mit Laqs Hilfe rappelte ich mich stöhnend hoch und sah mich um. Trotz des dichten Nebels konnte ich ein paar Meter entfernt Crusan erkennen, er hatte sich die Frau über die Schulter geworfen und stapfte auf die ersten Bäume zu. Am Boden hinterließ er eine Spur von Blutstropfen. Wir folgten ihm und hatten nach wenigen Augenblicken den Wald erreicht. Ich sah noch einmal kurz zu dem gespenstischen Feuerschein des brennenden Forts im Nebel zurück. Noch immer ertönten Schreie, aber kein Kampflärm mehr. Wahrscheinlich schlachteten die Lyshiten die letzten überlebenden Souvaner ab. Ich wandte mich um und folgte den anderen, tiefer in den Wald hinein.

7.

Nach einer Weile stießen wir auf einen kleinen Trupp von ebenfalls geflohenen Soldaten. Der Nebel hatte sich verzogen und im Osten drangen die ersten Sonnenstrahlen durch das Laubdach des Waldes, sodass man einigermaßen sehen konnte.

Die etwa zwanzig Souvaner boten einen erbärmlichen Anblick: Keiner von ihnen war ohne Verletzung, viele trugen blutgetränkte Verbände, und ihre blassen Gesichter zeugten von den Erlebnissen der letzten Stunden.

Als sie bemerkten, dass ihnen jemand folgte, zogen sie ihre Waffen und nahmen eine kreisförmige Aufstellung ein, so als wollten sie irgendetwas schützen, aber angesichts des Jjarden ließen sie sie die Klingen erleichtert wieder sinken.

Nun konnte ich auch erkennen, was die Männer hatten verteidigen wollen: Vier von ihnen schleppten eine aus Ästen

provisorisch zusammengebaute Trage, auf der ein schwer verletzter Mensch lag - Lord Severin. Der alte Krieger war bereits vom nahenden Tod gezeichnet, sein Atem ging stoßweise und keuchend und seine Wangen waren eingefallen. In der Brust hatte er eine tiefe Wunde, vermutlich von einem Axthieb, der seine Rüstung durchschlagen hatte. Man hatte ihm diese nicht abnehmen können, da die scharfen Kanten des eingedrückten Metalls tief in seinem Fleisch steckten.
Als wir näher traten, setzten die Soldaten die Trage ab und gingen zur Seite. Laq beugte sich über den Sterbenden und legte ihm die Hand auf die Stirn. Dieser schlug die Augen auf und erkannte ihn. Ein dünner Blutfaden drang aus seinem Mund, und er flüsterte stockend:
„Versuche meinen Neffen zu retten - du bist sein Freund!"
Der Jjarde nickte nur und versuchte, Worte zu finden, aber Severin fuhr hustend fort: „Albert hatte recht! Zweitausend Jahre sind vergangen ... der Kampf beginnt. Ich ... ich habe ihm nicht geglaubt ... er hat es gewusst ... aber das ..." Er deutete mit zitternden Fingern auf Crusan und mich, lehnte sich keuchend zurück und schloss für einen Moment die Augen.
Ich sah zu Crusan hinüber. Er hatte Vanessa abgesetzt, sie kniete auf dem Boden und atmete tief durch, aber mir schien, dass ihr Blick irgendwie klarer geworden war. Was war eigentlich mit seiner Verletzung? Ich glaubte es nicht: In seiner Rüstung klaffte noch das Loch, das der Speer geschlagen hatte, aber er selbst blutete nicht mehr. Bevor ich mir über diese Tatsache noch Gedanken machen konnte, geschah etwas Seltsames:
Um mich herum schien die Zeit stillzustehen. Die ganze Szenerie erstarrte plötzlich in völliger Bewegungslosigkeit. Nicht einmal die Blätter an den Bäumen raschelten noch, jegliches Geräusch verstummte, so als ob jemand den Film angehalten hätte.

Aber ich konnte mich bewegen, und noch jemand - Crusan! Er sah zu mir herüber und verzog das Gesicht. In diesem Augenblick erschien direkt vor meinen Augen eine Gestalt aus dem Nichts:
Es schien eine Figur aus einem Fabelbuch zu sein, eine Art Robin Hood, wie ihn sich Kinder vorstellen - eine schlanke Gestalt, ganz in Grün gekleidet, mit einem scharf geschnittenen Gesicht, das durch ein dünnes Oberlippenbärtchen eine leichte Ähnlichkeit mit Errol Flynn hatte. (Vergessen Sie bitte nicht, ich verwende Vergleiche aus meiner Vergangenheit!) Das Wesen kniete neben der Bahre Lord Severins nieder und umfasste seine linke Hand. Mit traurigem Gesichtsausdruck wandte es sich Crusan zu und sagte:
„Mit dem Verlust meiner letzten Karte kann ich diesem Spiel nur noch von außen folgen. Ich habe Euch nicht vertraut, Mylord, aber ich hoffe, Ihr werdet mir diesen Fehler verzeihen. Ich kann Euch nicht gerade ermutigen - einzig Braun ist noch frei."
Crusan deutete zu mir und meinte: „Und er?"
Das grüne Wesen sah irritiert zu mir und fragte dann: „Versteht er alles?"
„Nicht alles - aber zuviel!"
Ob es klug war oder nicht, ich sah den Moment gekommen, um mich einzumischen. „Ihr seid Arboreysth, nicht wahr? Erklärt mir eines - die Regeln des Spiels!"
Die grüne Gestalt sah mir tief in die Augen und schüttelte dann den Kopf: „Das ergibt keinen Sinn! Irgendjemand betrügt hier bei diesem Spiel. Das ist nicht fair, obwohl ..." Das seltsame Wesen überlegte kurz, nahm meine und Crusans Hand und legte sie ineinander.
„Wenn der eine betrügt, warum der andere nicht auch! Ich bin von nun an machtlos und ihr beiden seid die Hoffnung einer ganzen Welt. Ich verstehe nicht warum - aber folgt der Straße der Alten Götter! Bitte, tut es!"

Das Wesen verschwand, und um uns herum schien die Zeit wieder normal abzulaufen. Laq drehte sich zu mir um und fragte niedergeschlagen:
„Lord Severin ist tot! Was sollen wir jetzt tun?"
Crusan sah nachdenklich in die Ferne, also antwortete ich:
„Wir holen deinen Freund Jocelin dort heraus!"

KAPITEL ACHT:
DUNKELHEIT, NEBEL UND BLUT

Hier erfahren wir nun, wie es unserem anderen Helden Jocelin inzwischen ergangen ist, was er für Anstrengungen unternimmt, um seinem Bruder das Leben schwer zu machen, und wie er sich aus Leichtsinn in ein gefährliches Abenteuer stürzt, das seiner äußeren Erscheinung recht abträglich ist.

1.
Jocelin rannte vor nervöser Ungeduld in der kleinen Kammer auf und ab, als endlich das vertraute Knirschen der geheimen Tür ertönte und Ybkallis eintrat. Der Narr trug wie immer eine äußerst selbstzufriedene Miene zur Schau und grinste über das ganze Gesicht. Jocelin wusste genau, was jetzt kommen würde - irgend ein zwanghaft gereimtes Verschen des sogenannten Hofnarren, der als Dieb und Schmuggler sicherlich über ein wesentlich größeres Talent verfügte denn als Poet und Verseschmied. Und er sah sich nicht getäuscht:
„Es ist der ganze Kampf verleidet - weiß keiner mehr, für wen er streitet!", intonierte dieser und deutete dabei eine kleine Verbeugung an.
Der Souvaner seufzte vernehmlich und fragte dann:
„Sag schon, was hast du erfahren?"
„Nun, Mylord, es scheint, als ob Ihr Euch eine andere Taktik einfallen lassen müsst. Euer ..." Er räusperte sich und fuhr fort: „Euer über alles geschätzter Bruder hat das Spiel durchschaut und trägt jetzt jeden Tag andere Kleidung, was nach einem bestimmten Schema erfolgt. Es dürfte mit zu großem Aufwand verbunden sein, Euch ebenso auszustatten. Aber ansonsten könnt Ihr zufrieden sein - wir haben jedenfalls beträchtliche Verwirrung gestiftet, die Stadtbevölkerung hat et-

was Ruhe vor den Soldaten gehabt, und von diesen traut keiner mehr dem anderen. Das ist doch zumindest etwas! Wie ich immer sage ..."
„Nein!" unterbrach ihn Jocelin. „Tu mir einen Gefallen und verschone mich jetzt mit deinen Reimen!"
Er ließ sich auf das Bett fallen und seufzte nochmals. „Der Plan erschien mir anfangs ganz gut, aber wenn ich jetzt so überlege - nichts als Kinderei! Ich wünschte, Laq wäre hier, der war immer derjenige, der mich von so manchem Fehler abgehalten hat."
Er schloss die Augen und überdachte die letzten Tage noch einmal.

Jocelins Plan war einfach, aber am Anfang recht wirkungsvoll gewesen: Er hatte sich einfach als Blair ausgegeben. Niemand konnte die Zwillinge, die doch so verschieden waren, auseinanderhalten, und die Kratzer und Schrammen in seinem Gesicht hatte er mit Schminke aus den Requisiten des Hofnarren verdeckt. So gelang es ihm, gleich nachdem seine Flucht entdeckt worden war und die ganze Burg sowieso einem Ameisenhaufen glich, in den jemand hineingetreten hatte, die Verwirrung noch zu vergrößern: Von Ybkallis geleitet, gelangte er durch einen der vielen Geheimgänge in die Unterkunft einer Abteilung Soldaten und erteilte dort den Befehl, sofort alle Mägde und Diener festzunehmen, da sie im Verdacht stünden, Jocelin de Martin zur Flucht verholfen zu haben. Weiterhin befahl er (wobei es ihm gelang, sogar Blairs Zetern und die sich überschlagende Stimme täuschend echt nachzuahmen), alle zusammen in einem bestimmten Kellergewölbe einzusperren, bis die Angelegenheit untersucht würde. Von diesem Gewölbe aus führte ein Geheimgang in die Stadt, durch den der Hofnarr die Bediensteten wenig später entkommen ließ.

Blair schäumte vor Wut und ließ den Offizier der Soldaten sofort enthaupten, ohne auf dessen Beteuerungen zu hören, dass dieser Befehl von ihm selbst gekommen wäre. Jocelin und Ybkallis lachten später herzlich über diesen Streich und bedauerten nur, nicht dabei gewesen zu sein, als Blair das spurlose Verschwinden seines Bruders bemerkte - jedenfalls fand die großspurig angekündigte Krönung erst einmal nicht statt.

.

Einen Tag später trat Jocelin wiederum als Blair auf und befahl, den Obersten Aghanez sofort wegen Hochverrats hinrichten zu lassen. Dieser wurde auch prompt ergriffen und verdankte sein Leben nur dem Umstand, dass der richtige Blair im falschen Moment plötzlich auftauchte.
Von da an durchschaute jener das Spiel und sann nach Möglichkeiten, seinen Bruder bei einer seiner Vorstellungen zu erwischen. Das Hauptproblem war natürlich, sich selbst eindeutig auszuweisen. An den nächsten beiden Tagen trug er deshalb zur Kennung farbige Tuchstreifen am rechten Oberarm.
Diesen Plan machte Ybkallis zunichte, der ihn ständig beobachtete und Jocelin jeweils die entsprechenden Stoffstreifen besorgte. Die Verwirrung in der Burg wurde noch größer, als der Prinz seinem Bruder sogar einmal zuvorkam, vor einem Zug Soldaten eine flammende Rede hielt, und zusätzlich für diesen Tag noch eine Parole ausgab, die sich Ybkallis, der Meister des Knüttelverses, ausgedacht hatte:
„Freund und Feind ..." - „ ... im Tod vereint!"
Der auf diese Art Angesprochene musste mit dem zweiten Teil antworten, was natürlich bei den meisten völliges Unverständnis hervorrief. Die Doppeldeutigkeit des Reims fiel natürlich sowieso niemandem auf. Einige Male entbrannten sogar Gefechte zwischen kleineren Abteilungen, von denen

die einen die Parole kannten und die anderen nicht; es gab die ersten Toten.
Beinahe wäre Jocelins Plan von Erfolg gekrönt gewesen, als drei rangniedrigere Offiziere Blair selbst die Parole abverlangten, als sich dieser zum Frühmahl begab. Man kann sich dessen Verblüffung vorstellen, aufgefordert zu werden, einen dummen Vers zu ergänzen.
Zu seinem Glück hatte er eine große Leibwache in seinem Gefolge und seinen Adjutanten Aghanez, der klarstellte, dass es sich hier um den richtigen Blair handelte. Insgeheim war sich Aghanez da auch nicht so sicher, aber dieser hier befahl wenigstens nicht, ihm den Kopf abzuschlagen. Jocelins Taktik hatte also wenigstens insofern Erfolg, dass alle Truppen zutiefst verunsichert wurden.

.

Hierauf setzte sich Blair mit allen seinen höheren Offizieren zusammen und arbeitete ein detailliertes System aus, welche Kleidungsstücke er an welchen Tagen tragen würde. Dabei ging er von der richtigen Annahme aus, dass es seinem Gegenspieler unmöglich sein würde, sich jeweils eine vollständige Garderobe zu beschaffen.
Der Narr, der diese Zusammenkunft belauschte, musste sich wider Willen eingestehen, dass er damit recht hatte. Damit war Jocelins Verwirrungstaktik letztendlich gescheitert.

2.
„Aber eine gute Nachricht habe ich natürlich doch für Euch, Mylord", fuhr Ybkallis, dessen Optimismus ungebrochen schien, fort. „Und ich wage zu behaupten, dass sich Eure trübe Laune sogleich um ein beträchtliches verbessern wird, denn ..."
„Nein! Bitte keinen Vers!", fiel ihm der Souvaner wiederum ins Wort. „Ich sitze hier in diesem Kellerloch und warte auf

Neuigkeiten und du ... Wenn ich nicht bald etwas unternehmen kann, dann fange ich wahrscheinlich langsam selbst das Reimen ..."
Er unterbrach sich und sah seinem Gegenüber verblüfft ins Gesicht. Dieser schnitt eine Grimasse und ergänzte: „ ... an!" Dann lachte er schallend. Jocelin konnte nicht anders, er fiel in das Gelächter ein.
Als er wieder zu Atem gekommen war, forderte er den Narren auf, seine Geschichte zu beenden. Dieser warf sich in die Brust und fuhr fort:
„Ich konnte außerdem noch ein Gespräch zwischen zwei Offizieren belauschen. Sie unterhielten sich beim Essen in einer der Küchen und haben nicht bemerkt, dass ich im Kamin versteckt war. Zum Glück ist keiner auf die Idee gekommen, ein Feuer zu entzünden, das hätte mich unter Umständen in leichte Schwierigkeiten gebracht ..."
„ ... die du mit deinen vielfältigen Talenten sicherlich auch gemeistert hättest", ergänzte Jocelin und grinste. „In einer Küche im Kamin! Bei solchen Unternehmungen entstehen wohl deine zündenden Ideen?"
Der andere heuchelte Verblüffung. „Nanu, Mylord, trügt mich mein Gehör? Mir dünkt gar, Ihr versucht Euch in Wortspielen und der feinen Kunst der Ironie?"
„Natürlich!", gab der Souvaner zurück. „Und ich habe mich von meinem Bruder nur deswegen ins Verlies werfen lassen, um dich kennenzulernen - den allgemein anerkannten Großmeister des geistreichen Scherzes. Würdest du jetzt bitte fortfahren?"
„Wie Ihr befehlt! Die beiden Offiziere also schienen etwas besorgt über eine gewisse Entwicklung der Dinge in der Stadt."
„In der Stadt?"
„Ihr sagt es - ich selbst hätte es nicht besser ausdrücken können, Mylord! Nun, es scheint, als wären nicht alle Truppen

auf der Seite Eures Bruders. Viele Soldaten, vor allem diejenigen, die aus Mattincourt stammen, sind mit der Gewaltherrschaft Blairs durchaus nicht einverstanden und zeigen langsam Unmut. Die ersten sind schon desertiert. Und ..." er machte eine bedeutungsvolle Pause, „ ... man munkelt, es gäbe eine geheime Widerstandsbewegung unter Führung der Obersten Runeel und Lavian."

„Runeel und Lavian!" Jocelin war aufgesprungen. „Die Stadtwache, natürlich! Lavian ist der Halbbruder von Oberst Cornelius - er muss Blair hassen."

„In der Tat!" bestätigte Ybkallis. „Nach der Machtübernahme, als die Stadtwache neue Befehlshaber erhielt, waren die beiden plötzlich verschwunden. Man vermutete zuerst, dass sie bei den Kämpfen getötet worden seien, da sie als dem alten Grafen treu ergeben galten, aber man fand ihre Leichen nirgends. Und nun stellen die neuen Kommandeure fest, dass immer mehr Soldaten ebenfalls verschwinden."

„Und weißt du, wo sie sich aufhalten?"

Der Narr grinste breit. „Bescheid zu wissen, ist eines der Grundprinzipien meines ... ähm ... Gewerbes, Mylord. Ohne allzu unbescheiden wirken zu wollen, möchte ich doch nicht versäumen, hervorzuheben, dass ..."

„Jetzt rede doch nicht so verdammt geschwollen!", fuhr ihm Jocelin, in dem langsam ein gewisser Verdacht keimte, abermals in die Parade. „Du warst es, stimmt's? Du hast ihnen ein Versteck gezeigt!"

„So ist es! Unter den Stadtmauern existiert genau wie hier ein weit verzweigtes System von Tunneln und Kanälen, allerdings stehen die meisten seit dem Bau des Kanals unter Wasser. Ich habe die beiden Offiziere dort in Sicherheit gebracht, ich wusste bis jetzt nur nicht, dass sie eine Truppe zusammenstellen."

Der Souvaner lächelte. „Und wenn du mir jetzt sagst, dass du einen Verbindungsweg zwischen hier und dort kennst, dann hast du ein Versehen gut!"
Ybkallis tat einen Moment beleidigt, dann lachte er wieder, schürzte die Lippen und sagte nur: „Ja."
„Und der obligatorische Reim?"
„Nun, Mylord, Ihr sagtet nur, dass ich einen Vers gut hätte, nicht, dass ich ihn jetzt zum Vortrage bringen müsste. Also betrachte ich diesen als meine Reserve für ausweglose Notfälle - wenn Ihr gestattet natürlich!"
Mit einem säuerlichen Lächeln stimmte Jocelin zu, aber innerlich lachte er. Wenn ihm jetzt nur ein passender Reim eingefallen wäre!

3.
Ybkallis war wieder verschwunden, um etwas zu essen zu beschaffen. Er konnte sich ziemlich ungehindert im ganzen Palast bewegen, niemand schien ihn zu verdächtigen, ein Helfer Jocelins zu sein, und Blair selbst hatte noch nicht nach Unterhaltung verlangt. Der Narr meinte, bei dieser Gelegenheit vielleicht Verbindung mit den Widerstandskämpfern aufnehmen zu können. Jocelin hatte ihm viel Glück gewünscht, er erhoffte sich nichts sehnlicher, als an der Spitze von ergebenen Truppen den offenen Kampf aufzunehmen und dann seinem Bruder endlich mit der Waffe in der Hand gegenüberzustehen.
.
Der Souvaner saß am Tisch in der kleinen Kammer, trank ein Glas Wein und langweilte sich. Er verfluchte die Umstände, die ihn momentan zur Untätigkeit verdammten, aber er musste sich selbst eingestehen, dass es klüger war, erst einmal im Versteck zu bleiben. Bis der Narr über sichere Informationen

verfügte, was die Stärke und den Aufenthaltsort der Gegner Blairs betraf, konnte er nur abwarten. Wirklich?
Er überlegte. Nun, eine Möglichkeit, etwas zu unternehmen, gab es natürlich noch - der geheime Gang nach draußen, der bis zu dem Wasserfall des Schleienbachs führen sollte. Der Weg sollte nicht ganz ungefährlich sein, hatte der Narr angedeutet.
Was mochte er damit gemeint haben? Glitschige Stufen, Mauern, die einstürzen konnten, Felsspalten, Wassereinbrüche?
Jocelin war ein ungeduldiger und vor allem ein neugieriger und draufgängerischer Mensch. Der Gedanke, was es in diesem Gang zu entdecken gäbe, ließ ihn nicht mehr los. Und wie es solche Menschen gerne tun, redete er sich langsam selbst ein, dass es ja wohl nur von Vorteil sein könnte, wenn er die Gefahren des Fluchtweges kennen würde, es wäre ja möglich, dass man ihn benutzen musste, und eine bekannte Gefahr ist nur noch halb so groß, oder?
An diesem Punkt seiner Überlegungen war die Erkundung des Unbekannten eigentlich schon beschlossene Sache. Er dachte noch einmal kurz nach:
Es würde eine ganze Weile dauern, bis der Narr mit Nachrichten zurückkehrte, bis dahin würde er sicher auch schon wieder hier sein. Und wenn nicht? Nun, angesichts des auf die Seite gerückten Schranks würde sich Ybkallis schon denken können, wo er war.
Der Souvaner gestand sich insgeheim ein, dass es ihn eigentlich nur ärgerte, dass sein kleiner Helfer zurzeit die ganze Initiative innehatte, aber er verdrängte den Gedanken sogleich wieder. Es war ja schließlich nur vernünftig, was er vorhatte, das würde selbst Laq zugeben müssen. Laq!
Was mochte inzwischen aus dem Jjarden geworden sein? Ob er überhaupt noch lebte? Wahrscheinlich schon, er war äußerst umsichtig und wusste sich in jeder Situation zu helfen.

Trotzdem fühlte Jocelin eine gewisse Besorgnis. Als die Kämpfe begannen, war sein Freund gerade auf der Suche nach diesem mysteriösen Fremden gewesen - überhaupt hatte damit diese ganze verworrene Geschichte begonnen. Ob er ihn gefunden hatte? Der Souvaner wünschte, Laq wäre jetzt hier.

Das flackernde Licht der Fackel zeigte eine schmale steile Treppe, die nach unten führte. Schon auf den ersten Stufen fühlte Jocelin den kalten Lufthauch, der ihm entgegenschlug. Aber nicht nur Kälte, auch noch irgendetwas anderes lag in dieser Luft, nur konnte er es nicht sofort einordnen, es war nur die Ahnung eines Geruchs.
Er stieg die Treppe langsam weiter hinab und achtete sorgfältig darauf, wohin er trat. Die Felswände links und rechts waren nur etwa einen Meter auseinander und erzeugten lediglich einen kurzen Hall seiner Schritte. Der Souvaner drehte sich noch einmal herum und sah zu dem matten Lichtschimmer am oberen Ende des Ganges zurück, dann zog er seine Jacke enger zu und setzte den Abstieg fort.
Der Schein der Fackel erzeugte tanzende Schatten, die um ihn herumwirbelten, so als ob er von schwarzen Schemen umkreist würde. Jocelin besaß gute Nerven, aber jetzt schauderte ihn doch ein wenig, vor allem, weil ...Genau! Nun wusste er, an was ihn der schwache Geruch erinnerte: Fäulnis! Irgendwo in diesen dunklen Tiefen gab es etwas, das nach Verwesung roch. Ob hier Leichen lagen? Oder hatten aasfressende Tiere ihre Beute von draußen hereingeschleppt? Und wenn es hier Tiere gab ...
Er wechselte die Fackel in die Linke und zog sein Schwert.
Nachdem er etwa hundert Meter in die Tiefe gestiegen war, endete die Treppe und der Gang mündete in eine große Höhle. Jocelin hielt die Fackel in die Höhe und spähte angestrengt in die Dunkelheit. Er konnte aber lediglich die

Felswände zur Linken und zur Rechten ausmachen und ein Stück von der Decke des riesigen Gewölbes.

Es musste sich um eine natürliche Höhle handeln, denn von oben hingen Hunderte von Stalaktiten bis fast auf den Boden herab. An manchen Stellen hatten sie sich mit den ihnen entgegen wachsenden Stalagmiten vereinigt und erweckten so den Eindruck, als hätte ein verrückter Baumeister missgestaltete Säulen willkürlich im Raum verteilt.

Jocelin schritt langsam durch diese bizarre Szenerie und erschrak, als ein Wassertropfen auf seinen Kopf fiel. Das Scharren seiner Füße rief jetzt ein vielfaches langes Echo hervor, das den unheimlichen Eindruck noch verstärkte. Von allen Seiten erklang ein leises aber stetiges Tröpfeln und Plätschern.

Der Souvaner schnüffelte und stellte fest, dass der Fäulnisgeruch stärker geworden war. Vor seinem inneren Auge huschten Impressionen von Gebeinhäusern und Friedhöfen vorbei.

Nach wenigen Minuten, die ihm aber wie eine Ewigkeit erschienen, erreichte er den Rand eines kleinen Sees, der still und unbewegt in der Dunkelheit ruhte. Lediglich der Fackelschein zauberte einige Lichtreflexe auf die unbewegte Oberfläche und ließ sie wie eine polierte Platte aus schwarzem Metall erscheinen.

Jocelin leuchtete nach beiden Seiten, aber soweit er erkennen konnte, schien sich der See quer über die ganze Breite der Höhle zu erstrecken. Etwa hundert Meter rechts von ihm führte eine steinerne Brücke über das dunkle Wasser. Er wandte sich in diese Richtung und stand nach kurzer Zeit vor zwei verzierten Säulen, die den Aufstieg zu der Brücke markierten. Interessiert betrachtete der Souvaner die Motive auf dem behauenen Stein, es handelte sich durchwegs um Fabelwesen aus alten Heldensagen - Kobolde, Hexen, Drachen

und Riesen. Der unbekannte Künstler musste über eine lebhafte Phantasie verfügt haben.
Bei diesem Gedanken drehte sich Jocelin noch einmal herum und spähte in die Dunkelheit hinter sich, aber das Licht der Fackel genügte nicht, um ihn den Fuß der Treppe zu Ybkallis' Kammer erkennen zu lassen. Zum Glück hatte er sich ungefähr die Richtung gemerkt, dort bei den beiden riesigen Stalaktiten musste es sein, oder?
Langsam beschlich den Souvaner ein leichtes Unbehagen, und das undurchdringliche Schwarz jenseits des flackernden Fackelscheins erschien ihm nun als Bedrohung.
Jocelin schüttelte den Kopf über sich selbst und tat die langsam in ihm hoch kriechende Beunruhigung als Hirngespinst ab. Was war denn hier gefährlich? Eine Höhle, ein unterirdischer See, über den eine Brücke führte, nun, das sieht man nicht alle Tage, aber das war kein Grund, Furcht zu fühlen. Schließlich war er ja kein Kind mehr!
Er fasste sein Schwert fester und betrat den steinernen Steg. Die Brücke war höchstens eineinhalb Meter breit und hatte kein Geländer. Unzweifelhaft war sie jedoch künstlichen Ursprungs, wie die behauenen und ineinander gefügten Steine bezeugten. Nach wenigen Schritten, die hier noch stärker hallten, hatte Jocelin einen höheren Standpunkt erlangt und konnte das jenseitige Ende erkennen. Der steinerne Steg hatte eine Länge von vielleicht fünfzig Metern und überspannte den schwarzen See in einem flachen Bogen in ungefähr zwei Metern Höhe. Auf der anderen Seite waren ebenfalls zwei Säulen zu sehen.
Der Souvaner schritt langsam weiter, bis er glaubte, die Mitte erreicht zu haben. Dort blieb er stehen und leuchtete nach unten.
Aus der unergründlichen Tiefe sah ihm nur sein eigenes Spiegelbild entgegen, das durch die leichte Wellenbewegung auf und ab wanderte und zu grotesken Grimassen zerfloss.

Als er näher hinsah, stellte er fest, dass ein feiner Nebel über der Wasseroberfläche lag. Nein, er lag nicht, er bildete sich! An manchen Stellen stiegen dünne Dunstwölkchen auf. Jocelin verzog das Gesicht, weil der faulige Gestank plötzlich viel intensiver geworden war.
Der Nebel! Was hier so nach Verwesung roch, das war dieser Nebel, der aus dem Wasser aufstieg. Der Souvaner hustete und sein Magen zog sich einmal krampfartig zusammen. Ohne Zweifel existierten hier unter dem See schwefelhaltige Quellen oder irgendwo trat Gas aus dem Erdinneren hervor.
Jocelin beschloss, die Erkundung nicht weiter fortzusetzen, sondern umzukehren. Der stinkende Dunst hatte inzwischen den Rand der Brücke erreicht und umfloss in weißlichen Schlieren seine Füße. Wenn der Nebel noch höher stieg, dann würde er den Weg zurück nicht mehr sehen können. Ein weiterer würgender Hustenreiz mahnte ihn, dass dieses Gas vielleicht giftig sein könnte.
Er setzte vorsichtig einen Fuß vor den anderen und tastete sich langsam auf die beiden Säulen zu, die ihm die Richtung zeigten.
Obwohl er sich aufs Äußerste auf den Weg konzentrierte, hatte Jocelin den vagen Eindruck, irgendetwas gesehen, aber nicht registriert zu haben, irgendetwas von großer Wichtigkeit.
Die weißen Schwaden umspielten jetzt bereits seine Knie, aber vor ihm lagen nur noch wenige Meter bis zum Ende der Brücke. Trotzdem bewegte er sich doppelt vorsichtig vorwärts, um nicht doch noch einen Fehltritt zu tun und in das sicher eiskalte Wasser zu stürzen. Zudem würde dabei seine Fackel verlöschen, und dann war er praktisch blind und würde in diesem Labyrinth aus Felsen und Tropfsteinen nie mehr den Rückweg finden.
Bei der Überlegung lief dem Souvaner nun doch ein eisiger Schauer über den Rücken. Warum musste auch ausgerechnet

jetzt dieser Nebel aus dem See aufsteigen! Wahrscheinlich strömte das Gas in periodischen Abständen aus, und er hatte das Pech gehabt, zum falschen Zeitpunkt die Steinbrücke überqueren zu wollen.
Seltsam, das Wasser hatte wirklich vollkommen still und ruhig ausgesehen, bis auf die leichte Wellenbewegung.
Wellen! Die Erkenntnis traf ihn wie ein Blitz.
Als er sein Spiegelbild betrachtete, hatte die Oberfläche sich bewegt. Ein unterirdisches stehendes Gewässer kann doch keine Wellen erzeugen!
Im selben Moment, als Jocelin die volle Tragweite dieser Überlegung begriff, schäumte links und rechts von ihm das Wasser auf. Ein rotes Glühen aus der Tiefe des Sees tauchte die Höhle in ein gespenstisch diffuses Licht, an einigen Stellen spritzten Fontänen in die Höhe. Dann tauchte direkt neben ihm ein meterlanger Tentakel aus dem brodelnden Wasser auf und peitschte mehrmals durch die Luft. Jocelin konnte sich gerade noch ducken, aber die Fackel wurde ihm aus der Hand geschlagen und verlöschte zischend in dem See. Er warf sich nach vorne, um einem weiteren Hieb zu entgehen, sah aber den Weg versperrt: Ein zweiter, dritter und noch mehr Fangarme wanden sich aus der Tiefe empor und tasteten vor ihm die schmale Brücke ab.

.

Es war ein Glück für den Souvaner, dass das rote Leuchten die Höhle noch genügend erhellte, so dass er nicht im Dunkeln kämpfte. Offenbar ging das Licht von den Augen des Ungeheuers aus, zwei glühenden Kugeln weit unter der Oberfläche, mit einem Durchmesser wie ein großer Rundschild, die langsam näher kamen.
Er schlug mit aller Kraft auf einen der kürzeren Fangarme ein, der sich vor ihm suchend hin und her bewegte, und hieb ihn glatt ab. Der Stumpf zuckte sofort zurück und verspritzte klebrige gelbe Flüssigkeit über seine Beine, während das ab-

getrennte Ende sich wie eine Schlange auf den Steinen krümmte und wand.

Jocelin stieß es ins Wasser und konnte um Haaresbreite dem langen Tentakel ausweichen, der tastend am Rand der Brücke entlang strich und sich hinter ihm um diese herumringelte. Die roten Augen näherten sich ihm jetzt rascher, anscheinend zog sich das Wesen selbst hoch.

Verzweifelt führte der Souvaner einen weiteren Hieb gegen den nächsten Fangarm, der ihm die Flucht versperrte, aber dieser wurde zurückgezogen, bevor er ihn ganz durchschlagen konnte. Ein anderer griff nach ihm und versuchte, seine Beine zu umschlingen, doch Jocelin war schnell genug und stach mit seiner Klinge in das glitschige Fleisch, wobei die Haut aufschnappte und ein weiterer Schwall gelber Schleim sich über seine Füße ergoss. Der Gestank wurde immer unerträglicher.

Noch zwei lange Fangarme tauchten aus dem Wasser auf und peitschten wild über ihn hinweg. Jocelin hieb blindlings um sich und trennte einen davon ab, aber jetzt brodelte unmittelbar neben ihm der See auf und gab den Blick frei auf eine gigantische gallertartige Fleischmasse aus grotesk angeordneten Gliedmaßen, Fühlern, Stacheln und Klauen, aus deren Mitte ihn die riesige verzerrte und entstellte Nachahmung eines menschlichen Gesichtes bösartig anstarrte.

Die roten Augen des Ungeheuers leuchteten intensiver, und unter der schrundigen und verknorpelten Nase, aus der gelbliches Sekret ins Wasser tropfte, öffnete sich eine Hautfalte und offenbarte mehrere Reihen von schartigen und abgesplitterten schwarzen Zähnen. Eine dünne rosa Zunge bewegte sich flink hin und her.

Jocelin sprang über einen der Tentakel hinweg, der ihn von der Brücke fegen wollte. Das monströse Gesicht kam näher und von beiden Seiten schoben sich armdicke mehrgelenkige Insektenbeine empor, wie von einer riesigen Spinne. Der

Souvaner sah, dass der Weg bis zu den beiden Säulen nur noch wenige Meter betrug und im Augenblick frei war. Er wehrte einen Fangarm ab, der sich von hinten um seinen Hals legen wollte und sprintete los.

Das heißt, er wollte lossprinten, aber irgendetwas hielt seinen rechten Fuß fest. Er sah nach unten und gewahrte, dass ein schuppiger Greifarm mit einer zangenartigen Schere am Ende seinen Unterschenkel umklammert hatte. Zum Glück für ihn war diese Schere gekrümmt und konnte nicht ganz schließen, sonst wäre es wohl um seinen Fuß geschehen gewesen. Hastig schlug er darauf ein, während sich die Spinnenbeine klickend und knirschend weiter an ihn herantasteten. Zuerst schien es, als könnte seine Klinge der gepanzerten Zange nichts anhaben, doch beim vierten Hieb zersplitterte sie in mehrere kleine Teile.

Nach Luft ringend warf sich der Souvaner herum und sprang mehr als er lief die letzten Meter von der Brücke herunter. Er hastete zwischen den Säulen hindurch, die ihm jetzt wie die Pforte zum Paradies erschienen, und rannte weiter ohne innezuhalten, bis er gegen einen Stalagmiten stieß, der seinen Lauf stoppte. Dort stürzte er zu Boden und blieb erst einmal heftig schnaufend liegen. Von seiner Stirn fühlte er warme Flüssigkeit über sein Gesicht rinnen.

.

Als er wieder Luft bekam, richtete sich Jocelin stöhnend auf und befühlte erst einmal seinen Kopf. Er schien eine heftig blutende Platzwunde an der Stirn zu haben, aber offenbar war es keine ernsthafte Verletzung.

Das riesige Wesen war nicht mehr zu sehen, es war wohl wieder in die schwarzen Tiefen des Sees abgetaucht, nachdem seine Beute entkommen war. Nur ein schwaches rötliches Schimmern erhellte noch die Höhle, sodass er kaum die Hand vor Augen sehen konnte. Ihm blieb nichts anderes üb-

rig, als sich zwischen den steinernen Säulen hindurch ungefähr in die Richtung tasten, aus der er gekommen war.
Der Souvaner seufzte und fühlte nach der Scheide an seinem Gürtel, um das Schwert einzustecken. In diesem Augenblick wurde er plötzlich von einer gewaltigen Kraft von den Füßen gerissen und stürzte abermals auf den harten Felsboden. Sein Schädel schlug schmerzhaft gegen einen Stein, so dass er für einen Moment benommen war und seine Waffe losließ. Sofort griff Jocelin danach, doch sie lag nicht da, wo er sie vermutete. Dann zog ihn ein mächtiger Ruck an seinen Füßen einige Meter weiter auf das Wasser zu. Ein baumstarker, zwanzig Meter langer Fangarm hatte sich um seine Beine geschlungen.
Er wälzte sich herum, konnte aber nicht verhindern, dass er auf dem Bauch liegend weiter auf den See zu geschleift wurde. Verzweifelt versuchte er mit den Händen irgendetwas zu greifen, woran er sich festhalten konnte, scheuerte sich aber dabei nur die Finger blutig. Trotz seiner heftigen Anstrengungen bemerkte Jocelin, dass das rote Leuchten wieder intensiver wurde und hinter ihm abermals das Brodeln des Wassers zu hören war.

4.
Plötzlich huschte eine kleine Gestalt an ihm vorüber. Er hörte mehrere platschende Schläge, und das Ziehen an seinen Füßen hörte von einem Moment auf den anderen auf. Dann wurde er am Arm gepackt, hochgerissen und mehrere Meter weit fortgezogen. Jocelin war durch das Blut, das ihm von der Stirne in die Augen gelaufen war, nahezu blind und ließ es willig zu, dass er von seinem Retter weiter von dem See weg geführt wurde. Er wischte sich mit zitternden Händen das Blut aus dem Gesicht und versuchte, in der Dunkelheit

etwas zu erkennen, aber die Höhle war jetzt in vollkommene Finsternis getaucht.
„Ybkallis?", fragte er stockend. „Bist du es?"
„Natürlich, wer sonst?" erklang die vertraute Stimme des Narren keuchend schräg vor ihm. „Lasst Euch von mir führen, ich kenne den Weg."
„Arboreysth sei Dank!", entfuhr es dem Souvaner, dem jetzt nachträglich die Knie erst richtig weich wurden. Er versuchte, nicht allzu sehr zu schwanken, aber seine Beine wollten ihm nicht so recht gehorchen. Dann fiel ihm etwas ein, und er blieb stehen, sodass der Narr ebenfalls anhielt.
„Mein Schwert! Es liegt noch irgendwo dort!"
„Das habe ich!", beruhigte ihn sein Führer. „Was denkt Ihr wohl, womit ich dem Vieh den Fangarm abgeschlagen habe?"
„Wie hast du ...?"
„Ihr vergesst, Mylord, dass ich im Dunkeln sehen kann. Und noch etwas, Mylord: Mit Verlaub - Ihr seid ein Idiot!"
Jocelin sagte nichts, er musste dem Narren recht geben. Er hatte sich aus sträflichem Leichtsinn und Ungeduld auf ein lebensgefährliches Abenteuer eingelassen und verdankte seine Rettung in letzter Sekunde wieder einmal Ybkallis' Umsicht und Entschlossenheit. Ein Hofnarr nannte ihn einen Idioten und hatte damit auch noch recht!

Nach kurzer Zeit stieß der Souvaner mit dem Fuß gegen einen Absatz und stellte anhand des veränderten Halls fest, dass sie sich am Fuß der Treppe befinden mussten. Geführt von Ybkallis tastete er sich langsam Stufe um Stufe hoch, bis er vor sich einen schwachen Lichtschein sehen konnte. Jetzt fühlte er sich schon bedeutend wohler und ließ die Hand seines Führers los. Dieser schritt daraufhin kräftiger aus.

„Hm, ich weiß nicht, wie ich ...", begann Jocelin. Der Narr hatte ihm jetzt schon zum zweiten Mal das Leben gerettet - wie konnte er seine Dankbarkeit am besten ausdrücken?
„Ich weiß, was Ihr sagen wollt, Mylord", erklang es kichernd aus dem Halbdunkel vor ihm zurück, „aber jetzt ist nicht der richtige Moment für Gefühlsausbrüche, die einem hochwohlgeborenen Herrn, wie Ihr es seid, ohnehin nicht gut zu Gesichte stehen. Hier - nehmt Euer Schwert an Euch! Vielleicht macht Ihr dann trotz Eures derangierten Äußeren keinen ganz so elenden Eindruck. Ihr werdet nämlich erwartet!"
„Was? Von wem?"
„Nun, Euer stilles Einverständnis voraussetzend, habe ich mir erlaubt, die Planung des weiteren Vorgehens etwas abzukürzen. Ich habe Oberst Lavian in seinem Versteck in den Kanälen unter der Stadt aufgespürt und konnte ihn zu einem Treffen mit Euch bewegen. Er wartet auf Euch in meiner Kammer. Übrigens war er hocherfreut zu hören, dass Ihr noch am Leben seid."
Jocelin wusste nicht, sollte er sich freuen oder schämen. Der Narr erwies sich als wahres Wunder an Planung, Organisation und Taktik, während er selbst, der eigentliche Nachfolger des Grafen de Martin, sich in unbedachte Abenteuer stürzte und in dunklen Höhlen sein Leben riskierte.
„Ybkallis?", sprach er seinen Retter nochmals an. „Ich wäre sehr erfreut ... also ich würde es gerne hören ... lass in Zukunft den 'Mylord' weg und sag Jocelin und 'du' zu mir!"
Der andere lachte schallend, was in dem engen Gang ohrenbetäubend laut dröhnte, und meinte trocken:
„Na, das ist doch wenigstens was!"

5.
„Lord Jocelin! Ihr lebt tatsächlich!", rief Lavian, der frühere Oberst der Stadtwache, aus, als der Souvaner mit seinem

kleinen Helfer die versteckte Kammer betrat. „Ich kann Euch gar nicht sagen, wie froh ich bin, Euch gesund ..."
Er unterbrach seinen Redeschwall mitten im Satz, denn trotz seines Überschwangs ging ihm die Lächerlichkeit des Wortes 'gesund' angesichts Jocelins Anblick auf. Dieser sah auch wirklich aus, als hätte man ihn durch einen schlammigen Tümpel gezogen und anschließend mit roter Farbe übergossen. Sein Gesicht zeigte einige Kratzer und Schrammen, Andenken an die Kämpfe der letzten Tage, und war überdies durch die Stirnwunde vollkommen mit Blut verschmiert. An seiner Hose klebte eine Schicht von gelblich-schmutzigem Schleim, der entsetzlich stank, und an der zerrissenen und zerschlitzten Jacke fehlte ein halber Ärmel. Zudem tropfte von seinen aufgescheuerten Fingern Blut auf den Boden und bildete dort eine kleine Lache.
Der Oberst schwieg verwirrt und suchte nach Worten, aber Jocelin lachte ihn herzlich an und schlug ihm freundschaftlich auf die Schulter, sodass an dem braunen Lederwams des Mannes ein roter Fleck zurückblieb.
„Na, na, mein lieber Lavian", spottete er, obwohl ihm eigentlich noch nicht so recht danach zumute war, aber gegenüber seinem alten Bekannten wollte er keine Schwäche oder Erschöpfung zeigen. Es war sicher besser für die Kampfmoral, wenn er den unbekümmerten und optimistischen Sohn des Grafen spielte.
Der eigentliche Grund war natürlich, dass er dies wirklich sein wollte und nicht willens war, den Ruf des draufgängerischen Witzbolds, den er sich in langen Jahren aufgebaut hatte, zu verlieren. In adligen Kreisen legt man nun mal Wert auf die Bewunderung der Untertanen, ansonsten hat man ja alles.
„Ein alter Kämpfer wie Ihr wird doch wohl nicht sprachlos werden, wenn er etwas Blut sieht. Es ist nicht so schlimm, wie es aussieht - mich wollte nur ein ... ein ..."

„Mylord wollte ein Bad nehmen", erklärte Ybkallis mit vollkommen ernstem Gesichtsausdruck, „und hat sich dabei etwas ungeschickt angestellt."
Der Oberst machte ein Gesicht, als ob er beide für schwachsinnig hielt und suchte immer noch nach Worten.
„Na, setzen wir uns erst einmal!", wurde Jocelin ernst. „Wir haben einiges zu besprechen. Und du, Ybkallis, ich wäre dir sehr dankbar, wenn du mir Verbandszeug, Seife und neue Kleidung beschaffen könntest - ich will nicht, dass mich Blairs Soldaten schon am Geruch erkennen."
Der Narr nickte zustimmend. „Seife und Stoff zum Verbinden ist hier. Aber mit der Kleidung müsst Ihr ... musst du dich etwas gedulden. Ich halte es für das beste, wenn ich nachher den Obersten zu seinen Männern zurückbringe; auf dem Rückweg kann ich dann irgendwo etwas zum Anziehen stehlen."
„Ich dachte eigentlich, dass ich gleich mitgehe und das Kommando über Lavians Soldaten übernehme."
„So? In diesem Zustand?", kicherte Ybkallis. „Du wirst zugeben, dass meine Ratschläge bis jetzt nicht verkehrt waren. Und nun rate ich dir, deine Wunden erst einmal gründlich auszuwaschen, sonst kannst du dir eine schlimme Entzündung zuziehen."
Der Oberst hatte sich bis jetzt schweigend gewundert, dass der Hofnarr sich diese Vertraulichkeit mit dem Prinzen erlaubte, aber nun mischte er sich ein:
„Verzeiht, Mylord, aber der Narr hat recht! Es hätte ohnehin nicht viel Sinn, wenn Ihr jetzt gleich mit mir gingt. Ich verfüge zwar über eine respektable Anzahl von Männern, aber einen oder zwei Tage wird es wohl noch dauern, bis ich daraus eine kampfbereite Truppe zusammengestellt habe. Viele von ihnen haben sich zu Hause bei ihren Familien versteckt, weil wir in den Höhlen nicht genügend Vorräte haben, um alle Deserteure zu versorgen. Zudem besteht nur eine lose

Nachrichtenverbindung zwischen mir und
Oberst Runeels Truppen. Ich müsste mich erst noch einmal
mit ihm treffen, um unsere Aktionen abzustimmen."
Jocelin seufzte - natürlich, Ybkallis hatte schon wieder recht!
„Na schön", stimmte er widerwillig zu. „Wir warten noch
zwei Tage ab und dann unternehmen wir etwas. Habt Ihr genügend Soldaten, um einen Angriff auf die Burg riskieren zu können?"
Der Oberst wiegte den Kopf und brummte: „Ich verfüge über dreihundertfünfzig Mann und Runeel über etwa zweihundert, aber ich bin sicher, wenn es zum Kampf kommt, dann werden noch etliche von Blairs Truppen zu uns überlaufen."
„Das ist eine ziemlich ungewisse Angelegenheit", sinnierte Jocelin. „Aber wir können unsere Chancen gewaltig verbessern, wenn wir überraschend aus dem Hinterhalt angreifen. Bis der Feind merkt, was geschieht, könnten wir uns bis zu Blair selbst durchgekämpft haben."
„Ihr meint, Mylord, wir kommen durch die unterirdischen Gänge?"
„Richtig, mein guter Lavian! Ich sehe, mein Vater hat Euch nicht umsonst zum Obersten ernannt. Kehrt jetzt zu Euren Männern zurück und versucht, so viele wie möglich zu sammeln! Ich stoße morgen zu Euch, und in zwei Tagen werden wir meinem geliebten Bruder eine gewaltige Überraschung bereiten."

6.

Jocelin saß wieder einmal allein in der kleinen Kammer und dachte nach. Ybkallis und Lavian waren gegangen, nachdem er mit dem Oberst noch einige Einzelheiten des Angriffs besprochen hatte. Er selbst hatte sich das Gesicht gewaschen und die Stirnwunde mit etwas Schnaps, den er in dem

Schrank gefunden hatte, desinfiziert. Dann schenkte er sich ein Glas Wein ein und überlegte.
War es wirklich klug, mit ungefähr sechshundert Mann einen offenen Kampf zu wagen? Natürlich, wahrscheinlich konnte man mit vielen Überläufern rechnen, aber würden diese sich wirklich sofort auf seine Seite schlagen, und nicht erst abwarten, wer die
Oberhand behielt? Und selbst wenn, dann hatte Blair noch mehr als genug Truppen, die zu ihm stehen würden, weil sie damit rechnen mussten, von Jocelin als Verräter hingerichtet zu werden - was er übrigens speziell mit den Offizieren auch vorhatte. Nach geraumer Zeit ertönte endlich das Scharren der Geheimtür.
Der Souvaner sah von seinem Weinglas hoch und brummte:
„Ich hoffe, du hast mir vernünftige Kleidung mitgebracht."
Aus dem Dunkel des Gangs antwortete eine höhnische Stimme:
„Oh, bedaure, verehrter Bruder, das habe ich in der Eile jetzt leider vergessen."
Mehrere Soldaten drängten herein und hatten ihn umringt, noch bevor er nach seinem Schwert greifen konnte, das auf dem Bett lag. Zwei von ihnen packten seine Arme und drehten sie auf den Rücken, während drei weitere ihre Klingen auf seine Brust richteten. All dies geschah so schnell, dass er vor Überraschung keine Bewegung der Abwehr machte.
Dann trat Blair langsam in den Raum und grinste sardonisch. Er sah sich mit großem Interesse um und spottete:
„Ein nettes Refugium, das du hier bewohnst, Jocelin, wahrhaft eines Prinzen de Martin würdig. Und wie ich sehe - und rieche - hast du auch dein Äußeres diesem verschwenderischen Luxus angepasst. Nun, umso mehr freut es mich, dir eröffnen zu können, dass ich dir von jetzt an ein noch komfortableres Quartier gebe. Allerdings leider nur für kurze

Zeit, denn wie du weißt, haben wir beide ja noch eine kleine Familienfeierlichkeit abzuhalten."
Er lachte schallend und tänzelte zur Tür zurück. „Und nun, erlauchter Kronprinz, habe ich die Ehre, dir einen geschätzten Helfer von mir vorzustellen. Denn du wirst dich ja sicher wundern, wie ich dich in diesem Loch hier finden konnte, nicht wahr? Tretet bitte ein, lieber Freund!"
Jocelin knirschte nur mit den Zähnen und gab keine Antwort, aber er war doch gespannt, was jetzt geschehen würde. Er musste nicht lange warten: Ein schlanker junger Mann mit silbergrauen langen Haaren erschien hinter Blair und lächelte ihn mitleidig an:
„Ich bin höchst erfreut, Lord Jocelin, dass wir uns endlich auch einmal kennenlernen!"

KAPITEL NEUN : NACHT UNTER WASSER

Es wird hier geschildert, was Daniel mit seinen Gefährten weiter unternimmt, um Jocelin, den er gar nicht kennt, Hilfe zuteil werden zu lassen. Er gerät aufgrund unglücklicher Umstände in Lebensgefahr und trifft einen neuen Helfer, der uns aber kein Unbekannter ist.

1.
Nach einem dreitägigen Gewaltritt durchquerte unser kleiner Trupp am späten Nachmittag die Furt des Ilm, die Laq und ich eine Woche zuvor schon einmal in umgekehrter Richtung passiert hatten. Die Pferde hatten wir - Crusan, Laq, Vanessa und ich - von einer Abteilung souvanischer Soldaten erhalten, die von einer Patrouille zurückkehrten. Einer der Offiziere der letzten Überlebenden des Massakers erklärte ihnen, dass unsere Mission äußerst wichtig sei und wir darum die Tiere benötigten. Es tat mir leid um meinen Grauen, an den ich mich gewöhnt hatte, aber ich war froh, dass wir wenigstens nicht zu Fuß nach Mattincourt marschieren mussten.
Die Soldaten hatten noch erzählt, dass sie aus der Ferne ein wahrhaft gigantisches Heer gesehen hätten, das um die verbrannten Überreste von Fort Souvansfinn lagerte, sicherlich an die zwanzigtausend Mann, und aus der Wüste trafen ständig neue Truppen ein.
Aus der Wüste! Entgegen meinen Befürchtungen hatte Vanessa die Anstrengungen des Ritts gut überstanden und wirkte sogar erholter und kräftiger als zuvor; sie schien über eine ausgezeichnete Konstitution zu verfügen. Während der letzten Tage war sie zusehends gesprächiger geworden und stellte viele Fragen über uns, unsere Absichten und wie sie selbst gefunden worden war. Leider konnten wir ihr in dieser Hinsicht nicht sehr von Nutzen sein, da wir nur Lord Severins

Erzählung kannten. So blieb also ihr Auftauchen vor dem Fort ziemlich rätselhaft.

Sie selbst beteuerte, dass sie sich zwar an frühere Zeiten einigermaßen entsinnen könnte, aber die letzten Wochen oder Monate oder auch Jahre wären wie ausgelöscht. Nun, ich wusste nicht recht, ob ich das wirklich glauben sollte, vor allem, weil Crusan ja vorausgesagt hatte, dass die Frau uns Schwierigkeiten bereiten würde.

Was wusste er? Hatten wir uns mit Vanessa ein Kuckucksei ins Nest gelegt, wie man so sagt? Ich beschloss, die Augen offen zu halten. Auffällig war, dass sie sich fast die ganze Zeit an den Jjarden hielt, und mich und vor allem Crusan zu meiden schien.

Der große Krieger selbst hüllte sich während des ganzen Rittes in Schweigen, sodass mir nichts anderes übrig blieb, als möglichst nahe hinter Laq und Vanessa herzureiten, um wenigstens etwas von ihrem Gespräch mitzubekommen. Und was ich da hörte, war zwar nicht sehr aufschlussreich, gab mir aber doch zu denken:

Über ihre Herkunft und Abstammung sagte sie nicht viel, nur, dass sie die jüngste Tochter eines kleinen Adligen in einem Land namens Raigneau war, sich einer Heirat widersetzt hatte und als Angehörige einer Handelsdelegation nach Süden gegangen war, an den Hof des Herrschers der Lyshiten, Zzarim Khan.

Während ich der Erzählung bisher nur mit halbem Interesse gelauscht hatte, wurde ich jetzt aufmerksam. Zzarim Khan? Herrscher der Lyshiten? Wie hatte der mysteriöse Auftraggeber Schevon Sserts geheißen? Ich musste kurz nachdenken - Xxeret Khan! Aha, hier begann sich ein Zusammenhang abzuzeichnen. War dieser ein Unterführer des anderen? Warum beabsichtigte ein lyshitischer Herrscher, mich beziehungsweise Crusan umbringen zu lassen? Natürlich, jener kämpfte augenblicklich für die andere Seite, aber ... ich überlegte - irgendetwas stimmte hier nicht! Richtig - dann müsste er ja schon von vornherein gewusst haben, dass Crusan für Grün Partei ergreifen würde. Dass die Lyshiten die Farbe Rot darstellten, stand für mich nach den letzten Ereignissen außer Zweifel, also war einer dieser beiden Khans das Rote As.

Die Frau erzählte weiter, dass das Letzte, an was sie sich erinnern konnte, eine Nacht in Bliansgrein, der Hauptstadt des Lyshitenreiches, gewesen sei. Ein seltsamer Zufall schien zu sein, dass in dieser Nacht der Himmel über der Stadt von einer tief hängenden gelblichen Wolkenschicht bedeckt war, genau wie in Fort Souvansfinn, bevor der Angriff begann. So etwas hatte man am weiten Firmament über Bliansgrein noch nie gesehen. Die Stadt lag mitten in der Wüste, umgeben von einigen Quadratmeilen fruchtbaren Landes, gespeist von unterirdischen Wasserquellen, und verdankte ihren Reichtum der Tatsache, dass sich dort drei bedeutende Handelswege kreuzten. Die Lyshiten selbst, so behauptete Vanessa, seien gutmütige und gastfreundliche Nomaden gewesen, ein riesiges Volk, aber ohne einheitliche Führung, von dem nur ein geringer Bruchteil in der Hauptstadt lebte. Das eigenartige und irgendwie bedrückende Himmelszeichen über Bliansgrein war ihre letzte Erinnerung, ihr bewusstes Denken setzte erst in der Hütte im Fort wieder ein. Ein greller Blitz, verbunden mit einem stechenden Schmerz, schlug in ihrem Schädel ein und vertrieb die Dunkelheit.

Ich wusste nicht recht, was ich davon halten sollte. Entweder hatte sie wirklich sehr lange das Gedächtnis verloren, oder sie log uns hier etwas vor, dass sich Münchhausen im Grabe umdrehte.

Allerdings hatte ich wieder so ein seltsames Gefühl, als sie den von gelben Wolken bedeckten Himmel erwähnte - das konnte doch kein Zufall sein! War dieses Phänomen eine Begleiterscheinung gewisser Vorgänge höherer Natur? Das

Wort 'übernatürlich' vermied ich bewusst, da auf dieser Welt offenbar andere Naturgesetze galten, aber dass hier gottähnliche Mächte existierten, die sich aus dem Dunkel heraus erbittert bekämpften, das hatte ich inzwischen begriffen.
Ich ging die Informationen noch einmal im Geiste durch. Anscheinend zeigten sich diese gelben Wolken immer, wenn irgendetwas Böses geschah: Die Nacht in Mattincourt, als Graf Albert de Martin getötet wurde - denn dass er eines natürlichen Todes starb, das konnte ich wohl getrost ausschließen - und das Unheil seinen Lauf nahm. Die Nacht in Fort Souvansfinn, als die Lyshiten in die Souvanmark einfielen und Lord Severin den Tod fand. Die Farbe Grün musste einen gefährlichen Feind haben - nur die Farbe Grün?
Ein vager Gedanke ging mir noch durch den Kopf:
Diese Unheil verheißenden Vorboten am nächtlichen Himmel, hatten sie in Mattincourt vielleicht gar nicht den Tod des Grafen, sondern meine bevorstehende Ankunft angekündigt? Meine Überlegungen endeten wieder einmal an dem Punkt, welche Rolle ich selbst in diesem Spiel innehatte.

Wir brachten unsere Pferde vor der Tür des Gasthauses von Ilmfurt zum Stehen, nachdem Crusan kurz die Umgebung sondiert hatte. Es waren aber keine Soldaten zu sehen, nur Bauern, die von ihrem anstrengenden Tagwerk dem heimischen Herd zustrebten. Einige sahen neugierig zu uns herüber, zeigten aber keine Furcht oder Beunruhigung. Daraus schloss der Jjarde, dass sich Blairs Eroberungsgelüste bis jetzt nur auf Mattincourt beschränkten.
Offenbar schien jener auf Schwierigkeiten gestoßen zu sein, sonst überwachten seine Männer mit Sicherheit die Umgebung der Stadt, insbesondere die Handelsstraßen, und die Bauern würden bewaffneten Reitern mit mehr Misstrauen begegnen.

Zwei Frauen traten aus dem Gasthaus in den Hof, wahrscheinlich hatten sie den Hufschlag unserer Tiere gehört. Ich erkannte Agnes, die Großnichte Lady Melissas. Sie musterte Crusan und Vanessa erstaunt, aber angesichts des Jjarden lächelte sie und nickte ihm zu. Mich beachtete sie überhaupt nicht - das Schicksal des Begleiters von Helden!
Wir stiegen ab und gaben die Pferde dem anderen Mädchen, einer Magd, zum Tränken und Füttern. Einige Wassertropfen trafen mich, es begann zu regnen, also gingen wir in die Gaststube und setzten uns. Agnes brachte Bier, Brot und Würste. Sie stellte keine Fragen, aber ihr Blick hing die ganze Zeit an Crusan, der mit seiner mächtigen Gestalt in der befleckten silbernen Rüstung und seinem abweisenden Gesichtsausdruck wahrhaft furchteinflößend wirkte.
Ich nippte an dem Bier. Es war das erste Mal, dass ich dieses Getränk in Laqs Welt kosten durfte, und ich befand, dass es wirklich großartig schmeckte, aber das mochte auch an den Entbehrungen der letzten Tage liegen.
Nachdem er ebenfalls einen gewaltigen Schluck aus seinem Krug genommen hatte, winkte der Jjarde Agnes herbei und forderte sie auf, sich zu uns zu setzen.
„Was hört man aus Mattincourt?", kam er ohne Umschweife zur Sache. „Erzähle uns bitte alles, was du weißt; es ist wichtig!"
Das Mädchen schaute verwundert in die Runde, kam seinem Wunsch aber sofort nach:
„Nicht viel, da muss ich Euch leider enttäuschen! Nur einmal sind fahrende Händler mit ihrem Wagen hier durchgekommen, zwei Yllianer, und haben erzählt, dass sie die Stadt lieber schnell verlassen haben, weil die Soldaten auf den Straßen eine Menge Leute festgenommen haben, aber warum, das weiß ich auch nicht. Von meiner Tante habe ich auch seit einer Woche nichts mehr gehört. Sie ist nach Eurem Aufbruch nach Mattincourt zurückgefahren und hat sich seit-

dem nicht mehr blicken lassen, obwohl wir langsam neue Vorräte bräuchten. Wir haben nur noch ein Fass ..."
„Gut, gut!", unterbrach sie der Jjarde. „Hast du hier in der Nähe Soldaten gesehen, oder von Kämpfen gehört, oder sind Flüchtlinge aus der Stadt hier aufgetaucht?"
„Nein", antwortete das Mädchen, „nichts von dem, was Ihr sagt. Wir leben hier in der Einöde und ... Was geschieht denn da in Mattincourt? Eure Fragen machen mir richtig Angst - meiner Tante wird doch hoffentlich nichts geschehen sein!"
Laq sah zu mir und ich zuckte mit den Schultern. Dann meinte er ausweichend: „Ich glaube nicht, dass Melissa in Gefahr ist; die alte Dame weiß sich schon zu helfen. Blairs Soldaten werden bloß keinen mehr aus der Stadt herauslassen. Also mach dir keine Sorgen. Aber jetzt höre gut zu!"
Er legte ihr die Hand auf die Schulter und sprach langsam und eindringlich weiter: „Rufe sofort, wenn wir weg sind, deine Mägde und Knechte zusammen. Packt eure Wertsachen, genügend Kleidung und Vorräte auf einen Planwagen und macht, dass ihr hier wegkommt. Geht nach Norden, an den Ravensrück-Bergen vorbei, überquert den Rhiwan und versucht euch nach Runvil durchzuschlagen. Dort werdet ihr vorerst in Sicherheit sein, das hoffe ich zumindest. Und sage den Bauern hier, sie sollen das Gleiche tun, und zwar so schnell wie möglich!"
Agnes sah ihn an, als ob er den Verstand verloren hätte. „Aber ..." stotterte sie, „aber was hat das zu bedeuten? Ich verstehe nicht ... Und was wird mit meiner Tante? Ich kann doch nicht ..."
„Glaub mir, fliehen ist das Einzige, was ihr tun könnt", versicherte der Jjarde. „Eine riesige Kriegshorde wird in wenigen Tagen vor Mattincourt aufmarschieren, und dann ist in der ganzen Gegend kein Mensch sicher. Wenn du am Leben bleiben willst, dann befolge meine Anweisungen! Du kannst Melissa nicht helfen!"

„Aber ich verstehe immer noch nicht ..."
Crusan stellte seinen Bierkrug krachend auf dem Tisch ab und unterbrach sie rüde: „Halte dich an den Rat des Jjarden, Mädchen - oder stirb!"
Sie sah eingeschüchtert zu dem Riesen hinüber und nickte ergeben. Ich lächelte leise - unser Gefährte Crusan von Gatarr hatte wirklich eine unnachahmliche Art, komplizierte Sachverhalte einfach darzustellen.

Das Mädchen war gegangen, um das Gesinde zu benachrichtigen, und wir vier saßen wieder allein am Tisch. Wir vier? Ich beschloss, dass jetzt der richtige Moment wäre, um ein wichtiges Problem zur Sprache zu bringen - die Frau.
„Was ist mit Vanessa?", fragte ich in die Runde hinein. „Ich weiß nicht einmal, ob wir dort lebend wieder herauskommen, und sie ...Wir können doch nicht auch noch auf sie aufpassen!"
Wenn ich erwartet hatte, gerade jetzt von Crusan Zustimmung zu bekommen, so sah ich mich getäuscht. Der Riese sah milde lächelnd zu mir herüber und schüttelte den Kopf.
„Falsch, Daniel - wir brauchen sie!"
Nun war ich verwirrt. „Das sagst gerade du? Eine Frau zu so einem selbstmörderischen Unternehmen mitzunehmen! Wir wissen doch noch nicht einmal, wie wir die Sache anfangen sollen!"
Er lachte. „Wenn es nach mir ginge, dann würden wir sowieso einen weiten Bogen um die Stadt machen. Aber ihr beiden Helden", er deutete auf den Jjarden und mich, „ihr wollt ja unbedingt euren Freund dort heraushauen." Er trank einen Schluck, rülpste und zeigte nochmals auf mich: „Obwohl du ihn nicht mal kennst!"
Ich schaute zu Laq und sagte erstmal nichts. Dieser räusperte sich umständlich und meinte dann:

243

„So aussichtslos ist die Sache nicht! Ich habe zumindest einen Plan, wie wir in die Stadt eindringen können: Die Tore sind gut bewacht, und über die Mauer zu steigen ... Also der Kanal! Die Durchflüsse in der Stadtmauer sind nur mit Holzgittern abgesichert, die gerade bis zur Wasseroberfläche herabreichen. Heute Nacht wird es heftig regnen, und der Himmel ist vollkommen bedeckt, da wird von dem Mond nichts zu sehen sein. Also müsste es doch leicht zu schaffen sein, unbemerkt unter den Gittern durchzutauchen und ..."
„Ein vortrefflicher Plan, wirklich!" warf Crusan sarkastisch ein. „Wahrhaft eines großen Feldherren würdig. Und wie sollen wir bitte in die Burg kommen? Hast du dir dafür auch schon etwas überlegt?"
„Das habe ich allerdings!", gab der Jjarde ärgerlich zurück. „Ein Stück unterhalb der Burg befindet sich das Haus eines Waffenhändlers."
Jetzt sah ich ihn ebenfalls neugierig an. „Was nützt uns ein Waffenhändler, oder gibt es dort ..."
„Genau!", fiel er mir ins Wort und grinste. Auch Crusan nickte zustimmend: „Rüstungen, Helme - und Uniformen der gräflichen Leibwache! Nun, ganz schlecht ist dein Plan nicht, Jjarde!"
„Nicht ganz schlecht!", äffte dieser ihn nach. „Und nenn mich endlich Laq!"
Da allgemeiner Missmut sich breit machte, fühlte ich mich geradezu verpflichtet, auch meinen Teil dazu beizutragen:
„Ich hoffe nur, dass dieser Blair nicht inzwischen die Uniformmode geändert hat - sonst ist dein schöner Plan im Arsch!"
Laq brummte nur und sagte nichts mehr. Doch Crusan war noch nicht fertig: „Ein Punkt ist noch offen: Wir müssen vom Kanal bis zum Hause dieses Waffenhändlers durch die halbe Stadt. Und so, wie wir aussehen, werden wir irgendwelchen

Wachen bestimmt auffallen - die Straßen sind ja sicher einigermaßen erleuchtet!"
„Das stimmt!" gab der Jjarde zu. „Aber das Risiko müssen wir wohl eingehen."
Crusan lachte abermals. Dann sagte er: „Man lebt länger, wenn man solche Dinge nicht dem Zufall überlässt! Also brauchen wir dichten Nebel!"
Laq sah ihn zweifelnd an. „Und sollen wir etwa zu Arboreysth beten, dass er uns welchen schickt?"
Es war eine plötzliche Eingebung, ich ahnte, was jetzt folgen würde:
Crusan wurde ernst und meinte: „Zu den Göttern beten soll wer will, aber diesen Nebel wird uns die Frau erzeugen! Was denkt ihr denn, woher der Nebel in Fort Souvansfinn plötzlich kam?"

2.
Wie der Jjarde vorausgesagt hatte, regnete es in Strömen. Auf den Wachttürmen der Stadt konnte man gerade noch mit Mühe den gedämpften Schein vereinzelter Fackeln oder Öllampen hinter den Schießscharten ausmachen, ansonsten erschienen die Umrisse der Mauern von Mattincourt wie ein riesiger schwarzer Felsblock auf dunkelgrauem Grund. Der wolkenverhangene Himmel zeigte sich, nachdem sich meine Augen auf die Finsternis eingestellt hatten, trotz seiner Bedrohlichkeit in einer erstaunlichen Vielfalt von Grautönen und weißlichen Schlieren, die mir früher nie aufgefallen wären.
Wir hatten die Pferde in einem kleinen Wäldchen nahe der Stadt angebunden zurückgelassen und den Weg bis zum Kanalufer zu Fuß zurückgelegt. Auf Soldaten waren wir nicht gestoßen - kein Wunder bei diesem Wetter! Allerdings hatte dieser für uns günstige Umstand natürlich auch seine Nach-

teile: Nach nur fünf Minuten im Freien war ich wieder einmal bis auf die Knochen durchnässt. Warum mussten sich diese Abenteuer eigentlich immer im Regen abspielen? Meinen drei Kameraden schien das dagegen nichts auszumachen. Als Kinder einer mittelalterlichen Welt waren sie Unbilden der Natur eben gewöhnt. Ich musste bei dem Gedanken „Crusan als Kind" innerlich grinsen - bestimmt war er schon mit dem Schwert in der Hand auf die Welt gekommen. Die arme Mutter!

Wie ein schwarzes Band lag der Kanal vor uns, nur der prasselnde Regen ließ das dunkle Wasser an der Oberfläche aufschäumen und zeichnete wandernde Moirés aus weißen Spritzern darauf. Laq hatte sich seine Klinge mit einem Stück Schnur auf dem Rücken befestigt und ich folgte seinem Beispiel. Unsere Kleidung konnten wir anbehalten, denn der Jjarde hatte erklärt, dass das Wasser hier im Kanal so flach wäre, dass man nur an vereinzelten Stellen wirklich schwimmen müsste.
Ich sah Vanessa noch einmal skeptisch an, und sie schien meinen Blick trotz der Finsternis gespürt zu haben. Sie drehte sich zu mir herum und meinte mit fester Stimme:
„Ich schaffe es, Daniel, und ich werde euch nicht zur Last fallen! Im Gegenteil: Ich werde euch bei dieser Sache mehr nutzen können, als Ihr glaubt."
„Und warum begebt Ihr Euch in diese Gefahr? Um uns zu helfen? - Warum?", fragte ich zurück.
„Ihr habt mir geholfen! Ist das nicht Grund genug? Warum helft Ihr dem Jjarden? Und warum traut Ihr mir nicht?"
„Ich ..." begann ich, aber Crusan zischte mich an:
„Haltet jetzt die Schnauze! Dieses Gewäsch könnte mich zu der Frage bewegen, warum ich das hier tue!"
Ich dankte ihm im Geiste für die Unterbrechung, denn ich hätte nicht gewusst, was ich antworten sollte. Außerdem gin-

gen zu viele „Warums?" wahrscheinlich auf Kosten des „Wie?" unseres Vorhabens.

Langsam und möglichst leise ließ ich mich ins Wasser gleiten und war erst einmal überrascht über die warme Temperatur und die starke Strömung, die herrschte. Ich musste mich mit den Füßen fest in den schlammigen Grund stemmen und mit den Armen gegen den Sog des Wassers paddeln, um nicht abgetrieben zu werden. Laq schwamm neben mir, bei seiner Körpergröße konnte er die Füße wohl nicht am Boden halten. Er kam näher und raunte mir zu:
„Das hätte ich nicht gedacht, dass die Strömung derart stark ist, aber der Ilm kommt aus den Ravensrück-Bergen, und dort regnet es vermutlich noch stärker. Das wird ein verdammtes Hochwasser geben!"
„Wenn wir keine größeren Probleme haben, dann können wir uns verdammt glücklich schätzen!", gab ich zurück, aber er war schon ein Stück weiter getrieben worden. Naja, mit Sarkasmus kommt man eben nicht gegen Naturgewalten an.
Schräg vor mir stapfte Crusan, neben sich die Frau, durch das aufgewühlte Wasser. Sie hielt sich an seiner Schulter fest - der Riese widerstand der Strömung natürlich mit Leichtigkeit; ein Fels in der Brandung, wahrhaft!
Nach einigen Minuten konnte ich vor uns die Mauern von Mattincourt aufragen sehen. Aus dieser Perspektive gegen den verregneten Nachthimmel wirkten die Türme und Zinnen noch trutziger und bedrohlicher als sonst, und ich fragte mich wieder einmal, ob ich das alles hier wirklich erlebte und nicht nur in einem erschreckend realistischen Traum gefangen war. Ich könnte jetzt schließlich auch genauso gut in einer Kneipe sitzen, das fünfte Bier bestellen und mich mit Videos auf MTV berieseln lassen. Nein, mitten im Regen kämpfte ich mich durch einen schlammigen Kanal, mit den besten Aussichten, den nächsten Morgen nicht mehr zu sehen!

Wir näherten uns trotz des allgegenwärtigen Platschens des Regens jetzt vorsichtiger, und Crusan tauchte bis zu den Augen ins Wasser, damit seine mächtige Gestalt nicht doch durch einen unglücklichen Zufall entdeckt wurde. Einige Fischerboote waren am Ufer angebunden und schaukelten auf den Wellen hin und her. Ab und zu ertönte ein dumpfes Krachen, wenn zwei der hölzernen Rümpfe zusammenstießen.

Vor mir konnte ich mit Mühe den Durchfluss des Kanals durch die Stadtmauer erkennen, ein runder hoher Torbogen, dahinter ein Tunnel, der einem Flusskahn mit Deckaufbauten noch genügend Raum zum Durchqueren bieten würde, allerdings nur mit umgelegtem Segelbaum. Von oben war ein Gitter herabgelassen, das den Weg versperrte, aber wie der Jjarde erklärt hatte, schien es nur bis zur Wasseroberfläche zu reichen.

Wir tauchten unter den hölzernen Spitzen durch und befanden uns dann in vollkommener Dunkelheit. Lediglich in einiger Entfernung vor mir konnte ich mehrere verschwommene Lichtpunkte entdecken, wahrscheinlich Fackeln oder andere Lichtquellen auf der anderen Seite des Durchflusses im Innern der Stadt.

Hier unter der Mauer erklang das Prasseln von draußen nicht mehr so laut, und ich folgte als Letzter den leisen Geräuschen, die die anderen machten. Das Wasser war hier tiefer und auch ich konnte nicht mehr stehen. Also bewegten wir uns an der linken Kanaleinfassung entlang, wo unter Wasser ein gemauerter Absatz war.

Crusan war stehen geblieben und hielt mich ebenfalls mit der Hand zurück. „Still!", raunte er mir zu und schien in die Schwärze vor uns zu lauschen. Ich strengte mein Gehör an, so gut ich konnte, aber ich konnte beim besten Willen außer dem Rauschen des Wassers und dem stetigen Platschen nichts hören.

„Da ist jemand am inneren Tor", flüsterte Crusan, „auf der rechten Seite!"
Vor mir tauchte ein Kopf aus dem Wasser auf - der Jjarde. Er wischte sich das Wasser aus den Augen und raunte:
„Sie haben doch eine Wache aufgestellt! Dort, wo man das Gitter hochziehen kann, steht ein Soldat - aber nur einer!"
„Weiter niemand?", fragte der Riese, und als Laq den Kopf schüttelte, wandte er sich an Vanessa: „Wie lange könnt Ihr den Nebel machen?"
„Vielleicht eine Stunde", flüsterte sie zurück, „aber dann wäre ich doch sehr erschöpft!"
„Das ist verdammt knapp!", brummte er. „Dann sollten wir besser damit abwarten, bis wir wirklich in der Stadt sind; also ..."
„Also müssen wir den Posten hier erledigen!", unterbrach ihn der Jjarde. „Ich werde mich lautlos an ihn heranmachen, ihn ins Wasser ziehen, und du schlägst ihn mit deiner Eisenhand bewusstlos!"
Crusan stieß zischend die Luft aus. Ich wusste, was er damit meinte: Er würde dem Mann den Schädel einschlagen, mit halben Sachen begnügte er sich nicht.
In diesem Moment ertönte draußen vor dem Gitter ein Pfiff. Ich drehte mich herum, konnte aber in dem Regen nichts erkennen. Dann ruckte das Sperrgitter langsam knirschend in die Höhe.
„Scheiße!", fluchte der Jjarde. „Da will ein Kahn herein! Jetzt, bei diesem Wetter! Was hat das nun wieder zu bedeuten?"
„Das ist doch gar nicht so schlecht!", widersprach ich. „Wir können uns am Rumpf festhalten und hineinziehen lassen."
„Und wenn sie den Kahn erst anhalten und durchsuchen?"
„Das glaube ich nicht! Die ganzen Umstände lassen doch eher darauf schließen, dass das hier irgendeine heimliche Sache ist, Schmuggler oder so etwas."

„Er hat recht!", stimmte Crusan mir zu. „Wir halten uns auf der linken Seite am Rumpf fest. Haltet den Kopf immer unter dem Bootsrand und passt auf die Ruder auf! Wir können jetzt nicht mehr sprechen - also beim ersten Stadthaus nach der Durchfahrt weg von dem Kahn und ans linke Ufer!"
Laq knuffte mich in die Seite und kicherte: „Okeh, oder wie du immer sagst, nicht wahr?"

Das Tor war vollständig hochgezogen worden und eine dunkle Masse näherte sich schneller, als ich gedacht hatte. Vor dem Bug des großen Flussbootes schäumte helle Gischt in Wellen auf und erzeugte in dem Gewölbe ein auf- und abschwellendes Rauschen.
Das Wasserfahrzeug kam so schnell heran, dass es nicht nur von der Strömung getrieben werden konnte, anscheinend wurde auch noch durch Ruder nachgeholfen. Das ließ ebenfalls darauf schließen, dass es sich hier um eine heimliche Angelegenheit handelte, die schnell vonstatten gehen musste.
Ich tauchte vor dem herannahenden Bug auf die Seite, drückte mich auf dem Kanalgrund ab und durchbrach zwischen zwei ausholenden Ruderblättern die Wasseroberfläche. Ich wollte nach dem Bootsrand greifen, aber ich war zu weit weg und die Ruder schwangen zu schnell wieder zurück, sodass ich Gefahr lief, einen Schlag seitlich gegen den Kopf zu erhalten. Mir blieb nichts anderes übrig, als nochmals abzutauchen, um direkt neben dem Schiffsrumpf wieder hochzukommen; dort wäre ich außer Reichweite der Ruderblätter.
Als ich mich am Grund abstieß, rammte ich mit dem Kopf gegen einen anderen Körper. Ich wusste nicht, welchen von meinen Gefährten ich da getroffen hatte und versuchte erst einmal, wieder hochzukommen. Doch durch den Stoß hatte ich meine Richtung verloren: Als ich den Kopf nach Luft schnappend aus dem aufgepeitschten Wasser hob, traf mich

ein Ruder an der Stirn. Ich wurde sofort wieder unter die Oberfläche gedrückt, aber zum Glück blieb ich bei Bewusstsein. Nur schluckte ich jetzt Wasser, anstatt Luft zu bekommen! Die weiße Gischt wirbelte um mich herum. Ohne noch auf die gefährlichen Ruder achten zu können, kämpfte ich mich wieder nach oben. Ich hustete erst einmal einen Schluck Wasser heraus, nahm einen rasselnden Atemzug - und sah gerade noch das Heck des Bootes an mir vorbeirauschen.

Ich bekam irgendetwas zu fassen, das hinten von dem Kahn herunterhing - ein Seil oder Ankertau - und wurde sofort mitgerissen. Ich zog mich ein Stück höher und schaffte es, einen Holzzapfen zu umklammern, der dort vorstand, wahrscheinlich ein Teil des Steuerruders.
Jetzt hing ich relativ sicher unter dem überstehenden Heck des Flussbootes und ließ mich mitziehen. Angesichts des Rauschens des Kanals und des Knarrens der Ruder konnte ich es wagen, den Rest Wasser aus meinen Lungen zu husten, ohne dass mich jemand hörte. Dann orientierte ich mich erst einmal:
Mein Gefährt verließ gerade den Tunnel und kam wieder ins Freie. Offenbar verlangsamte es seine Fahrt nicht und ruderte zügig weiter. Hier draußen war es etwas heller, und ich ließ mich so tief wie möglich ins Wasser zurücksinken, beobachtete aber die rechte Seite des Kanals. Der Wachtposten stand direkt neben der Durchfahrt, er winkte irgendjemandem auf dem Schiff zu, sah mich aber nicht. Wenn der Mann wüsste, dass das Auftauchen dieses Kahns sein Leben gerettet hatte! Ich überlegte noch weiter: Vielleicht hätte Crusan das Hirn eines etwaigen Verbündeten im Kanal verteilt - denn eine nächtliche Aktion dieser Art konnte doch nur gegen Blair gerichtet sein.

Leider konnte ich nicht sehen, was meine Gefährten machten, offenbar hatten es alle drei besser geschafft als ich und hingen an Backbord. (Es ist schon seltsam, in welchen Situationen einem vergessene Wörter oder Tatsachen wieder einfallen: Genau, die linke Seite eines Schiffes hieß Backbord!) Ich sah noch einmal hinter mich, aber bei dem aufgewühlten Wasser konnte ich nicht erkennen, ob vielleicht einer zurückgeblieben war. Aber ich musste auf ihre Geschicklichkeit vertrauen; wahrscheinlich machten sie sich eher Sorgen, was aus mir geworden war!

Als ich nach wenigen Ruderschlägen die ersten Häuser am linken Kanalufer erblickte, machte ich mich zum Abstoßen bereit, wartete aber erst noch, ob ich von den anderen etwas sehen konnte. Richtig, ein mächtiger Körper tauchte an Backbord in die Strömung ein und kam sofort wieder an die Oberfläche - Crusan! Von Laq und Vanessa konnte ich in den schäumenden Wellen nichts sehen, aber jetzt war ich mir sicher, dass sie es ebenfalls geschafft hatten.

Ich löste meinen Griff um den Holzzapfen und glitt an dem Seil langsam tiefer ins Wasser. Dann ließ ich los und schwamm - nein, ich konnte nicht! Meine Füße hatten sich in irgendetwas verfangen, in Schnüren oder Schlingen! Der gewaltige Zug des Schiffs riss mich unter die Oberfläche und zerrte mich unter Wasser hinter sich her. Ich wurde mehrmals um meine Achse herumgewirbelt, wodurch sich meine Beine noch mehr in die Schlingen verhedderten.

Trotz meiner verzweifelten Lage schoss mir sofort die Erklärung durch den Kopf: Ein Netz! Ich hatte mich in einem Fischernetz verfangen, das am Ende des Seils hing, an dem ich mich festgehalten hatte. Wahrscheinlich war das Netz auf dem Deck gelegen, durch irgendeinen Umstand über Bord geraten, und das Boot zog es nun hinter sich her. Und ich hing darin wie ein Hering und wurde an den Füßen durch den Kanal gezogen!

3.
Vermutlich war ich jetzt schon an meinen Freunden vorbei, aber das war das geringste Problem. Wenn ich mich nicht bald aus den Maschen befreien konnte, würde ich hier ersaufen wie eine Ratte, und nur meine Leiche käme wieder ans Tageslicht, wenn irgendjemand einmal das Netz einholte.
Luft zu bekommen war das Dringendste; bereits jetzt bemerkte ich den Sauerstoffmangel. Ich ruderte wild mit den Armen und durchbrach kurz mit dem Kopf die Oberfläche. Sofort tauchte ich wieder unter, aber der Moment hatte genügt, um wenigstens einmal durchzuatmen; allerdings wurde ich durch die hektische Bewegung abermals herumgewirbelt, sodass es bei dem einen Atemzug blieb.
Nein, so hatte das keinen großen Sinn, ich musste aus dem Netz loskommen! Ich ließ mich also einfach weiterziehen und zog meinen Dolch aus dem Gürtel. An dem Netz herumzuschneiden würde zu lange dauern, infolgedessen musste ich meine Anstrengungen auf das Tau, an dem es hing, richten. Dann würde ich nicht weiter hinter dem Boot hergezogen und könnte mich mit den Armen über Wasser halten.
Während ich mich mit dem Dolch in der Hand gegen die Strömung krümmte und mich an meinen eigenen Beinen zu den Füßen zog, wurde ich wieder herumgewirbelt, sodass ich völlig die Orientierung verlor. Meine Lungen verlangten jetzt heftig nach Luft. Es war, als ob ich in einen schwarzen Strudel gesogen würde, während ich mich verzweifelt auf mein Tun konzentrierte:
Das Tau ertasten, das Messer nicht verlieren, nicht mit den Händen auch noch im Netz verwickeln - und nicht das Bewusstsein verlieren, sonst war ich tot!

Wahrscheinlich dauerte es nur kurze Zeit, aber die Momente gerannen zu einer Ewigkeit, und mir drohte schon schwarz vor Augen zu werden, als meine tastende Hand einen dicken Knoten erfühlte. Eine andere Möglichkeit hatte ich nicht mehr, ich begann etwas oberhalb dieses Knotens mit dem Dolch zu sägen, durchtrennte einige dünne Schnüre und stieß dann auf Widerstand - das Seil! Mit zwei, drei - immer noch nicht? - vier Schnitten hatte ich es gekappt und - Wem auch immer sei Dank! - sofort hörte das Zerren an meinen Füßen auf, der Wasserwiderstand bremste meine Vorwärtsbewegung und mein Kopf kam an die Oberfläche.

Noch nie im Leben hatte ich eine so selbstverständliche Sache wie das Luftholen als eine solche Lust empfunden. Ich sog den Sauerstoff tief in meine Lungen, während bunte Ringe auf schwarzem Grund vor meinen Augen tanzten und in leuchtenden Farbkaskaden zerplatzten.

Dann schaltete sich mein Verstand wieder ein: schnell nochmals untertauchen und mit den Händen in die Deckung der Kanalmauer paddeln! Schließlich befand ich mich jetzt mitten in der Stadt, und wenn jemand meinen Kopf im Wasser sah, dann könnte es gefährlich werden!

Nach wenigen Zügen stieß ich mit den Händen gegen Stein und wagte es, vorsichtig aufzutauchen. Mit den Füßen ertastete ich den Absatz der Einfassung und hatte endlich wieder festen Grund. Dann gönnte ich mir den Luxus, erst mehrere Male tief durchzuatmen, bevor ich mich umsah. Meine Lungen stachen immer noch und mein Herz schlug rasend schnell vor Anstrengung.

Offenbar befand ich mich nun wirklich weiter im Innern der Stadt, als ich angenommen hatte. Der Flusskahn, der beinahe mein Verhängnis geworden war, verschwand mit der Strömung im Dunkel der Nacht. Auf der gegenüberliegenden Seite des Kanals konnte ich zwei- und dreistöckige Häuser er-

kennen, die ihrem Äußeren nach wohlhabenderen Bürgern gehören mussten. (Natürlich, dachte ich mir, die Reichen wohnen immer flussaufwärts, da sind noch nicht so viele Fäkalien im Wasser!)
Von meinen Freunden konnte ich nichts sehen, da der Kanal in dieser Richtung eine leichte Biegung machte, und ein Kai mit Entladeanlagen den Blick versperrte. Sicher hatten sie von meinem verzweifelten Überlebenskampf unter Wasser nichts mitbekommen und fragten sich jetzt, wo ich blieb.
Ich überlegte - nein, ich überlegte nicht, sondern befreite mich mit Hilfe meines Dolches erst einmal von dem Netz, das immer noch an meinen Füßen hing. Irgendwelche Menschen konnte ich auf der Straße, die gegenüber am Ufer entlang führte, nicht sehen. Wirklich niemanden? Nein, und dabei fiel mir auf, wie verlassen diese Stadt wirkte.
Der Regen fiel nach wie vor in Strömen, aber das war doch kein Grund, dass wirklich keine Menschenseele unterwegs war. Wachen, Betrunkene, Bettler, Diebe - nicht einmal solche Gewächse nächtlicher Städte waren auszumachen, obwohl ich den Rand der Straße auf der anderen Seite auf einer ziemlichen Länge überblicken konnte.
Nun, ohne Elektrizität geht man wohl bald schlafen, aber das hier war mir verdächtig. Egal; ich hatte andere Sorgen, außerdem kam mir die Verlassenheit der Straßen ja zupass.
Sollte ich aus dem Wasser steigen und zum Tor zurücklaufen? Vielleicht sah mich dann doch jemand. Oder hier am Rand gegen die Strömung zurückwaten? Das würde lange dauern, zumal ich nicht einmal wusste, wie weit im Innern der Stadt ich mich hier befand.
Was mochten sich die anderen überlegen, wo ich war? Die dachten vermutlich, ich wäre im Tunnel unter der Stadtmauer zurückgeblieben, aber sicherlich nicht, dass ich ihnen voraus war. Dann würden sie am falschen Ort nach mir suchen und ... Scheiße! Ein dummes Fischernetz hatte den ganzen

Plan zunichte gemacht! Nein, ich musste das Wagnis eingehen und am Ufer zurücklaufen, damit wir uns nicht beim gegenseitigen Suchen verzettelten. Und dabei wollten wir noch im Laufe der Nacht diesen Jocelin aus dem Kerker oder wo auch immer befreien! Der Kerl wurde mir langsam unsympathisch!

Plötzlich ertönte aus der Richtung des oberen Kanaltors ein lauter Schrei, gefolgt von mehreren Rufen und Waffenklirren. Das hatte gerade noch gefehlt - man hatte die anderen entdeckt! Das beendete schlagartig meine Überlegungen. In kurzer Zeit würde die halbe Stadtwache auf den Beinen sein, also konnte ich sowieso nur meinen Freunden zu Hilfe eilen und versuchen, mit ihnen entweder in die dunklen Gassen zu entkommen, oder ... Vielleicht konnten wir ja wieder durch den Kanal zurück fliehen. Nun, das glaubte ich selbst nicht!
Ich stemmte mich aus dem Wasser auf das Kanalufer und sprang auf. Doch als ich loslaufen wollte, erklangen von der anderen Seite ebenfalls Geschrei und das Klappern von Waffen und Rüstungen. Auf der Burg begann eine Glocke zu dröhnen. Mitten in der Stadt konnte ich Rauchwolken aufsteigen sehen. Einige Soldaten kamen aus Seitengassen gerannt und liefen in Richtung des Rauches weiter - mich beachteten sie gar nicht, aber trotzdem ging ich lieber hinter einem Stapel Fässer in Deckung und beobachtete von dort aus weiter.
Ein ganzer Trupp Bewaffneter stürmte an meinem Versteck vorbei die Straße hinunter. Ich sah ihnen hinterher und bemerkte dabei, dass an weiteren Stellen in der Stadt Rauchwolken aufstiegen. Wahrscheinlich hatte jemand im Innern von Häusern Feuer gelegt, und nur der Regen verhinderte, dass ein Großbrand ausbrach. Das Schreien und Waffenklirren von beiden Seiten wurde lauter und vermischte sich mit

dem Glockenklang, in den jetzt noch eine zweite höhere einfiel, die aber irgendwie verstimmt zu sein schien.
Das galt nicht meinen Freunden! Hier war etwas anderes im Gange, die souvanischen Soldaten kämpften gegen einen Feind in der Stadt. Aber wer war die andere Partei? Es konnte doch nicht sein, dass die Lyshiten jetzt schon in Mattincourt eingedrungen waren! Nein, unmöglich, ein so gewaltiges Heer konnte den Weg in nicht so kurzer Zeit zurücklegen, und schon gar nicht unbemerkt! Also was zum Teufel ging hier vor?
Das Wort Teufel erzeugte ein seltsames Echo in meinen Gedanken.
In diesem Moment bemerkte ich, dass ich bis zu den Knien im Nebel stand. Er schien vom Kanal aufzusteigen und wanderte langsam höher. Vanessa! Das konnte nur sie bewirkt haben! Was tat ich jetzt, verdammt noch mal? Die Schwaden würden mich zwar verbergen, aber die anderen fand ich mit Sicherheit nicht mehr.
Wahrscheinlich waren meine Freunde in dem Kampfgetümmel am oberen Tor irgendwie zwischen die Fronten geraten und versuchten sich jetzt in den Nebel zu flüchten. Nun, das war das Klügste, was sie tun konnten, aber ich war wieder einmal auf mich allein gestellt!
Ich konnte nur eines unternehmen: möglichst schnell durch die Gassen zur Burg hinauf laufen und das Haus dieses Waffenhändlers suchen. Früher oder später mussten die anderen ja dort auftauchen, und wenn nicht ... Ich spann den Gedanken lieber nicht weiter.
Der Nebel bedeutete jedenfalls, dass wenigstens die Frau noch lebte - wenn sie getötet würde, endete dann der Zauber?
Dabei schoss mir noch ein Gedanke durch den Kopf: Mussten die anderen nicht annehmen, dass ich tot sei?
Nein! Crusan konnte mich irgendwie spüren, das wusste ich!

Ich befestigte meinen Degen wieder an der linken Hüfte, zog die Lederstiefel aus und schüttete das Wasser heraus. Während ich sie wieder anzog, überlegte ich noch einmal: Hatte ich etwas übersehen? Nein, ich würde meine Gefährten beim Haus des Waffenhändlers wieder finden, wenn ich unbehelligt durch die Stadt kam. Wie sah denn so ein Waffengeschäft aus?
Ich sah mich noch einmal um, verließ dann mein Versteck und - blieb wie angewurzelt stehen, denn ein Zwerg stand plötzlich vor mir. Ich war über meine eigene Schnelligkeit erstaunt, denn kaum hatte ich ihn erblickt, lag auch schon meine Klinge an seinem Hals. Der kleine Mann trug bunte Kleidung, hatte einen unglaublich breiten Mund, und sah mich trotz der bedrohlichen Waffe furchtlos an.
„Habt keine Angst, Sir", sagte er mit einer melodiösen wohlklingenden Stimme, „Ich bin Euer Freund."
Ich zog die Augenbrauen zusammen und gab zurück: „Vielleicht solltet Ihr eher Angst haben, Sir, denn ich weiß nicht, ob ich Euer Freund bin!" Dabei fuchtelte ich mit der Degenklinge vor seinem Gesicht herum, aber das tat ich eigentlich nur, um meinen Schreck zu überspielen.
„Nun, Sir, ich glaube, dass ich Euch sofort Aufklärung zuteil werden lassen kann: Ich bin ein ... ein Diener und Freund von Jocelin de Martin, den Eure Kameraden in dieser Nacht befreien wollen. Also stehen wir wohl auf derselben Seite!"
„Woher wisst Ihr das von meinen Freunden?"
Er grinste. „Ich wurde Zeuge, als ihr vier durch den Kanal in die Stadt gelangtet und erkannte Laq, den Jjarden. Wenn ich Euer Feind wäre, dann hätte ich ja wohl sofort die Wachen alarmiert, oder nicht? Übrigens, mein Name ist Ybkallis, der Hofnarr!"
Er machte eine leichte Verbeugung und fügte hinzu: „Stets zu Diensten!"

4.
Mehr und mehr hatte ich den Eindruck, dass ich wirklich nur eine Figur in einem gigantischen Spiel darstellte. Allerdings, wenn man mich eigens aus einer anderen Ebene hierher versetzt hatte - musste ich nicht ein bedeutender Spielstein sein? Trotz dieser für mich schmeichelhaften Vorstellung gefiel mir der Gedanke ganz und gar nicht. Ich kauerte hinter einem Stapel Fässer in einer Stadt, in der ein Kampf tobte, dessen Lärm sich langsam näherte, und musste mir von einem kleinwüchsigen Hofnarren erklären lassen, was ich jetzt am besten tat. Nein, dieses Spiel sagte mir langsam nicht mehr zu! Ich glaubte diesem Ybkallis, dass er ein Verbündeter war, aber wie konnte er wissen, dass ...

„Nun, Herr", begann er, „ wenn Ihr zwecks der korrekten Anrede zunächst die Güte hättet, mir Euren Namen zu nennen ..."

„Lasst das 'Herr'! Mein Name ist Daniel!" Als er mich erstaunt ansah, fügte ich hinzu: „Daniel Christian Smith. Und ich wäre Euch sehr verbunden, wenn Ihr mir erklären könntet, wie ..."

„Natürlich!", unterbrach er mich und fuhr fort: „Es ist mir übrigens ein Vergnügen, endlich einmal jemanden kennenzulernen, der sich gewählt auszudrücken versteht, auch wenn die Umstände nicht gerade dazu angetan sind."

„Nein, die Umstände sind nicht dazu angetan!", stimmte ich zu, denn bei aller wohlklingenden Rhetorik ging mir dieser Schwätzer angesichts meiner Lage langsam auf die Nerven. „Und wenn Ihr mir nicht sofort einiges erklärt, käme ich vielleicht in Versuchung, Euch etwas anzutun - war das gewählt genug ausgedrückt?"

Er wurde sofort ernst: „Eure Kameraden sind leider in dem Moment aufgetaucht, als die aufständischen Truppen den Ablenkungsangriff an den Toren und in der Unterstadt begannen. Ich konnte aber beobachten, dass sie in dem Nebel

verschwinden konnten. Sie werden wahrscheinlich versuchen, in die Burg einzudringen."
Ich war jetzt langsam vollkommen verwirrt. „Welcher Ablenkungsangriff? Und wie konntet Ihr dies beobachten? Und woher wisst Ihr, dass ich dazugehöre?"
Der Narr grinste. „Ohne meine eigenen Verdienste zu sehr in den Vordergrund zu stellen: Ich war an dieser Rebellion nicht ganz unbeteiligt! Lord Jocelin hatte für heute beschlossen, dass die ihm ergebenen Truppen in die Burg eindringen und versuchen sollten, bis zu seinem Bruder vorzustoßen und diesen auszuschalten. Leider ist Jocelin selbst ... Ich konnte es nicht verhindern: Er befindet sich wieder in der Gewalt seines Bruders!"
„Was?", fragte ich. „War er denn frei?"
„Ja, aber Blair konnte ihn in seinem Versteck aufspüren, als ich Oberst Lavian zu seinen Männern zurückgeleitete, er hat offenbar einen Zauberer bei sich, einen grauhaarigen jungen Mann, der ..."
„Verdammt!", fluchte ich. „Schevon Ssert - er konnte ihn orten! Fragt mich nicht wie, aber irgendwie macht er das mit diesen Karten."
Ybkallis sah mich wiederum erstaunt an: „Was wisst Ihr davon?"
Ich winkte ungeduldig ab.
„Das ist jetzt egal! Sagt mir nur Folgendes: Wie war diese Rebellion geplant?"
„Lord Jocelin wollte den Oberbefehl über die Aufständischen übernehmen und mit ihnen zusammen in die Burg eindringen - durch die unterirdischen Gänge. Er wurde gefangengenommen, aber die Obersten Lavian und Runeel haben beschlossen, trotzdem zuzuschlagen. Während der eigentliche Angriff unter der Erde stattfinden würde, sollte ein Scheinangriff auf die Kasernen in der Unterstadt für Ablenkung sorgen. Das Schiff, das vorhin den Kanal hinab fuhr, ist bis oben mit

Brennstoff beladen. Ich beobachtete das obere Kanaltor, und konnte sehen, wie Ihr in das Netz gerietet - ich kann nämlich im Dunkeln sehen!", fügte er hinzu, als er meinen ungläubigen Gesichtsausdruck bemerkte. Meine Gedanken überschlugen sich fast. Dass der Narr die Wahrheit sagte, bezweifelte ich nicht mehr. Nur: Die Lage war jetzt eine ganz andere, als Laq und Crusan sich dies vorgestellt hatten! Sie konnten selbst in einer guten Verkleidung nicht in die Burg eindringen, wenn auf den Straßen ein Kampf tobte. Also was würden sie jetzt unternehmen?

Der Narr hatte sich offenbar in meine Überlegungen hineingedacht, denn er meinte:

„Eure Freunde werden sich Lavians Truppen anschließen, sobald sie die Lage überblickt haben. Also werden sie zusammen mit diesen durch die unterirdischen Gänge in die Burg vorstoßen, um Lord Jocelin zu finden, glaubt Ihr nicht auch?"

Ich musste ihm recht geben. „Und Ihr, mein lieber Ybkallis, Ihr könntet mich ebenso durch einen solchen Gang in die Burg bringen, nicht wahr?"

Er nickte grimmig: „Das kann ich in der Tat! Mein Lord Jocelin wird Euch wirklich ..."

Ich unterbrach ihn ziemlich rüde: „Dein Lord Jocelin hat einen guten Freund, der ihn dort herausholen will! Und der begibt sich gerade in eine größere Gefahr, als er ahnt!"

Der Narr sah mich verständnislos an, und ich fuhr fort:

„Blair hat Schevon Ssert bei sich, und der kann feststellen, wo sich Crusan befindet! Also laufen meine Freunde in eine Falle! Du wirst mich in die Burg führen, aber vorher zeigst du mir den Weg zu Lady Melissas Bordell - dort ist etwas, das ich brauche!"

KAPITEL ZEHN : 12/76

In diesem letzten Kapitel werden wir Zeuge eines Befreiungsversuches, der eine unglückliche Wendung nimmt, und müssen uns von einem unserer Helden verabschieden. Drei Pläne werden in die Tat umgesetzt, aber nur einer im Sinne unserer Freunde, die endlich vereint sind. Zunächst jedoch herrscht vollkommene Verwirrung.

1.
Jocelin:

Die beiden Soldaten, die ihn hereingeschleppt hatten, stießen Jocelin grob zu Boden. Er konnte sich mit den gefesselten Händen nicht abfangen und schlug schmerzhaft mit dem Kopf auf. Einen Moment drehte sich der Raum um ihn, aber dann sah er wieder klar. Wahrscheinlich, so dachte er sich, hatte sein Schädel in den letzten Tagen derart viele Schläge abbekommen, dass er sich langsam daran gewöhnte. Er wunderte sich über seinen eigenen Galgenhumor, denn seine Lage war wahrhaft nicht zum Lachen.
„Nanu, Bruder, du lächelst?", erklang die vertraute und verhasste Stimme Blairs über ihm. „Sollte sich unser verehrter Herr Vater so geirrt haben, dass nicht ich, sondern du der Wahnsinnige bist?"
„Er hat vor allem einen Fehler begangen, als er dich nicht am höchsten Turm der Burg aufhängen ließ!", knirschte Jocelin und schmeckte dabei Blut auf den Lippen.
Der andere lachte schallend und stieß ihm den Fuß in die Seite.

„Ja, wirklich schade, dass er aufgrund seines vorzeitigen Ablebens uns beide jetzt nicht sehen kann. Sicher hätte er seine helle Freude an diesem Bild!"
Es sah wirklich nicht gut aus für den souvanischen Prinzen. Man hatte ihn in ein finsteres Loch geworfen, dort mit einigen Pfund Ketten an die Wand geschmiedet und zusätzlich noch zwei Wachen bei ihm postiert. Er hatte sich keine Illusionen gemacht: Sein Bruder hatte aus seiner letzten Flucht gelernt und selbst Ybkallis würde ihn hier nicht mehr befreien können!
Nach einigen Stunden - er konnte nicht abschätzen, wie vielen, denn er verlor vollständig das Zeitgefühl - erschienen weitere Wachen, ketteten ihn wieder los und schleiften ihn durch die Unterwelt der Burg in diesen Kellerraum.
Welchem unerfreulichen Zweck dieser Raum diente, ließ sich leicht erkennen: Das von etlichen Fackeln erleuchtete Gewölbe bot genügend Platz für mehrere Geräte, die offensichtlich nur dazu da waren, einem Menschen ein Maximum an Schmerzen zuzufügen. Und nicht nur das:
Mit einem gewissen morbiden Interesse betrachtete Jocelin sich jene Apparaturen, deren Existenz er zwar immer geahnt hatte, aber nichts davon wissen wollte. Manche dienten unzweifelhaft nicht nur der „Wahrheitsfindung" durch die Folter, sondern würden ihr Opfer auf grausame Art verstümmeln.

„Nun, Jocelin, wie du unschwer siehst", fuhr Blair kichernd fort, „ist hier alles aufs Beste für deine Unterhaltung vorbereitet."
Er hatte ein gebogenes Metallstück mit Stacheln daran in die Hand genommen und spielte lässig damit herum, als ob er gedankenverloren vor sich hinträumte. Schließlich sprach er weiter:

„Es tut mir leid, dass ich dich warten lassen musste, denn sicher kannst du dir vorstellen, hätte ich nichts lieber getan, als sofort unser Wiedersehen zu feiern. Und bestimmt kannst du es kaum erwarten, mit dem anderen Spross der Lenden deines Vaters einige vergnügliche Stunden zu verleben. Ha, verleben!" Er lachte lauthals über seinen eigenen Scherz, wurde aber von Jocelin unterbrochen:
„Und was hat dich abgehalten? Doch nicht etwa wichtige Staatsgeschäfte? Dass ich nicht lache!"
Blair grinste ihn nur dreckig an, sodass er hinzufügte: „Oder hat sich das Rote As aus deinem Yéhfa-Spiel endlich wieder gemeldet ...?"
Schlagartig verschwand das Grinsen aus dem Gesicht seines Bruders, und dieser hielt ihm das Folterinstrument drohend vor Augen:
„Was weißt du davon?"
„Steck dir das Ding in den Duweißtschon!", lachte nun Jocelin trotz seiner Lage, aber was sollte jetzt noch schlimmer werden?

„Spannt ihn auf die Folter – sofort!", kreischte Blair hysterisch. „Ich will diesen Bastard leiden sehen, wie noch kein Mensch gelitten hat. Er soll es sich vor seinem Tod noch dreimal überlegen, ob er mich noch einmal beleidigt!"
Zwei mit roten Kapuzen verkleidete Knechte packten Jocelin, rissen ihn hoch und sperrten die Schlösser seiner Ketten auf. Obwohl er sein eigenes schmerzhaftes Ende deutlich vor sich sah, konnte er es sich nicht verkneifen, spöttisch über seinen Bruder zu lächeln:
„Blair, du tust mir leid! Du bist nicht nur wahnsinnig - du bist albern!"
Dieser warf das Foltergerät wutentbrannt in eine Ecke und zog einem der Soldaten das Schwert aus der Scheide. Dann brüllte er:

„Reize mich nicht noch mehr, sonst schlage ich dir auf der Stelle den Schädel ab und lasse deinen Körper den Schweinen vorwerfen!"
Jocelin sah in der momentanen Raserei seines Bruders eine Chance, einen schnellen Tod zu erleiden und fuhr höhnisch fort:
„Das kannst du ja nicht einmal! Außerdem würde mein Körper somit ja schon vor dem ersten Schwein liegen ..."
Blair verzog das Gesicht zu einer Maske des Hasses und holte wütend mit der scharfen Waffe aus. Doch als er zuschlagen wollte, fing eine andere Klinge mit einem hellen Klirren seinen Hieb ab und lenkte diesen mit einer lässigen Handbewegung zur Seite. Der Souvaner, der schon mit seinem Leben abgeschlossen hatte, öffnete die zugekniffenen Augen wieder und sah hoch: Ein grauhaariger junger Mann hatte sich Blair in den Weg gestellt und bedachte diesen mit einem bösen Blick - Schevon Ssert!
Er senkte langsam die Waffe und sagte dann eindringlich:
„Es war unsere Abmachung, Mylord, dass Euer Bruder am Leben bleibt - bis Crusan von Gatarr auftaucht!"
Blair starrte den Grauhaarigen fassungslos an und ließ sein Schwert achtlos zu Boden fallen. Dann zischte er:
„Ihr wagt es, mich zu hindern? Ihr? Wenn Euch an Eurem eigenen Leben gelegen ist, dann geht mir aus dem Weg, oder ich lasse Euch die gleiche Todesart angedeihen wie diesem ... diesem ..." Jocelin schmunzelte insgeheim, als es Blair derart die Sprache verschlug, aber Schevon Ssert blieb fest:
„Ich habe Euch Euren Bruder aufgespürt unter der Bedingung, dass er zunächst am Leben bleibt!"
„Wie könnt Ihr mir Bedingungen stellen?", hohnlachte Blair.
„Wenn hier jemand die Befehle erteilt, dann bin ich das! Ich bin der Grüne König und Ihr nur der Rote Ritter. Und wenn ich meine, dass unsere Abmachung hinfällig ist, dann ..."

Der Grauhaarige stieß geringschätzig die Luft aus und unterbrach damit den Redeschwall seines Gegenübers: „Redet keinen Quatsch und blast Euch nicht so auf!"
Als Blair vor Verblüffung verstummte, fuhr er mit sanfter Stimme fort: „In einer, aber nur in einer Beziehung habt Ihr wohl vollkommen recht: Unsere Abmachung ist beendet! In anderer Hinsicht wiederum nicht: Ihr seid weder noch werdet Ihr jemals der Grüne König! Mein Herr hat Euch gebraucht, um den hier ..." - er wies mit der freien Hand auf Jocelin - „ ... in die Hand zu bekommen. Denn jetzt werden Crusan von Gatarr und seine Freunde versuchen, ihn zu befreien. Und das gibt wiederum mir die Gelegenheit, diesen endlich in eine schöne Falle zu locken."
Blair starrte ihn immer noch sprachlos an, und Schevon Ssert erklärte weiter:
„Wenn Crusan spüren sollte, dass Jocelin de Martin nicht mehr lebt, dann würde er sofort den Befreiungsversuch abbrechen und mit seinen Kumpanen nach Westen verschwinden - und er kann das spüren, genau wie ich ihn ausmachen kann! Nachdem Ihr, Mylord - natürlich mit meiner Hilfe - so eine treffliche Vorarbeit geleistet habt, nun, so seid Ihr eigentlich überflüssig, nicht wahr? Dies darf ich Euch übrigens im Auftrag meines Herrn Xxeret Khan, der bald selbst hier erscheinen wird, mitteilen!"
Blair bückte sich nach seinem Schwert, aber der Grauhaarige stieß es mit seiner Klinge außer Reichweite und befahl den grinsenden Wachen:
„Kettet den Verrückten an die Wand! Er soll ruhig zusehen, wie die Geschichte ohne ihn weitergeht!"
Zwei Soldaten packten Blair an den Armen. Dessen Winseln und Zetern ging in Jocelins dröhnendem Gelächter unter.

2.
Laq:

„Verdammt noch mal!", schimpfte Oberst Runeel. „Ihr habt behauptet, der Zwerg wäre bei uns, wenn wir in diesem Labyrinth sind! Und jetzt irren wir in diesen Kanälen herum und können jeden Moment ersaufen, wenn draußen das Wasser noch höher steigt und irgendwo eine Wand einstürzt!"
Der Oberst war ein Mensch, wie man sich einen alten kampferprobten Krieger vorstellt: groß gewachsen, kräftig - allerdings mit einem leichten Bauchansatz - , vernarbt und mit einer lauten Stimme, die er selten schonte. So auch in diesem Fall:
„Der ganze Angriff auf die Kasernen in der Unterstadt ist doch keine zwei Dimas wert, wenn wir den Weg in die Burg nicht finden, verdammt noch mal!", grollte er weiter und verwendete dabei abermals seinen Lieblingsausdruck, den er ständig auf den Lippen führte.
„Das weiß ich auch!", gab Oberst Lavian, der sich auch nicht gerade in bester Laune befand, zurück. „Aber was bleibt uns anderes übrig? Als am oberen Kanaltor der Kampf ausbrach, war der Narr plötzlich in diesem verwünschten Nebel verschwunden. Es war ja nicht zu erwarten, dass unsere Aktion entdeckt würde. Er wollte eben nicht..."
„Bei solchen Unternehmungen muss man immer damit rechnen, dass es zum Kampf kommt!", fiel ihm Runeel in die Rede. „Und ich sage Euch eines, Lavian: Euer famoser Hofnarr hat sich einfach verdrückt, als das erste Blut floss, verdammt noch mal! Und ich misstraue jedem, der nicht selbst ein Schwert in die Hand nimmt!"
„Ihr habt wohl recht", beschwichtigte ihn Lavian, „aber es wäre vollkommen sinnlos, mit unseren wenigen Männern einen offenen Angriff auf die Burg zu führen. Wir kämen

nicht einmal bis an die innere Befestigung! Und ich glaube, dass wir hier auf dem richtigen Weg sind."
„Euer Glaube in Ehren!" meinte Runeel geringschätzig. „Und zudem noch diese Fremden bei uns - das bringt kein Glück! Der Große hat zwei meiner besten Offiziere erschlagen!"

In der Tat war die Nacht für die Obersten Lavian und Runeel bis jetzt nicht sehr zufriedenstellend verlaufen. Der Angriff am oberen Kanaltor war nach der Durchfahrt des Schiffes mit dem Brennstoff durch einen dummen Zufall vorzeitig entdeckt worden:
Sie hatten die Wachen ausgeschaltet und den Kahn durchgelassen, aber gerade als Runeels Stoßtrupp in aller Stille die Stadtmauer über dem Kanaldurchfluss besetzen wollte, erschien außerplanmäßig die Wachablösung: Ein Hauptmann von Blairs Truppen hatte die vorherige verschlafen und beeilte sich jetzt, seiner Pflicht nachzukommen.
Lavian und Runeel, die von dieser Stelle aus in das unterirdische Labyrinth eindringen wollten, um so in die Burg vorzustoßen, warfen sofort ihre ganzen Truppen in den Kampf und erreichten nach einem kurzen Gefecht ihr Ziel: Die wenigen Soldaten auf der Stadtmauer wurden leicht niedergemacht. Doch nun war der Angriff verraten!
Niemand wusste, wie schnell man es erfahren hatte, aber sofort nach dem Beginn der Kämpfe begann auf der Burg die Alarmglocke zu läuten. Und nachdem ein geringeres Kontingent von Lavians Truppen planmäßig begonnen hatte, in den Kasernen in der Unterstadt Feuer zu legen, konnte man nicht mehr zurück: Der Angriff musste fortgeführt werden!
Man könnte es ein gewaltiges Glück im Unglück nennen, dass Oberst Lavian, gerade als seine Truppen die Wachen am oberen Kanaltor niedermetzelten, in vorderster Reihe stand.

Ein kleiner Mann schlug ihm die Waffe aus der Hand, hielt ihm einen Säbel an die Kehle und herrschte ihn an:
„Ich ergebe mich, Lavian! Ich und meine Freunde! Und wenn Ihr nicht sofort Befehl gebt, den Kampf einzustellen oder wenigstens uns in Ruhe zu lassen, dann könnt Ihr gleich Euren eigenen Kopf im Kanal suchen!"
Eine Kapitulation in dieser Form war dem Oberst noch nie angeboten worden, aber er erkannte Laq, den Jjarden, den er als engen Freund seines Lords Jocelin kannte. Sofort gab er den verlangten Befehl, nicht zuletzt aufgrund der Klinge an seinem Hals.
So kamen Laq, Vanessa und Crusan trotz einiger Blessuren heil aus diesem Gefecht im Nebel heraus. Und einige Männer aus Lavians Truppen verdankten der beherzten Aktion des Jjarden ihr Leben, denn diejenigen, die Crusan für einen Feind gehalten und angegriffen hatten, schwammen ihrer natürlichen Schönheit beraubt den Kanal hinab.
Laq und seine Geführten hatten sich in einer kurzen Absprache mit Lavian verständigt und befanden sich jetzt bei den Truppen, die durch die unterirdischen Gänge den Hauptangriff auf die Burg ausführten. Der Jjarde hatte zwar darauf bestanden, dass man zuerst nach einem gewissen Daniel suchte, was den Oberst nicht minder verwirrte, aber Crusan warf ein:
„Er lebt! Er lebt und wird wieder zu uns stoßen. Es wäre besser, wenn wir uns der Unternehmung hier anschließen, um diesen Jocelin ...", an dieser Stelle stieß er einen Fluch aus, der selbst den zu ihnen gestoßenen Runeel beeindruckte, „ ... zu befreien, damit diese dumme Angelegenheit endlich einmal ein Ende hat!"

.

Der Jjarde hatte nicht leichten Herzens zugestimmt, aber Crusan legte ihm die Hand auf die Schulter und beschwor ihn:

„Ich bitte wahrhaft nicht gerne um Vertrauen, aber ich versichere dir, dass Daniel lebt, und dass ihr euch bald wieder sehen werdet, glaubst du mir das?"
Laq war etwas verwirrt. „Warum machst du dich nicht auf die Suche nach ihm? Du hast doch immer herausgestellt, dass dein einziges Ziel ist, auf ihn zu achten!"
Crusan grinste, und dieses Grinsen erschien dem Jjarden in diesem Augenblick im Fackelschein nicht so gehässig wie üblich, oder täuschte er sich da?
„Ich halte es im Augenblick für vernünftiger, bei dir zu bleiben, ... Laq!" erklärte der Riese. „Denn du wirst in Zukunft auf Daniel achten!"

3.
Daniel:

„Glaubt Ihr nicht, dass wir hier nur Zeit verschwenden?", fragte der Hofnarr, als ich die Tür eintrat. Auf mehrmaliges Klopfen hatte niemand reagiert.
„Nein!", gab ich etwas ungehalten zurück. „Wenn Blair durch Schevon Ssert weiß, dass meine Freunde auf dem Weg zu Jocelin sind, dann bin ich vielleicht der letzte Trumpf, den sie haben. Und ich kann mir nicht erlauben, auch nur eine einzige Chance zu verschenken!"
„Aber was wollt Ihr hier? Es wäre doch besser ..." fuhr er fort. Ich zischte ihn an zu schweigen, denn die zurück schwingende Tür offenbarte, dass im Innern des Hauses Licht flackerte. Das musste nicht unbedingt ein gutes Zeichen sein. Wenn sich Soldaten hier befanden, dann hatten sie wahrscheinlich das Aufstoßen der Tür gehört.
Ich hatte meine Waffe gezogen, blieb erst einmal vor dem Eingang stehen und lauschte. Aus dem Erdgeschoss zumin-

dest waren keine Geräusche zu vernehmen. Dann sah ich noch einmal auf die dunkle Gasse zurück:
Obwohl der Lärm der Kampfhandlungen zu hören war, konnte ich keine Soldaten sehen. Allerdings glommen in einigen Häusern jetzt Lichter auf und mancher Fensterladen öffnete sich vorsichtig. Ich durfte nicht viel Zeit verschwenden, bevor sich die Straße mit Neugierigen, Flüchtenden oder Plünderern belebte.
„Bleibt am besten hinter mir!", raunte ich dem Narren zu und trat ein. In einem Kampf würde mir dieser Zwerg gewiss nicht viel helfen können. Allerdings war ich mir auch überhaupt nicht sicher, ob ich inzwischen eine gute Figur machen würde, obwohl ich ja in den letzten Tagen etwas Übung mit der Waffe erlangt hatte. Ich sah Crusan vor meinem inneren Auge: Erst zuschlagen und dann denken!

.

Auf den ersten Blick konnte ich erkennen, dass im Schankraum ein Kampf stattgefunden hatte: Tische und Stühle waren umgestürzt und Gläser, Flaschen und Spiegel lagen zersplittert am Boden. Die Wände und die Holzdecke zeigten Brandflecken. Eine halbverbrannte Fackel steckte in einer Halterung über dem Tresen und beleuchtete die Szene mit flackerndem Schein. Ich stieg vorsichtig über eine umgekippte Bank hinweg und Ybkallis folgte mir, nachdem er die Tür hinter sich wieder zugezogen hatte. Nun, zumindest zeigte er eine gewisse Umsicht, was ich später sehr an ihm schätzte, aber jetzt traute ich dem Kerl noch nicht so recht.

.

Unter den Resten eines Tisches sah ich ein Paar Beine herausragen. Ich warf das Möbel zur Seite und blickte auf die blutige Leiche eines Mädchens. Ich kannte sie nicht, wahrscheinlich eine von Lady Melissas Liebesdienerinnen. Was war hier geschehen? Hatte Blair irgendwie erfahren, dass die Lady uns aus der Stadt geschmuggelt hatte, vielleicht von

Schevon Ssert? Ich machte mir ernste Sorgen um die alte Dame.
„Seht doch, Daniel! Was ist denn hier nur los gewesen?", rief Ybkallis vom Tresen her. Er zeigte mit blassem Gesicht auf eine der Türen zu den Nebenräumen - und ich sah, dass meine Befürchtungen sich auf das Schlimmste bewahrheitet hatten:
Ich wusste sofort, dass sie tot war, obwohl der Leichnam aufrecht stand. Mit schief gelegtem Kopf schien die alte Lady in den Raum zu blicken; aus ihrem wie immer stark geschminktem Mund war ein dünner Blutfaden gelaufen und hatte ihr kostbares weißes Seidenkleid über der linken Brust bekleckert. Man hatte sie mit einem abgebrochenen Speer an die Tür gespießt - ein weißer Schmetterling unter einem Schauglas in einem Museum!
„Ist etwas mit Euch, Daniel?", fragte Ybkallis, als ich schweigend vor der Toten stand. Ich antwortete nicht, sondern zog den Speer aus dem Holz und ließ den schlaffen Körper zu Boden gleiten. Dann deckte ich sie mit einem Tischtuch zu.
„Kanntet Ihr die Frau?", fragte der Narr weiter.
„Nein!", antwortete ich jetzt. „Sie hat mir nur etwas geschenkt!" In diesem Moment ertönte aus dem oberen Stockwerk ein Poltern und ein raues Männerlachen, dem ein Wimmern oder Schluchzen folgte.
„Da ist jemand oben!", flüsterte der Narr. „Bestimmt Soldaten! Wir sollten zusehen, dass wir hier wegkommen!"
„Natürlich!", lächelte ich ihn an. „Aber zuvor möchte ich mich bei Lady Melissa noch für das Geschenk bedanken, das sie mir gemacht hat!"
Er starrte mich an, als ob ich den Verstand verloren hätte, und ich erklärte: „Das hier!" Dabei zeigte ich ihm die silbern schimmernde Klinge.

.

Ich betrat das Zimmer im oberen Stockwerk und sah sofort, was hier geschah: Zwei abgerissen gekleidete Männer schienen sich gerade sehr eindeutig mit einer Frau beschäftigt zu haben. Ich erkannte das Mädchen; sie hatte uns damals die Mahlzeit gebracht. Jetzt lag sie nackt auf einem Bett und sah den beiden Männern angstvoll beim Öffnen einer Flasche Wein zu. Eines ihrer Augen war zugeschwollen, und sie hatte einen großen Bluterguss auf der linken Wange. Als sie zitternd ihre Lippen betastete, konnte ich erkennen, dass ihr ein Vorderzahn herausgeschlagen war.

Die beiden Gestalten waren offensichtlich keine Soldaten, wie ich aus ihrer Kleidung und ihrem allgemeinen Äußeren schließen konnte: Beide trugen dreckige und teilweise zerrissene Lumpen, abgetragene Stiefel und keine Rüstung oder Helme. Auch ihre Bewaffnung hatte nichts Soldatisches: Der größere, dem ein Auge fehlte, hatte neben sich eine Art selbstgebauten Streitkolben liegen, eine mit Nägeln gespickte Keule. Der kleinere trug ein langes schartiges Messer im Gürtel; er hatte keine Hosen an. Beide hatten es sich auf einem zweiten Bett gemütlich gemacht und prosteten sich jetzt grinsend zu, während sie mein Eintreten nicht im Geringsten zu beunruhigen schien.

Nun, das sollte sich ändern!

„Sei gegrüßt, Kumpel!", meinte der Kleine mit einer Stimme wie ein verrosteter Eimer. Er deutete mit großer Geste in den Raum und fuhr mit einem Zwinkern fort: „Hier, bediene dich! Das Geld und die Wertsachen sind leider schon weg, aber den Rest teilen wir gerne mit dir - wo's für zwei reicht, da reicht's auch für drei!"

Sein Freund kicherte blöde vor sich hin. Ich hatte es mir gedacht - Plünderer! Zwei Aasgeier aus irgendeinem Verbrecherviertel, die sich die desolaten Zustände in der Stadt zunutze machten, um sich einmal prächtig zu amüsieren. Wie diese Unterhaltung im Speziellen aussah, das konnte ich an dem jämmerlichen Zustand des Mädchens wohl erkennen - und an dem Tod Lady Melissas.

Ich brauchte nicht erst an mir herunterzusehen, um zu merken, dass sie mich für ihresgleichen hielten. Meine Kleidung war durch die Ereignisse der letzten Tage doch sehr in Mitleidenschaft gezogen worden, zudem war sie nass und meine Jacke hing an mir wie ein Sack.
Hinter mir erschien Ybkallis und betrachtete sich die Szene. Sofort brach der kleinere der beiden in prustendes Gelächter aus, während sein Kumpan den Narren nur stupide anstierte.
Ich nickte freundlich und wandte mich an den Kleinen: „Ich danke für das Angebot, mein Freund! Seid ihr schon länger hier?"
„Den ganzen Tag!", antwortete er. „Und wir bleiben, solange der Wein reicht und die Schlampe hier ..."
Das Mädchen schluchzte und sah mich an: „Sie haben Lady Melissa umgebracht, und ich ..." Ich war mir nicht sicher, ob sie mich erkannte.
„Halt deine dumme Schnauze und rede nur, wenn du gefragt wirst!", fuhr sie der Kleine an. Dann lachte er und meinte geringschätzig: „Die Alte da unten war doch tatsächlich mit unserem Besuch nicht einverstanden. Da hat sie Hrut", er zeigte mit der Weinflasche in der Hand auf seinen immer noch dümmlich glotzenden Freund, „ein bisschen an die Wand gespickt. Willst du Wein?"
„Ich weiß, wo das ist, was Ihr sucht!", sagte das Mädchen schnell. Der Kerl sah misstrauisch von ihr zu mir, aber ich hatte genug gehört.
„Nein, ich will keinen Wein!", antwortete ich. „Ich will euch beiden einen Gruß ausrichten!"
Ich lächelte ihn dabei freundlich an und konnte sehen, wie es in seinem Gehirn arbeitete.

„Von wem?", fragte er, und sah dabei fast so dumm drein wie sein Freund Hrut. Jener würde seinen Gesichtsausdruck nun für immer behalten, denn ich ließ die Klinge mit Lady Melissas Namen vorzucken und schlug ihm mit einem schnellen Hieb den Kopf von den Schultern. Bevor der andere noch zu seinem Messer greifen konnte, hatte ich den Degen zurückgezogen und stieß ihm die Spitze in den Unterleib. Er sah entsetzt auf das herausspritzende Blut und zog vor Schmerzen die Beine an den Leib, aber ich drückte die Waffe tiefer hinein und drehte sie dabei.
„Einen Gruß von der Alten unten!", erklärte ich. „So fühlt es sich an, wenn man aufgespießt wird!"

Das Mädchen hatte sich etwas angezogen und mir gebracht, was ich gesucht hatte: die große Golftasche meines Stiefvaters Joe, in der sich meine Sachen befanden. Die alte Lady hatte sie in einem Geheimfach hinter einem Schrank versteckt, wo sie von den Plünderern nicht gefunden worden war. Sie hatte gewusst, dass ich eines Tages wiederkehren würde, um sie zu holen. Dass dies unter solchen Umständen geschehen würde, das konnte sie natürlich nicht ahnen.
Ich hatte dem Mädchen erklärt, dass es für sie am besten wäre, sofort aus der Stadt zu verschwinden; ich würde ihr nicht mehr helfen können.
Bevor ich mit dem Narren das Haus verließ, betrachtete ich noch einmal die tote Lady. Aus einem Impuls heraus grüßte ich sie ein letztes Mal mit der Klinge, die nach ihr benannt war und ihren Tod gerächt hatte.
Das Schicksal erlaubt sich doch manchmal seltsame Ironien!

4.
Laq:
Die dreihundert Mann lange Schlange der Kämpfer der Obersten Lavian und Runeel bewegte sich langsam aber stetig

durch die Unterwelt Mattincourts. Es handelte sich um die besten Krieger derjenigen Truppen, die auf Jocelins Seite standen und ihn aus der Gefangenschaft seines Bruders Blair retten wollten. Geführt wurde der Kommandotrupp von Lavian, der den Weg durch die Kanäle noch in Erinnerung hatte, seitdem ihn der Hofnarr Ybkallis zweimal hindurchgeleitet hatte.
Laq, Crusan und Vanessa hatten sich mit den Obersten an die Spitze der Soldaten begeben. Der Jjarde, obwohl in Mattincourt aufgewachsen, sah zum ersten Mal mit Erstaunen die kilometerlangen unterirdischen Gänge, die sich weit verzweigt unter der ganzen Stadt hinzogen.
Lavian fluchte, als er einige Stufen hinunter stieg und feststellte, dass der Gang vor ihm mindestens einen Meter unter Wasser stand.
„Verdammt noch mal!", knurrte Runeel hinter ihm. „Seid Ihr wirklich sicher, dass wir uns hier auf dem richtigen Weg befinden und nicht in die Unterwelt geraten?"
Das Fackellicht erhellte Lavians Gesicht nur dürftig, aber selbst der Jjarde, der einige Schritte hinter ihm stand, konnte erkennen, wie sich das Gesicht des Obersten missmutig verzerrte:
„Ihr könnt mir glauben, dass ich mir den Weg genau gemerkt habe! Das Wasser läuft eben irgendwo vom Kanal hier herein, aber hundert Meter weiter geht es wieder treppauf. Mit diesem Hochwasser konnte ja niemand rechnen!"
Er ging selbst mit gutem Beispiel voran und stieg weiter hinab. Der Rest der Truppe folgte ihm und watete platschend durch die kalte Finsternis, wobei jeder Soldat hoffte, dass nicht irgendwo eine Wand einbrechen würde.
Den Jjarden bewegten dieselben Gedanken, aber auch noch andere:
Selbst wenn es ihnen gelingen würde, Jocelin zu befreien, die meisten Männer wären wohl ohnehin zum Tode verurteilt,

wenn die Lyshiten die momentan so gut wie wehrlose Stadt angriffen. Er hatte von der größeren Gefahr um seines Freundes willen nichts gesagt, aber die Last des Wissens drückte ihn.

Wie Lavian versprochen hatte, ging es nach kurzer Zeit wieder aufwärts. Die Treppe endete an einem Bretterverschlag, der auf der anderen Seite ein großes Kellergewölbe offenbarte, in dem alte Kisten und Fässer gelagert waren.
„Hier sind wir jetzt unter der Burg", flüsterte Lavian nach hinten. „Wir müssen versuchen, einen Aufgang zu den oberen Stockwerken zu finden."
Langsam und vorsichtig kamen die Männer, einer nach dem anderen, die Treppe hoch und verteilten sich. Runeel sah sich kurz um und schlug vor: „Es wäre am besten, wenn wir zwei Gruppen bilden, die sich ..."
Weiter kam er nicht, denn mit lautem Poltern stürzte ein Stapel Fässer um und erzeugte in dem Gewölbe ein ohrenbetäubendes Getöse. Hinter den Kisten und Holzgestellen wurde es plötzlich lebendig: Hunderte von Soldaten tauchten auf, sprangen über die Hindernisse hinweg und gingen mit johlendem Gebrüll zum Angriff über.
„Wir sind verraten worden, verdammt noch ...", schrie Runeel noch, dann war er einer der ersten, die unter dem Ansturm der Feinde zu Boden gingen. Mehrere Schwerter blitzten im Fackellicht auf und hackten den alten Haudegen in Stücke. Denjenigen seiner Männer, die um ihn herum standen, erging es nicht besser. Sofort entbrannte in dem Kellergewölbe ein wildes Handgemenge:
Lavians Truppen sahen sich zwar in der Unterzahl, kämpften aber im Gegensatz zu den siegesgewiss brüllenden Angreifern mit stiller Verbissenheit. Sie wussten, dass sie verloren waren, wollten aber ihre Haut so teuer wie möglich verkau-

fen und noch so viele Feinde wie möglich mit ins Grab nehmen.
Um den Jjarden und seine Gefährten entspann sich ein mörderisches Ringen, wobei im Halbdunkel vollkommen die Übersicht verloren ging, wer Freund und wer Feind war. Jeder hieb wild um sich, um sich selbst zu schützen. Laq versuchte in Vanessas Nähe zu bleiben und lenkte so manchen Schlag und Stich von ihr ab, aber sie selbst blieb nicht untätig: Der Jjarde staunte nicht schlecht, als die Frau einem gefallenen Soldaten das Schwert aus der Hand nahm und sofort einem anderen einen Hieb versetzte, der ihn den halben Kopf und das Leben kostete. Dann ging sie zum Angriff vor und handhabte die Klinge, als hätte sie ihr Leben lang nichts anderes getan.
Laq hätte liebend gerne noch weiter zugesehen, aber er musste sich zweier Angreifer erwehren, die ihn hart bedrängten. Er stieß dem einen seinen Säbel durch die Brust und zog die Waffe sofort wieder zurück, um sich dem anderen zu stellen, aber dies war nicht mehr nötig: Hinter dem Mann erschien Crusans riesige Gestalt wie der Gott der Unterwelt und spaltete ihm den Kopf bis zum Hals.
In diesem Moment ertönte eine laute Stimme über den Kampflärm hinweg: „Dort ist der Riese! Tötet vor allem ihn! Schevon Ssert zahlt tausend Dimas für seinen Kopf!"
Crusan und Laq hatten einen Moment Ruhe und sahen sich an.
„Das war eine Falle!", stellte der Jjarde fest. „Der Rufer war Oberst Aghanez, ich kenne ihn. Und er sprach von Schevon Ssert!"
„Natürlich!", knirschte der Riese. „Ssert konnte feststellen, wo ich mich befinde. Und ich war auch noch so dumm, bei diesem Unternehmen mitzumachen, um deinen dämlichen Freund herauszuholen. Der Schwarze hat sich wirklich einen guten Plan ausgedacht!"

„Der Schwarze? Schevon Ssert?"
„Quatsch! Mein Feind! Er tut das alles nur, um mich zu bekommen; ich bin der Einzige, der ihm wirklich gefährlich werden kann! Wir müssen versuchen, uns in die Kanäle zurückzukämpfen! Deinen Freund kannst du abschreiben!"
Laq nickte und drängelte sich zwischen Lavians Männern zu Vanessa durch. Er packte sie am Arm und zog sie nach hinten.
„Wir verschwinden hier!", brüllte er und stellte fest, dass sie zwar an der Wange blutete, aber offenbar ungebrochenen Mutes war. Sie sahen Crusan wenige Meter weiter und drängten sich durch die Kämpfenden. Der Jjarde hieb einen Mann nieder, der ihn angriff, dann standen sie vor der Treppe in die Tiefe.

.

Crusan achtete nicht mehr auf das Gemetzel in dem Gewölbe, sondern ergriff eine brennende Fackel, die am Boden lag und stürmte, ohne zurückzusehen, die Stufen hinunter. Laq stieß Vanessa vorwärts und wollte ihr folgen, als ein Mann gegen ihn rannte und ihn fast umwarf - Lavian. Der Oberst blutete aus vielen Wunden und stolperte halb betäubt über einen Toten am Boden. Laq fing ihn auf und rief:
„Wir müssen hier weg! Ich führe Euch!"
Ohne eine Antwort abzuwarten dirigierte er den Torkelnden die Treppe hinunter, während er seine Waffe in die Scheide steckte. Unten warteten schon Vanessa und Crusan. Der Riese knurrte angesichts des Verletzten. Er hielt die Fackel in die Höhe und stapfte durch das inzwischen bis Brusthöhe gestiegene Wasser los, als ein Krachen und Knirschen ertönte und der Boden unter ihnen nachgab.
An die nächsten Sekunden oder Minuten konnte sich der Jjarde später nur undeutlich und mit Schrecken erinnern:
Eine gewaltige Flutwelle erfasste ihn und riss ihn augenblicklich von den Füßen. Er tauchte unter und schnappte in

der schäumenden Gischt nach Luft. Vage konnte er erkennen, dass neben und hinter ihm andere Körper von der Strömung mitgespült wurden, dann hatte er nur noch das Gefühl des Fallens. Die nächsten Augenblicke bestanden nur noch aus Stürzen, Herumwirbeln und Luftschnappen.
Schneller als er erwartet hatte, endete die, wie ihm schien, Höllenfahrt, und er tauchte kopfüber in eiskaltes tiefes Wasser, das seinen Fall stoppte. Um ihn herum klatschten mehrere große Felsbrocken ins Wasser, doch zum Glück wurde er nicht getroffen. Dann hörte er nur noch dumpfes Gurgeln und Rauschen um sich.

Zuerst einmal auftauchen und Luft holen. Nach mehreren kräftigen Stößen durchbrach er die Oberfläche und atmete einmal tief durch. Neben ihm erschienen noch drei Köpfe, während ständig kleineres Geröll in das Wasser prasselte. Wieso konnte er das eigentlich sehen? Jetzt fiel ihm erst der eigentümliche Umstand auf, dass die ganze Umgebung, offenbar eine riesige Höhle, von einem seltsam diffusen rötlichen Licht erhellt war, das irgendwie aus der Tiefe des leicht faulig riechenden Wassers zu kommen schien.
„Wo sind wir hier?", erklang dicht neben ihm Vanessas keuchende Stimme. In dem rötlichen Schein konnte er sie und die beiden anderen - Crusan und Lavian - undeutlich erkennen.
„Keine Ahnung!", gab er ebenso keuchend zurück. „Irgendeine Höhle, die noch unter den geheimen Gängen liegt. Der Gang ist wegen des Hochwassers eingebrochen und uns hat es hier herein gespült! Ist jemand verletzt?"
Die anderen verneinten. Selbst Lavian schien es besser zu gehen als vorher, er hatte nur einen Schlag auf den Helm bekommen und war vorübergehend leicht betäubt gewesen.
„Der Hofnarr hat mir von dieser Höhle erzählt", schnaufte er, während er näher heran paddelte. „Es könnte unsere Rettung

sein, dass wir hier gelandet sind. Es soll ein Gang nach draußen führen!"
„Sehen wir erst einmal zu, dass wir aus dem Wasser herauskommen!", rief Crusan. „Irgendwie habe ich hier kein gutes Gefühl!"
Der Jjarde gab ihm recht und schwamm voraus. Nur wenige Meter entfernt konnte er den Aufgang einer steinernen Brücke erkennen, die sich anscheinend quer über diesen unterirdischen See spannte. Wo mochte nur dieses eigenartige Licht herkommen?

Laq stieg ans Ufer und schüttelte sich das Wasser aus dem Gesicht. Seine Augen hatten sich an den trüben Schein gewöhnt und jetzt konnte er die Höhle genauer betrachten. Die riesigen Tropfsteine deuteten auf einen natürlichen Ursprung hin, aber die behauene Steinbrücke war unzweifelhaft von Menschenhand geschaffen worden.
Hinter ihm richtete sich Lavian auf und erklärte: „Ich weiß nicht, in welche Richtung, aber irgendwo hier kommt man aus der Stadt heraus. Der Narr hat mir von diesem Fluchtweg berichtet, als er mich von Lord Jocelin zu meinen Männern zurückbrachte." Laq wurde plötzlich hellhörig und fragte: „Dann muss es doch von hier aus auch einen Weg in die Keller der Burg geben! Wie wollte der Narr sonst in die Höhle gelangen?" „Richtig! Und ich weiß auch, wo der Gang auf der inneren Seite endet: im Versteck von Ybkallis, wo ich Lord Jocelin noch einmal getroffen habe, bevor er wieder gefangengenommen wurde."
„Wo könnte man Jocelin jetzt gefangen halten?"
Lavian zuckte die Achseln: „Ich weiß nicht! Wenn er überhaupt noch lebt ..." Dann legte er dem Jjarden die Hand auf die Schulter und meinte niedergeschlagen: „Es hat keinen Sinn! Unser Angriff war ein Fehlschlag, Runeel ist tot, wir

wissen nicht, was mit Lord Jocelin geschehen ist und ... wir vier können doch nichts mehr ausrichten!"
Der Jjarde musste ihm wider Willen recht geben. Es war wirklich fast alles schief gegangen, was schief gehen konnte, zudem war auch noch Daniel verschwunden. Wenn sie den Weg aus der Höhle heraus fanden, dann konnten sie vielleicht wenigstens ihr eigenes Leben retten ... Zumindest hatte er die Genugtuung, dass Blair nicht lange triumphieren würde, wenn das Heer der Lyshiten vor Mattincourt erschien.
„Verdammt!", knurrte er. „Das war doch alles von irgendjemandem so geplant: Die Lyshiten greifen die Stadt genau dann an, wenn hier Bürgerkrieg herrscht und ein Wahnsinniger die Soldaten befehligt; sie werden leichtes Spiel haben. Und wir Idioten haben auch noch unseren Anteil an diesem Spiel gehabt!"
„Richtig!", bestätigte Crusan ernst. „Das war alles verdammt schlau eingefädelt. Aber er hat sein Ziel noch nicht ganz erreicht!"
„Du meinst deinen Tod?"
Der Riese nickte: „Unser Hauptgegner hier ist nicht Blair, sondern Schevon Ssert - er ist viel gefährlicher als Blair! Aber zwei Dinge hat er nicht bedacht: Erstens weiß er nicht alles über mich und zweitens ..."
Crusan schien kurz zu überlegen und Laq fragte ungeduldig: „Und zweitens was?"
„Daniel."
Bevor der Jjarde sich über diese Antwort wundern konnte, gab sich der Riese einen Ruck und fuhr fort: „Wir tun also etwas, was Schevon Ssert nicht erwartet! Wir fliehen nicht, sondern versuchen, ihn zu töten!"
Laq, Vanessa und Lavian sahen sich zuerst zweifelnd an, doch nach und nach grinste jeder. Die Frau war die Erste, die etwas sagte: „Das ist wirklich so unwahrscheinlich, dass es

gelingen könnte. Aber habt Ihr nicht einmal erwähnt, dass er Euch spüren kann?"
„Nicht, wenn ich es abblocke. Ich wusste nur nicht, dass er sich in Mattincourt befindet, sonst hätte ich dies die ganze Zeit getan, aber es kostet viel Anstrengung. Also gehen wir, wir müssen über die Brücke!"

Crusan ging voraus und der Jjarde folgte ihm mit gezogenem Säbel. Irgendwie hatte er ein seltsames Gefühl, als er die schmale Brücke betrat und unter sich das rötlich schimmernde Wasser sah. War das Leuchten heller geworden?
Hinter ihm gingen Vanessa und Lavian. Laq drehte sich einmal herum und lächelte der Frau aufmunternd zu, aber sie achtete nicht auf ihn und spähte nur misstrauisch in die Tiefe. Dann trafen sich ihre Blicke.
„Mit diesem See stimmt etwas nicht!", flüsterte sie eigenartig tonlos. „Ich kann das spüren."
Ihre Worte bestätigten Laqs ungutes Gefühl. Er packte seine Waffe fester und blieb dichter bei ihr, während Crusan unbeirrt weiterstapfte. Auf der Mitte der Brücke blieb der Riese stehen und wartete auf sie.
„Die Frau hat recht!", sagte er und deutete auf das Wasser. Eine Schicht weißlichen Nebels hatte sich auf der Oberfläche gebildet und verbreitete einen scheußlichen Geruch nach Tod und Verwesung. An mehreren Stellen stiegen dicke Blasen auf und zerplatzten.
„Was ist das für ein widerlicher Gestank?", fragte der Jjarde und rümpfte angeekelt die Nase.
Crusan sah ihm direkt in die Augen. „Ich kann es spüren - es ist eines seiner Geschöpfe! Höre mir jetzt gut zu, Jjarde: Ich glaube, dass wir nun Abschied nehmen müssen!"
Laq forschte in seinem Gesicht, aber es lag nichts Gehässiges darinnen. Der Riese zog einen Lederumschlag aus der Tasche

und reichte ihn an Laq: „Gib dies Daniel - und grüße ihn von mir!"

„Was soll ...", wollte der Jjarde fragen, aber er kam nicht dazu, den Satz zu vollenden:
Ein riesiges Gesicht mit grotesk entstellten menschlichen Zügen tauchte aus dem aufschäumenden Wasser auf und richtete seine blutunterlaufenen Augen auf die kleine Gruppe. Vanessa schrie auf, aber dieser Schrei ging in dem donnernden Gebrüll des Ungeheuers unter, als es denjenigen erblickte, auf den es schon seit langer Zeit gewartet hatte - Crusan von Gatarr!
Mehrere Stalaktiten brachen von der Decke der Höhle ab und fielen klatschend in den See, aber das schien das Wesen nur noch wütender zu machen. Es brüllte nochmals und schob ein Dutzend Fangarme aus dem Wasser, die alle nach Crusan griffen. Einer streifte Lavian und wischte ihn wie ein lästiges Insekt von der Brücke.
Mit einem Schrei unbeschreiblichen Grauens stürzte er in den See und wurde sofort von irgendetwas in die Tiefe gezogen. Vanessa stand noch immer wie erstarrt, und Laq packte sie am Arm und zog sie vorwärts. Crusan schwang sein langes Schwert wie eine Sense und trennte zwei Tentakel ab, aber mehrere andere schoben sich unaufhaltsam näher.
„Haut ab!", brüllte er. „Das Vieh will mich, aber wenn ihr nicht schnell verschwindet, erwischt es euch auch noch!"
Der Jjarde zog die Frau an Crusan vorbei, wobei sie sich ducken mussten, um nicht von den peitschenden Tentakeln getroffen zu werden. Das monströse Wesen schob sich weiter aus dem Wasser, schien sich aber wirklich nur für den Riesen zu interessieren. Dieser kämpfte wie ein Berserker und hieb noch einen Fangarm des Ungeheuers ab, aber jetzt wand sich ein anderer um seine Hüfte. Das gigantische geifernde Maul war bereits auf der Höhe der Brücke.

Laq sah wenige Meter vor sich zwei Säulen, die das Ende des steinernen Steges markierten. Er stieß Vanessa vorwärts und drehte sich noch einmal um.
Crusan hatte den Tentakel um seine Hüfte durchtrennt und fuhr herum, aber die Flucht war ihm versperrt: Das Wesen hatte sich mit seinem monströsen schleimigen Körper schon halb auf die Brücke geschoben und griff mit Dutzenden von klauenbewehrten Greifarmen nach ihm.
Der Jjarde konnte nichts tun außer zuzusehen: Crusan schien ihn ein letztes Mal mit der erhobenen Klinge zu grüßen, dann stieß er ein Brüllen aus, das dem des Ungeheuers nicht viel nachstand, sprang mit einem gewaltigen Satz los und dem Monster mitten in das verzerrte Gesicht. Laq konnte noch sehen, wie er sein langes Schwert in eines der Augen versenkte, dann schlug das Wasser über ihm zusammen, als das Wesen abtauchte.

.

Der See beruhigte sich, und still und glatt lag die Wasseroberfläche in der rötlich schimmernden Dunkelheit, als ob der Kampf der letzten Minuten niemals stattgefunden hatte.
Vanessa hatte sich auf den Boden sinken lassen und keuchte erschöpft: „Was ist mit Crusan?"
Laq sah sie nur niedergeschlagen an. Er steckte seinen Säbel ein und bedeutete ihr, aufzustehen: „Ab jetzt müssen wir alleine zurechtkommen. Ich werde versuchen, den Aufgang zu dem Versteck des Hofnarren zu finden. Wahrscheinlich hat es nun keinen Sinn mehr, überhaupt etwas zu unternehmen, aber was sollen wir sonst tun? Vielleicht ..."
Er unterbrach seinen Satz, weil er nicht wusste, was er noch sagen sollte. Vanessa lächelte ihn an und meinte:
„Du bist ein mutiger Mann, Laq! Und du gibst nicht auf! Hast du noch einen Funken Hoffnung, deinen Freund Jocelin zu finden? Wenn ja, dann lass es uns versuchen!"

Er versuchte, dankbar zurückzulächeln, aber der Versuch misslang kläglich: „Ich weiß es nicht! Alles ist schief gegangen: Lavian ist tot, Crusan ist tot, und Daniel ist verschwunden ..."
Sie legte ihm die Hand auf die Schulter: „Lass uns zuerst diesen Aufgang suchen!"
„Das wird nicht mehr nötig sein!" erklang in diesem Augenblick eine Stimme direkt neben ihnen, obwohl niemand zu sehen war. Laq fuhr herum, und ein leises Kichern ertönte von einer anderen Stelle.
„Schevon Ssert, du verdammtes Schwein!", fluchte der Jjarde, aber er ließ seine Klinge in der Scheide; gegen diesen Gegner würde er nichts ausrichten können.
Wieder kicherte der Unsichtbare: „Leider konnte ich nur die letzten Sekunden eures Auftritts hier unten miterleben, aber ich gestehe: wirklich sehr eindrucksvoll! Und nun bitte ich euch beide höflich, die Waffen auf den Boden zu werfen, andernfalls ..."
Mehrere Soldaten erschienen hinter den dicken Tropfsteinen, umringten sie und drohten mit ihren Schwertern. Laq sah ein, dass Widerstand hier keinen Sinn mehr hatte. Er zog seinen Säbel und das Messer und warf beides vor sich auf den Fels. Sofort schien sich seine Waffe von selbst in die Luft zu erheben und drehte sich, so dass sie auf ihn zeigte. Man konnte ein kurzes Flimmern sehen, dann stand Schevon Ssert vor ihm und grinste süffisant.
„Eine gute Klinge!", bemerkte er und schwang sie einige Mal probeweise hin und her. „Aber keine Waffe für mich, ich bevorzuge andere! Nun, ich denke, euch beiden doch einen Wunsch erfüllen zu können: Ihr werdet zusammen mit Jocelin de Martin sterben!"

5.
Jocelin:

Der Wachsoldat zog das blutige Messer aus dem Rücken seines Kameraden und wischte die Klinge an dessen Hose ab. Dann richtete er sich auf und grinste Blair an, der mit gespannter Aufmerksamkeit zugesehen hatte.
„Nun, Mylord?", fragte er. „Wenn ich Euch jetzt die Ketten löse, was würde für mich dabei herausspringen?"
Blair hatte diese Entwicklung der Dinge selbst nicht erwartet, aber er verstand sofort, was für eine Chance sich ihm hier bot. Schevon Ssert hatte ihn und Jocelin mit zwei Mann Bewachung zurückgelassen, weil er plötzlich irgend etwas gespürt hatte, das offenbar wichtiger war als der Tod der beiden ungleichen Brüder.
Jocelin lag nach wie vor gefesselt auf dem Boden und beobachtete schweigend den Soldaten. Er konnte sich vorstellen, was jetzt geschehen würde. Und er hatte sich nicht geirrt:
„Ich gebe dir, was du willst - Gold, ich habe noch viel Gold, von dem Schevon Ssert nichts weiß!", lockte Blair und zwinkerte dem Mann vertraulich zu. „Mach mich nur erst los!"
Dieser zögerte einen Moment, stimmte aber zu: „Ich weiß nicht recht, ob ich Euch wirklich trauen kann, aber ich werde Euch die Ketten abnehmen. Und dann führt Ihr mich zu dem Gold!"

.

Blair grinste Jocelin an, als er den freien Gebrauch seiner Hände wiederhatte.
„Gib mir ein Messer!", befahl er dem Soldaten. „Leider ist mir das Vergnügen entgangen, diesen Hund langsam und schmerzvoll ins Jenseits zu befördern, aber sterben muss er jetzt!"
„Nein, Mylord!", gab dieser zurück und schüttelte den Kopf. Er hatte sein Schwert gezogen und richtete es auf Blair. „Ihr

bekommt keine Waffe. Wir beide gehen jetzt und gnade Euch Arboreysth, wenn Ihr gelogen habt! Mit Eurem Bruder könnt Ihr hinterher tun, was Ihr wollt!"

Schevon Ssert verzog das Gesicht, als er mit seinen beiden neuen Gefangenen zurückkehrte und nur Jocelin und einen erstochenen Wachsoldaten vorfand. Indes trübte dies seine Freude nur wenig, schließlich wusste er mit Crusans Tod seine eigentliche Aufgabe zur Zufriedenheit seines Herrn erledigt zu haben.
„Laq!", stieß Jocelin aus, als sein Freund und eine fremde Frau zur Tür herein geschoben wurden. Der Jjarde stolperte und fiel neben ihm zu Boden, konnte aber beim Anblick des Prinzen, der momentan ziemlich angeschlagen aussah, ein Lachen nicht unterdrücken.
„Joce, wenn du wüsstest ... und jetzt liegen wir hier beide am Boden!"
Jocelin begriff zwar überhaupt nichts, aber er freute sich, den Freund zu sehen, obwohl er wusste, dass dieser wahrscheinlich mit ihm zusammen sterben würde. Also entgegnete er mit dem ihm eigenen Sarkasmus: „Lach bloß nicht über mich, du siehst auch nicht besser aus!"
Schevon Ssert höhnte: „Ich unterbreche ungern dieses Wiedersehen, aber ..."
In diesem Augenblick wurde die Tür aufgestoßen und Oberst Aghanez trat ein. Er sah besorgt drein und sprach den Grauhaarigen an:
„Wir müssen uns beeilen! Fast die ganze Stadt ist gegen uns aufgestanden. Unsere Männer laufen scharenweise zu den Aufständischen über, wahrscheinlich ist das Burgtor schon genommen!"
Ssert lächelte überlegen: „Das gehörte zu meinem Plan, Aghanez! Spätestens morgen stehen die Lyshiten vor Mattincourt, Crusan von Gatarr ist tot, und wenn Jocelin de Martin

nicht mehr lebt, dann wird es keinen Grünen König mehr geben!"
„Und Xxeret Khan findet eine Stadt vor, die nicht verteidigt wird und halb verwüstet ist – richtig?", knurrte der Jjarde.
„Richtig!", bestätigte Schevon Ssert. Dann nickte er den Wachen zu: „Tötet die drei, und dann verschwinden wir durch den geheimen Gang nach draußen!"

Als ob die Zeit plötzlich langsamer abliefe, sah Laq zu, wie drei Soldaten ihre Schwerter zogen. Aghanez' feistes Gesicht verzog sich zu einer höhnischen Fratze. Einer der Männer trat auf Vanessa zu, die die blitzende Klinge in seiner Hand entsetzt anstarrte.
Endete hier die Geschichte? Waren wirklich alle Anstrengungen und Kämpfe der letzten Tage umsonst gewesen? Lavian, Runeel, Severin und ... Crusan! Warum hatte dieser gewaltige Krieger ihnen geholfen, um dann bei einem Befreiungsversuch für Jocelin zu sterben? Das Kartenspiel! Hatte der Schwarze jetzt gesiegt? Ein Soldat ging auf Laq zu und hob seine Waffe.

„Ich sehe mit Vergnügen, dass ich wohl gerade zum richtigen Zeitpunkt erscheine!"
Jocelin drehte sich in die Richtung des Sprechers und sah zwei merkwürdige Gestalten in der geöffneten Tür stehen: Den einen kannte er gut - Ybkallis, den Hofnarren. Der andere war ein sehr großer dünner junger Mann in zerschlissener schwarz-grüner Kleidung mit ... mit bunten langen Haaren!
Der Jjarde neben ihm lachte, als die Wachen die beiden Männer verblüfft anstarrten. Auch Schevon Ssert hatte sich herumgedreht und schien im Augenblick sprachlos.
„Die Überraschungen reißen heute ja gar nicht mehr ab!" stellte Jocelin mit Galgenhumor fest. „Wer ist denn das nun?"

Der Jjarde schnitt eine Grimasse: „Unser letzter Trumpf!"

6.
Daniel:

Obwohl die Straßen Mattincourts sich nach den Kämpfen um die Kasernen belebt hatten und Hunderte von Menschen mit irgendwelchen Zielen durch die Nacht liefen, waren wir auf dem Weg zur Burg nicht aufgehalten worden. Ich hatte ein schnelles Tempo vorgelegt, weil ich spürte, dass es jetzt um Minuten ging, aber der Hofnarr konnte mir trotz seiner kleinen Statur mühelos folgen.
Schon von Weitem sah ich, dass vor der Burg ein Gefecht tobte. Eine große Masse bewaffneter Männer schien wahllos aufeinander einzuschlagen und im dürftigen Licht einiger Fackeln um den Besitz des halbgeschlossenen großen Tors zu ringen.
Ich blieb keuchend stehen und sah mich um. An mindestens sechs bis sieben Stellen brannte die Stadt.
Ybkallis schnaufte: „Der Plan ist aufgegangen! Nachdem Lavians und Runeels Truppen angegriffen haben, ist der größte Teil von Blairs Männern zu ihnen übergelaufen. Bis morgen Mittag wird die Stadt wieder in unserer Hand sein."
Ich seufzte: „Das wird zu spät sein! Bis dahin sind die Lyshiten da. Ich sage es dir ungern, aber deine Stadt ist verloren! Wir können wirklich nur noch versuchen, unsere Freunde herauszuholen."
Einige Soldaten stürmten an uns vorbei, ohne uns Beachtung zu schenken. Der Narr sah mir in die Augen, sein Blick schien mich erforschen zu wollen.
„Können wir wirklich nichts für die Stadt tun, Daniel?", fragte er. „Wenn wir Jocelin finden ..."

„Nein!", unterbrach ich ihn. „Wenn wir Jocelin finden und die anderen, dann können wir nur noch unseren eigenen Hals retten, glaub mir!"
Er nickte kurz traurig, doch dann gab er sich einen Ruck und meinte bestimmt: „Du hast recht! Also: Ich kenne eine kleine Türe auf der anderen Seite der Burg, und ich habe den Schlüssel dazu. Sie führt zu einem schmalen Gang zwischen der äußeren und der inneren Mauer. Mit den Truppen wären wir dort schnell entdeckt worden, aber wir beide ... Blairs Soldaten werden wohl im Augenblick genügend beschäftigt sein."
„Hast du eine Idee, wo Blair Jocelin gefangen halten könnte? Bestimmt finden wir dort auch meine Freunde."
Er überlegte kurz und nickte grimmig: „Wir suchen zuerst die Folterkammer!"

.

Nach wenigen Minuten waren wir im Innern der Burg und stürmten eine Kellertreppe hinunter, ohne dass wir Bewaffneten begegnet waren. Nur einige Bedienstete, alte Männer und Frauen, starrten uns verblüfft an, als wir vorbeiliefen. Der Narr hatte recht behalten: Jeder, der kämpfen konnte, schien auf der Mauer oder beim Tor die Burg zu verteidigen.
Ybkallis hatte eine brennende Fackel aus ihrer Halterung an der Wand gerissen und rannte voraus, die Treppe hinunter in die düsteren Kellergewölbe, an uralten Mauern und verschlossenen Holztüren vorbei. Ich hatte mir keine Fackel genommen, um beide Hände frei zu haben, falls wir doch auf eine Wache stießen.
Unser Sturmlauf durch die unterirdischen Gänge schien mir eine Ewigkeit zu dauern, und ich hatte vollständig die Orientierung verloren, als der Narr auf eine Tür deutete, die mit schweren Eisenbändern verstärkt war.
„Hier ist die Folterkammer", erklärte er heftig atmend und zeigte auf mehrere kleine Wasserpfützen auf dem Steinbo-

den. Ich verstand. Die Tasche meines Stiefvaters, die ich die ganze Zeit am Trageriemen auf dem Rücken gehabt hatte, lehnte ich an die Wand. Dann nickte ich Ybkallis noch einmal zu und öffnete die Tür.

.

Schevon Ssert starrte mich an, als ob er ein Gespenst sähe. Ich prägte mir sofort das Bild des Raumes ein: Ein großes Gewölbe, von Fackeln einigermaßen hell erleuchtet, mit anscheinend keinem weiteren Zugang. Mehrere bizarre Geräte standen willkürlich verteilt herum, über ihre Funktion machte ich mir jetzt keine Gedanken. Schevon Ssert, er hatte den Säbel des Jjarden in der Hand, Selengard, ich erkannte die Waffe sofort. Neben ihm ein dicker glatzköpfiger Mann mit einer herausgeputzten Rüstung, ein Offizier. Fünf Soldaten. Vanessa stand vor einem von ihnen und hatte sich halb zu mir herumgedreht. Laq lag gefesselt am Boden, neben ihm ein großer dunkelhaariger Mann mit einem Bärtchen, ebenfalls gefesselt - Jocelin! Bekam ich den Kerl also doch einmal zu Gesicht! Und ...?
„Wo ist Crusan?", fragte ich nur. Laq sah mich traurig an und schüttelte den Kopf, Vanessa biss sich auf die Lippen. Schevon Ssert hatte sich von seiner Überraschung erholt und grinste mich jetzt spöttisch an.
„Crusan von Gatarr ist nicht mehr. Er war so edel, sich für seine Kameraden zu opfern", höhnte er und lachte dann gehässig, als er mich und den Narren näher betrachtete: „Und das, was ich hier vor mir sehe, ist wohl das letzte Aufgebot? Wahrhaft ein schönes Paar!"
Ich antwortete ihm nicht, sondern wandte mich an den Prinzen de Martin, der mich mit fragendem Blick ansah: „Ihr seid also Jocelin! Ich hoffe nur, dass Ihr es wert seid, was Euer Freund Laq für Euch unternommen hat."
Schevon Ssert lachte schallend. Ich achtete genau auf ihn, weil er mir am nächsten stand, aber er schien mich nicht an-

greifen zu wollen, dafür hatte er schließlich seine Soldaten. Fünf Mann, ein Offizier und er selbst, das waren sieben Mann gegen mich. Laq, Vanessa und Jocelin würden mir nicht helfen können und der Hofnarr ...? Wahrscheinlich nicht!
Vanessa stand immer noch zu nahe bei einem der Männer. Ich sah ihr in die Augen und konzentrierte mich auf sie. Ich weiß nicht, warum ich das tat, aber plötzlich hatte ich das Gefühl, ihr gedanklich eine Nachricht übermitteln zu können:
Lass dich zu Boden fallen! Lass dich zu Boden fallen!
Sie sah mich erstaunt an und schien zu lauschen. Ich wiederholte meinen Befehl:
Auf den Boden!
„Schluss jetzt!", sagte Schevon Ssert. „Du bist ein Dummkopf, wenn du gedacht hast, deine Freunde hier noch retten zu können. Ich weiß nicht, wer der Zwerg ist - und du hast mir einmal Schwierigkeiten gemacht. Trotzdem, Crusan ist tot, und ich verschwinde aus der Stadt. Also lass ich dich am Leben, wenn du jetzt machst, dass du wegkommst. Und nimm den Kleinen mit!"
„Ich gehe nicht ohne meine Freunde!", gab ich zurück und sah ihm ins Gesicht. Aus dem Augenwinkel konnte ich wahrnehmen, wie sich Vanessa zu Boden sinken ließ. Der Soldat, der mit gezückter Waffe vor ihr stand, dachte sich wohl nichts dabei und schrieb es der Erschöpfung zu. Aber ich wusste nun, dass sie mich verstanden hatte.
Der grauhaarige Jüngling grinste jetzt noch spöttischer:
„Du bist wirklich ein Idiot! Obwohl du mich damals zum Narren gehalten hast, will ich dir das Leben schenken, und du ..."
„Schenke meinen Freunden auch das Leben!", schlug ich vor. „Dein Ziel hast du doch erreicht, und morgen fällt Mattincourt den Lyshiten in die Hand. In gewisser Hinsicht haben wir dir ja sogar dabei geholfen, deinen Plan durchzu-

führen. Übrigens wirklich schlau eingefädelt, das gebe ich zu."
Er deutete eine leichte Verbeugung an, schüttelte aber dann den Kopf: „Deine Freunde sind mir eigentlich egal, aber Jocelin de Martin muss sterben!"
„Dann kann ich leider nicht gehen!"
„Dann stirbst du eben mit!", meinte er mit sanfter Stimme und fuhr fort: „Glaubst du vielleicht, es mit sieben Mann aufnehmen zu können? Du hast ja noch nicht einmal deinen Degen gezogen - oder wolltest du uns mit dem Rohr da erschlagen?"
Ich antwortete ihm mit ebenso sanfter Stimme: „Nicht erschlagen, Schevon Ssert, erschießen!"

.

Ob das spöttische Grinsen von seinem Gesicht verschwand, konnte ich nicht mehr sehen, denn der erste Schrotschuss vom Kaliber 12/76 riss ihm den halben Kopf weg und einen Teil der Schulter. Der zusammenbrechende Torso stürzte gegen den dicken Offizier hinter ihm, der quiekte wie ein Schwein, als er mit Blut und Hirnmasse voll gespritzt wurde. Ich hebelte Patrone um Patrone in den Lauf und schoss ohne Unterlass. Zehn Sekunden lang spuckte die Winchester 1300 Tod und Verderben. Die Soldaten starrten nur entsetzt auf die Feuer speiende Waffe in meinen Händen und starben, wie sie gerade standen. Der achte und letzte Schuss zerfetzte die Brust des dicken Aghanez, als er sich wimmernd das Blut seines Herrn aus den Augen wischte.

.

Es kam mir eine Zeitlang vor, als würde ich im luftleeren Raum stehen, bis das Dröhnen in meinen Ohren etwas nachließ und einem hellen Rauschen Platz machte. Der Anblick, der sich durch den Rauch in dem Kellergewölbe bot, lässt sich kaum beschreiben; die Waffe hatte wirklich ganze Arbeit geleistet.

Vanessa war ebenfalls über und über mit Blut bespritzt und wagte es nun, den Kopf wieder zu heben. Jocelin und Laq sahen mich an, als würde ein leibhaftiger Dämon aus der Hölle vor ihnen stehen.
„Mein Gott!", keuchte der Jjarde.

7.
Wir flohen aus Mattincourt, wie es Ybkallis, der Hofnarr geplant hatte: durch den unterirdischen Gang, der in einem Wäldchen außerhalb der Stadt endete. Als wir die steinerne Brücke überquerten, leuchtete kein rotes Licht mehr in der Tiefe. Hatte Crusan das Ungeheuer getötet?
Jocelin hatte nicht leicht zugestimmt, aber sein Freund Laq machte ihm klar, dass hier alles verloren war. Der Plan des Feindes, der seinen Vater getötet hatte, war aufgegangen, und die Hauptstadt der Souvanmark würde in die Hände der Lyshiten, der Roten, fallen.
Wenn jener Xxeret Khan das Rote As darstellte, wer war dann der Schwarze, der offenbar auf seiner Seite stand, und der sein Ziel, Crusan von Gatarr zu vernichten, erreicht hatte? Jocelin jedenfalls hatte die feste Absicht, sich an dem Roten Herrscher zu rächen, und - an seinem Bruder, der sicher noch lebte. Ich fühlte, dass das Schicksal mich mit ihm ebenso wie mit dem Jjarden zusammengeführt hatte, denn ich würde versuchen, den Schwarzen zu finden.
Vanessa? Sie befand sich in einem ihr fremden Teil der Welt und hatte allen Grund, sich uns anzuschließen, um vielleicht so etwas über die fehlenden Jahre ihres Lebens in Erfahrung zu bringen. Es sprach alles dafür, dass Rot oder Schwarz auch hier ihre Hände im Spiel hatten.
Ybkallis? Es verwunderte niemanden von uns, dass der Hofnarr lakonisch meinte, er müsste sich für seine speziellen Fähigkeiten nun sowieso ein neues Betätigungsfeld suchen, und

unsere Gesellschaft würde ihm wenigstens genügend Aufregung versprechen.
Ich erzählte meinen Geführten von dem Erscheinen des Gottes Arboreysth im Wald bei Fort Souvansfinn, und von seinem Rat, der Straße der Alten Götter zu folgen. Jocelin stimmte zu, schließlich handelte es sich um den Gott seines Landes - den Grünen.
Diese Straße würde uns zunächst nordwestlich führen, nach Verrn, der Hauptstadt der Yllianmark, wo er auf eine freundliche Aufnahme rechnen konnte - und vielleicht auf Hilfe.
Und Laq? Als wir in der ersten Morgendämmerung unsere Pferde gefunden hatten, warf ich noch einmal einen Blick auf die Mauern der Stadt, von der schwarze Rauchwolken aufstiegen. Der Jjarde trat vor mich und reichte mir den Lederumschlag, den ihm Crusan für mich gegeben hatte.
Es war sein Spiel, achtzehn Karten mit abstrakt dargestellten Gesichtern darauf. Ich betrachtete sie mir einzeln: Auf sämtlichen Grünen Blättern waren nur noch Verzierungen zu sehen, keine Gestalten. Ebenso fehlte ein Gesicht beim Blauen As und beim Roten Ritter - Schevon Ssert!
Schließlich hielt ich die Schwarze Karte in der Hand: Obwohl noch abstrakter als die anderen dargestellt, schien die schemenhafte Gestalt mich böse triumphierend anzugrinsen. Und noch etwas: Sie änderte ihr Aussehen, zerfloss, setzte sich zu einem anderen Bild zusammen und zerfloss wieder. Während ich darauf starrte, erklang das vage Echo eines Gelächters in meinem Kopf.
Ich steckte die Karte zu den anderen und hatte dann nur noch die Weiße: Das Bild darauf zeigte auch einen Menschen, aber er verschwamm wie hinter einem dichten Nebel, oder als ob man etwas durch ein gefülltes Glas betrachtet.
Ich verstaute das Spiel in meiner Satteltasche und stieg aufs Pferd. Irgendwie hatte ich ein seltsames Gefühl, als wenn ich etwas übersehen hatte. Es war das Kartenspiel ... Richtig! Ich

wusste nicht wie oder warum, aber ich war jetzt der festen Überzeugung, dass es mir Crusans Tod gezeigt hätte. Ich hatte irgendeine eigenartige Beziehung zu dem Riesen, und das Blatt hing damit zusammen.
Lebte er doch noch?

Mit einem Schnalzen trieb ich mein Pferd an und folgte den anderen - fünf Menschen, die beschlossen hatten, der Straße der Alten Götter zu folgen, einer ungewissen Zukunft entgegen.
Ich erinnerte mich daran, wie ich mit Laq nach Süden aufgebrochen war und mit den gleichen Gedanken die Furt des Ilm durchquert hatte. Und in genau dieser Stimmung verfluchte ich jetzt sämtliche wie-auch-immer-farbigen Götter, dass ich keine Zigaretten mehr hatte.

ENDE von ROT UND GRÜN